百人一首のからくり

――藤原定家が仕掛けた後鳥羽院の怨霊封じ――

小崎良伸・著

はじめに

藤原定家《ふじわらのていか》はなぜ『小倉百人一首』を編纂《へんさん》したのか？

定家には編纂せざるを得ない動機があった

みなさんも子どものころ、正月休みに『小倉百人一首（以下、百人一首）』のカルタ取り遊びをした経験はありませんか？ あるいは中学校や高校時代の冬休み明けに、校内で「競技かるた」の百人一首をした覚えのある方も多いのではないかと思います。

映画『ちはやふる』で主演の広瀬すずさんの演技にあこがれて百人一首の部活動に励み、その聖地の近江神宮《おうみじんぐう》（滋賀県大津市）で行われる「全国高等学校かるた選手権大会」への出場を夢見た人たちもいるかもしれません。大河ドラマ『光る君へ』のなかでも、百人一首に詠《よ》まれている歌が次々と登場しています。

百人一首を編纂した人物は、藤原定家だといわれています。定家は息子である為家《ためいえ》のお嫁さんに、宇都宮頼綱《うつのみやよりつな》の娘をもらっていました。頼綱は鎌倉幕府の御家人で、出家後の名前を蓮生《れんしょう》といいます。定家が蓮生に依頼されて、彼の嵯峨野《さがの》（京都市右京区）の別荘「小倉山荘《おぐらさんそう》」の襖《ふすま》に貼る色紙形の和歌を作成したのが、百人一首のはじまりです。『小倉百人一首』という名前は、この小倉山荘にちなむとされます。

定家が百人一首を編纂した理由には諸説あって、定説はありません。ところが、織田正吉《おだしょうきち》氏は平成元年

（1989）に『百人一首の謎』（講談社現代新書）のなかで、「百人一首は、定家が後鳥羽上皇《ごとばじょうこう》の呪詛《じゅそ》を恐れ、鎮魂《ちんこん》の思いを込めた歌集である」と主張しています。

織田氏は100首の内容を詳細に分類し、歌の相互関係を「クロスワード」として解析しました。織田氏は国文学者ではなく、民間人として独自の視点で百人一首を解析し、国文学上の大きな謎に画期的なひとつの穴をあけられた功労者です。そして30年以上も前から、このような謎の解析には「理系」的視点が必要だと主張していました。当時から「文理融合《ぶんり》」が必要だと訴えていたわけです。

現在は100年に1度の「パラダイムシフト（固定観念の劇的な変化）の時代」だとされ、大学でも「文理融合」が当然の時代になりました。科学・技術・芸術・数学の融合による「STEAM《スティーム》教育」の理念を取り入れた学習も推進されています。

しかし、文系学部においては、文系学部どうしの「文文融合《ぶんぶん》」などという言葉はありませんし、その動きも寡聞《かぶん》にして知りません。国文学・英文学・哲学・日本史学・世界史学などに細分化され、パラダイムシフトの荒波の影響はあまり感じられないようです。日本史学においても、時代区分に応じた専門領域を撤廃する動きは見受けられません。

一方、小学校から高校までの学校においては、100年に1度の教育改革が行われています。新学習指導要領では、これまでの「学習（既存の知識を学び習う教育）」から「探究（自分で課題を設定して情報を収集・整理・分析し、まとめて表現する教育）」への一大転換が進行中です。

みなさんが「探究」をするときに大切にしたいのは、〝森で学ぶ 森に学ぶ〟姿勢です。このキャッチコピーは、私が熊本県立八代農業高校泉分校の林業科をグリーンライフ科に改編したときのコピーでした。アウトドア活動を行うことで、生徒の「生きる力」を育てることを目標に改編したのです。文部科学省の知人にこのコンセプトを伝えたところ、当時の教科調査官の目にとまり、国の「標準科目・グリーンライフ」として採用されました。
〝森で学ぶ〟とは、森という現場に足を運び、現物を目にすることが大切だということです。〝森に学ぶ〟とは、森という環境に身を置いて、森が発するさまざまな情報を視覚だけでなく、聴覚・嗅覚《きゅうかく》・触覚・味覚あるいは第六感まで働かせて感じ、それらの情報で「かわいい！」と興味を持ったことや、「おや、なんでだろう？」と疑問を抱いたことを深掘りし、探究する姿勢が大切だということです。仮想空間のVR（バーチャル・リアリティ）では絶対に感知できない「本質」が、そこにはあります。

ところで、織田氏があけた穴は、現在はどうなっているのでしょうか？　チャットGPT（ジェネレーティブ・プレトレーニング・トランスフォーマー）と提携したマイクロソフトの生成AI（アーティフィシャル・インテリジェンス）に聞いてみても、織田説はまったくヒットしません。おそらく学会から無視され、「なかったこと」にされているのでしょう。AI（人工知能）は、まだ「本質」を見抜くことはできません。「人間がんばれ！」という心境です。

民間人の私は、同じく民間人の織田氏があけた穴をさらに大きく広げ、生成AIにも認識されるような大穴を造成したいと思っています。私は織田氏と同じように、定家が百人一首を編纂した動機は「後鳥羽院の怨霊封《おんりょうふう》じ」だと考えますが、さらに定家には百人一首を編纂せざるを得ない切羽詰まった動機があったのではないかと推理しました。

本書では、百人一首の1首目が天智《てんじ》天皇で、100首目が順徳院《じゅんとくいん》でならなければならない明確な理由や、1首から100首までその順番に配置した定家の思いや理由についてなどを考察しています。その結果、いままで誰も指摘したことはありませんが、百人一首は後鳥羽院にしか理解できないさまざまな〝からくり〟が巧妙に隠されている歌集だということが判明したのです。

「あなたの知音《ちいん》(唯一無二の親友)は私だけですよ！」というサインや、「後鳥羽院が隠岐島《おきのしま》で実施した『時代不《じだいふ》同歌合《どうたあわせ》』を私もやってみました！」というサイン、「言葉は重要なので、女性から贈られた歌に動物の『雉《きじ》』を贈り返す無粋な男は早死にしても自業自得《じごうじとく》ですね！」といったサイン、「あなたのご帰還を、身を焦《こ》がして待っています！」というラブコールのサインなども送っています。このように定家は多くのサインを、100首のなかに巧妙に織りこみました。考えようによっては、百人一首は定家から後鳥羽院への熱烈なラブレターでもあるのです。

定家が伝えたかった切実なメッセージ

後鳥羽院は、武家の世に反旗を翻《ひるがえ》した「承久《じょうきゅう》の乱」に敗れ、隠岐島に流されました。息子の順徳院もまた佐渡島《さどがしま》に流され、都に二度と帰還することなく、ふたりとも現地で亡くなっています。そんな状況のなか、当時起こった天変地異や飢饉《ききん》をはじめ、鎌倉や京の権力者の病気や死亡に関して、後鳥羽院の怨霊による祟《たた》りではないかとの噂が流れたのです。

私は、このとき後鳥羽院と順徳院の怨霊が祟らないようにするために、2つの怨霊封じがなされたのではないかと考えています。1つ目は「私的な怨霊封じ」で、定家の百人一首の「言霊《ことだま》」による怨霊封じです。2つ目は「公的な怨霊封じ」で、鎌倉幕府が計画的に引いた「結界線《けっかいせん》」による怨霊封じです。

定家が百人一首を編纂した最大の目的は、「後鳥羽院・順徳院の言霊による怨霊封じ」と考えざるを得ません。なぜなら、定家が百人一首を編纂した時期は、時の関白である九条道家《くじょうみちいえ》から提出された「後鳥羽院・順徳院の還京案」が、鎌倉幕府によって完全否定された時期と重なり、絶望した両院の怨霊化が懸念された時期でもあったからです。さらに悪いことに、後鳥羽院から寵愛《ちょうあい》された定家が単独で編纂した第9代勅撰集『新勅撰和歌集《しんちょくせんわかしゅう》』には、両院の歌がすべて削除されて1首も選歌されなかった事情もあり、定家にとって両院の怨霊から祟られる可能性が極めて高い最悪の状況下にあったのです。

だからこそ、百人一首の99首目の後鳥羽院の恨みのこもった歌を、100首目の順徳院の歌で慰めるスタイルを取ったのだと考えます。要するに、「親の恨みを子どもが慰める」形式にしたわけです。また、おもしろいことに百人一首の1首目の天智天皇の歌と、2首目の持統《じとう》天皇の歌も、「親の恨みを子どもが慰める」形式を取っています。

百人一首のなかには、16組33人の親子関係が存在します。じつに約3分の1が親子関係となっているわけです。常識的に考えれば、古今の数ある歌詠みのベスト100首において、このように濃密な親子関係の歌を選んだということは、定家がなんらかのメッセージを込めている証拠だとも言えましょう。そのメッセージとは、「親子の愛情に期待して、後鳥羽院親子も怨霊にならないでください」ということではないでしょうか。

百人一首については、「恨み」「鎮魂」という観点から分析すると、六歌仙《ろっかせん》や三十六歌仙《さんじゅうろっかせん》も含めて、ほとんどすべてがどちらかに分類されます。定家が選歌した理由も、「天智天皇と持統天皇」「後鳥羽院と順徳院」といった親子関係だけでなく、「藤原氏が裏切り、失脚させ、出家せざるを得なくなった歌人たち」の怨霊鎮魂も目的にしている可能性が高いと考えます。

また、選歌の内容や配置から、定家の歌道に対する思いや歌論の一端を垣間見る《かいまみる》こともできます。さらに、撰者の歌が1首もない第2代勅撰集『後撰《ごせん》和歌集』の謎や、その撰者をなぜ「梨壺《なしつぼ》の五人」と呼ぶのかという疑問に関しても、ひとつの仮説を提示しました。

前述したとおり、百人一首のメインテーマは「親の恨みを子どもが慰める」ことです。ただ、定家が選んだ歌の内容は「会う・別れる・恋しい・思う・偲《しの》ぶ」などのキーワードがちりばめられており、これらの歌の内容から類推すれば、もうひとつの大きなテーマは「逢《あ》いたいけれども逢えないもどかしさ」ではないでしょうか。

後鳥羽院と順徳院の還京運動が絶望的になった時期に百人一首を選歌した定家にとって、百人一首は両院に伝えたい心からのメッセージでもありました。それは当然、定家が単独で編纂した『新勅撰和歌集』から両院の歌をすべて削除して1首も選歌しなかった贖罪《しょくざい》の意味と、両院から祟られないように祈る定家の切実な願いでもあったからだと推理します。

百人一首のからくりを解くにあたって

本書は民俗学的な観点からは、「文理融合」ならぬ「文文融合」にチャレンジした本になります。陰陽師《おんみょうじ》が最先端の科学を担い、祈禱師《きとうし》が医者の役割もしていた当時の人々は、「怨霊」をひどく恐れ、「言霊」の力を心の底から信じていました。このことを前提に「百人一首の本質は後鳥羽院の怨霊の鎮魂」だとする民俗学的な仮説を立てて百人一首を深掘りすることで、織田氏が提示した百人一首の謎に対して、より明確な解答を出すことができるのではないかと考えています。さらに第6章では、民俗学的な手法である「結界線」というツールを使い、鎌倉幕府が後鳥羽院と順徳院の公的な怨霊封じを実行したことについても検証します。

そもそも「民俗学」とは、私が敬愛してやまない柳田國男《やなぎたくにお》氏と折口信夫《おりくちしのぶ》氏によって体系づけられた学問で、民間伝承の調査を通して一般庶民の生活・風習・説話・信仰などの発展の歴史をおもに研究する学問です。英国の「フォークロア（民間伝承）」を起源とします。日本では、国文学において民俗学的な見地を土台とした作品が数多く書かれており、「文文融合」は進んでいます。したがって、本書の第1章から第5章まではさほど問題なく受け入れてもらえるものではないでしょうか。

一方、歴史学は文献史料や発掘史料がベースとなって体系づけられてきましたが、民俗学的な見地を利用した研究はまだ少ないようです。歴史は途切れることなく続いていますが、歴史研究の守備範囲は時代区分で限られており、時代間の「文文融合」は進んでいません。ましてや民俗学的な手法をメインとする本書の第6章は、歴史学にとって受け入れには高いハードルがあるかもしれません。しかし、この分野においても、殿上人《てんじょうびと》から一般庶民までの生活・風習・信仰などを土台とした民俗学の切り口で歴史を解析する「文文融合」が進展することを祈っています。

本書は平成21年（2009）に刊行した拙著『結界線で斬る日本史の謎』（解叢館《かいとうかん》）のなかから、後鳥羽院に関する一章を取りだして、まとめ直したものです。前著の執筆後、長年勤めていた熊本県立高校を退職し、これまで実際に行けなかった隠岐島や佐渡島にも足を運びました。後鳥羽院や順徳院が晩年を過ごした現地を訪れることで、両院が過ごした場所の空気を感じ、自然の匂《にお》いを嗅《か》ぎ、現地でしかわからない発見も多々ありました。

また前著では、百人一首に関しては部分的な解析に終わっていましたので、「怨霊封じ」「鎮魂」という観点から100首すべてを解析し、さまざまな発見をしました。さらに、百人一首の分析を通じて、定家の歌論の一部にも触れることができたのではないかと考えています。これらのことを含め、まとめ直したのが本書となります。

みなさんの足元には、さまざまな謎や不思議が転がっています。これらに対して好奇心を抱き、「文理」「文文」の壁を越えてみなさん独自の新たな切り口でチャレンジしてもらうヒントのひとつにしていただければ望外の幸せです。みなさんが「探究」をするときに、対象の「森」に横たわり、視覚・聴覚・嗅覚・触覚・味覚そして第六感を働かせて「かわいい！」と感じたものや「おや、なんでだろう？」と疑問に思ったものを深掘りしてください。

私が百人一首に初めて触れたのは、小学校の入学前です。家族で遊んでいた正月のカルタ取りで、私が唯一取れたのは天智天皇の札でした。「わがころもでは……」の取り札を探しだして自分の目の前に置き、読み手が「あきのたの……」と口にするのを心待ちにしていた覚えがあります。中学生までには１００首のほとんどを暗記していたので、高校時代に古文で文法を学ぶときにもたいへん役に立ちました。そのほか百人一首は亡母の実家で従姉妹《いとこ》たちと遊んだり、冬休みに高校のＥＳＳ（イングリッシュ・スピーキング・ソサエティ）の部活仲間と楽しんだりした思い出もよみがえります。

そして、なによりも「結界」の研究をするうちに「怨霊の鎮魂」につながり、それが百人一首とも深い関係があることがわかってきました。その結果、私の研究のひとつに百人一首が加わり、なんの因果か、私が幼いころの唯一の取り札であった天智天皇の1首も「問題の最初の1首」になるわけです。

それでは、「なぜ定家は百人一首を編纂し、この歌を選歌し、ここに配置したのか？」「隠岐島の後鳥羽院と佐渡島の順徳院の怨霊は、どのようにして鎮魂されたのか？」「百人一首に隠された〝からくり〟とは？」「えっ！ 百人一首は、じつは定家から後鳥羽院への熱烈なラブレターだったの？」といった謎をひもとく作業をしてみたいと思います。

ご一緒に、定家が仕掛けた〝百人一首のからくり〟に迫ってみましょう。

目次

第4章 百人一首のからくり …… 31

第1章

百人一首の編纂の謎

①編纂の基本コンセプト

百人一首の原形は、鎌倉幕府の御家人で歌人でもある宇都宮頼綱（蓮生）が、藤原定家に依頼した色紙形といわれています。蓮生が小倉山《おぐらやま》の麓《ふもと》の嵯峨野に建築した別荘「小倉山荘」の襖の装飾のために色紙形の作成を依頼し、定家がこの求めに応じたものが百人一首の起源だと伝わり、これが『小倉百人一首』と呼ばれる語源とされます。

定家が百人一首を編纂した表向きのきっかけは蓮生の求めに応じたことだとしても、定家が百人一首を編纂した本当の理由はなんだったのでしょうか？

百人一首が世に出たのは、文暦《ぶんりゃく》2年（1235）3月のことです。この時期は、藤原頼経《よりつね》〈鎌倉幕府の第4代将軍〉の父であり鎌倉幕府と太いパイプを持っていた九条道家〈関白〉から、幕府に「後鳥羽院・順徳院の還京案」が提出され、5月に幕府から拒否の回答が出された時期と重なります。つまり、後鳥羽院・順徳院の帰京の望みが完全に絶たれた因縁の時期だったのです。さらに、藻壁門院《そうへきもんいん》〈九条道家の娘〉や後堀河院《ごほりかわいん》〈第86代天皇〉らの死亡に関し、後鳥羽院の祟りが噂されていた時期でもありました。

これらのことから、私は定家が百人一首を編纂したのは、隠岐島に流罪となっていた後鳥羽院の還京の可能性が完全に絶たれてしまったことにあるのではないかと考えます。なぜなら、それまではわずかながらも後鳥羽院と順徳院の還京の可能性は残っており、そのために両院とも模範的な島流し生活を送り、歌作に励んでいたと伝えられるからです。しかし、この時期が両院の運命の分かれ道になってしまいました。

幕府の拒否回答が明確になったことで、後鳥羽院が自分を裏切った定家を含む藤原氏や鎌倉幕府の有力者たちに怨霊として祟ることが予想されました。実際にこの時期は、その祟りの兆候さえ見られた時期でもあったのです。

さらに定家にとっては、都合の悪いことがありました。定家は、貞永《じょうえい》元年(1232)6月に後堀河天皇の下命を受けて『新勅撰和歌集』を撰し、文暦2年(1235)3月に完成させて奏上しています。ところが、この勅撰集に後鳥羽院と順徳院の歌を1首も選んでいなかったのです。

なぜ定家は、当時の歌壇の主要なメンバーの歌を勅撰集から除外したのでしょうか?

じつは、道家から鎌倉幕府に「後鳥羽院・順徳院の還京案」が提出されたのは、奇《く》しくも定家が『新勅撰和歌集』を奏上した同年同月でした。還京案の提出を控え、鎌倉幕府に遠慮した道家から「両院の歌は削除するように」との指示があったものと考えられています。

しかし、後鳥羽院にそのような言い訳が通じるはずもありません。定家が、削除した埋めあわせとして「なんとか院の怒りをなだめ、怨霊となって祟ることがないように」という思いで編纂したのが私撰の百人一首だったのではないでしょうか。つまり、「言霊」の力によって両院の恨みを慰め、怨霊を鎮魂する目的で編纂したのが百人一首だと考えます。

そして定家は、歴代の藤原氏が政権を独占するために排除したり、裏切ったり、暗殺したり、島流しにしたり、出家を余儀なくさせたりした結果、「藤原氏に祟る可能性が高い歌人」や「不遇な一生だった歌人」の怨霊も、この際だからまとめて鎮魂しようとしたのではないでしょうか。その代表例が天智天皇で、百人一首の冒頭を飾った理由でもあると考えます。

さらに、歌人のあり方について、定家の歌論を示している箇所もあります。百人一首の歌は秀作ばかりでなく、玉石混淆《ぎょくせきこんこう》といわれています。和歌の名人である定家が、「石」と思われる凡庸《ぼんよう》な歌をことさら厳選した1首として選んだのには、必ず隠された理由があるはずです。つまり、「石」の部分は藤原氏に祟る可能性がある人たちの可能性が高いと考えます。

定家が歌人の特定の歌を選び、その箇所に配置した理由は、後鳥羽院を慰める「言葉」として必要な内容だったからではないでしょうか。「言霊による怨霊封じ」という観点から分析してみれば、百人一首に選ばれた歌は、その歌人の最高傑作ではなく、その箇所に必要な内容や言葉を含む歌を優先したものが多いと思われるからです。これが、高名な歌人の歌として作者不詳の歌が選ばれている謎の理由でもあります。

このように天智天皇父娘《おやこ》および後鳥羽院父子《おやこ》をはじめ、藤原氏に祟る可能性のある人たちを「言霊の威力」によって褒《ほ》め称《たた》え、いい気持ちにさせて祟らないように企図し、これらの怨霊を鎮めようとしたのが百人一首の基本コンセプトではないかと考えます。

② 二重の怨霊封じ

後鳥羽院は、鎌倉幕府や自分を裏切った藤原氏に強烈な恨みを持っていたはずです。定家自身は、承久の乱以前に歌論の対立によって後鳥羽院とは疎遠になっていましたが、結果的には後鳥羽院を裏切ったかたちになります。日本海の孤島に流され、還京の望みもまったく絶たれてしまった後鳥羽院は、恨みを持って死ぬ可能性が高く、怨霊となって定家や藤原氏に祟る可能性がとても高い状況にあったのです。

さらに、定家が選んだ歌の内容は、「会う・別れる・恋しい・思う・偲ぶ」などのキーワードがちりばめられています。これらの歌の内容から類推すれば、もうひとつの大きなテーマは、「逢いたいけれども逢えないもどかしさ」ではないでしょうか。後鳥羽院・順徳院の還京運動が絶望的になった時期に百人一首を選歌したのは、定家が両院に伝えたい心からのメッセージがあったからではないかと考えます。

百人一首における定家の歌【97番】は、「来ぬ人を　まつほの浦の　夕なぎに　焼くや藻塩《もしお》の　身も焦がれつつ」です。定家は、難波潟《なにわがた》から出立した後鳥羽院を、淡路島の北端にある「松帆《まつほ》の浦」で身を焦がしながら待ち続けている情景を詠んでいます。いわば、「熱烈なラブレター」でもあります。

そして定家の親友でもあり後鳥羽院が最も信頼していた藤原家隆《いえたか》【98番】の歌は、「風そよぐ　ならの小川の　夕暮れは　みそぎぞ夏の　しるしなりける」です。家隆は、次の後鳥羽院【99番】の恨み辛《つら》みのこもった「褻《ケ》の歌」の直前で、「禊《みそ》ぎ」をする役割を担います。

その後鳥羽院の歌は、「人もをし　人も恨めし　あぢきなく　世を思ふ故《ゆゑ》に　もの思ふ身は」です。現在の率直な後鳥羽院の心情を反映した恨み辛みの歌になります。

百人一首の〝締め〟は後鳥羽院の息子である順徳院【１００番】で、その歌は「百敷《ももしき》や　古き軒端《のきば》の　しのぶにもなほあまりある　昔なりけり」です。順徳院は「いくら昔の宮中でのよき時代を偲んでも、いまとなってはしかたありませんね」と、父の恨みをあきらめさせる歌を詠んでいるわけです。

物事には、その状況を1点で動かす「本質」があります。私は、百人一首の本質は「後鳥羽院の怨霊を言霊によって封印すること」であり、副次的には「逢いたいけれども逢えない後鳥羽院への定家の心からの謝罪」や「定家から後鳥羽院への熱烈なラブレター」だったと考えています。

このような状況下で、後鳥羽院の怨霊に対しては、「定家による言霊の怨霊封じ（百人一首による怨霊封じ）」と「鎌倉幕府による物理的な怨霊封じ（結界線による怨霊封じ）」という二重の怨霊封じがなされたと推測しています。まずは、百人一首による怨霊封じについて考えてみましょう。

江戸時代ごろにつくられたとされる百人一首のかるた札

第2章

天智天皇の歌が1首目に配置された謎

① 藤原氏が天智天皇の暗殺に関与!?

百人一首の1首目は、天智天皇の「秋の田の 仮廬《かりほ》の庵《いほ》の 苫《とま》をあらみ わが衣手は 露にぬれつつ」です。

百人一首の並べ方については、古い時代から新しい時代へ順番に配置され、1首目が天智天皇の歌なのは「いちばん古いから」というのが定説です。しかし私は、天智天皇の歌が1首目に配置されている理由は、「恨みを持って死んだ（おそらくは殺された）天智天皇を祀《まつ》りあげる必要があったから」と考えます。

天智天皇は公式には、天智天皇10年（671）9月に病床につき、10月に後事を託そうとした弟の大海人《おおあま》皇子〈のちの天武《てんむ》天皇〉が出家して吉野に籠《こ》もったあと、12月に46歳で崩御したとされています。しかし、平安時代の高僧である皇円《こうえん》が編纂したという私撰歴史書『扶桑略記《ふそうりゃくき》』によると、「一説によれば、天皇が山科《やましな》で行方不明になったこと、沓《くつ》が残っていたところに山稜（山科陵）をつくったこと、崩御された場所・殺害されたかどうかもわからない」と記されています。

じつは、天智天皇が行方不明になったという山科には、藤原氏の本拠地がありました。奈良の東大寺のすぐ近くにある藤原氏の氏寺「興福寺」は、山科から現在地に移ってきたのです。もし『扶桑略記』の記述が真実だと仮定すれば、壬申《じんしん》の乱後に最も隆盛を極め、天武天皇が企画して持統天皇が完成させた都に臣下の名「藤原」を冠した都をつくらせた藤原氏が、山科での天智天皇の行方不明に関与していたとしても、なんら不思議ではありません。

正史とされる『日本書紀《にほんしょき》』は天武天皇が編纂させ、舎人《とねり》親王〈天武天皇の皇子〉が責任者でした。ただ、最終的な実権を握っていたのは藤原不比等《ふひと》だったので、藤原氏にとって都合の悪い歴史は消すこともできたわけです。そ

のため、「天智天皇が暗殺された可能性」も安易には否定できません。このことについては拙著『結界線で斬る日本史の謎』で詳述していますが、本書では簡単にエッセンスだけを紹介します。

天智天皇山科陵は、持統天皇〈天智天皇の娘〉が現在地に改葬しています。その位置は【地図1】にあるように、天武天皇〈持統天皇の夫〉が企画して持統天皇が完成させた「藤原宮」の真北にあたります。また、天武天皇を葬った陵墓は藤原宮の真南に位置し、持統天皇も自らの遺骨を夫の陵《みささぎ》のなかに葬らせています。

「天皇」という用語は、それまで「大王《おおきみ》」と呼んでいた称号を、天武天皇が変えさせたことに始まるといわれます。その呼称は、古代中国で北極星を意味し、道教にも取り入れられた「天皇大《てんおうだい》帝《てい》」が語源だそうです。

天智天皇が改葬された山科陵は、藤原宮から見れば北極星の方向（真北）にあたり、「天皇大帝」として祀りあげられる方向にあります。そして藤原氏の陵墓群がある「宇治陵」や、藤原氏の極楽浄土に擬して建てられた「平等院鳳凰堂《びょうどういんほうおうどう》」も、この聖なる結界線上にあるのです。結界線とは、聖地どうしをつないだラインのことで、第6章で詳しく解説します。

このように東経１３５度48分の付近に、次の５つの聖地がピッタリと一直線に並んでいるわけです。その５つとは、「❶藤原氏の最初の氏寺があって、天智天皇が行方不明になったあと天智天皇山科陵が造成された場所」「❷歴代の藤原氏の陵墓群があって、天智天皇の本当の陵墓がそのなかにある可能性が高い宇治陵」「❸藤原氏が極楽浄土を模して建てた平等院鳳凰堂」「❹天武天皇が企画し、持統天皇が完成し、臣下である藤原氏の名を冠する藤原宮の内裏があった場所」「❺天武天皇とその妻である持統天皇の合葬陵」です。

私は、天智天皇は藤原氏の本拠地があった山科で暗殺され、川伝いに宇治陵付近に運ばれて簡単な殯《もがり》（死後すぐに埋葬せず、遺体を棺に納めて長期間仮安置すること）がなされ、その地に葬られた可能性が高いと考えています。なぜなら、倭姫王《やまとのひめみこ》〈天智天皇の皇后〉が危篤の夫の枕元で詠んだとされる歌「青旗の　木幡《こはた》の上を　かよふとは目には見れども　直《ただ》に逢はぬかも」が、わが国最古の歌集『万葉集《まんようしゅう》』に収録されているからです。

この歌は、「木幡という近江から離れた具体的な場所の上空に天智天皇の霊がさまよっていることを知っているが、逢えない」というようすを詠んでいます。そのため私は、夫が暗殺された事実を言うことができない事情のなかで、倭姫王がギリギリの表現としてこの歌を詠んだ可能性が高いと考えます。つまりこの歌は、木幡の宇治陵付近に天智天皇の本当の墓がある可能性を示している歌だとも言えるのです。

なにより、天智天皇が暗殺された可能性が最も高い山科から山科川を下れば、黙っていても巨椋池《おぐらいけ》に流れ着き、宇治陵の真横まで船便で天智天皇の遺体を運ぶことは容易だったでしょう。「藤原宮」を完成させた持統天皇が、この結界線上に「天智天皇山科陵」を改葬させ、藤原宮の真南に「天武天皇・持統天皇合葬陵」を建設したのは、ある種の怨霊封じではないでしょうか。

　これらのことを踏まえて、藤原氏が天智天皇の恨みを買うようななにかをした可能性があることを前提に、定家が天智天皇の歌を百人一首の1首目に祀りあげた理由について持論を展開したいと思います。

　百人一首に選ばれた天智天皇の歌は、一見するとのどかな秋の情景と読み取ることができます。しかし、この歌を後鳥羽院に捧げる〝怨霊鎮魂の歌集の冒頭を飾る歌〟として見てみると、まったく異なった情景が見えてきます。「秋の田んぼのなかに臨時につくられた〝仮廬の庵＝粗末な殯宮《もがりのみや》〟に一時的に隠され、秋の夜露に濡れる天智天皇の遺体の姿」が連想されるからです。「仮廬の庵」とは「殯のための仮の宮」を指し、「あらみ」とは「粗いので」と訳されますが、「荒城《あらき》（殯宮）」にも通じる掛詞とも考えられます。死者の恨みを和歌の言霊で代弁することや、天智天皇の歌を歌集の最高位に祀りあげることによって、隠岐島において天智天皇同様に怨霊になることが確実視される後鳥羽院に、怨霊になってほしくないと願ったのではないでしょうか。

　じつは、このあまりにも有名な歌は、実際に天智天皇が詠んだのかどうかわからない謎の歌とされます。というのも、『万葉集』に作者不詳の歌「秋田苅る　借廬を作り　吾が居れば　衣手寒し　露ぞ置きにける」があり、それが元歌ではないかとされているからです。

　天智天皇御製《ぎょせい》とされる歌と比較すると、コンセプトはまったく一緒であることがわかります。ただ、『万葉集』の歌のほうがより直接的で、「作り」という言葉から、作者自身が苦屋づくりをしている姿のイメージさえ浮かんできます。一方、天智天皇御製とされる歌は、より技巧に富んでおり、しかも「ぬれつつ」という言葉から、不本意ながら仮の庵にあって、濡れ続けている状態から抜けだせないイメージが浮かびます。

②「梨壺の五人」とはなにか？

このように『万葉集』では詠み人知らずの歌が、本歌取りのかたちをとって第2代勅撰集『後撰《ごせん》和歌集』に天智天皇御製として選ばれているわけです。『後撰和歌集』は村上天皇の下命によって編纂された勅撰集で、初代勅撰集『古今《こきん》和歌集』にもれた秀歌が選ばれたといわれます。巻数は20巻、歌数は1425首です。撰者は、大中臣能宣《おおなかとみのよしのぶ》【百人一首の49番】・源順《みなもとのしたごう》・清原元輔《きよはらのもとすけ》【42番】・紀時文《きのときぶみ》・坂上望城《さかのうえのもちき》の、いわゆる「梨壺の五人」です。撰者には藤原氏はひとりも存在しません。ただし、藤原伊尹《これただ》（謙徳公《けんとくこう》【45番】）が別当《べっとう》（編集責任者）ではありました。

じつは、『後撰和歌集』は撰者である「梨壺の五人」の歌が1首もないという極めて謎に満ちた特異な歌集です。直前に編纂された『古今和歌集』の場合、4人の撰者たちが選んだ自分らの歌は、紀貫之《きのつらゆき》【35番】（105首）・凡河内躬恒《おおしこうちのみつね》【29番】（62首）・紀友則《きのとものり》【33番】（46首）・壬生忠岑《みぶのただみね》【30番】（37首）と、撰者の歌だけで計250首となり、歌集全体（1111首）の約4分の1におよんでいます。

勅撰集は1首でも入集すれば名誉となります。ところが、『後撰和歌集』の撰者たちは自分の歌を自由に選べる立場、いわばシード権を持つにもかかわらず、自分たちの歌は1首も選んでいません。これは『後撰和歌集』最大の謎とされています。

私はこの謎に関して、ひとつの仮説を立ててみました。それは、『後撰和歌集』には「『古今和歌集』にもれた秀歌を選ぶ」という表向きの目的の裏に〝特殊なミッション〟があり、怨霊鎮魂という観点から「褻《ケ》の歌」をまんべんなく拾うことにあったからではないかという仮説です。

『後撰和歌集』は贈答歌や日常歌の比率が高く、公的な「晴《ハレ》の歌」よりも私的な「褻の歌」が主体となった歌集だという指摘もされています。たしかに、百人一首に選ばれた天智天皇の歌も、明らかに農民がつくったような内容であり、天皇の歌にはふさわしくない「褻の歌」に分類されると言えましょう。ミッションのひとつに、この天智天皇の最期を暗示する『万葉集』の詠み人知らずの歌を本歌取りにしたものを、「天智天皇御製」として挿入することにあったのかもしれません。

天智天皇御製とされる「秋の田の……」歌は、『後撰和歌集』の302番です。直前の301番の紀貫之の歌「秋萩の 色つく秋を 徒《いたずら》に あまたかそへて 老いそしにける」は、詞書《ことばがき》に「年のつもりにけることをかれこれ申しけるついでに」とあります。年を重ね、老いて死に向かう秋を連想させる「褻の歌」です。

さらに、天智天皇の直後の303番は詠み人知らずの歌「わが袖に 露ぞ置くなる 天の河 雲のしがらみ 浪や越すらん」で、明らかに天智天皇の歌を受けています。意訳すると「私(天智天皇)の袖に置かれた露はまるで天の川のようであり、その波によって邪魔な雲のしがらみを越えるでしょう」となり、天智天皇の魂が天の川になって昇天することを願うような歌です。天智天皇の本当の最期をイメージされる歌が、さりげなく前後に挿入されている感じがします。

また、この歌は『古今和歌集』の詠み人知らずの歌「わが上に 露ぞ置くなる 天の川 門《と》渡る舟の 櫂《かい》のしづくか」を元歌にして、「梨壺の五人」による創作である可能性が高いと考えます。304番以下の歌も陰鬱《いんうつ》な「褻の歌」で占められています。

もし、この仮説が成立するならば、撰者のひとりである大中臣能宣は、伊勢神宮の祭主でもあるので、日本で最も清浄な空間を祀る聖職者としては自分の歌をそのような「褻」の多い歌集に入集させることができなかったのではないでしょうか。当然入るべき藤原氏が撰者にひとりもいなかったことも、能宣と同じような判断理由だったと推理します。

それならばと、ほかの4人も能宣に〝右にならえ〟をした可能性があり、これが『後撰和歌集』に撰者の歌が1首もない謎の答えとなるのではないでしょうか。また、ほかの勅撰集の撰者たちには「梨壺の五人」というような謎めいた呼称がないことも、「梨壺の五人」には決して外には漏《も》らすことができない秘密があったのかもしれません。

秘密結社的な結びつきを確固たるものにするために、庭に梨の木がある部屋を「決して外に秘密が漏れることが〝無し（梨）〟の〝部屋（壺）〟」になぞらえる呼称にしたのではないかと考えます。「梨壺」の読みも、文人が好みそうな「りこ」ではなく、「なしつぼ」である理由なのかもしれません。

気になるのは、編集責任者の藤原伊尹（謙徳公）だけは、自分の歌2首（718番と730番）を選んでいることです。その歌は、「女のもとに衣を脱ぎ置きてとりにつかはすとて」という詞書がある「鈴鹿山　伊勢をの海人《あま》の捨て衣　潮馴《しおな》れたりと　人や見るらん」と、「女のもとにつかはしける」という詞書がある「人知れぬ　身は急げども年を経て　など越えがたき　逢坂《おうさか》の関」の2首です。

詞書を見れば、2首ともに遊び人が戯れに詠んだような軽い歌だとわかります。おそらく伊尹は名ばかりの編集責任者で、「梨壺の五人」の本当の使命について、知っていたとしてもあまり気にしない天真爛漫《てんしんらんまん》な性格だったのではないでしょうか。ある意味で、はた迷惑な性格だったのかもしれません。

定家が伊尹を百人一首に選んだ理由については、第4章の伊尹（謙徳公）の項で後述します。伊尹は、藤原氏の他氏からだけでなく、同族からも恨まれる代表格として登場することになります。

第3章

六歌仙・三十六歌仙の謎

①　6も36も不吉な数字

六歌仙と三十六歌仙の数字「6」と「36」は、不吉な数字とされました。百人一首の主要な目的のひとつは、六歌仙・三十六歌仙とともに、不遇な歌人たちの怨霊を封じるために祀りあげたものと考えられます。

百人一首と六歌仙・三十六歌仙との関係について触れておきます。

日本・中国・朝鮮半島の東アジアにおいては、いまでも風水や陰陽道が信じられ、日本においては古人の生活の一部となっていました。その陰陽道では、「偶数は陰の数」「奇数は陽の数」と考えられてきました。ただ、例外的に「8」の数字は最もめでたい数と考えられています。たとえば、中国が北京オリンピックを開催したとき、開会式が2008年（平成20）8月8日午後8時8分8秒だったことは記憶に新しいところです。

そもそも六歌仙にある「6」という数字は、めでたい数字ではありません。日本においては、「四《し》＝死」「六《む》＝無」「九＝苦」という数字は〝忌《い》み数《かず》〟とされ、祝儀のときには避けたほうがいい数字だといわれています。

六歌仙に関しては、「6人の名歌人」と褒め称えると同時に、「無の世界に成仏してほしい6人の歌人」という意味合いが含まれているのかもしれません。「六」を冠するほかの用語を見てみても、「六道珍皇寺《ろくどうちんのうじ》（小野篁《おののたかむら》【11番】が古井戸から閻魔《えんま》大王のところへ夜な夜な通っていたというあの世とこの世の境の寺）」「六道の辻（あの世とこの世の境の十字路）」「六所遠流《ろくしょおんる》（伊豆・五島・天草・隠岐・壱岐・佐渡の6つの流刑地）」「六条河原（京都の処刑地）」「六角獄舎（京都の牢獄）」「六文銭（死者が三途《さんず》の川を渡るときに払うお金で、頭陀袋《ずだぶくろ》に入れて死者に持たせる」など、怨霊封じに関連する数字と考えられます。大河ドラマ『真田丸』でも有名になった真田家の旗印「六文銭」は、三途の川の渡し賃である六文銭を旗印にすることで、戦場にあっても死を恐れないという気概を示したからだといわれています。

三十六歌仙についても「6×6＝36」であり、不吉な数字がダブルであります。また36は「3＋6＝9（苦）」になります。さらに「4（死）×9（苦）＝36」になるなど、〝36は大凶の数字〟なのです。そこで不遇をかこった36人の歌人たちを名人として祀りあげ、彼らの怨霊を封じたのではないでしょうか。

② 不遇な歌人たちの怨霊封じ

六歌仙と三十六歌仙のメンバーは、「なんらかの恨みを持って死んでいった人たち」ではないかと考えられます。百人一首のなかの六歌仙・三十六歌仙が、例外なく「不遇もしくは鎮魂に関連する人たち」だからです。

三十六歌仙のなかで、25人が百人一首に選ばれています。六歌仙なのに三十六歌仙でない者は、文屋康秀《ふんやのやすひで》【22番】・喜撰法師《きせんほうし》【8番】・大伴黒主《おおとものくろぬし》の3人です。文屋康秀と喜撰法師の2名は『古今和歌集』の「仮名序」で紀貫之【35番】から酷評されています。大伴黒主に至っては百人一首にも選歌されておらず、紀貫之は「仮名序」のなかで「大伴黒主はそのさまいやし。いはば薪《たきぎ》を負《お》へる山人《やまがつ》の花の陰にやすめるが如し」と最低の評価を下しています。

このように酷評されているのにもかかわらず、六歌仙のひとりといわれるのは、なんらかの恨みを抱いて死んだということではないでしょうか。その原因をつくった者に祟ったことがあるとも考えられています。これは紀貫之から酷評された喜撰法師の歌を、藤原定家が百人一首で選んだ謎にも関連してきます。

いわゆる〝言霊〟は日本の伝統的な信仰で、「言葉そのものに霊力がある」と考えられていました。歌は遊びではなく、「魂と魂のぶつかりあい」でもあったのです。その言霊の最高表現である和歌の名人として褒め称えることは、恨みを持って死んでいった人の魂を鎮めることにつながるというわけです。

したがって、六歌仙・三十六歌仙のメンバーは、なんらかの恨みを抱いて死んでいった人たちではないかと考えられます。百人一首のなかには、これらのメンバーのほかに、「恨みを抱いて死んでいった不幸な歌人」「出家を余儀なくされた歌人」「暗殺された歌人」なども選ばれています。実際、私の分析でも、百人一首のなかの六歌仙・三十六歌仙は、例外なく不遇もしくは鎮魂に関連する人たちでした。これは第5章の「百人一首の恨みや鎮魂に関する人物一覧表」で後述します。

また、百人一首のなかには、当時盛んに行われた歌の試合「歌合《うたあわせ》」の名場面を再現し、歌道に命をかけた歌人を賞賛するとともに、歌道を冒瀆《ぼうとく》した者への懲罰を企図した配置をしている箇所もあります。これは第4章の「百人一首のからくり」に詳述しました。

それでは百人一首の配置に仕掛けられた謎やからくりを、後鳥羽院の怨霊鎮魂を中心に見ていくことにしましょう。天智天皇や六歌仙・三十六歌仙も含め、「恨み・慰め・怨霊鎮魂」という観点から百人一首に登場する歌人たちの歌について、1首ずつ順を追って分析してみたいと思います。

第4章

百人一首のからくり

※各歌人の画像は『小野鵞堂筆 百人一首かるた』（勝川春章風歌仙絵入り）

① 父の恨みを娘が封じる鎮魂

天智天皇【1番】と持統天皇【2番】は、「父の恨みを娘が封印する」構成であると考えます。なぜなら、天智天皇の恨みのこもった歌に登場する〝殺されて殯屋《もがりや》に横たわり夜露に濡れそぼる天智天皇の衣の袖〟を、その娘の持統天皇が〝神山といわれる天香具山《あまのかぐやま》に干して乾かしてしまう〟からです。

【1番】天智天皇《てんじてんのう》

殺されて殯屋に置かれた天智天皇の恨歌《うらみうた》

秋《あき》の田《た》の　仮廬《かりほ》の庵《いほ》の　苫《とま》をあらみ
わが衣手《ころもで》は　露《つゆ》にぬれつつ

作者伝

626年〜671年。第38代天皇。舒明《じょめい》天皇の皇子。中大《なかのおお》兄皇子《えのおうじ》の時代、中臣《なかとみの》(藤原)鎌《かま》足《たり》と協力して大化《たいか》の改新《かいしん》を実現。朝鮮に出兵したが、白村江《はくすきのえ》の戦いで敗戦。飛鳥《あすか》から近江《おうみ》大津宮《おおつのみや》に遷都《せんと》し、近江令《おうみりょう》や庚《こう》午年籍《ごねんじゃく》など律令制の基礎となる施策を実行した。

通釈

秋の田んぼのかたわらにある仮小屋は、苫葺《とまぶ》き屋根の目が粗いので、夜の番をする私の衣の袖は苫の破れから滴《したた》ってくる露に濡れ続けています。

天智天皇

父の恨みを娘が封じる鎮魂

殺されて殯屋に置かれた天智天皇の恨歌

天智天皇は、公式には近江朝廷で病死したことになっています。しかし、第2章の「①藤原氏が天智天皇の暗殺に関与!?」で述べたとおり、藤原氏によって暗殺された可能性も疑われるのです。

そのため、この歌は〝天智天皇の怨霊が発生する状況〟にあることを暗示したのではないでしょうか。皇円が著したとされる私撰歴史書『扶桑略記』は、藤原定家と親しい関係にあった慈円《じえん》【95番】の『愚管抄《ぐかんしょう》』など鎌倉時代の歴史書にもしばしば引用されていたため、定家は〝天智天皇暗殺説〟については熟知していた可能性が高く、百人一首の冒頭にふさわしい歌として選んだのでしょう。

この歌の専門書の解説には、「理想的な帝王が農民の苦労を偲んで詠んだ歌」として称えているのがほとんどです。天智天皇の歌には、出自が明確な恋の歌や自然を愛《め》でる歌などがあるにもかかわらず、定家はどうしてこのような出自が謎に満ちた歌を選んだのでしょうか？ しかも、天皇が泊まりそうにもない粗末な仮小屋で、農民が収穫前の掛け干しした稲の見張り番をするようすを詠んだ「藜の歌」を、百人一首の最初に掲げたのでしょうか？

定家がこの歌を選んだ理由は、前述のように「後鳥羽院に捧げる怨霊鎮魂の歌集の冒頭を飾る歌」として、また「暗殺された可能性のある天智天皇の怨霊鎮魂」も兼ねて、この内容の歌である必要があったからだと考えます。天智天皇の遺体は、「秋の田んぼのなかに臨時につくられた〝仮廬の庵＝粗末な殯宮〟に一時的に隠され、秋の夜露に濡れ続けている状態」にあった可能性が高く、その状況を暗示して詠んだと思われます。定家は「死者の恨みを和歌の言霊で代弁すること」や「天智天皇の歌を歌集の最高位に祀りあげること」によって、〝天智天皇の怨霊封じ〟を企図したのではないでしょうか。

定家はこの歌を百人一首の1首目に掲げることによって、隠岐島に流された後鳥羽院に鎮魂のメッセージを送ったとも考えられます。その証拠に、後鳥羽院はこのメッセージに対し、敏感に反応しています。

この歌から派生したと考えられる後鳥羽院の歌があります。「秋の田の　かりほの庵に　露おきて　ひまもあらはに　月ぞもりくる」「苫をあらみ　露は袂《たもと》に　おきゐ《い》つつ　かりほの庵に　月をみしかな」「足引きの　山田もるいほの　苫をあらみ　木の下露や　袖にもるらむ」「旅寝する　あまの苫屋の　とまをあらみ　寒き嵐に　千鳥さへなく」の4首です。

後鳥羽院のこれらの歌は、「仮廬の庵＝殯のための仮の宮」に横たわる天智天皇と、根の国（死者の霊が行くとされた異世界）と呼ばれた「出雲」のさらに鬼門（北東の方角）に位置する隠岐島の離宮を「殯のための仮の宮」になぞらえ、自分の身の上とをオーバーラップさせて詠んだのではないでしょうか。とくに最後の1首は、隠岐島の離宮を苫屋にたとえ、日本海の孤島に吹きすさぶ冬の嵐に震え鳴く千鳥を後鳥羽院自身になぞらえている情景が鮮やかに浮かびあがります。当時は行在所《あんざいしょ》の眼前にまで海が迫っており、後鳥羽院は現実的に「千鳥さへなく」という状況に置かれていました。百人一首が成立するのは、後鳥羽院・順徳院の還京願いが鎌倉幕府から拒否され、帰京の望みが完全に絶たれた時期です。後鳥羽院は悲嘆しながら、この歌を詠んだのでしょう。

かつて藤原氏は天智天皇を裏切り、藤原氏の本拠地である山科の地で天智天皇の行方不明に深く関与した可能性が高いと考えます。また、定家を含む藤原氏は、代々勝ち馬にのみ乗ってきました。百人一首を編纂した最大の目的は「後鳥羽院・順徳院の怨霊封じ」でしょうが、天智天皇をその1首目に祀りあげたのは、祖先が犯した「最大の裏切り＝天智天皇への裏切り」を思いだしたからだと推理します。

浮世絵に描かれた天智天皇の歌（『百人一首之内　天智天皇』歌川国芳・画）

天智天皇山科陵

【2番】持統天皇《じとうてんのう》

娘の立場から天智天皇を鎮魂

春《はる》過《す》ぎて　夏来《なつき》にけらし　白妙《しろたへ》の
衣《ころも》ほすてふ　天《あま》の香具山《かぐやま》

通釈

春が過ぎ去って、夏がやってきたらしい。夏になると衣を干すという天香具山には、白い布でつくった衣が干してあることよ。

作者伝

645年～702年。第41代天皇。天智天皇【1番】の皇女で、名は鸕野讃良《うののさらら》。天武天皇の皇后として、壬申の乱の勝利に協力。天皇〈夫〉および草《くさ》壁《かべ》皇子〈息子〉が相次いで没したため即位し、飛鳥浄御原令《あすかきよみはらりょう》の制定や藤原京の造営など律令国家の建設に努めた。

持統天皇は夫の天武天皇の死後まもなく、皇太子である草壁皇子〈自分の実子〉が病死したことから、草壁皇子の子である軽皇子《かるのみこ》〈のちの文武《もんむ》天皇〉につなぐために天皇に即位しました。「持統」とは、夫の天武天皇と自分の「血統」を「保持」するために懸命だった天皇への諡号《しごう》ということです。

第2章の「①藤原氏が天智天皇の暗殺に関与!?」で述べたとおり、持統天皇は天武天皇が企図した「藤原宮」を完成させ、その真北に「天智天皇山科陵」を改葬する一方で、その真南に「天武天皇陵」を建造し

父の恨みを娘が封じる鎮魂

娘の立場から天智天皇を鎮魂

持統天皇

て結界を張り、自分も夫の陵墓に合葬されました。斉明《さいめい》天皇〈天智天皇や天武天皇の母〉の陵墓も改葬したと伝わりますが、それは牽牛子塚《けごしづか》古墳（奈良県明日香村）の可能性が高いと考えられています。というのも、牽牛子塚古墳は天智天皇山科陵や天武天皇・持統天皇合葬陵と同じく、特徴的な「八角形墳墓」だからです。

やがて持統天皇は、文武天皇に譲位して、日本初の太上《だいじょう》天皇（上皇）として天皇を後見しました。そんな持統天皇が、百人一首で2番目を飾る役割は「天智天皇の夜露で濡れた衣を、天香具山で干して乾かす」ことではないでしょうか。

定家が百人一首にこの歌を選んで2首目に配置したのは、〝天智天皇の恨みを鎮魂する歌〟だったからと推理します。なぜなら、父である天智天皇の恨みを、娘である持統天皇が慰める形式となっており、百人一首の最後の2首（後鳥羽院と順徳院）に対応する布石の歌であると考えられるからです。

② 天智天皇をメインとする鎮魂

柿本人麻呂【3番】から猿丸大夫【5番】までの3首は、天智天皇【1番】の怨霊を鎮める意味を込めて配置しているものと考えます。当然ながら、後鳥羽院【99番】に対する鎮魂も企図されているはずです。

【3番】柿本人麻呂

三十六歌仙

宇治陵で眠る天智天皇への挽歌

あしびきの　山鳥《やまどり》の尾《お》の　しだり尾《お》の
ながながし夜《よ》を　ひとりかも寝《ね》む

通釈

山鳥の長く垂れ下がった尾羽のように長い秋の夜を、私は恋しい人と離れてひとりぼっちでさびしく寝るのでしょうか。

作者伝

生没年不詳。『万葉集』の代表的な宮廷歌人。名は人丸《ひとまる》、表記は人麿とも。三十六歌仙のひとりで、山部赤人【4番】とともに「歌《か》聖《せい》」と称えられる。石見国《いわみのくに》（島根県）の国司となるが、不遇のうちに赴任先で客死したと伝わる。

天智天皇をメインとする鎮魂

宇治陵で眠る天智天皇への挽歌

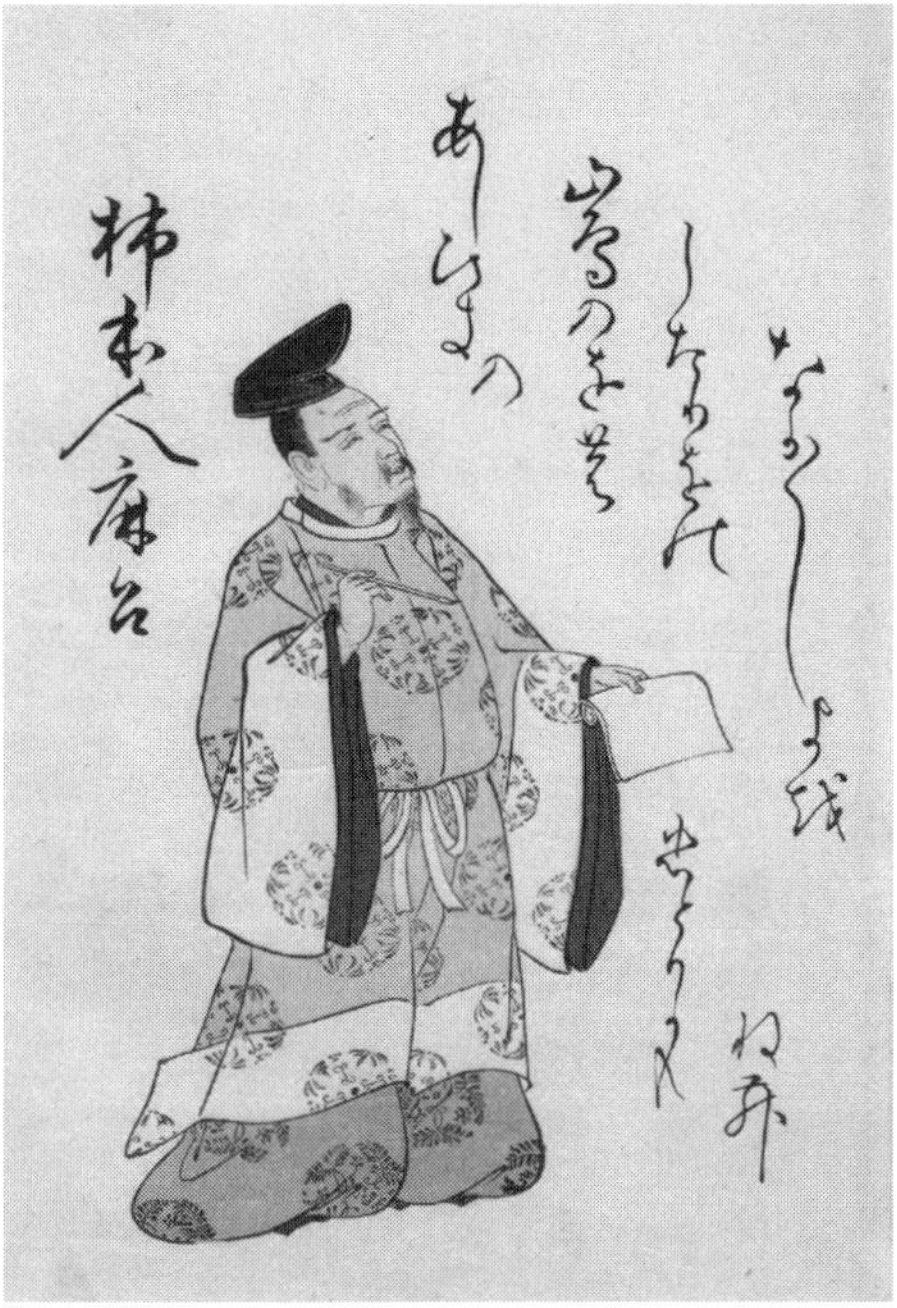

柿本人麻呂

柿本人麻呂は宮廷歌人ですが階位は低く、国司として石見国へ赴任し、任国の山中で行き倒れになって亡くなったと伝わります。梅原猛《うめはらたけし》氏の説では、持統天皇や藤原不比等から政治的に粛清され、石見国で刑死(水死)したとしています。

人麻呂の歌としては、「東《ひむがし》の 野に炎《かぎろひ》の たつ見えて かへり見すれば 月かたぶきぬ」などの秀歌がありますが、定家は「あしびきの……」の歌を百人一首に選びました。しかし、この歌の初見は『万葉集』で、詠み人知らずの歌です。これは、天智天皇御製とされる「秋の田の……」の歌が、『万葉集』では詠み人知らずの歌が元歌だったのと共通します。

定家が詠み人知らずの歌を「歌聖」と称される人麻呂の作品としてことさら選び、しかも天智天皇と持統天皇に次ぐ「3番目の歌」としたのは、こうした内容の歌をここに配置する必要があったからではないでしょうか。おそらくこの歌は、〝宇治陵の陵墓群のひとつで長い長い夜をひとりで過ごす天智天皇の孤独をねぎらった鎮魂歌〟だと考えます。人麻呂は、草壁皇子や高市皇子《たけち》〈草壁皇子の異母兄〉などに対する殯宮での挽歌（死者を悼《いた》む歌）を詠んだ宮廷歌人であり、殯宮に横たわる天智天皇の挽歌にふさわしい歌として定家が選歌した可能性が高いと推理します。どうして「宇治陵」なのかについては、喜撰法師【8番】の項で後述します。

後鳥羽院との関連でいえば、隠岐島は人麻呂の子「柿本窮都良麻呂《みづらまろ》（美豆良麻呂などとも表記）」が流された地としても知られます。『隠岐島のみつら伝説』野津龍《のづとおる》・著（日本写真出版）によれば、天武天皇の崩御後に謀反で亡くなった大津皇子〈草壁皇子の異母弟〉と親しかったことから、窮都良麻呂は隠岐島へ流罪になったようです。窮都良麻呂は隠岐島で病没しましたが、枕元に聞こえる雁の声を聞きながら、臨終の際に「あふことも 身はいたつきに 沖つ島 さらばと告げよ 渡る雁《かり》が音《ね》」と詠んだと伝わります。意訳すると、「わが身は病気《いたつき》になって隠岐島にあるので、本土へ渡る雁たちよ、あの人に『さらば』と伝えておくれ」ということです。

一方、後鳥羽院が隠岐島へ渡る直前に詠んだのが、「美保の浦を 月とともにや 出《いで》ぬらん 隠岐の外山《とやま》にすぐる雁がね」です。その歌意は「隠岐島へ向けて、私は月とともに美保の浦を出立するぞ。窮都良麻呂の『さらば』の声を聞いて隠岐島を過ぎてきた雁たちよ！」です。2首を比べてみれば、後鳥羽院は窮都良麻呂の歌への「返歌」として、この歌を詠んでいるのがわかります。それくらい人麻呂と後鳥羽院は接点があるということです。

定家が「あしびきの……」の歌を柿本人麻呂の作品として百人一首に選んだ理由は、天智天皇への挽歌としてふさわしかったからではないでしょうか。当然ながら、隠岐島に流された後鳥羽院の鎮魂歌として選んだ側面も併せ持つものと考えます。

【4番】山部赤人《やまべのあかひと》

三十六歌仙

視覚による天智天皇と後鳥羽院の鎮魂

田子《たご》の浦《うら》に　うち出《い》でてみれば　白妙《しろたへ》の
富士《ふじ》のたかねに　雪《ゆき》は降りつつ

通釈

田子の浦に出て眺めてみると、富士山の頂《いただき》には真っ白な雪が降り続いていることよ。

作者伝

生没年不詳。『万葉集』の代表的な宮廷歌人。表記は山辺、明人とも。三十六歌仙のひとりで、柿本人麻呂【3番】とともに「歌聖」と称えられる。『続日本紀《しょくにほんぎ》』などの正史に名前が見えないことから、下級官人であったと推測されている。

山部赤人は、聖武天皇に仕えた宮廷歌人だったといわれています。下級役人であったと考えられていますが、詳しい出自や経歴はわかっていません。

雄大な景色を詠んだこの歌も、じつは鎮魂の意味が込められていると考えます。定家が数ある赤人の作品のなかからこの歌を選び、ともに「歌聖」と称された柿本人麻呂の次に配置したのには、それ相応の理由があるのではないでしょうか。

この歌は、『万葉集』の雑歌《ぞうか》にある「田子の浦ゆ　打ち出でて見れば　真白にぞ　富士の高嶺に　雪は降りけ

天智天皇をメインとする鎮魂

視覚による天智天皇と後鳥羽院の鎮魂

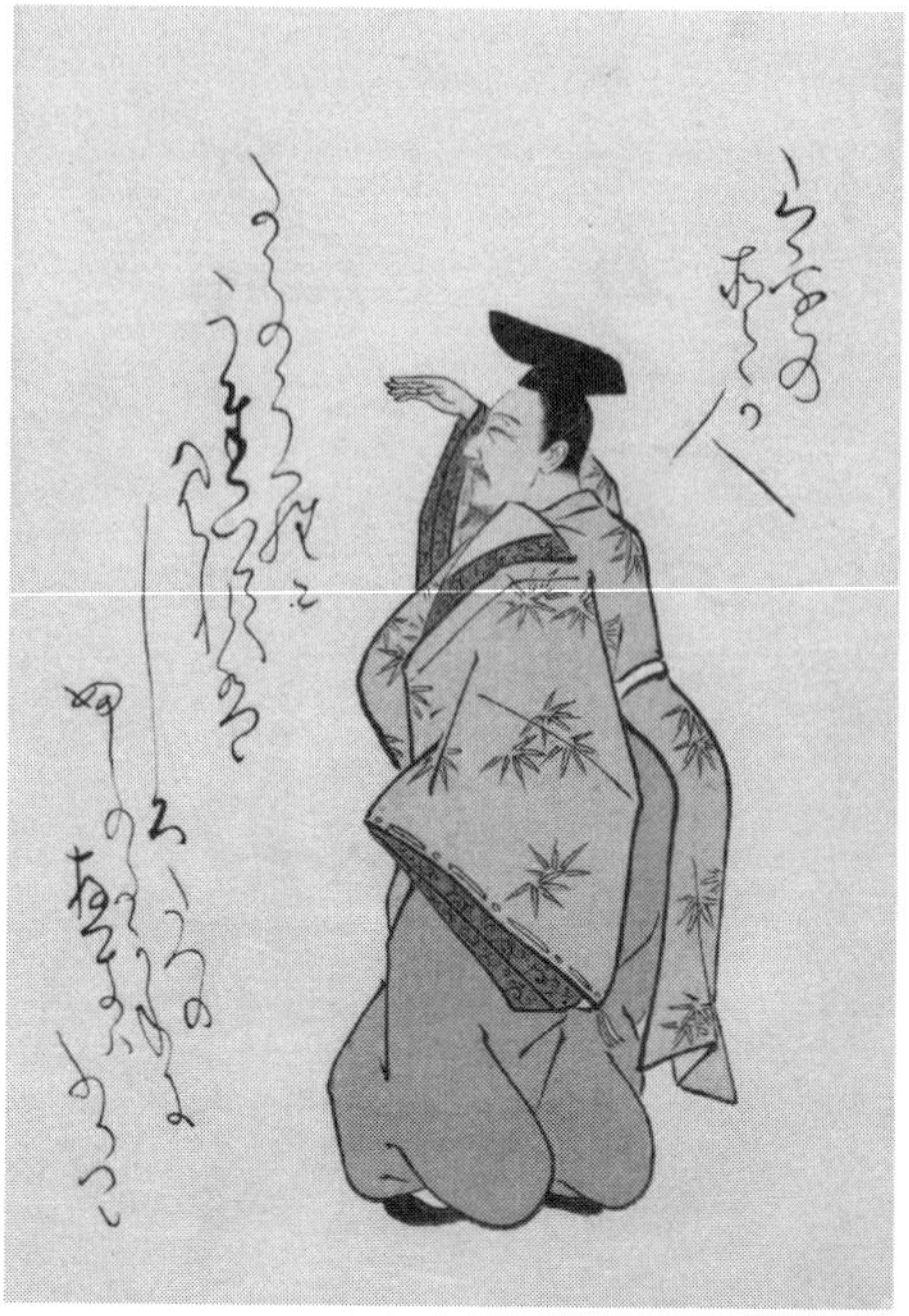

山部赤人

る」が元歌です。第8代勅撰集『新古今和歌集』で〝新古今調〟の歌に変えられ、百人一首にも〝新古今調〟のほうが選歌されています。

百人一首のなかでも視覚的でわかりやすく、ほとんどの日本人が知っている歌でしょう。百人一首の名作として知られるこの歌が、「天智天皇および後鳥羽院の鎮魂」を企図したと考える理由は、この歌が「4番目」の配置であり、「不死《ふじ》の山＝富士の山」が詠まれているからです。しかも縁起の悪い4番目を打ち消す「不四」であり、後鳥羽院の長寿を願う「不死」でもあるのです。

現存する日本最古の物語『竹取物語』にも描かれた「不死の薬を燃やした不死（富士）の山」を4番目に配置するために、定家はあえてこの歌を選んだのだろうと推理します。また、天智天皇に対しては、「崇高さを日本一の富士山で視覚的に表現した歌」という意味も内包しているのではないでしょうか。

【5番】猿丸大夫《さるまるのたいふ》

三十六歌仙

聴覚による天智天皇の鎮魂

奥山《おくやま》に　紅葉《もみぢ》踏《ふ》み分《わ》け　鳴《な》く鹿《しか》の
声《こゑ》聞《き》くときぞ　秋《あき》は悲《かな》しき

通釈

奥山で地面に散り敷いた紅葉を踏み分けて鳴く鹿の声を聞くときこそ、秋はとりわけ物悲しいと感じるものです。

作者伝

生没年不詳。読みは「さるまるだゆう」とも。名は猿丸で、大夫は「五位以上の位階」を得ている者の呼称。三十六歌仙のひとり。公的な史料には登場しない経歴不明の伝承的な人物で、遊芸にすぐれた芸能者だったとされる。

猿丸大夫は謎の歌人で、歌学書『続和歌極秘伝抄《ぞくわかごくひでんしょう》』によると、京で土器を売り歩いていたところ、歌がうまかったので朝廷に召しだされて大夫となり、顔が猿に似ていたので「猿丸大夫」と呼ばれたという伝説があるそうです。三十六歌仙のひとりに数えられながらも、猿丸大夫の作と確定している歌は1首もなく、百人一首に選ばれたこの歌も『古今和歌集』に詠み人知らずの歌として採られている作品です。

定家が詠み人知らずの歌を猿丸大夫の作品として

天智天皇をメインとする鎮魂

聴覚による天智天皇の鎮魂

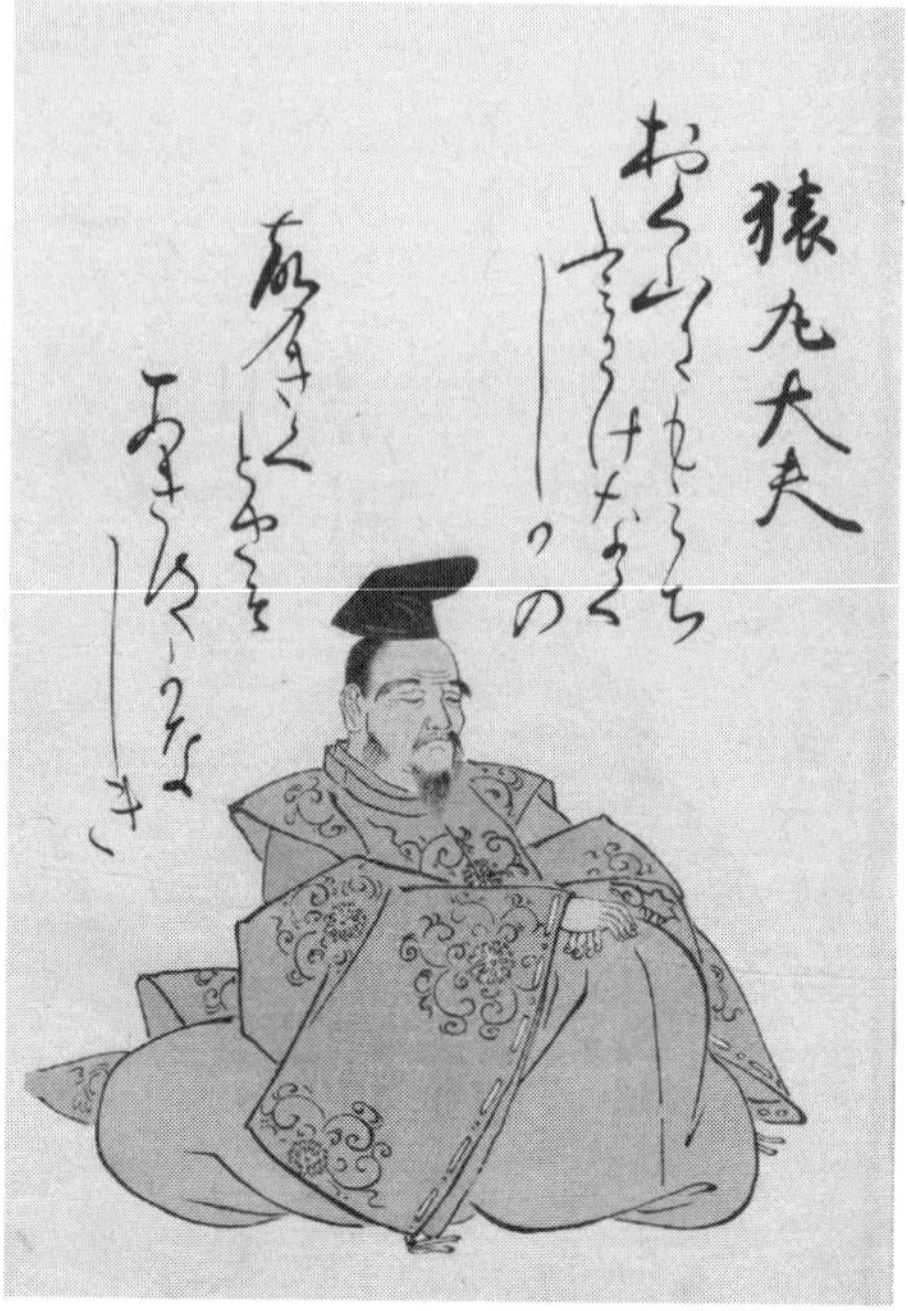

猿丸大夫

ことさら5番目に配置したのは、鮮やかな〝紅葉による視覚〟だけでなく、〝鹿の声による聴覚〟の表現が際立っているこの歌を秀作として高く評価したからではないでしょうか。とくに鹿の声の「悲しさ」「可怜《あはれ》さ」「わびしさ」が際立つこの歌を、宇治の木幡の山中に眠る〝天智天皇への聴覚による鎮魂〟の挽歌としてあえて選び、ここに配置したものと考えます。

中国のことわざに「中原《ちゅうげん》に鹿を逐《お》う」とあるように、中国では「鹿」は「帝位」にたとえられます。そういう意味も踏まえて、定家はこの歌が天智天皇への挽歌として最もふさわしいと考えたのでしょう。

また、喜撰法師【8番】の歌とは、内容でも歌中の掛詞でもリンクしています。「しか」については、❶「このように」という意味、❷「帝位」にたとえられる動物の「鹿」、❸天智天皇が開いた「しが（滋賀）の都」と、3つの「言霊」によるリンクを暗示していると言えましょう。要するに、「悲しき秋」に殺されて、「うぢ山＝宇治陵」に眠る天智天皇への鎮魂歌である可能性が高いと考えられるのです。

③ 天智天皇や後鳥羽院に対する鎮魂

大伴家持【6番】から小野篁【11番】までは、天智天皇や後鳥羽院に対する鎮魂の歌を配置しています。

【6番】中納言家持《ちゅうなごんやかもち》（大伴家持《おおとものやかもち》）

三十六歌仙

かささぎの橋でも帰れない後鳥羽院の鎮魂

かささぎの　渡《わた》せる橋《はし》に　おく霜《しも》の
白《しろ》きを見《み》れば　夜《よ》ぞ更《ふ》けにける

通釈

かささぎが翼を並べて架け渡したという天の川の橋に、まるで霜が降りたように星たちが白く光っているのを見ると、夜もすっかり更けてしまったようです。

作者伝

718年ごろ～785年。大納言だった大伴旅《たび》人《と》の子。大伴氏は大和朝廷以来の武門の名家であるが、藤原氏による他氏《たし》排斥《はいせき》にあって徐々に衰退。家持も晩年は不遇をかこった。『万葉集』編纂の中心的人物とされている。

天智天皇や後鳥羽院に対する鎮魂

かささぎの橋でも帰れない後鳥羽院の鎮魂

中納言家持（大伴家持）

大伴家持は中納言にまで昇進し、『万葉集』の編纂の中心的役割を担った人物です。東宮職《とうぐうしょく》（皇太子の教育担当）と征東将軍を兼務し、職務のために滞在していた陸奥国《むつのくに》（東北地方の太平洋側）で薨去《こうきょ》しました。長岡京の建設の責任者だった藤原種継《たねつぐ》の暗殺事件の首謀者として罪を着せられ、事件の3か月前に陸奥国で死んでいたにもかかわらず、埋葬を許されませんでした。子の永主《ながぬし》も隠岐島へ配流となっています。

家持が早良《さわら》親王の東宮職であったことや、大伴氏の氏長者《うじのちょうじゃ》だったことで、藤原氏による大友氏排斥のターゲットとなった可能性が高いようです。永主は、父である家持の遺骨を持って隠岐島へ向かったともいわれます。

21年後、桓武天皇によって家持は従三位《じゅさんみ》に、永主は従五位下にそれぞれ復権しますが、家持は名前のみの復権でした。家持の怨霊化を恐れての措置でしょう。永主が隠岐島から帰還し、完全復権したかどうかは不明です。

また、大伴一族の伴健岑《とものこわみね》も、「承和《じょうわ》の変」で橘逸勢《たちばなのはやなり》とともに首謀者のひとりとして捕らえられ、隠岐島へ流罪となっています。承和の変は、藤原氏が他氏排斥をもくろんだ事件で、健岑らは冤罪《えんざい》だったといわれます。健岑は、その後に復権しますが、還京の直前に勅命によって出雲国（島根県）へ配されたそうです。

このように、大伴氏から2名の人物が隠岐島へ配流されており、家持自身の骨も隠岐島に眠っている可能性もあるわけです。定家はその史実を認識したうえで、家持のこの歌を百人一首に選んだのではないでしょうか。

ちなみに「かささぎの渡せる橋」とは、年に1度の七夕に、牽牛《けんぎゅう》（彦星）と織女《しょくじょ》（織姫）のために天の川にかささぎが翼を並べて架け渡すと伝わる橋のことです。夏の季節のものですが、家持の歌は冬の天の川を詠んでいます。

定家は、後鳥羽院が隠岐島から「かささぎの渡せる橋」を渡って還京したいと思う心に配慮して、この清らかな歌を選んだのだと考えます。とくに永主と健岑の2名は、のちに隠岐島への配罪を解かれていることから、後鳥羽院の帰京を願う歌としてふさわしいと思ったのでしょう。

一方、家持に対しては、無（六）の世界に成仏してほしい人物として、6番目にこの歌を配置したのではないでしょうか。

浮世絵に描かれた大伴家持の歌（『百人一首之内　中納言家持』歌川国芳・画）

【7番】阿倍仲麻呂《あべのなかまろ》

帰りたくても帰れない後鳥羽院の鎮魂

天《あま》の原《はら》 ふりさけ見《み》れば 春日《かすが》なる
三笠《みかさ》の山《やま》に 出《い》でし月《つき》かも

通釈

大空をはるかに仰ぎ見れば、月が出ている。あれは、故郷の春日の三笠山から昇るのを眺めたのと同じ月なのかなぁ。

作者伝

698年～770年。遣唐留学生。表記は安倍、仲麿とも。唐(中国)に渡り、玄宗《げんそう》皇帝に仕えて出世。同期の留学生に吉備真備《きびのまきび》や玄昉《げんぼう》がいる。在唐35年後に帰国を試みたが暴風雨にあって果たせず、望郷の念を抱きながら唐で客死した。

阿倍仲麻呂は、唐に渡って科挙《かきょ》に合格し、唐朝の諸官を歴任して高官に昇進しました。中国名を晁衡《ちょうこう》といいます。

在唐35年後、仲麻呂は第12次遣唐使とともに日本へ帰国しようと試みますが、暴風雨にあって南方のベトナム付近へ流されます。長安に戻ると、安禄山《あんろくざん》の乱が起きて政情が不安定になったため、仲麻呂は帰国を断念して、唐で再び官途《かんと》につきます。結局、日本への帰国の夢は叶《かな》えられないまま、73歳の生涯を閉じました。

天智天皇や後鳥羽院に対する鎮魂

帰りたくても帰れない後鳥羽院の鎮魂

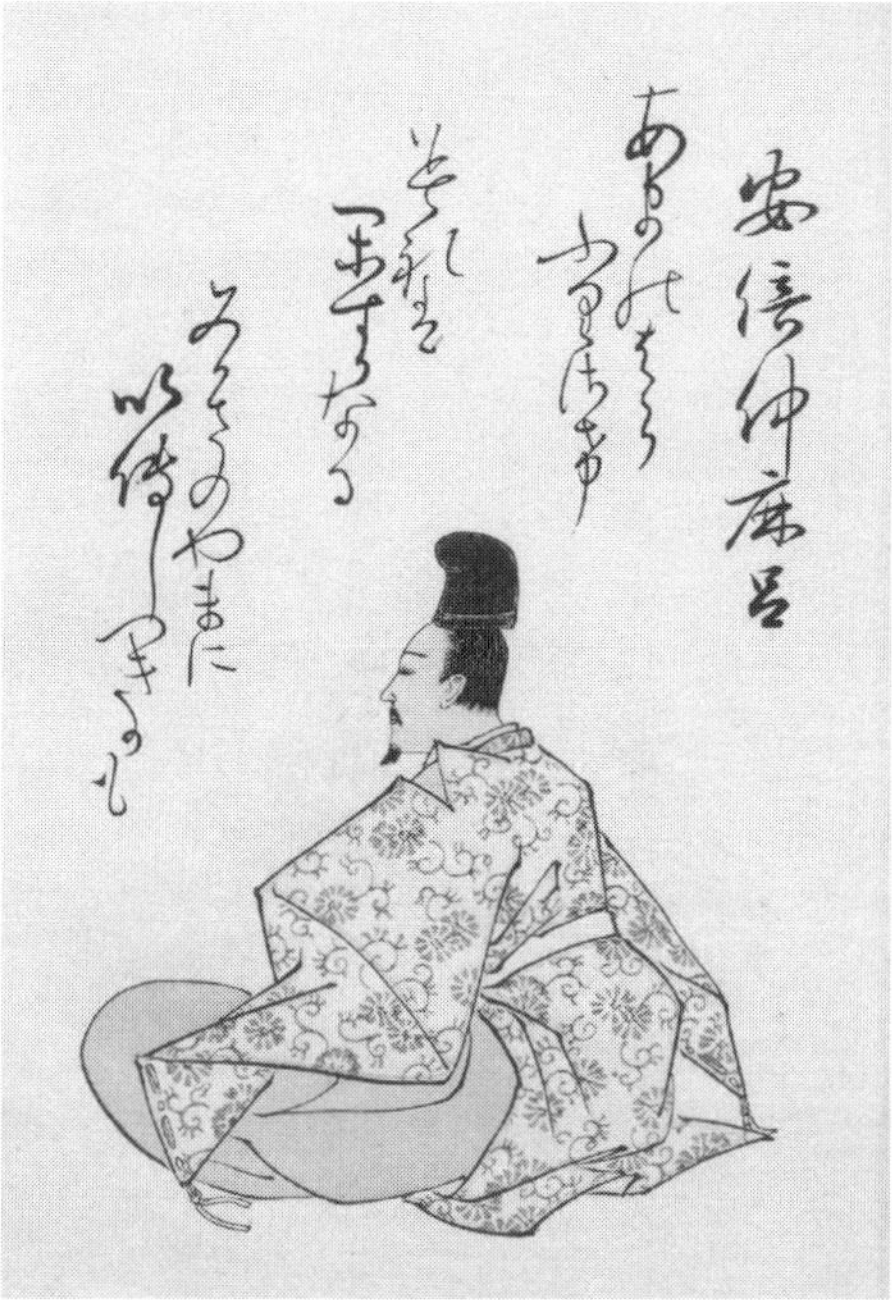

阿倍仲麻呂

百人一首に選ばれたこの歌は、東大寺の裏山である春日の三笠山を懐かしんで詠んだものです。仲麻呂が日本へ旅立つにあたって、王維《おうい》ら親友による送別の宴が開かれたときに詠んだ歌だといわれています。この和歌は、「翹首望東天　神馳奈良邊　三笠山頂上　思又皎月圓（首を翹《あ》げて東天を望めば、神《こころ》は馳《は》す奈良の邊《へ》、三笠山頂の上、思うまた皎月圓《こうげつまどか》なるを）」という五言絶句の漢詩に訳されています。

ちなみに、三笠山は仲麻呂の故郷であるだけでなく、遣唐使が出発前に旅の安全を祈願する思い出の地でした。正史『続日本紀』には、仲麻呂の一行らしき集団が日本を出発する前に訪れたという記述が残っています。最終的に帰郷が叶わなかった仲麻呂のこの歌が、どのようにして日本へ伝わったのかは不明です。一説には、後世の平安時代の人によってつくられたものが、仲麻呂の作品として扱われたともいわれます。

定家が百人一首にこの歌を選んだ理由は、〝帰りたくても帰れない〟という内容に対し、後鳥羽院の鎮魂が企図されているからだと考えます。

【8番】喜撰法師《きせんほうし》

六歌仙

宇治山に眠る天智天皇の鎮魂

わが庵《いほ》は　都《みやこ》の辰巳《たつみ》　しかぞ住《す》む
世《よ》をうぢ山《やま》と　人《ひと》はいふなり

通釈

私の庵は京の都の巽《たつみ》(南東)にある宇治の山中で、(鹿とともに)このように心静か住んでいる。それなのに人々は、私が俗世を憂《うれ》いて宇治山に隠棲《いんせい》していると言っているそうだ。

作者伝

生没年不詳。宇治山に隠棲していた僧ということ以外、出自や経歴などがほとんどわからない謎の歌人。六歌仙のひとり。鎌倉時代に鴨長明《かものちょうめい》が書いた『無名抄《むみょうしょう》』によると、三《み》室戸寺《むろとじ》(宇治市)の奥に住んでいたらしい。

謎の歌人といわれている喜撰法師は、宇治山に住んだ僧ということ以外、確かなことはわかっていません。紀貫之【35番】は『古今和歌集』の「仮名序」において、喜撰法師の和歌について「肝心なところがぼんやりしてよくわからない。いったいなにが言いたいんだ!」と、かなり低い評価を下しています。

喜撰法師の人物像については「窺仙《きせん》という宇治山に住んで不老長寿の仙薬を服し、雲に乗って去って

天智天皇や後鳥羽院に対する鎮魂

宇治山に眠る天智天皇の鎮魂

喜撰法師

いった仙人ではないか」「歌学書『孫姫式《ひこひめしき》』に出てくる基泉《きせん》ではないか」「歌学書『喜撰式』の著者ではないか」など諸説あり、いずれも真偽のほどはわかりません。

百人一首に選ばれたこの歌は、掛詞が多いことで知られます。百人一首が「後鳥羽院の怨霊化を防ぐ」という目的でつくられ、選歌した定家がその1首目に配置した天智天皇が暗殺されて「宇治の木幡の山中」に葬られていることを知っていたら、さらに「秋の田の……」の歌の裏事情まで知っていたとしたら、喜撰法師の歌も別の解釈ができるのです。

私は、この歌は喜撰法師の名を借りて、定家一門の誰かが「宇治山＝木幡の宇治陵」で眠る天智天皇を慰めるために詠んだものと考えます。喜撰法師の歌として祀りあげるために、あえて喜撰法師に六歌仙の栄誉を与えたとも推理しています。『古今和歌集』の「仮名序」を書いた紀貫之は藤原氏の一派ではないので、そのあたりの経緯《いきさつ》がわからず、喜撰法師の歌に率直な低い評価を下したのでしょう。

驚くことに、喜撰法師の歌はあと1首しか知られていません。第14代勅撰集『玉葉和歌集《ぎょくよう》』にある「木の間より 見ゆるは谷の 蛍かも いさりに海人《あま》の 海へ行くかも」という歌です。意訳すると、「樹間から見えるのは谷の蛍の光だろうか、それとも海人が漁に行く漁火《いさりび》だろうか」ということです。現実には蛍の光と漁火を見間違うはずもなく、非現実的な歌だと言えます。紀貫之が「いったいなにが言いたいんだ！」と評価したのもうなずけます。

では、なぜ藤原氏がこんな歌人を六歌仙として、もてはやしているのでしょうか？ この点について、理解に苦しむ文学者は多いと思います。

しかし、「木の間より……」の歌が藤原氏の関係者だけが知っている天智天皇への鎮魂歌だと仮定したら、あるいは喜撰法師が宇治の木幡における天智天皇の墓守だと仮定したら、このなにげない状況を詠んだ歌も突如として重要な意味を持つことになるのです。

この歌が詠まれた状況を推理すると、作者が宇治の木幡の山から谷間を見下ろしていると、兵士の持つ松明《たいまつ》が、あの世から魂を運んでくる蛍の光のように谷を埋め尽くしていることになります。当然、海人とは「大海人皇子〈のちの天武天皇〉」を意味し、「大海人皇子が兄の天智天皇を殺して壬申の乱の戦いに行く」となり、大海人皇子への恨みを詠んだ歌とも解釈できるわけです。

さらに、当時の木幡の地は巨椋池の畔《ほとり》にありました。現在は埋め立てられ、巨椋池の面影は一部の貯水池にとどめるに過ぎませんが、この歌が詠まれた当時は漁師が漁火を焚《た》くのは日常の風景だったと思われます。当然、この歌に詠まれた「海」とは、巨椋池を指すと言えましょう。

私はこのようなことから、喜撰法師は天智天皇が眠る宇治陵の精神的な墓守と仮託《かたく》した架空の人物ではないかと考えます。その名称についても、藤原氏の歴代陵墓とともに「喜んで撰ばれた墓守の法師」に由来しているのではないでしょうか。

百人一首の「わが庵は……」の歌は、墓守が六歌仙という栄誉を賜《たまわ》って、天智天皇をお守りしていることを、この歌に託していると思われます。そして、喜撰法師が詠んだとされる歌2首も、定家一門を中心とする藤原氏が創作し、表向きは六歌仙としての喜撰法師の歌としながらも、その裏に「木幡に眠る天智天皇の大海人皇子への恨み」を意図的に込めたのではないかと推理します。

【9番】小野小町《おののこまち》

六歌仙

三十六歌仙

華やかな時の移ろいへの鎮魂歌

花《はな》の色《いろ》は　うつりにけりな　いたづらに
わが身世《みよ》にふる　ながめせし間《ま》に

通釈

長雨が降り続き、美しかった花はすっかり色褪《いろあ》せてしまいました。私もぼんやりと物思いにふけっているあいだにむなしく時を経て、容貌《ようぼう》が衰えてしまったことです。

作者伝

生没年不詳。小野氏の娘であること以外は経歴が不明の謎多き女性。伝説的な美女とされ、クレオパトラや楊貴妃《ようきひ》とともに「世界三大美人」に数えられる。六歌仙および三十六歌仙のひとり。晩年に落ちぶれたとする落魄《らくはく》説話でも知られる。

小野小町

謎に満ちた小野小町のエピソードとして、とくに知られているのが「深草少将《ふかくさのしょうしょう》の百夜通《ももよがよ》い」です。求愛した小町から「100日間、毎日通い続けたら受け入れましょう」と言われた少将が、毎日欠かさず小町のもとへ足を運び続けますが、99日目の夜に大雪のため願い叶わず凍死してしまったという伝説です。この話はフィクションですが、少将のモデルとなった人物は存在したといわれ、同じく六歌仙にして交流のあった僧正遍昭【12番】がその候補者のひとりに挙げられています。

小町は「世界三大美人(美女)」のひとりに数えられる一方で、晩年を描いたエピソードでは「落ちぶれて乞食《こじき》になった」「地方の各地を放浪して行き倒れになった」など、美人とうたわれた全盛期とは一転して不遇な話がたくさん見受けられます。

補陀洛寺《ふだらくじ》(京都市左京区)は小町終焉《しゅうえん》の地と伝わり、「小町寺《こまちでら》」と通称されます。この寺には小町の老衰像や供養塔が残されているほか、白骨となり頭蓋骨の目の穴からススキの穂が出ていたため、小町の霊が

浮世絵に描かれた小野小町の歌（『百人一首之内　小野小町』歌川国芳・画）

補陀落寺にある小町老衰像（京都市左京区）

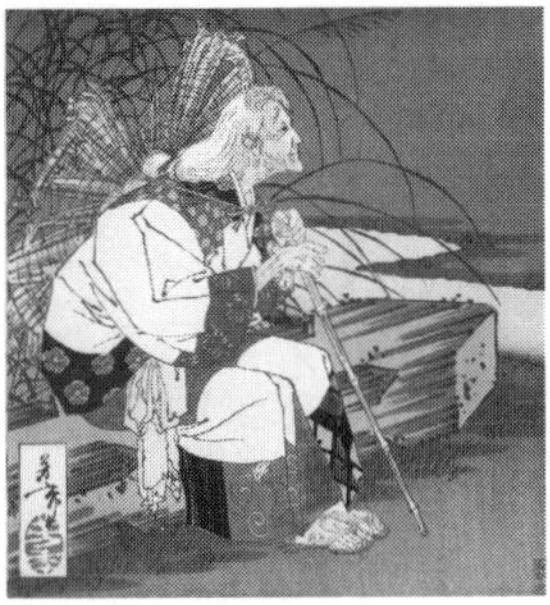

年老いた小野小町（『月百姿・卒塔婆の月』月岡芳年・画　部分）

「目が痛い」と言ったという話も残っています。日本画では、このエピソードを題材とした〝野ざらしの白骨〟として描かれることもあります。

　これらのことは、「どのような絶世の美女であろうとも、年とともに衰え、生老病死《しょうろうびょうし》を免れない」ことを表していると言えましょう。

　百人一首に選ばれたこの歌も、自分の容貌が年とともに色褪せていくようすを詠んでいます。これは「諸行無常《しょぎょうむじょう》」や「時の移ろいの虚《むな》しさ」を詠んだ、9（苦）番目に配置するのにふさわしい鎮魂歌でもあるのです。

　百人一首を選歌した時期における定家の日記『明月記《めいげつき》』を読んでみると、その記述は限りなく暗いものです。定家自身の心身の不調を表す記事も多く、この歌もまた「後鳥羽院への鎮魂歌」と考えられるとともに、衰えゆく「自分自身への鎮魂歌」だったのかもしれません。

【10番】蟬丸《せみまる》

逢いたくても逢えない後鳥羽院の鎮魂

これやこの　行《ゆ》くも帰《かへ》るも　別《わか》れては
知《し》るも知《し》らぬも　逢坂《あふさか》の関《せき》

通釈

これがあの、東国へ旅立つ人も帰ってくる人もここで別れを繰り返す一方で、知っている者も知らない者もここで出逢いを繰り返すという、名のとおりの逢坂の関なのですね。

作者伝

生没年不詳。盲目《もうもく》の琵《び》琶《わ》の名手と伝わるが、経歴不明の伝説的な人物。逢坂山に隠棲したという。出自については宇多《うだ》天皇や醍醐《だいご》天皇などとの関連も推察されている。鴨長明の『無名抄』によると、出家前の僧正遍昭【12番】の和琴《わごん》の師とも伝わる。

蟬丸は逢坂関に住んだ琵琶の名手で、琵琶法師の祖ともされます。結界の神「関の明神」としても知られ、現在でも逢坂山の関蟬丸《せきせみまる》神社（上社・下社）および蟬丸神社（3社とも滋賀県大津市）に祀られています。

ちなみに逢坂関は、山城国と近江国の境に位置し、京から東国方面へ旅をする人が通過する交通の要衝です。美濃国（岐阜県）の不破関《ふわのせき》、伊勢国（三重県）の鈴《すず》

天智天皇や後鳥羽院に対する鎮魂

逢いたくても逢えない後鳥羽院の鎮魂

蝉丸

鹿関《かのせき》とともに「三関《さんかん》」に数えられました。

この歌は、百人一首では藤原定方《さだかた》【25番】の歌「名にし負はば 逢坂山の さねかづら 人に知られで くるよしもがな」の枕歌（元歌）とも考えられています。歌の表現から見れば、「これがあの」と初めてここを訪れた感動を表しており、旅人が詠んだ歌としての体裁《ていさい》です。しかし、歌の内容から見れば、「会者定離《えしゃじょうり》（会う者は必ず離れる定めにあるということ）」を表すだけでなく、「愛別離苦《あいべつりく》（愛する人と別れる苦しみ）」や「六道《ろくどう》輪廻《りんね》（死後に6つの世界へ何度も生まれ変わりを繰り返す）」などの仏教の教えにまで深読みができる歌でもあります。

このようなことを踏まえて、定家が蝉丸のこの歌を百人一首に選歌した理由は、「会者定離」を詠んだ歌を通じて、「逢いたくても逢えない後鳥羽院への鎮魂歌」にしようとしたからではないでしょうか。また、定家自身が「愛別離苦」に苦しんでいる状況を後鳥羽院に伝えたいという思いから、この歌を選んだのではないかとも推理します。

【11番】参《さん》議《ぎ》篁《たかむら》（小野篁《おののたかむら》）

隠岐島から還京した篁へのあやかり

わたの原《はら》 八十島《やそしま》かけて 漕《こ》ぎ出《い》でぬと
人には告《つ》げよ 海人《あま》の釣《つ》り舟《ぶね》

通釈

大海原の数多くの島々をたどって、はるか隠岐島へ向けて漕ぎだしていったと、都の人には告げておくれ、漁師の釣り舟よ。

作者伝

802年～852年。漢詩文にすぐれた貴族で、『令義解《りょうのぎげ》』の編纂者のひとり。遣唐使船のトラブルから朝廷批判の漢詩をつくり、隠岐島へ配流。許されて帰洛後は、昼は朝廷に出仕し、夜は閻魔《えんま》大王のもとで裁判補佐をしたという伝説を持つ。

小野篁は、小野小町【9番】や小野道風《みちかぜ》〈三蹟《さんせき》のひとり〉の祖父だという説もある人物です。遣唐使の副使のときに、大使である藤原常嗣《つねつぐ》の損傷した第1船と、自身の乗る第2船とを交換されたトラブルから遣唐使船への搭乗を拒絶し、大宰府《だざいふ》で『西道《さいどう》謡《よう》』という嵯峨《さが》天皇を風刺する漢詩をつくったため、天皇の不興を買って隠岐島へ流罪となりました。百人一首に選ばれたこの歌は、隠岐島へ旅立つときに詠んだものです。

許されて京へ戻った篁は、六道珍皇寺の古井戸で

天智天皇や後鳥羽院に対する鎮魂

隠岐島から還京した篁へのあやかり

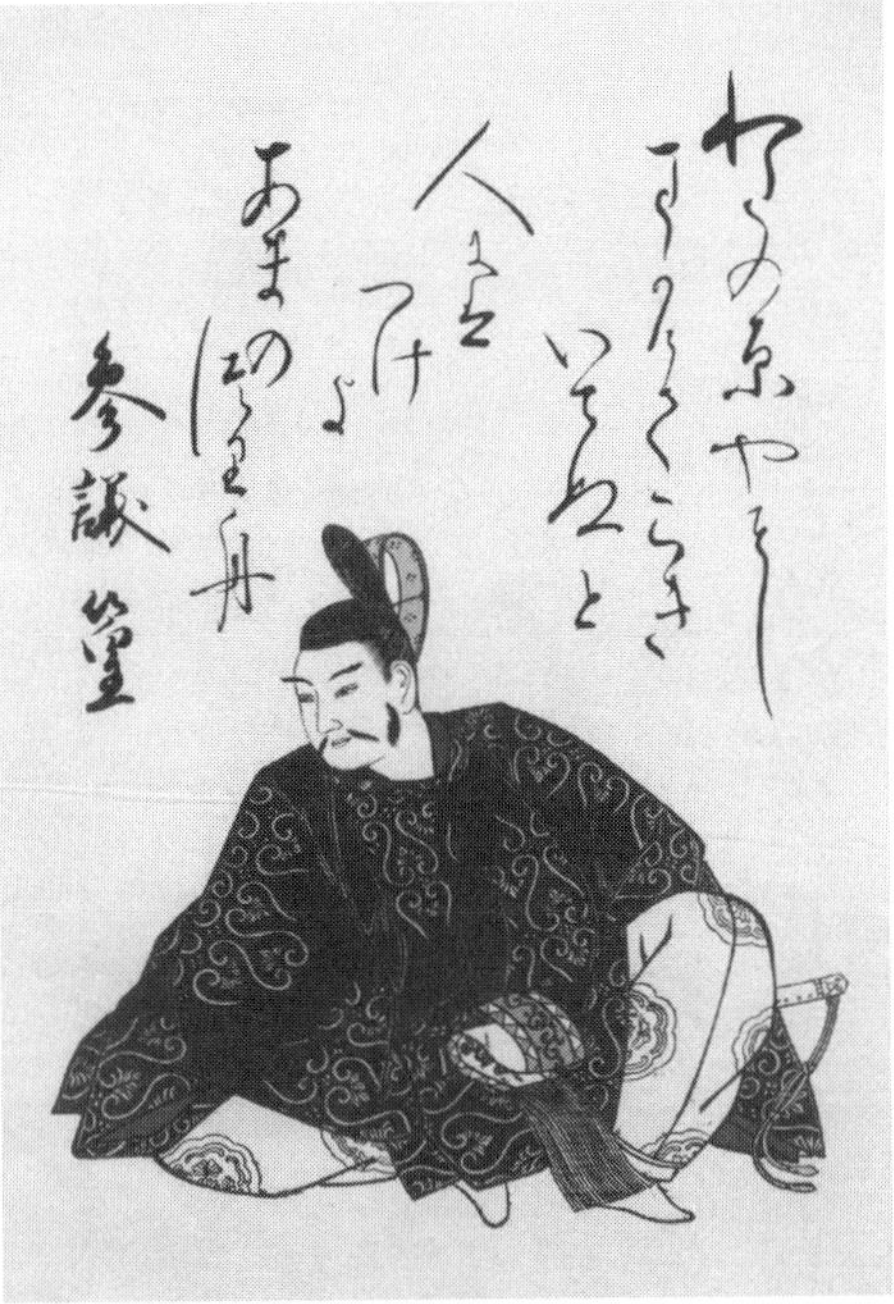

参議篁（小野篁）

夜な夜な閻魔大王と通じていたという噂が流れました。おそらく、もう二度とあのような絶海の孤島へ島流しにされないよう、地獄の閻魔大王と通じているという噂を自ら率先して流し、嵯峨天皇が自分を恐れるように予防線を張ったのではないでしょうか。その効果は抜群で、篁はトントン拍子に出世し、諸官を経て参議に就任します。最終官位は従三位で、叙位の年に51歳で薨去しました。

隠岐島での篁は金光寺山《きんこうじさん》の金光寺（島根県海士町《あまちょう》）で都へ帰還できるように祈願し、仏像を刻みながら100日の参籠《さんろう》をしたとされます。そのご利益か、めでたく都へ帰還できたということです。

定家はこの故事を知ったうえで、「海士郡《あまのこおり》」にいる後鳥羽院の還京を願うメッセージを込めてこの歌を百人一首に選んだのだと考えます。後鳥羽院もこの故事にあやかって、金光寺山に登頂して歌を詠んだとされます。金光寺は、後鳥羽院の勅願寺であったとも伝えられています。

④陽成院や源融への鎮魂

僧正遍昭【12番】から光孝天皇【15番】までは、藤原氏が追放したことで恨みを抱いていたとされる陽成院【13番】や、源融【14番】に対する鎮魂の配置であると考えられます。

【12番】僧正遍昭《そうじょうへんじょう》

六歌仙

三十六歌仙

陽成院への慰めと鎮魂

天《あま》つ風《かぜ》　雲《くも》の通《かよ》ひ路《ぢ》　吹《ふ》きとぢよ
をとめの姿《すがた》　しばしとどめむ

通釈

天空を吹き渡る風よ、雲をたくさん吹き寄せて、天上の通り道を塞《ふさ》いでしまっておくれ。天女（舞姫）の美しい姿を、もうしばらく引きとどめておきたいのだよ。

作者伝

816年〜890年。桓武天皇の孫で、俗名は良岑《よしみねの》宗貞《むねさだ》。六歌仙および三十六歌仙のひとり。寵遇《ちょうぐう》を受けた仁明《にんみょう》天皇が崩御したことにより、35歳で出家。比叡山《ひえいざん》延暦寺《えんりゃくじ》で円仁《えんにん》や円珍《えんちん》に師事し、天台宗の僧侶として僧正の職にまで昇進した。

陽成院や源融への鎮魂

陽成院への慰めと鎮魂

僧正遍昭

僧正遍昭の父親は、臣籍降下《しんせきこうか》した良岑安世《やすよ》〈桓武天皇の皇子〉です。遍昭は寵遇を受けた仁明天皇〈嵯峨天皇の皇子で、桓武天皇の孫〉が崩御したことで、桓武天皇の孫という高貴な生まれであるにもかかわらず、出家して天台宗の僧となりました。素性《そせい》法師【21番】は、出家前にもうけた息子とされます。

百人一首に選ばれたこの歌も、出家前の在俗時に詠んだものといわれます。公家の美しい5人の姫による〝五節《ごせち》の舞《まい》〟を見て、それにまつわる故事〝天武天皇の吉野行幸のときに天女が舞い降りたという伝説〟を踏まえ、「天女をもっと見たいので、天女の帰り道を天空の風がちょっとでも吹き閉ざしてほしい」と願う意味の歌です。

定家が遍昭の出家する前のロマンチックな歌をあえて選んで陽成院の前に配置したのは、恋多き陽成院の怨霊を慰めるためのサービスだったのではないでしょうか。それと同時に、天台宗の高僧として知られる遍昭の験力《げんりき》に期待し、陽成院の怨霊を吹き閉じさせようとしたからだと考えます。

【13番】陽成院《ようぜいいん》（陽成天皇《ようぜいてんのう》）

藤原氏による陽成院への贖罪

筑波嶺《つくばね》の　峰《みね》より落《お》つる　みなの川《がは》
恋《こひ》ぞつもりて　淵《ふち》となりぬる

通釈

筑波山の峰から流れ落ちる男女川《みなのがわ》（水無川《みなのがわ》）の水が、したたり落ちる雫《しずく》を積み重ねて深い淵となるように、私の恋心も積もり積もって淵のように深くなってしまいました。

作者伝

868年～949年。第57代天皇。清和《せいわ》天皇の皇子。9歳で譲位されたが、奇行や乱行が多かったため、満15歳のときに関白の藤原基経《もとつね》に迫られて退位。長生きをして、その後65年ものあいだ上皇として隠遁《いんとん》生活を送った。

陽成天皇は9歳で清和天皇から譲位されますが、源益《みなもとのまさる》を殴殺《おうさつ》する事件をきっかけに摂政の藤原基経によって退位を迫られました。15歳で退位したあとは上皇として光孝・宇多・醍醐の後継していった天皇たちより長く生き、上皇歴65年は歴代1位です。母である藤原高子《こうし》〈基経の妹〉とともに基経と対立したことで、「暴君」の汚名を着せられて退位を余儀なくされたという説もあります。

陽成院や源融への鎮魂

藤原氏による陽成院への贖罪

陽成院（陽成天皇）

とするならば、藤原氏はまだ将来のある若い天皇に汚名を着せて追放したことになります。そのため藤原氏は陽成院の怨霊に取り憑《つ》かれる可能性が高く、定家は贖罪の意味も込めて、〝恨みの歌〟ではない〝恋の歌〟を陽成院の代表作として選んだということでしょう。

かつて筑波山の麓では、「歌垣《うたがき》」という風習がありました。特定の日に多数の男女が集まり、筑波山の神前で共同飲食しながら恋の歌を掛け合い、ペアになって深い恋愛関係を楽しんだり、求婚相手を探したりする現在の合コンのような行事で、『万葉集』にも歌われています。

この歌に登場する「みなの川」とは、筑波山を源流とする男女川のことです。歌垣で深い仲になった男女の情景を詠んだこの歌を定家が百人一首に選んだ理由は、「陽成院の霊には楽しい恋の気分になってもらいたい」と考えたからではないでしょうか。

【14番】河原左大臣《かわらのさだいじん》（源融《みなもとのとおる》）

源融への贖罪と後鳥羽院への思慕

陸奥《みちのく》の　しのぶもぢずり　たれ故《ゆゑ》に
乱《みだ》れそめにし　我《われ》ならなくに

通釈

陸奥の名産品「しのぶもじ摺《ず》り」の乱れ模様のように、いったい誰のせいで私の心は乱れはじめたのでしょう。それは私の責任でなく、すべてあなたのせいなんですよ。

作者伝

822年～895年。嵯峨天皇の皇子。臣籍降下して源姓を賜り、嵯峨源氏の初代とされる。陸奥国の塩釜（宮城県）を模した庭園を有する別荘「河《かわ》原院《らのいん》」を造営。紫式部【57番】の『源氏物語』の主人公である光源氏《ひかるげんじ》のモデルのひとりといわれる。

源融は、臣籍降下をした嵯峨天皇の皇子です。その血筋から陽成天皇の退位をめぐる混乱時に皇位継承権を主張しましたが、藤原基経によって退けられたとする話が平安時代後期に成立した歴史物語『大鏡《おおかがみ》』に載っています。また、同じく平安時代後期に成立した説話集『今昔《こんじゃく》物語集』には、死後に宇多院の前に亡霊として現れたという話もあります。さらに『源氏物語』の主人公である光源氏のモデルのひと

陽成院や源融への鎮魂

源融への贖罪と後鳥羽院への思慕

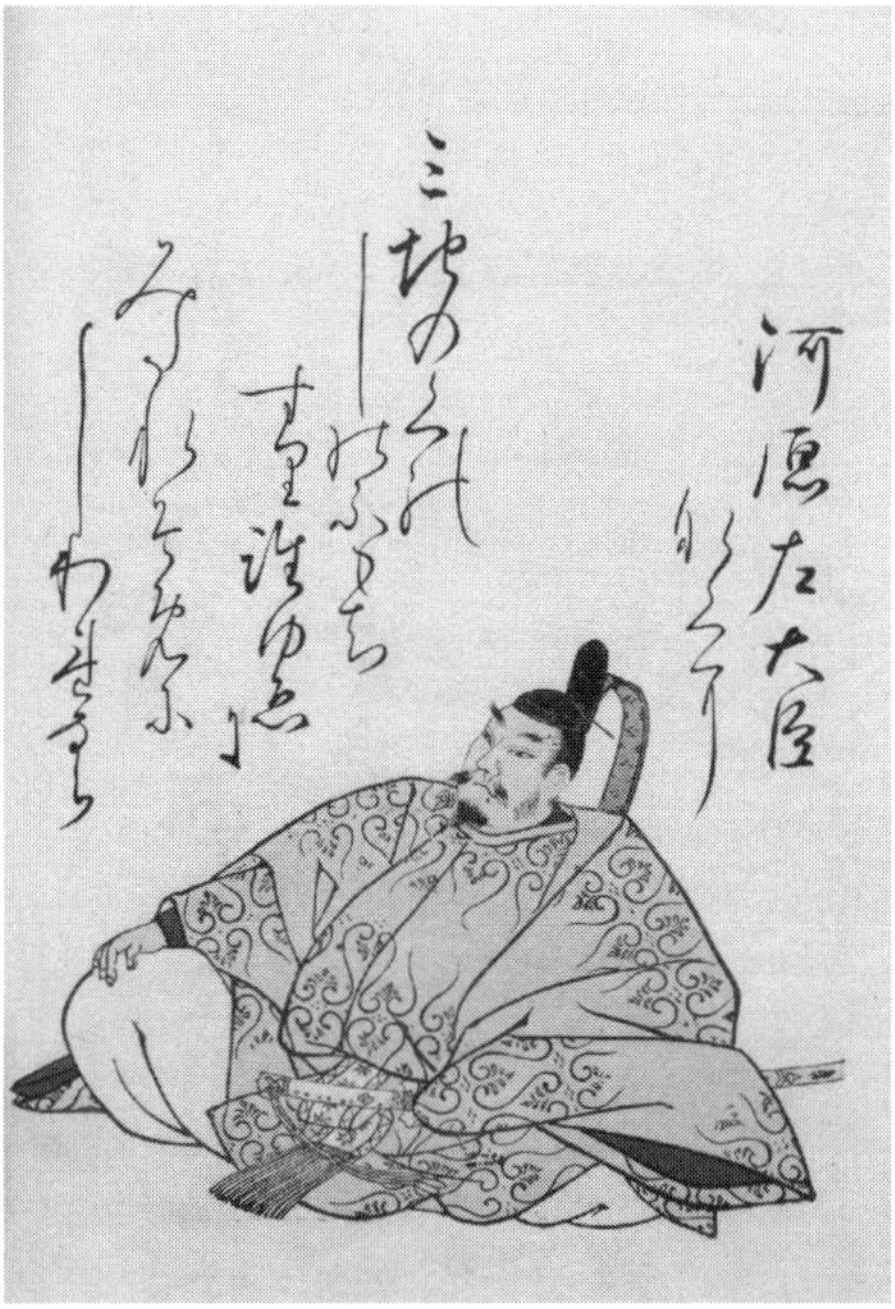

河原左大臣（源融）

りとされ、『源氏物語』は融の怨霊鎮魂の物語として描かれたとする説まであるほどです。

河原院と呼ばれた融の大邸宅は京の六条にあり、その庭園は陸奥国の名所「塩釜」の風景を模した豪奢《ごうしゃ》なものでした。ちなみに融が宇治に有した別荘は、その後の紆余曲折《うよきょくせつ》を経て、現在の平等院となっています。

河原院の邸宅は、融の死後は度重《たびかさ》なる火災で荒廃してしまいました。恵慶《えぎょう》法師【47番】が「八重葎《やへむぐら》 茂れる宿の さびしきに 人こそ見えね 秋は来にけり」と詠んでいますが、このとき河原院はすでに雑草の生い茂る荒れ屋敷に変わり果てていたのです。

定家がこの1首を融の代表作として百人一首に選んだのは、陽成院の場合と同様に、藤原氏の融に対する贖罪と鎮魂の意味を込めたからだと考えます。それと同時に、都から遠く離れた陸奥国の信夫《しのぶ》地方（福島県）にある「捩摺り《もじずり》」という染色技法になぞらえて、遠隔地の隠岐島にいる後鳥羽院に対し、「自分の心も乱れ模様なんですよ」というメッセージを送っているのではないでしょうか。

【15番】光孝天皇《こうこうてんのう》

陽成院および天智天皇の鎮魂

君《きみ》がため　春《はる》の野《の》に出《い》でて　若菜摘《わかなつ》む
わが衣手《ころもで》に　雪《ゆき》は降《ふ》りつつ

通釈

あなたに捧げようとして、春の野に出て若菜を摘んでいる私の袖に、雪がしきりに降りかかることです。

作者伝

830年～887年。第58代天皇。仁明天皇の皇子。暴君とされる陽成天皇【13番】の退位後、藤原基経に擁立されて55歳で即位。即位が遅かったため、わずか3年で崩御。諸芸にすぐれた文化人で、和歌の興隆をもたらしたとされる。

光孝天皇は、暴君のレッテルを貼られた陽成天皇の後任として、藤原基経に擁立されて55歳で即位しました。長い皇太子生活を経て、55歳にしてようやく日の目を見たのです。

藤原氏は暴君と喧伝《けんでん》した陽成天皇との違いを際立たせるため、光孝天皇をことのほか「良い人」として描きました。それが後世にも伝わり、兼好法師《けんこう》(卜部兼《うらべのかね》好《よし》)は『徒然草《つれづれぐさ》』で、その人柄を絶賛しています。

定家が光孝天皇を百人一首のひとりに選出したのは、陽成天皇への贖罪と言い訳がメインだろうと考

陽成院や源融への鎮魂

陽成院および天智天皇の鎮魂

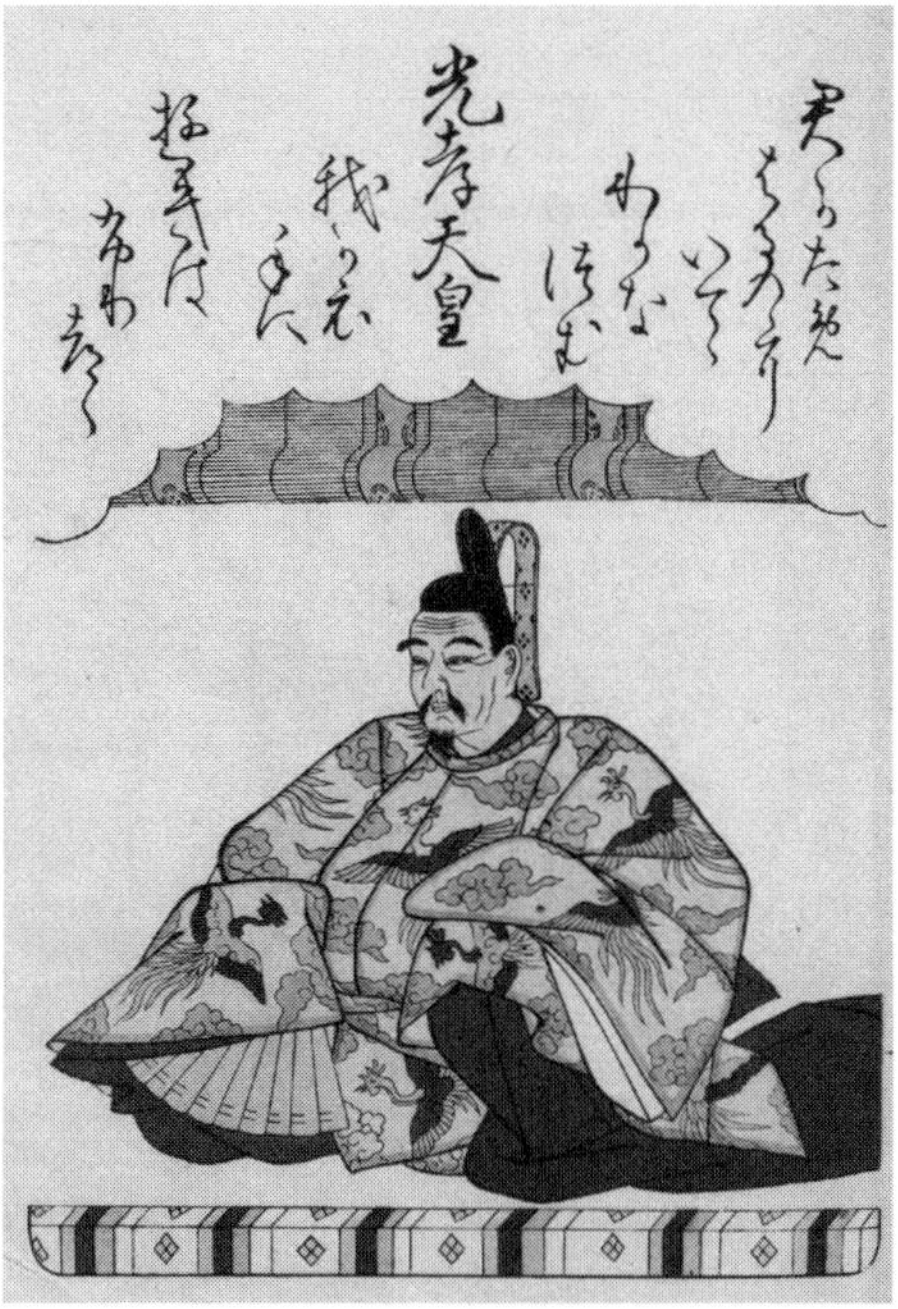

光孝天皇

えます。要するに、「藤原氏もきちんと良い人を帝位につけているんです」とエクスキューズをしているわけです。

　また、この歌を光孝天皇の代表作として選んだ理由は、天智天皇への鎮魂の意味も込めたからではないでしょうか。なぜなら、天智天皇の歌「秋の田の 仮廬の庵の 苫をあらみ わが衣手は 露にぬれつつ」と光孝天皇の歌は、完全な対比関係にあるからです。天智天皇の歌は季節が「秋」、天気が「露」、作者の状態が「死（殯）」なのに対し、光孝天皇の歌は季節が「春」、天気が「雪」、作者の状態が「恋（生命の芽生え）」になっています。

　なお、若菜とは、春の初めに芽吹く野草のことです。新春に春の七草（セリ・ナズナ・ゴギョウ・ハコベラ・ホトケノザ・スズナ〔カブ〕・スズシロ〔ダイコン〕）を食べると邪気を祓えるとされ、この風習が現在の「七草がゆ」になったといわれます。

⑤後鳥羽院の都落ちに対する鎮魂

在原行平【16番】から元良親王【20番】までは、都落ちの道順になります。【16番】がゴール地点の「因幡国《いなばのくに》（鳥取県）」、【17番】がスタート地点の「龍田川《たつたがわ》（難波《なにわ》の水源）」、そして【18番】から【20番】までが実質的な出立の地である「難波の地」をそれぞれ詠んでいます。

南北朝時代に成立した歴史物語『増鏡《ますかがみ》』には、隠岐島に到着した後鳥羽院が2首の歌を詠んだと記されています。「我こそは　新島守よ　隠岐の島の　荒き波風　心して吹け」と「おなじ世に　また住の江の　月や見む　けふこそよそに　隠岐の島守」の2首です。

とくに2首目の歌から読み取れるのは、後鳥羽院にとって「住の江（難波津）の月」は、京への帰還を意味する言葉だったということです。百人一首における「住の江」「難波津」に関連する歌をこのあたりに集中的に配置した定家の意図も、後鳥羽院の還京を願う意味が込められていたからだと考えます。

因幡国の絵（『六十余州名所図会「因幡／加路小山」』歌川広重・画）

龍田川の絵（『六十余州名所図会「大和／立田山・立田川」』歌川広重・画）

難波の絵（『六十余州名所図会「摂津／住よし・出見のはま」』歌川広重・画）

【16番】中納言行平《ちゅうなごんゆきひら》(在原行平《ありわらのゆきひら》)

後鳥羽院の還京祈願

たち別《わか》れ　いなばの山《やま》の　峰《みね》に生《お》ふる
まつとし聞《き》かば　今帰《いまかへ》り来《こ》む

通釈

あなたとお別れして因幡国(鳥取県)へと行きます(去《い》なば)が、稲羽山《いなばやま》(鳥取市)の峰に生えている松のように「私の帰りを待つ」と故郷からの便りで聞いたならば、すぐにでも帰ってきましょう。

作者伝

818年~893年。阿《あ》保《ぼ》親王〈平城《へいぜい》天皇の皇子〉の子だったが、臣籍降下して在原姓を賜った。在原業平【17番】の異母兄。文徳《もんとく》天皇のとき、須磨《すま》への蟄居《ちっきょ》を余儀なくされた経験を持つ。教育に熱心で、在原氏の学問所として大学別曹《だいがくべっそう》「奨学院《しょうがくいん》」を創設した。

平城天皇の孫にあたる在原行平は、因幡守として任国で2年ほどを過ごして帰京しました。しばしば関白の藤原基経と対立するなど、硬骨《こうこつ》の政治家であったといわれます。歌人としても有名で、記録に残る最古の歌合「在民部卿家歌合《ざいみんぶのきょうけうたあわせ》」を自邸で主宰するなど、歌壇の中心的な存在として活躍しました。行平は文徳天皇の時代に須磨に流され、そのときのさびしさを紛《まぎ》らわすために浜辺に流れ着いた木片から一《いち》

後鳥羽院の都落ちに対する鎮魂

後鳥羽院の還京祈願

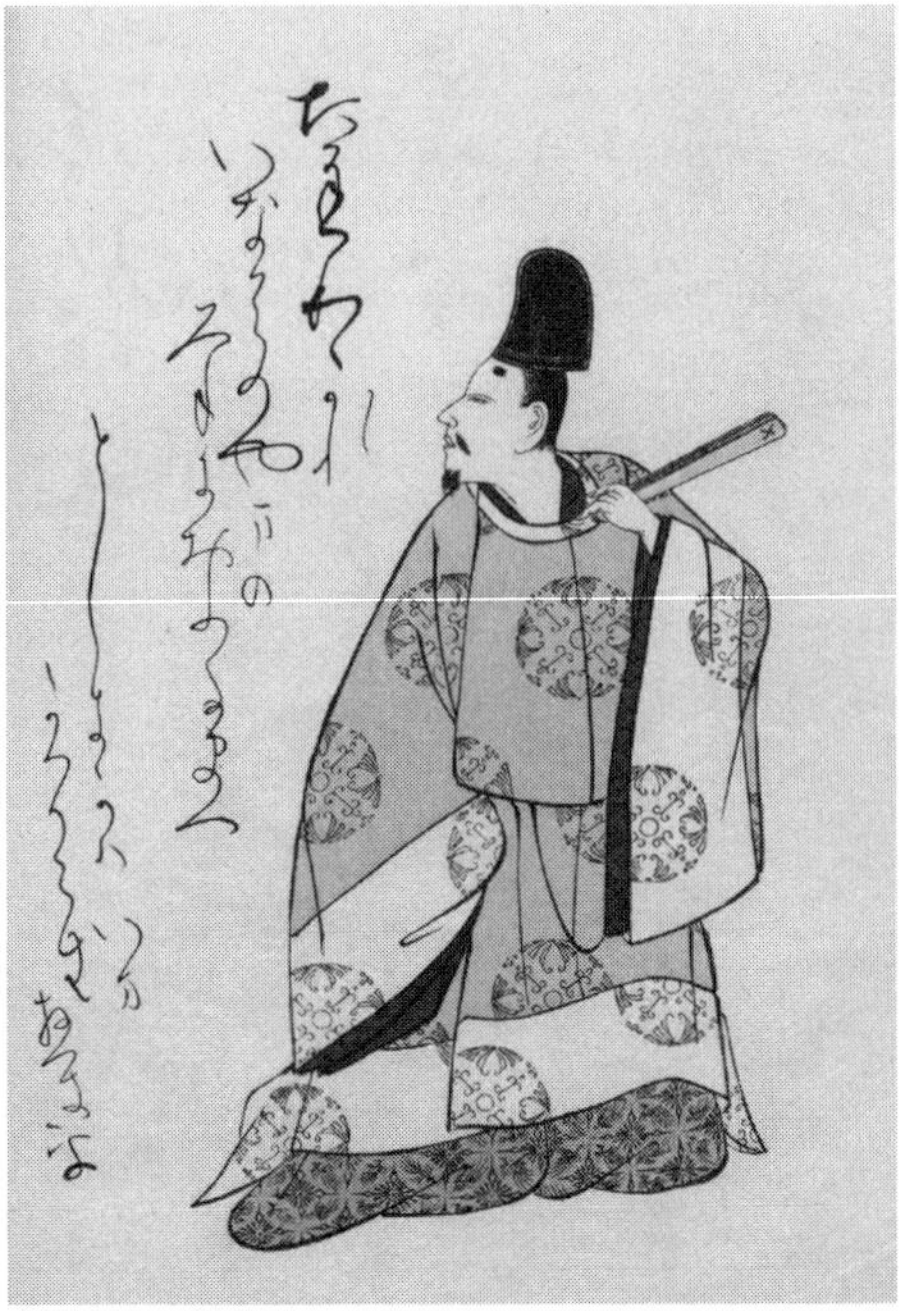

中納言行平（在原行平）

弦琴《げんきん》である「須磨琴《すまごと》」をつくったといわれます。

この歌は、行平が因幡国に国司として赴任するときに詠んだとされます。定家がこの歌を選んだのは、因幡国は大国主命《おおくにぬしのみこと》が白ウサギを助けたと伝わる神話の地で、その沖に位置する隠岐島に流された後鳥羽院への鎮魂歌としてふさわしいからだと考えます。

というのも、『古事記《こじき》』にある説話は、「淤岐島《おきのしま》（隠岐島）」から「稲羽《いなば》（因幡）」に渡ろうとした「稲羽《いなば》之《の》素菟《しろうさぎ》」が、「和邇《わに》（サメ）」を騙《だま》して海上に並べさせ、その背をぴょんぴょんと渡りますが、騙されたと気づいた和邇に毛皮を剥《は》ぎ取られて泣いていたところを大穴牟遅《おおなむち》神《かみ》（大国主神）に助けられるというストーリーだからです。助けられた白ウサギは、大国主命に「あなたがこの国の王になりますよ」という予言をしています。

定家は、後鳥羽院が隠岐島から因幡国へ、そして京の都へ帰還し、再び国の王になってほしいという願いをこの歌に託しているのではないでしょうか。この歌も、定家から後鳥羽院へのラブレターだと言えましょう。

【17番】在原《ありわら》業平《なりひら》朝臣《あそん》

六歌仙

三十六歌仙

後鳥羽院の都落ち出発地点の言祝《ことほ》ぎ

ちはやぶる　神代《かみよ》も聞《き》かず　龍田川《たつたがは》
からくれなゐに　水《みづ》くくるとは

作者伝

825年～880年。阿保親王の子で、在原行平【16番】の異母弟。六歌仙および三十六歌仙のひとり。当代きってのプレイボーイとして名高い。藤原氏と相容《あいい》れず、政治的には不遇をかこった。『伊勢物語』の主人公のモデルとしても知られる。

通釈

不思議なことが起こった神代の昔でも、こんな情景があったとは聞いたことがありません。紅葉によって、龍田川の水をこのように美しい唐紅色《からくれないいろ》の「括《くく》り染《ぞ》め」にするとは。

在原業平は美男の代名詞とされ、平安時代前期に成立した歌物語『伊勢物語』の主人公と同一視されるプレイボーイです。清和天皇の女御《にょうご》となった藤原高子〈基経の妹〉や伊勢神宮の斎宮《さいくう》である恬子《てんし》内親王〈文徳天皇の皇女〉といった高貴な女性たちとの禁断の恋が噂されたため、東国への都落ちという悲運に見舞われています。その「東下《あずまくだ》り」の途上で詠んだ、「カキツバタ」を折句《おりく》にした「唐衣《からころも》 着つつなれにし

後鳥羽院の都落ちに対する鎮魂

後鳥羽院の都落ち出発地点の言祝ぎ

在原業平朝臣

つましあれば　はるばる来ぬる　旅をしぞ思ふ」の歌はあまりにも有名です。

　龍田川（竜田川）は、大和川の支流です。生駒山地の大和盆地側を南流し、三室山《みむろやま》（奈良県斑鳩町《いかるがちょう》）付近で大和川に合流して西へ流れ、住の江や難波津（大阪湾の岸や港）に至ります。龍田大社（奈良県三郷町《さんごうちょう》）は、天武天皇も崇敬した天皇家の聖地のひとつだといわれます。

　定家が百人一首のひとりに業平を選んだ理由は、都落ちを経験した歌人であったからだと考えます。また、この歌を選んだのは、後鳥羽院の都落ちのスタート地点の川（発った川＝龍田川）として、神代にも聞かなかったようなシチュエーションである「紅葉によって唐紅色の鮮やかな〝括り染め〟のように染まった龍田川」と「それに彩られた天皇家の聖地」を言祝ぎ（言葉で祝って神威《しんい》を動かしていくこと）にしたかったからではないでしょうか。

【18番】藤原敏行朝臣《ふじわらのとしゆきあそん》

三十六歌仙

都落ちする後鳥羽院への思慕

住《すみ》の江《え》の　岸《きし》に寄《よ》る波《なみ》　よるさへや
夢《ゆめ》の通《かよ》ひ路《ぢ》　人目《ひとめ》よくらむ

通釈

住の江の岸に打ち寄せる波は、昼も夜もやってくるのに、あなたは来てくれません。人目につく昼ならまだしも、あなたは夜の夢のなかでさえも人目を避けているのでしょうか。

作者伝

？～901年または907年。藤原南家の流れをくむ藤原富士麻呂《ふじまろ》〈陸奥出羽按察使《むつでわのあぜち》〉の長男。三十六歌仙のひとり。在原業平【18番】とは妻どうしが姉妹という関係から、交流があったとされる。能書家としても知られる。

藤原敏行は妻どうしが姉妹だったことから、在原業平と交流がありました。『伊勢物語』には、敏行が業平の家にいた女性に恋をして歌の手紙を贈ったところ、女性に代わって業平が返歌を詠んだという話が載っています。

書の名人としても知られ、国宝に指定されている神護寺《じんごじ》（京都市右京区）の梵鐘《ぼんしょう》には敏行が書いた銘文が残っています。鎌倉時代前期に成立した説話集『宇

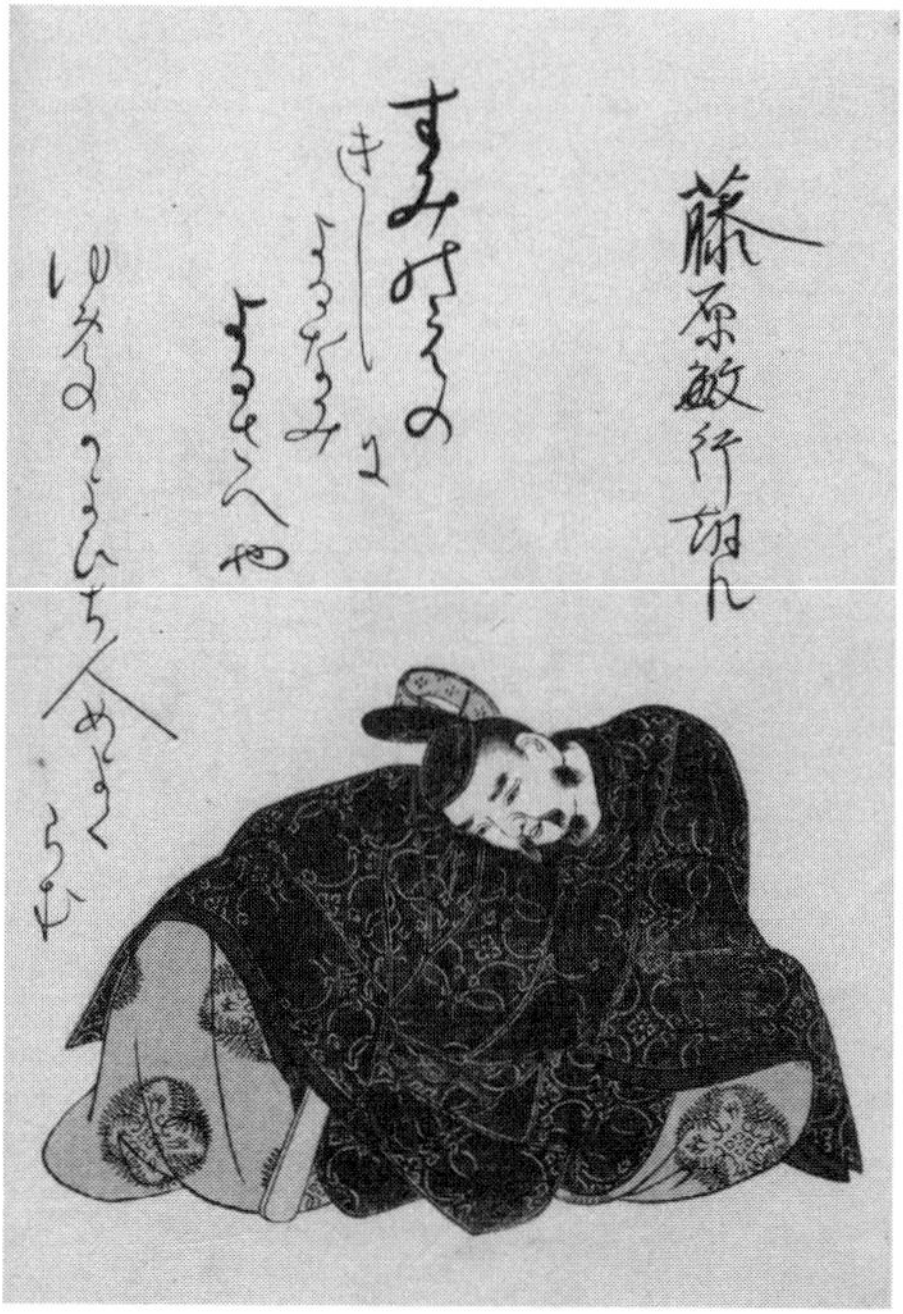
藤原敏行朝臣

後鳥羽院の都落ちに対する鎮魂

都落ちする後鳥羽院への思慕

治拾遺物語』によれば、敏行は多くの人から「法華経」の書写を依頼されて約200部を書きましたが、魚を食べるなど不浄の身のまま書写したので、地獄に落ちて苦しみを受けたそうです。

敏行にはこのような不吉な最期が噂されるため、三十六歌仙のひとりに祀りあげるなど祟らないように策を講じたと思われます。定家が百人一首のひとりに敏行を選んだのは、「恨みを持って死んだ人物」であり、三十六歌仙としてだけでなく、百人一首でも鎮魂をする必要があると考えたからでしょう。

敏行の代表作としては、『古今和歌集』に選録されている「秋来ぬと　目にはさやかに　見えねども　風の音にぞ　おどろかれぬる」が有名です。この歌ではなく、定家が「住の江の……」の歌を選んだのは、「難波津から出立した後鳥羽院」「逢いたくても逢えない後鳥羽院」「人目を避けなければならない状態にある後鳥羽院」への思慕の歌として、ふさわしい内容だったからだと考えます。

【19番】伊《い》勢《せ》

三十六歌仙

都落ちする後鳥羽院への思慕

難波潟《なにはがた》　短《みじか》き葦《あし》の　ふしの間《ま》も
逢《あ》はでこの世《よ》を　過《す》ぐしてよとや

通釈

難波潟に生えている葦の短い節と節の間のように、ほんのわずかの時間さえあなたと逢わないで、この世をむなしく過ごせとおっしゃるのですか。

作者伝

872年ごろ～938年ごろ。藤原継蔭《つぐかげ》〈伊勢守〉の娘。三十六歌仙のひとり。温子《おんし》〈宇多天皇の中宮〉に女房として出仕。恋多き女性として有名で、藤原時平《ときひら》・仲平《なかひら》兄弟、宇多天皇、敦慶《あつよし》親王〈宇多天皇の皇子〉など複数の男性から愛された。

伊勢の名前は、父親が「伊勢守」だったことに由来します。恋多き女性で、まずは謀略で大宰府に左遷された菅原道真【24番】の怨霊によって早逝《そうせい》したという藤原時平・仲平兄弟と深い仲になりました。その後、宇多天皇の寵愛を受けて皇子をもうけますが、夭折《ようせい》してしまいます。さらに宇多天皇が出家すると、その息子である敦慶親王の妻となって中務《なかつかさ》〈三十六歌仙のひとりの女流歌人〉を出産しました。

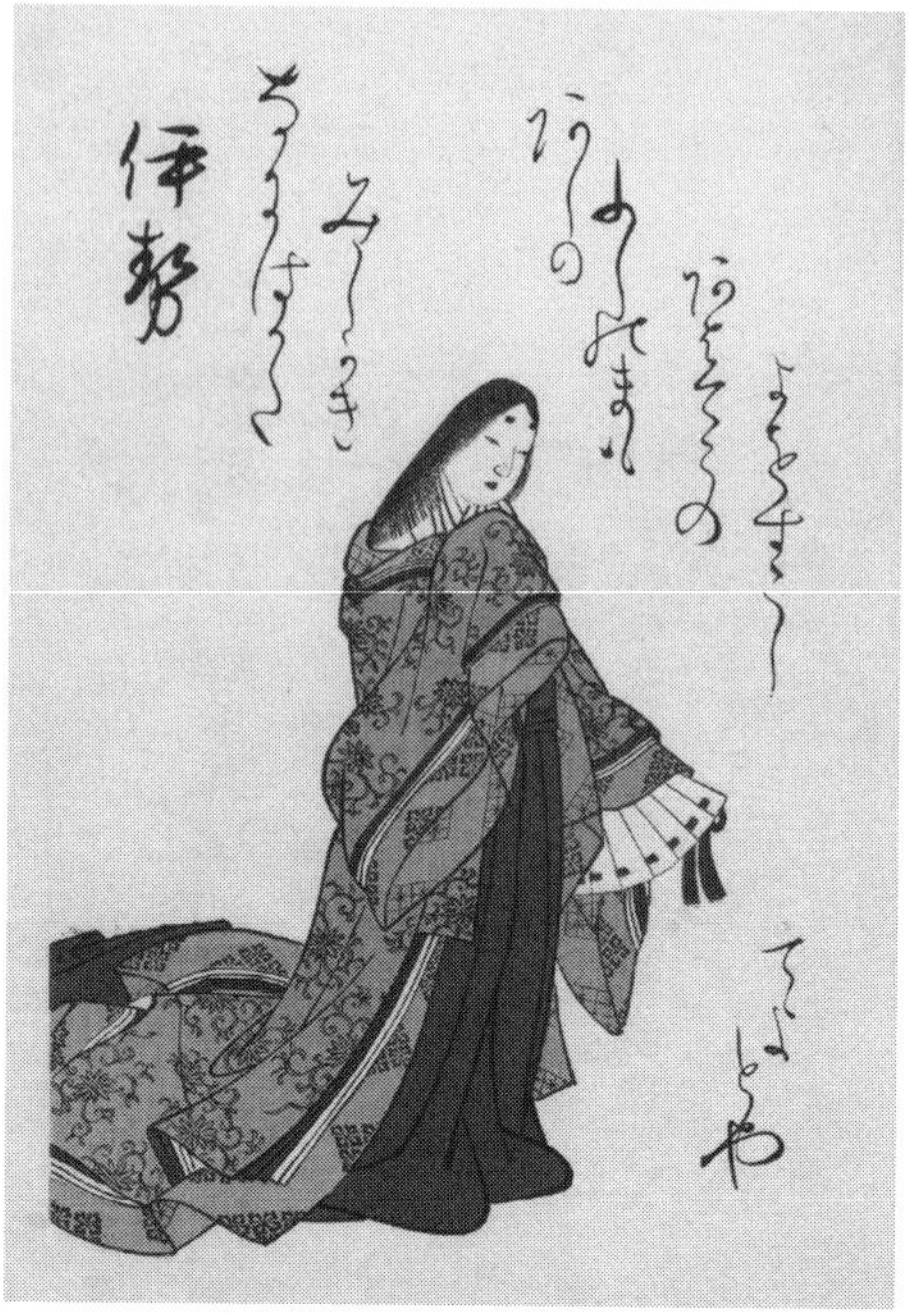

伊勢

後鳥羽院の都落ちに対する鎮魂

都落ちする後鳥羽院への思慕

このように恵まれた境遇だった伊勢自身は、恨んだり恨まれたりするような要因はありません。だとすれば、定家はなぜこの歌を選んだのでしょうか？

それは、歌の内容やシチュエーションが、百人一首のこの場所に最もふさわしいと判断したからだと推理します。百人一首が「後鳥羽院への鎮魂」の歌集だとすると、この伊勢の恋の歌にもその意図が込められ、それは定家から後鳥羽院への「あなたに逢いたいです！」とするメッセージだと考えられます。この歌と次の元良親王【20番】の歌は、定家から後鳥羽院へのラブレターのようなものだと言えましょう。

そして、いちばん重要なのは、百人一首での配置場所になります。「競技かるた」の冒頭の序歌に「難波津に咲くやこの花 冬ごもり 今を春べと 咲くやこの花」と詠まれる難波津は、難波京があった地で、実質的に後鳥羽院が都を離れた場所になります。藤原敏行【18番】の歌ではその「岸」の場面でしたが、伊勢の歌は岸から離れていよいよ「潟」に漕ぎだす場面になるのです。

【20番】元良親王《もとよししんのう》

都落ちする後鳥羽院への思慕

わびぬれば　今《いま》はた同《おな》じ　難波《なには》なる
みをつくしても　逢《あ》はむとぞ思《おも》ふ

通釈

やるせない噂が立った今となっては、もはや身を滅ぼしたも同然です。難波の海の道標《みちしるべ》となる「澪標《みおつくし》」の杭のように、この身を捨ててでも(尽くしても)、あなたにお逢いしたいものです。

作者伝

890年〜943年。陽成天皇【13番】の第1皇子。ただし退位後に誕生したため、皇位継承とは無縁だった。色好みの風流人として知られ、『大和物語』や『今昔物語集』などに多くの女性との恋愛エピソードが残っている。

元良親王はプレイボーイとして知られ、この歌は褒子《ほうし》〈宇多天皇の女御〉との密通が世間にバレたときに詠んだとされます。日本の初期の系図集『尊《そん》卑《ぴ》分脈《ぶんみゃく》』には、「頓死《とんし》」という異例の記述があり、元良親王の死は怨霊に祟られるような異常な亡くなり方だったのかもしれません。

定家がこの歌を選んだのは、伊勢【19番】の歌と同じで、詠まれた内容やシチュエーションを吟味する

後鳥羽院の都落ちに対する鎮魂

都落ちする後鳥羽院への思慕

元良親王

と、百人一首のこの場所に配置するのが最適だと考えたからではないでしょうか。内容的な観点に立てば、定家が後鳥羽院に対して送りたかった「この身を捨ててでも、あなたにお逢いしたい」というメッセージが込められているのもポイントです。

ちなみに、澪標とは通行する船に水脈や水深を知らせるための目印として立てられた杭のことです。とくに難波の海は浅瀬が多く、船の運航が困難だったために重宝され、いつしか難波名物となりました。現在、大阪市の市章にもデザインされています。

また、この歌は「難波津から出立した後鳥羽院に逢いたい」とする〝言祝ぎ〟の3首目になります。場所的な観点に立てば、難波から隠岐島へ向かう後鳥羽院のルートにおいて、出立地点から徐々に離れていく過程の最終段階にこの歌は配置されました。つまり、後鳥羽院を乗せた舟が難波津（住の江）の「岸」を離れ、「難波潟」の葦の原からも離れ、「澪標」の杭をたよりにいよいよ難波の海をあとにするという連続シーンが浮かびあがってくる構成なのです。

【21番】素性法師《そせいほうし》

三十六歌仙

後鳥羽院の還京を待望する歌

今来《いまこ》むと　言ひしばかりに　長月《ながつき》の
有明《ありあけ》の月《つき》を　待《ま》ち出《い》でつるかな

通釈

あなたが「すぐに行くよ」と言ってきたので、それをあてにして私はこの長月（旧暦9月）の長い夜を待ち続け、とうとう有明の月が出てしまいましたよ。

作者伝

生没年不詳。僧正遍昭【12番】の子で、俗名は良《よし》岑玄利《みねのはるとし》。三十六歌仙のひとり。出家後、雲林院《うんりんいん》（京都市北区）に住み、のちに良因院《りょういんいん》（奈良県天理市）に移った。宇多天皇の庇護《ひご》を受け、和歌だけでなく書も得意とした。

素性法師は、僧正遍昭【12番】が在俗時にもうけた子です。左近衛将監《さこんえのしょうげん》に任官するなど殿上人となりましたが、父の出家に伴って兄の由性《ゆせい》とともに出家させられたと伝わります。

素性法師は僧としても文化人としても恵まれた境遇だったので、大きな恨みこそなかったかもしれません。ただ、親の勝手な都合によって、華やかな殿上人の世界から仏に仕える身に環境が急変したわけで

後鳥羽院の都落ちに対する鎮魂

後鳥羽院の還京を待望する歌

素性法師

あり、強いわだかまりを持って生活していた可能性は高いと考えられます。ちなみに、平安時代中期に成立した『大和物語』には、「法師の子は法師になるがよい」と強引に出家させられたとあります。

定家が百人一首にこの歌を選んでここに配置したのは、素性法師の験力を借りて「難波津から出立した後鳥羽院を一晩中でも待っています！」とする〝言祝ぎ〟の歌として必要だったからでしょう。後鳥羽院が難波を出立したのは旧暦7月で、8月初旬には隠岐に入島しました。そして、この歌ではすでに9月（長月）になっていて、深夜以降に出てくる「有明の月」を見るまで待ち続けている場面になります。これは難波津から出立した後鳥羽院の帰還を、定家自身が待ち続けているという心情とダブらせているわけです。

定家は百人一首のこの箇所に配置する必要があったからこそ、あえて素性法師のこの歌を選んだと思われます。この歌も、定家から後鳥羽院へのラブレターだと言えましょう。

【22番】文屋康秀《ふんやのやすひで》

六歌仙

季節の移り変わりを表す挿入歌

吹《ふ》くからに　秋《あき》の草木《くさき》の　しをるれば
むべ山風《やまかぜ》を　嵐《あらし》といふらむ

通釈

風が吹けば、ただちに秋の草木が萎《しお》れてしまうので、なるほど〝山〟から吹き下ろす〝風〟を「嵐（荒らし）」と言っているのだろう。

作者伝

生没年不詳。六歌仙のひとり。文屋朝康《あさやす》【37番】の父。文屋氏は天武天皇につながる古代氏族だが、平安時代初期ごろに没落。同じく六歌仙の小野小町【9番】と親交があり、三河国（愛知県）に赴任する際に彼女を誘ったが断わられたと伝わる。

文屋康秀は六歌仙に選ばれた歌人として高名ですが、縫殿助《ぬいどののすけ》に任官したことが伝わる程度で卑《ひ》官《かん》（階級の低い役人）に終わりました。紀貫之は『古今和歌集』の「仮名序」で康秀のことを、「修辞は巧みだが、歌の内容は乏しい」と評しています。

小野小町と親交があり、三河国に赴任する際に「一緒に行きませんか」と誘ったと伝わります。このとき小町は、「わびぬれば　身をうき草の　根を絶えて　誘ふ水あらば　いなむとぞ思ふ」と返したそうです。意訳すると、「容貌は衰えても、あなたの誘い水に乗るほど

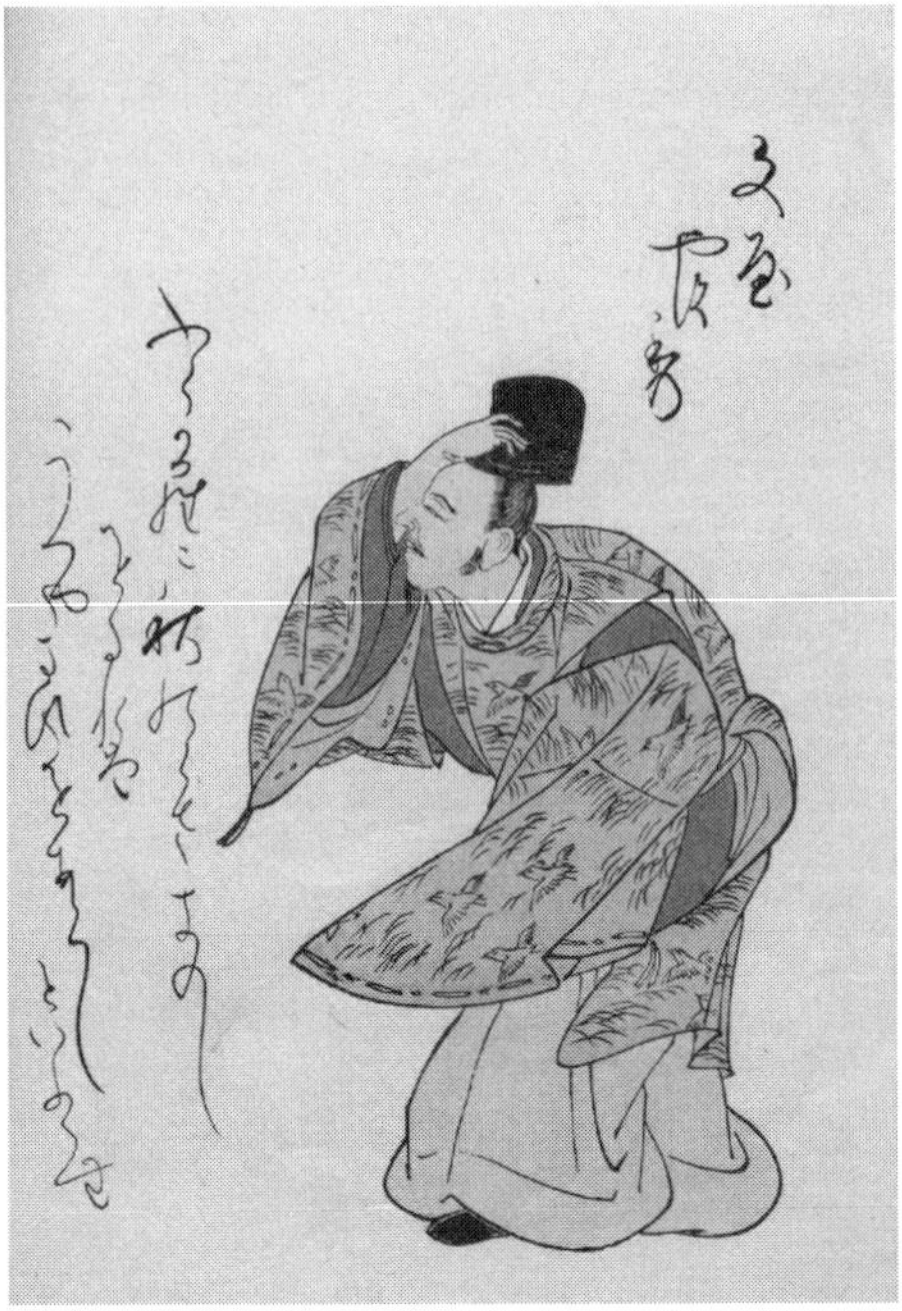

文屋康秀

落ちぶれてはいませんよ！」となり、康秀の誘いを上手に断っています。つまり、康秀は恋にも出世にも敗北してしまったわけです。一方、江戸時代に学者である尾崎雅嘉《おざきまさよし》によって書かれた百人一首の解説書『百人一首一夕《ひとよ》話《がたり》』では、年をとって容姿も衰え、荒れた家に住んでいた小町は、康秀の誘いに喜んで応じたと記されています。

　この歌は、漢字の〝山〟と〝風〟を合体させると「嵐」の字になるという文字遊びが含まれています。定家がこの歌を百人一首に選んだのは、歌の体裁は安っぽくてもかまわず、その内容が最適だと考えてこの場所に配置したのでしょう。

　要するに、この場面は素性法師【21番】の歌で長月(旧暦9月)に明け方まで待っていたことを受け、やがて嵐が吹くほど秋が深まったことを表す内容の歌を配置したのだろうと考えます。そして、大江千里【23番】の「月」につなぐ役割を担っているのではないでしょうか。

【23番】大江千里《おおえのちさと》

後鳥羽院と同じ月を見ての哀歌

月《つき》見《み》れば　千々《ちぢ》にものこそ　悲《かな》しけれ
わが身《み》ひとつの　秋《あき》にはあらねど

通釈

月を見ていると、あれこれと、とめどなく物事が悲しく感じられます。秋は誰にもやってくるもので、私ひとりだけに訪れたものではないのですが。

作者伝

生没年不詳。漢学者である大江音人《おとんど》の子。一説では、大江玉淵《たまぶち》〈音人の子〉の子とも。白居易《はくきょい》（白楽天《はくらくてん》）の詩集『白氏文集《はくしもんじゅう》』などの翻案を得意とした。宇多天皇の勅命により、漢詩句を和歌につくりかえた家集『句題和歌《くだいわか》』を献上している。

大江千里は学者の家系に生まれ、最終的には式部《しきぶの》権大輔《ごんのたいふ》に任官します。卑官ではありませんが、秀才の誉れが高かったわりには、出世には恵まれませんでした。ある事件に連座して蟄居を命じられるという非運もあって、なんらかの恨みを抱いていた可能性が高いといわれます。

この歌は、白居易（白楽天）の詩集『白氏文集』のなかの「燕子楼中霜月夜　秋来只為一人長（燕子楼《えんしろう》のなかで

後鳥羽院の都落ちに対する鎮魂

後鳥羽院と同じ月を見ての哀歌

大江千里

過ごす、霜のように冴《さ》えた月の夜は、秋になって以来、ただ私ひとりのために長い)」を踏まえたもので、〝本説取り〟という技法によって詠まれています。

このように、千里は漢詩句の翻案(既存の作品の趣旨を活かして、新たな作品につくりかえること)を得意としました。自身の家集『句題和歌』には、漢詩句を本題とした和歌を120首も詠んでいます。『句題和歌』は漢詩から和歌への流れを示す作品であり、わが国最初の勅撰集『古今和歌集』成立への橋渡し役となったのです。

この歌は、素性法師【21番】と文屋康秀【22番】の歌を受け、長月(旧暦9月)の「有明の月」から秋の嵐を経て、静かな「秋の月」を物悲しく詠んだ歌に季節が移ろっていきます。定家はこの歌を「隠岐島にいる後鳥羽院もこれと同じ秋の月を見て、悲しんでおられるんでしょうね。お逢いしたい！」と後鳥羽院への〝言祝ぎ〟の歌として選び、百人一首のこの箇所にわざわざ配置したものと考えます。この歌も、定家から後鳥羽院へのラブレターだと言えるのです。

⑥ 藤原氏に恨みを持つ者と後鳥羽院の鎮魂

菅原道真【24番】から源宗于【28番】までは、藤原氏に恨みを持って亡くなった者たちへの鎮魂や、後鳥羽院への鎮魂の意味を込めた歌を配置しています。

【24番】菅家《かんけ》（菅原道真《すがわらのみちざね》）

雷神の道真および後鳥羽院の鎮魂

このたびは　幣《ぬさ》も取《と》りあへず　手向山《たむけやま》
紅葉《もみぢ》の錦《にしき》　神《かみ》のまにまに

通釈

このたびの旅は、急なことでしたので御幣《ごへい》の用意もできませんでした。代わりに錦を織り成したような手向山の紅葉を御幣として捧げますので、どうぞ神の御心《みこころ》のままにお受け取りください。

作者伝

845年～903年。当代随一の漢学者。宇多・醍醐天皇に重用されて右大臣にまで昇進したが、藤原時平〈左大臣〉の讒言《ざんげん》によって大宰府に左遷。失意のまま任地で客死したことで怨霊として恐れられ、のちに「天神様」として信仰された。

藤原氏に恨みを持つ者と後鳥羽院の鎮魂

雷神の道真および後鳥羽院の鎮魂

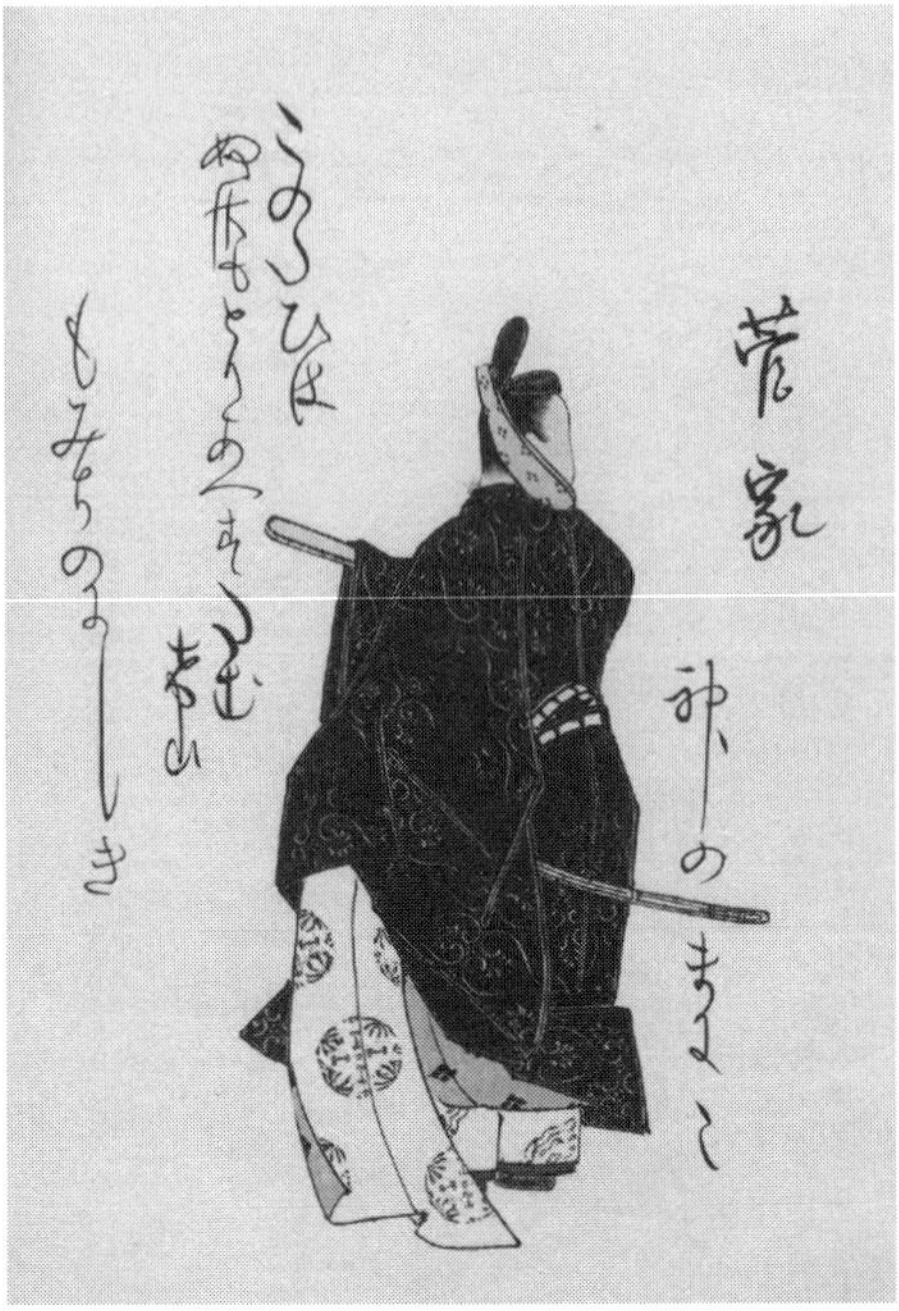

菅家（菅原道真）

菅原道真は学問にすぐれた有能な政治家で、遣唐使の廃止などさまざまな政治改革を実行して右大臣にまで昇進しました。そのめざましい活躍に危機感を覚えた政敵の藤原時平の讒言によって大宰府に左遷され、最悪の生活環境を強いられたまま配所で死亡しています。

道真の死後まもなく、時平が急死したり、平安京の内裏の清涼殿《せいりょうでん》に雷が落ちて死者が出たり、それを目撃した醍醐天皇が体調を崩して3か月後に崩御したりしたため、道真は怨霊になったと噂されました。そこで朝廷は北野天満宮（京都市上京区）を創建して、道真を「雷神」として祀りあげたのです。やがて道真が学問にすぐれていたことにちなんで、「雷神」という〝怨霊〟から学問の神様「天神様」という〝福の神〟へと信仰が転化したといわれます。また、道真は御霊神社に「八所御霊《はっしょごりょう》」の1柱として祀られました。このように道真は、百人一首に〝言祝ぎ〟をして祟りを鎮める対象に最もふさわしい人物のひとりと言えましょう。

定家が道真のこの歌を選んでここに配置したの

は、在原業平【17番】の歌「ちはやぶる……」に対応し、【17番】から【24番】でいちおうの締めくくりをしているからではないでしょうか。

手向山は、山城国《やましろのくに》（京都府）から大和国《やまとのくに》（奈良県）に入る国境に位置する平城山《ならやま》付近の山並みのことをいいます。特定の「手向山」という山はありません。業平の項で前述しましたが、後鳥羽院の都から隠岐島への旅の出発点は「龍田川（発った川）」でした。その後、後鳥羽院は難波津を経て隠岐島へ向かいます。

定家がこの歌を百人一首のここに配置したのは、「手向山の紅葉で後鳥羽院が隠岐島から無事に帰還することを出迎えたい」と考えたからではないでしょうか。「手向け」には御幣を神に捧げる意味だけでなく、「手迎け」の意味も込められているからです。後鳥羽院の出発点が平安京ではなく大和であり、帰還点も大和となっているのは、どちらも「都」には変わりはなく、定家の意図を後鳥羽院以外の人物に悟られないようにする工夫だったのではないかと推理します。

当然ながら、天神様である道真に対する「手向け」の意味が最優先の配置でしょう。なぜなら、京の小倉《おぐら》山《やま》の紅葉を詠んだ藤原忠平《ただひら》【26番】の歌「小倉山……」は、道真への鎮魂歌とも考えられるからです。百人一首のこの付近における歌は、相互にリンクするような配置となっています。

浮世絵に描かれた菅原道真の歌（『百人一首之内 菅家』歌川国芳・画）

【25番】三条右大臣《さんじょうのうだいじん》（藤原定方《ふじわらのさだかた》）

後鳥羽院に逢う方法の希求と鎮魂

名《な》にし負《お》はば　逢坂山《あふさかやま》の　さねかづら
人に知《し》られで　くるよしもがな

通釈

逢坂山のサネカヅラが「逢う」「さ寝」という名前のとおりであるならば、その蔓《かずら》を繰《く》るではないが、誰にも知られずにあなたのもとへ来る（訪ねていく）方法がほしいものだ。

右大臣の藤原定方は、京の三条に邸宅があったことから「三条右大臣」と呼ばれました。定方は『古今和歌集』の編者である紀貫之や凡河内躬恒の後援者としても知られます。

作者伝

873年～932年。藤原高藤《たかふじ》〈内大臣〉の子で、醍醐天皇の外叔《がいしゅく》。呼称は官職名と、京の三条に邸宅があったことにちなむ。和歌や管弦に秀でた風流人で、紀貫之【35番】や凡河内躬恒【29番】たちのパトロンでもあった。

この歌の枕歌（元歌）は、百人一首にも採られている蝉丸【10番】の「これやこの　行くも帰るも　別れては　知るも知らぬも　逢坂の関」だとされています。京都市と大津市の境に位置する逢坂山は「相坂山」とも表

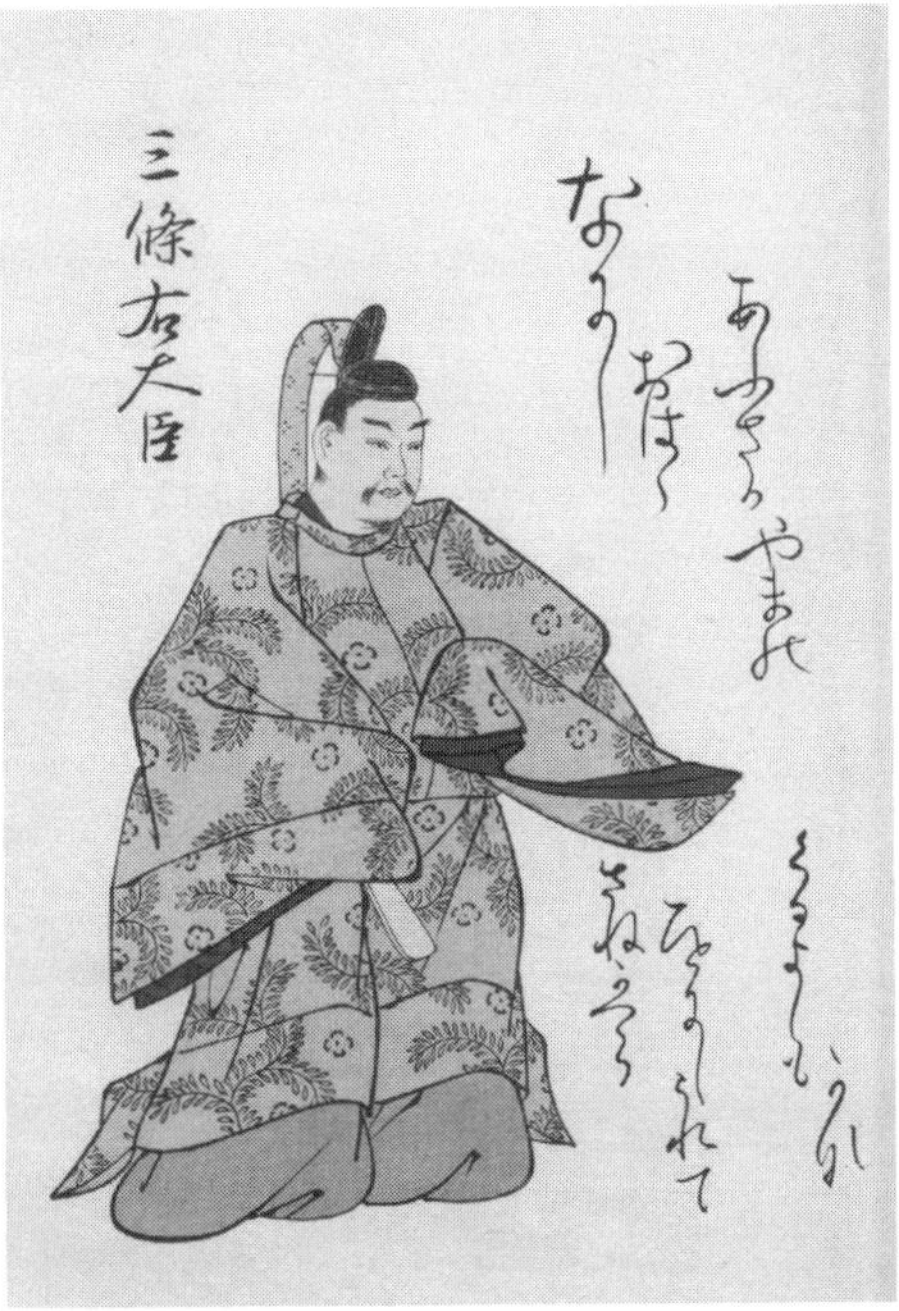

三条右大臣（藤原定方）

記され、異称を「手向山」といいます。奇《く》しくも、菅原道真【24番】が詠んだ奈良市の北方に位置する「手向山」と名称がリンクするのです。つまり、定家は道真の歌の「手向山で後鳥羽院を出迎える」という願いを踏まえて、「どうにかして人知れず後鳥羽院を都に手繰り寄せる方法」を模索し、その手立てを願う歌としてこの場所に配置したのではないでしょうか。

そういう意味でも、私はこの歌を「会者定離」および「逢いたくても逢えない」というメッセージを込めて後鳥羽院の鎮魂を企図した〝からくり〟だと考えます。そして蝉丸【10番】から源宗于【28番】までは、基本的には後鳥羽院への「思慕」「帰還を願う思い」「慰め」「鎮魂」の意味が仕掛けられた歌だといっても過言ではありません。当然のことながら、この定方の歌も「定家から後鳥羽院への密かなラブレター」と思われます。

【26番】貞信公《ていしんこう》（藤原忠平《ふじわらのただひら》）

道真の鎮魂と後鳥羽院の還京祈願

小倉山《をぐらやま》　峰《みね》のもみぢ葉《ば》　心《こころ》あらば
今《いま》ひとたびの　行幸《みゆき》待《ま》たなむ

通釈

小倉山の紅葉よ、もしお前に心があるならば、もういちど天皇が行幸《ぎょうこう》するので、それまで散らずに待っていてほしい。

作者伝

880年～949年。陽成天皇【13番】を退位させた藤原基経の子で、菅原道真【24番】を左遷させた時平の弟。貞信公とは、死後につけられた諡。左遷に反対するなど道真と親しかったため怨霊に祟られず、子孫が摂関家として繁栄したという。

藤原忠平は、宇多・醍醐・朱雀・村上と4代の天皇の治世で要職を長年務め、関白や摂政を歴任した実力者です。讒言によって菅原道真を左遷に追いこんだ藤原時平は、兄にあたります。道真とは親交があり、道真の死後に右大臣に復権させるなどその名誉を回復しています。

忠平は70歳で病死するまで政治の第一線にありました。死後は「正一位」を贈られ、「貞信公」の漢風諡号《かんふうしごう》を賜っています。忠平の経歴を見れば恨まれる要因はありませんが、道真に祟られて早逝した時平との

藤原氏に恨みを持つ者と後鳥羽院の鎮魂

道真の鎮魂と後鳥羽院の還京祈願

貞信公（藤原忠平）

関連で、〝道真の怨霊を鎮魂する第一線の指揮官〟という役割を果たしていると思われます。

小倉山は保津川《ほづがわ》（秦《はた》氏が築いた堰堤《えんてい》から下は大堰《おおい》川《がわ》）の北にあり、南の嵐山《あらしやま》と相対している紅葉の名勝です。平安時代、その山麓は貴人の隠棲地でした。

百人一首に選ばれたこの歌は、宇多院が行幸した際に紅葉のみごとさに感動して「わが子の醍醐天皇にもぜひ見せたい」と願ったため、随行していた忠平がそれを受けて詠みました。歌の形式は、擬人化した小倉山に訴えかける趣向です。その内容も、道真【24番】の「このたびは……」の歌に対応しており、定家は〝道真の鎮魂〟という企図でこの歌を選び、ここに配置したのではないかと考えます。

また定家は、小倉山の麓の宇都宮頼綱（蓮生）の山荘で、襖に貼る装飾のために『小倉百人一首』を選歌しました。『小倉百人一首』の語源ともなった因縁の地であることから、「後鳥羽院が今ひとたび小倉山に行幸されることを願った選歌」とも「後鳥羽院へのラブレター」とも言えましょう。

【27番】中納言兼輔《ちゅうなごんかねすけ》（藤原兼輔《ふじわらのかねすけ》）

古都を舞台にした後鳥羽院の鎮魂

三十六歌仙

みかの原《はら》　わきて流《なが》るる　いづみ川《がわ》
いつ見《み》きとてか　恋《こひ》しかるらむ

通釈

瓶原《みかのはら》に湧く水を集めて野原を分かつように滔々《とうとう》と流れるのが泉川だが、その「いつ」ではないが、あなたをいつ見て私の恋心は湧いたのだろうか。

作者伝

877年～933年。藤原利基《としもと》〈右近衛中将〉の子で、醍醐天皇の外叔。鴨川の堤に邸宅があったことから「堤中納言」とも呼ばれた。三十六歌仙のひとり。紫式部【57番】の曾祖父〈兼輔↓雅正《まさただ》↓為時《ためとき》↓紫式部〉としても知られる。

藤原兼輔は醍醐天皇の外叔であり、その皇太子時代から仕えました。妻の父である藤原定方【25番】の邸宅をサロンとして、兼輔は『古今和歌集』を編纂した紀貫之や凡河内躬恒といった多くの歌人たちと交流しています。兼輔の経歴からは、個人的に恨まれる要因はほとんど見当たりません。

この歌は明らかに恋の歌ですが、さまざまな掛詞が複合的に仕掛けてあります。歌の舞台である瓶原

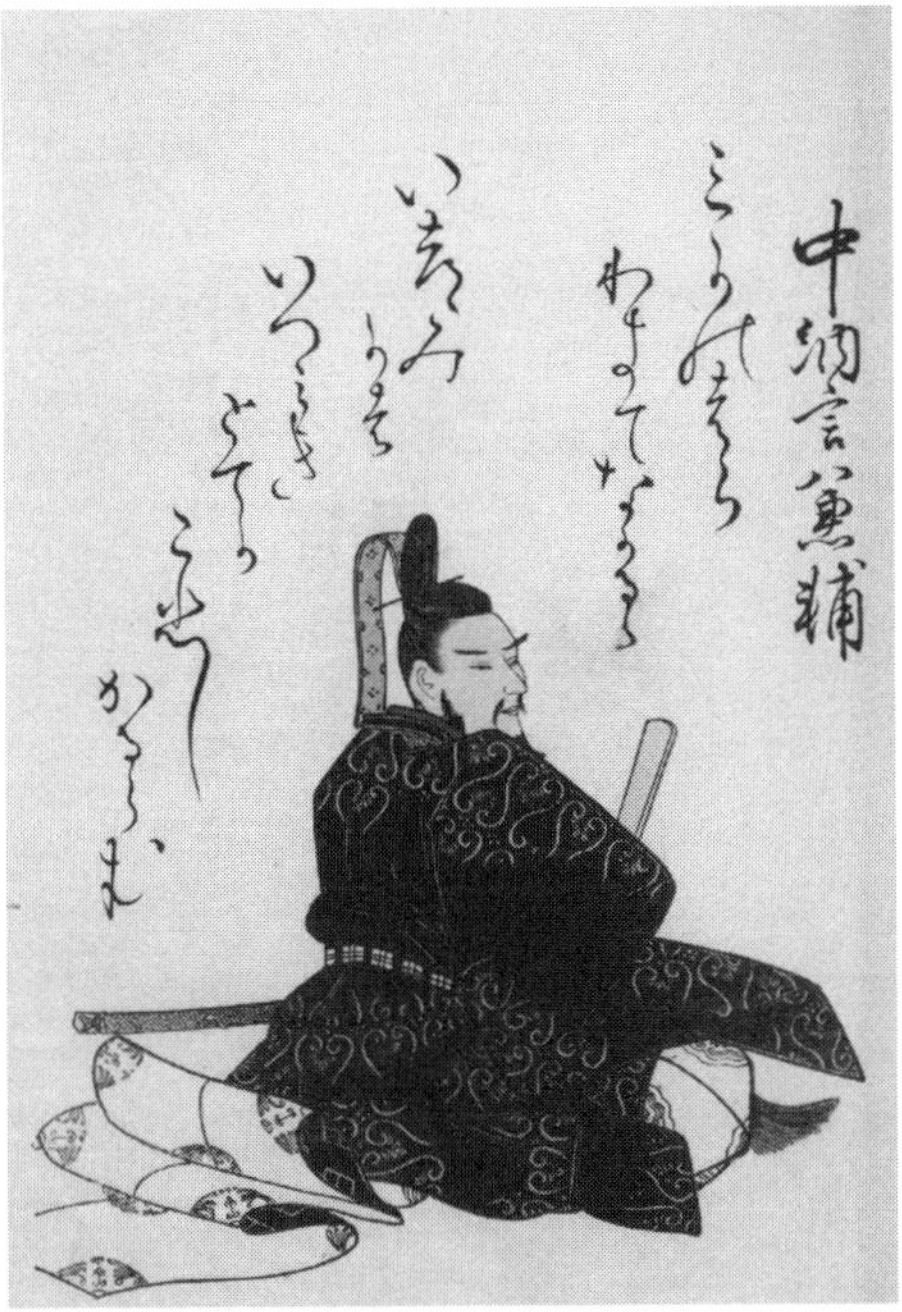

中納言兼輔（藤原兼輔）

は、現在の京都府木津川市加茂町の一角です。聖武天皇の勅命によって平城京から一時遷都した「恭仁京《くにきょう》」が置かれた場所で、大極殿《だいごくでん》跡には山城国（京都府）の国分寺が置かれました。その南を流れる「泉川（木津川の古称）」の河岸段丘が瓶原で、恭仁京の大極殿は泉川の北側段丘面に置かれ、南側段丘面も恭仁京の市街地に利用されるはずでしたが、完成を見ないまま都は「紫香楽宮《しがらきのみや》」に遷《うつ》ります。泉川は「しがらき歌」にあるように、瓶原の南北段丘面を分けて（わきて）流れている川なのです。

後鳥羽院への鎮魂としてこの歌を見れば、廃棄された古都の瓶原を舞台に、「いまは別れて分断されていますが、いままでも、またこれからも、恋しく思っています」という定家のメッセージが託されていると言えましょう。この歌も、定家から後鳥羽院へのラブレターだと考えられます。

【28番】源《みなもとの》宗干《むねゆき》朝臣《あそん》

三十六歌仙

後鳥羽院と順徳院の鎮魂

山里《やまざと》は　冬《ふゆ》ぞさびしさ　まさりける
人目《ひとめ》も草《くさ》も　かれぬと思《おも》へば

通釈

山里は、冬のさびしさがまたひとしおとなります。訪ねてくる人も離《か》れ、草木も枯《か》れてしまうと思うとやるせないですね。

作者伝

?～939年。是忠《これただ》親王〈光孝天皇【15番】の皇子〉の子。源姓を賜与《しよ》されて臣籍降下した。三十六歌仙のひとり。『大和物語』には、官位に恵まれない不遇を宇多天皇に和歌で訴えたが、歌の意味を理解してもらえなかったという逸話が載っている。

源宗干は光孝天皇の孫にあたります。高貴な出身ながら出世に恵まれず、平安時代中期に成立した歌物語『大和物語』には、皇孫である宗于がそれ相応の位につけないことを嘆く話がいくつか載っています。なかでも、昇進が叶わない恨み言を歌にして宇多天皇〈宗于の叔父〉に贈ったものの、天皇は「なんのことだろうか、この歌の意味が分からない」と側近の者に話しただけで効果はなく、詠んだ甲斐がなかったと嘆くというエピソードがよく知られます。

この歌は「冬の山里のさびしさ」を詠んでいますが、

藤原氏に恨みを持つ者と後鳥羽院の鎮魂

後鳥羽院と順徳院の鎮魂

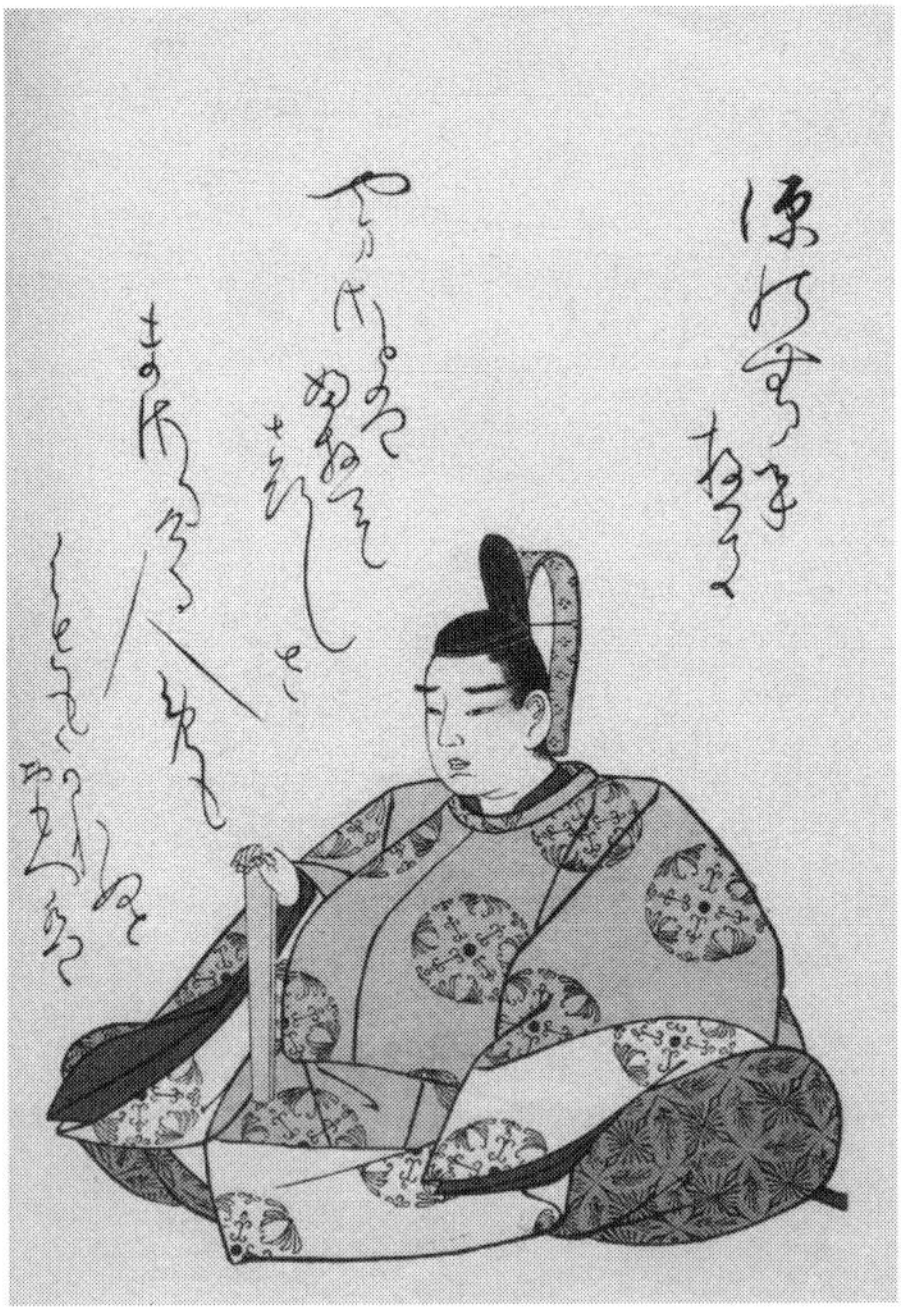

源宗干朝臣

じつは「自分の昇進の道が途絶え、冬枯れの状態であることへの嘆き」を詠んだとする説もあります。宗干が三十六歌仙のひとりに選ばれるという栄誉を得たのも、不遇を嘆く宗于への〝言祝ぎ〟をすることで怨霊化を封じた可能性が高いのではないでしょうか。

定家が百人一首にこの歌を選んだのは、藤原氏が皇孫の昇進の邪魔をしたことへの贖罪の意味があるでしょう。それと同時に、隠岐島の山里にいる後鳥羽院の冬のさびしさを気づかい、逢いたい人にも逢えない自身のもどかしさを込めて、鎮魂の意味を内包しているこの歌をあえて選んだのではないでしょうか。

また、佐渡に流された順徳院**【100番】**〈後鳥羽院の皇子〉は、この宗于の歌の派生歌として「あはれまた 人めも草も 枯れにけり み山の庵ぞ 秋はさびしき」と詠んでいます。定家が企図したとおりの反応を順徳院は示していますので、この歌は後鳥羽院だけでなく、順徳院を慰める歌としての役割まで十分に果たしたといっても過言ではありません。

⑦ 不遇な先輩撰者や歌人への鎮魂

凡河内躬恒【29番】から文屋朝康【37番】までは、不遇な先輩撰者や歌人たちへの鎮魂をメインに、後鳥羽院への鎮魂までをも込めた選歌であると考えます。

【29番】凡河内躬恒《おおしこうちのみつね》

三十六歌仙

不遇な先輩撰者と後鳥羽院の鎮魂

心《こころ》あてに　折《お》らばや折《お》らむ　初霜《はつしも》の
おきまどはせる　白菊《しらぎく》の花《はな》

通釈

初霜が降りて白くなり、どれが白菊の花か見分けがつかずに戸惑うほどだ。白菊の花を折り取れるものならば、当てずっぽうに手折ってみようか。

作者伝

859年ごろ〜925年ごろ。河内国《かわちのくに》(大阪府)の国造《くにのみやつこ》を務めた氏族の出身。三十六歌仙のひとり。官位は高くなかったが、歌人としては紀貫之【35番】と並び称され、多くの歌会に参加して活躍。『古今和歌集』の撰者のひとりでもある。

不遇な先輩撰者や歌人への鎮魂

不遇な先輩撰者と後鳥羽院の鎮魂

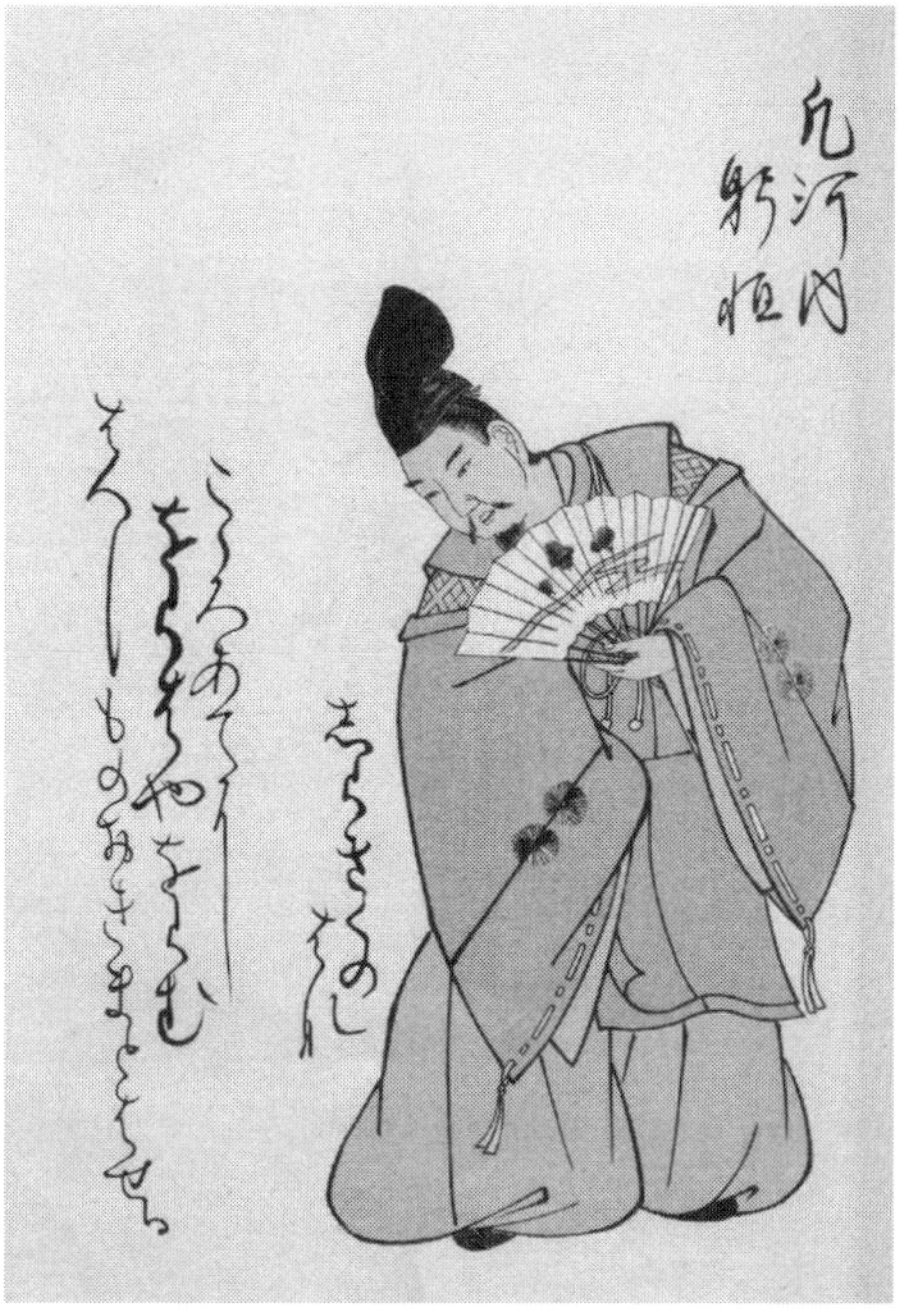
凡河内躬恒

凡河内躬恒は歌人として有名ですが、出世には恵まれませんでした。丹波・和泉・淡路などの地方官を転々とし、帰京後すぐに没したといわれます。

この歌は、白居易（白楽天）の『重陽《ちょうよう》の席上で白菊を賦《ふ》す』と題する漢詩「満園花菊鬱金黄　中有孤叢色似霜（黄色の菊が咲いている花園のなかに、ひとつだけ霜のように白い花をほころばせている菊がある）」を踏まえ、〝本説取り〟という技法によって詠まれました。現実には菊と霜を見間違うはずはなく、観念的でありつつも歌そのものはシンプルで、まるで美しい1幅の書画を見るようです。

定家が百人一首にこの歌を選んだのは、高名でありながらも不遇だった先輩撰者への鎮魂を企図したからだと考えます。そして隠された意図として、「おきまどはせる白菊の花」に「隠岐に惑はせる白菊の花」という意味を込めたのではないでしょうか。

定家が仕掛けた〝からくり〟は、菊の御紋を多用した後鳥羽院を白菊になぞらえることで、その鎮魂まで重ねた可能性が高いと推理します。

【30番】壬生忠岑《みぶのただみね》

三十六歌仙

後鳥羽院への恋慕

有明《ありあけ》の　つれなく見《み》えし　別《わか》れより
暁《あかつき》ばかり　憂《う》きものはなし

通釈

有明の月が冷淡に見えるほどあなたを薄情に感じた別れのとき以来、私にとって夜明けぐらいつらいものはありません。

作者伝

860年ごろ～920年ごろ。藤原定国《さだくに》〈定方【25番】の兄〉の随身《ずいじん》〈警護役〉などを務めた下級武官。卑官ながら一流歌人と賞賛され、『古今和歌集』の撰者のひとりとして抜擢。壬生忠見【41番】は子にあたる。三十六歌仙のひとり。

壬生忠岑は「宮城十二門《きゅうじょうじゅうにもん》」のひとつである「壬生門」の守衛を職掌とする武門の家柄で、歌人としては有名ですが卑官で終わります。『古今和歌集』の撰者のひとりに抜擢されますが、そのなかでは最も低い身分でした。

平安時代中期に成立した歌物語『大和物語』には、次のような逸話が載っています。忠岑が藤原定国に随身として仕えていたとき、酔った定国が夜間にアポなしで藤原時平〈左大臣〉の邸宅を訪問してしまい、時平に「どこにお出でになったついでなのでしょ

不遇な先輩撰者や歌人への鎮魂

後鳥羽院への恋慕

壬生忠岑

うか?」と不審がられたそうです。すると忠岑は、すかさず「かささぎの 渡せるはしの 霜の上を 夜半にふみわけ ことさらにこそ」と詠み、「わざわざ霜の上を踏み分けて訪れたのですよ」という意味を込めて切り返しました。時平は機転の利いた忠岑の歌を褒め、邸宅に上げて歓待したということです。

百人一首に選ばれた忠岑の歌は、武門には似合わない繊細でロマンチックな感じがします。定家がこの歌を選んだのも、凡河内躬恒【29番】と同様に、不遇だった先輩撰者への鎮魂の意味を込めたのではないでしょうか。

それと同時に、後鳥羽院へのメッセージとして「お別れして以来、夜明けがつらい毎日です」という定家の心情を代弁してくれているので、わざわざ選歌したとも言えましょう。この歌も、定家から後鳥羽院へのラブレターとして選んだ可能性が高いと考えます。

【31番】坂上是則《さかのうえのこれのり》

三十六歌仙

後鳥羽院の歌との対比の妙

朝《あさ》ぼらけ　有明《ありあけ》の月《つき》と　見《み》るまでに
吉野《よしの》の里《さと》に　降《ふ》れる白雪《しらゆき》

通釈

夜がほのぼのと明けはじめるころ、有明の月で明るいのかと間違えるほど、吉野の里に降り積もった白雪であることよ。

作者伝

生没年不詳。征夷大将軍《せいいたいしょうぐん》として奥州(東北地方)平定に活躍した坂上田村麻呂《たむらまろ》の4代目の子孫。三十六歌仙のひとり。『古今和歌集』の撰者らに次ぐ歌人だったと評される。大和国(奈良県)などの地方官を歴任し、蹴《け》鞠《まり》の名人でもあった。

坂上是則は、『後撰和歌集』の撰者「梨壺の五人」のひとりである坂上望城《もちき》の父にあたります。歌は『古今和歌集』の撰者に次ぐ実力の持ち主といわれ、蹴鞠の名手でもありましたが、出世では卑官に終わりました。

百人一首に選ばれたこの歌は、『古今和歌集』の詞書に「大和国にまかれりけるときに、雪のふりけるをみてよめる」とあります。壬生忠岑【30番】の歌と同じ有明の月を題材としており、1幅の絵が目に浮かぶような美しい情景を詠んでいます。

不遇な先輩撰者や歌人への鎮魂

後鳥羽院の歌との対比の妙

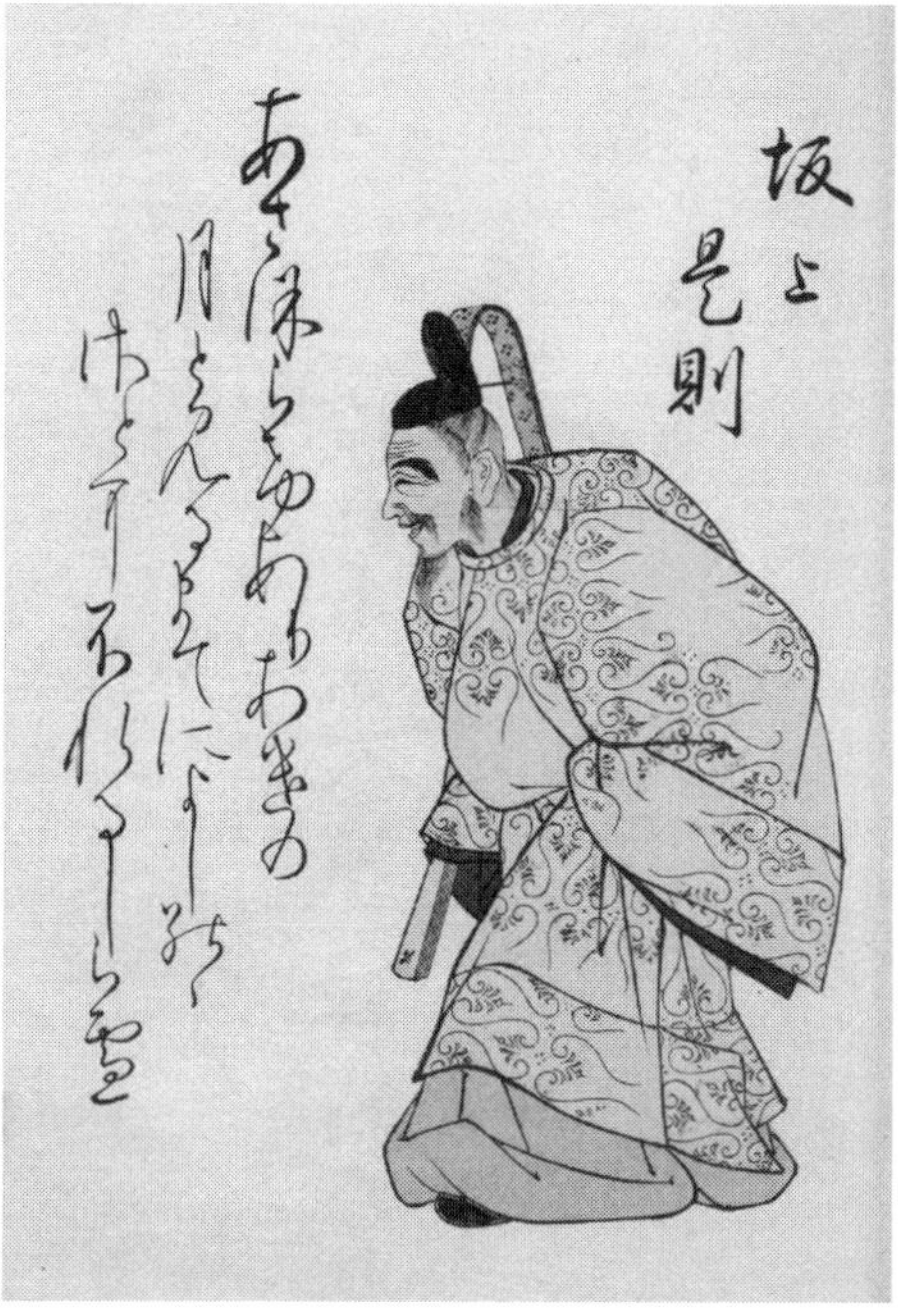

坂上是則

定家がこの歌を選んだ理由は、是則が征夷大将軍の子孫であり、高名な歌人であるにもかかわらず、不遇だったからではないでしょうか。それと同時に、裏の意図として、次のような理由から選んだとも考えられます。

後鳥羽院は吉野に関し、「み吉野の　高嶺のさくら散りにけり　嵐もしろき　春の明けぼの」という歌を詠んでいます。是則は「冬の吉野の里に降った、有明の月のように美しい白雪」を詠み、後鳥羽院は「春の嵐で散って吉野の里に敷き詰められた、曙《あけぼの》のように美しい桜の花びら」を詠みました。この2つの歌は季節も状況も異なりますが、「吉野という場所」「明け方という時間」「地上に広がる美しい自然現象」という共通項があります。定家は後鳥羽院の懐かしい歌と対比させるために、あえて是則のこの歌を選んだのではないでしょうか。

【32番】春道列樹《はるみちのつらき》

後鳥羽院の心情に寄り添う

山川《やまがは》に　風《かぜ》のかけたる　しがらみは
流《なが》れもあへぬ　紅葉《もみぢ》なりけり

通釈

山中の小川に風がかけたしがらみ（水をせき止めるための柵）というのは、瀬に溜《た》まって流れることもできない紅葉のことだったのですね。

作者伝

？～920年。春道新名《にいな》（主税頭《ちからのかみ》）の子。春道氏は物部《もののべ》氏の末流といわれる。文章生《もんじょうしょう》（大学寮で漢詩文や史書を学ぶ学生）から大宰府の下級役人を経て、壱岐国《いきのくに》（長崎県）の国司に任官されたが、赴任前に急死した。

春道列樹は壱岐守に就任しますが、着任前に急死しました。不幸な死を遂げたその無念は計り知れません。

百人一首に選ばれたこの歌は、『古今和歌集』の詞書に「志賀《しが》の山越えにてよめる」とあります。志賀の山越えとは、京都市左京区の北白川から比叡山と如意《にょい》ヶ嶽《がたけ》のあいだを通り、天智天皇が開いた志賀の都（大津市）の北部へ抜ける道をいいます。天智天皇が

不遇な先輩撰者や歌人への鎮魂

後鳥羽院の心情に寄り添う

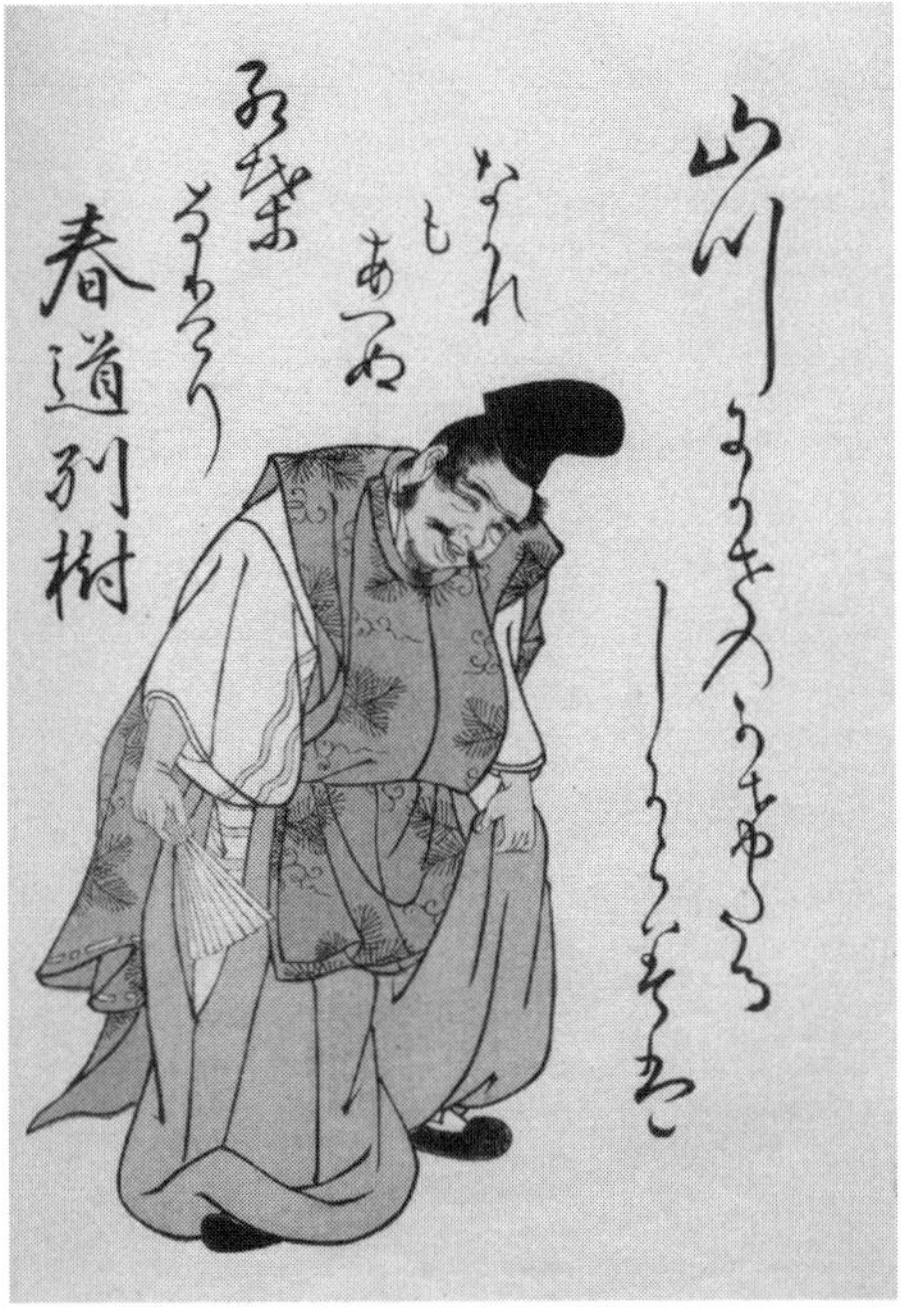

春道列樹

創建した「崇福寺《すうふくじ》」を参詣する道として発達したといわれます。

この歌は、秋の谷川のようすを絵のように切り取って描いています。しがらみとは、用水の確保のために、杭を打ち並べて水流をせき止める柵のことです。加えて「物事や人を遮《さえぎ》りとどめるもの」という意味もあることから、定家はこの歌を〝出世直前に急死した不遇な歌人への鎮魂歌〟として選んだものと考えます。

それと同時に、後鳥羽院へのメッセージとしては、「川の流れを遮るしがらみのように、さまざまな世間のしがらみに遮られて思うようにならないあなたの現状を嘆いています」という意味を込めたのではないではないでしょうか。定家はこの歌に関しても、後鳥羽院の心情に寄り添ったラブレターとして選んだと言えましょう。

【33番】紀友則《きのとものり》

三十六歌仙

後鳥羽院の心情に寄り添う

ひさかたの　光《ひかり》のどけき　春《はる》の日《ひ》に
しづ心《ごころ》なく　花《はな》のちるらむ

通釈

日の光がのどかにふりそそぐ穏やかなこの春の日に、どうして桜の花は落ち着いた心もなく、急いで散っていくのでしょうか。

作者伝

?～905年ごろ。紀有《あり》朋《とも》の子で、紀貫之【35番】の従兄。三十六歌仙のひとり。40代半ばまで無官だったが、和歌は巧みで多くの歌会や歌合に詠出《えいしゅつ》。『古今和歌集』の撰者のひとりに抜擢されたが、完成を見ずに没した。

紀友則は、従弟の紀貫之と同様に官位の低い卑官でした。歌の才能にすぐれ、『古今和歌集』の撰者のひとりになりますが、完成する前に病を得て亡くなったとされます。

40歳過ぎまで無官だった友則が、出世のきっかけになったエピソードがあります。宮中で開かれた歌合に参加した際、「初雁《はつかり》」という秋の題に対し、友則は「春霞《はるがすみ》　かすみて往《い》にし　雁がねは　今ぞ鳴くなる　秋霧の上に」と詠んだそうです。「春霞」という初句を聞いた列席者たちが季節が違うと笑いますが、その後の

不遇な先輩撰者や歌人への鎮魂

後鳥羽院の心情に寄り添う

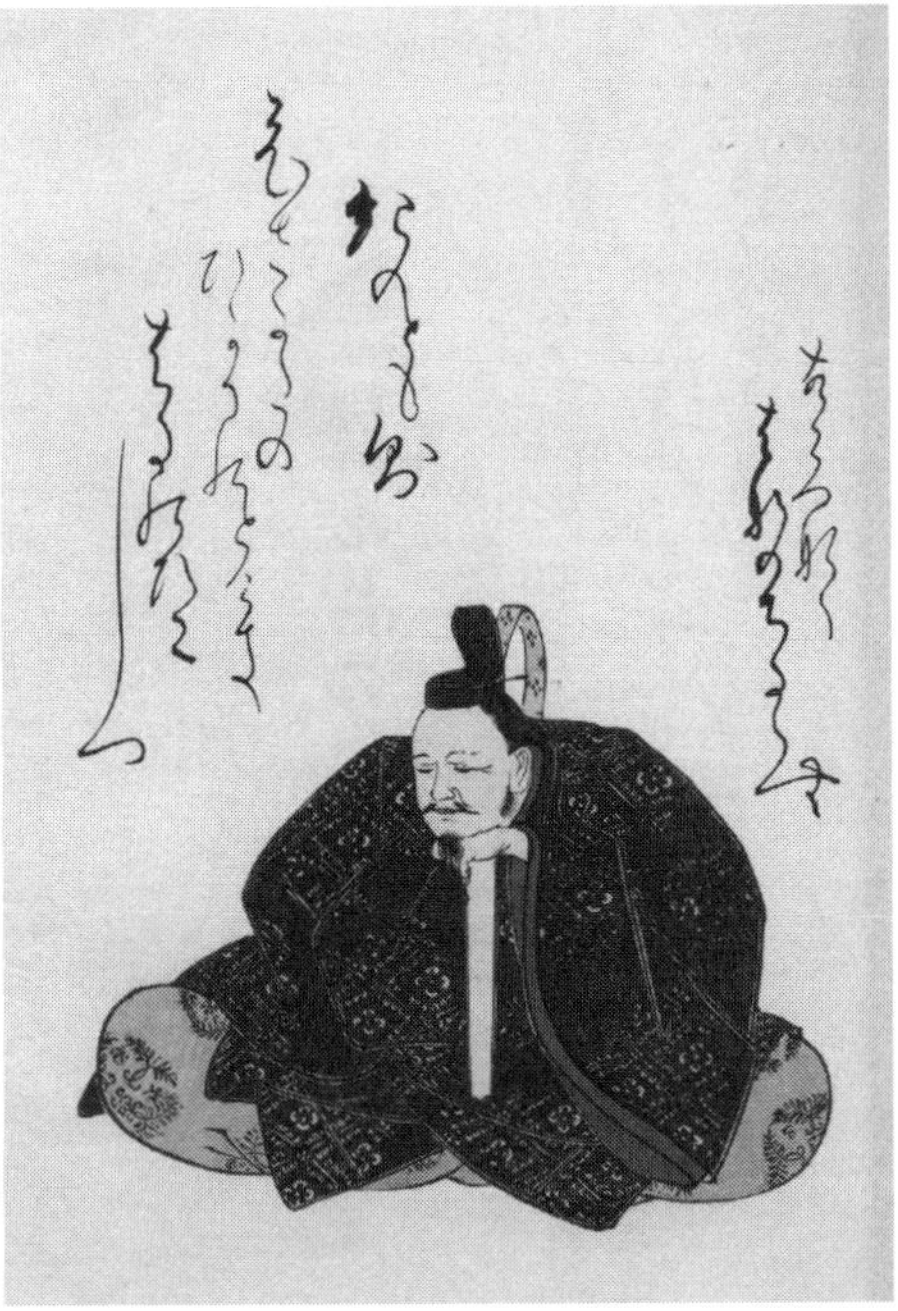

紀友則

歌の展開を聞いて感嘆し、これが出世の糸口になったといわれます。

百人一首に選ばれたこの歌の内容は、桜の花が散り急ぐようすを詠んでいるだけですが、「ハ行」の連続で心地よいリズムが生まれ、友則特有の世界に引きこまれていく魅力を感じます。定家がこの歌を選んだ理由は、『古今和歌集』の撰者だったにもかかわらず、完成を見ずに亡くなった先輩撰者への鎮魂の気持ちが強かったからではないでしょうか。

それと同時に、この歌への高い評価があったからとも言えましょう。というのも、定家は「いかにして しづ心なく 散る花の のどけき春の 色と見ゆらむ」と、のどかな春の季節のなかで擬人化した〝しづ心〟のない桜の花の心情をどのようにして推し量れば良いのかという内容の派生歌を詠んでいるからです。

後鳥羽院へのメッセージとしては、しづ心なく散る桜の花の心情に託し、「隠岐島でのあなたの置かれている諸行無常の状態を嘆いています」という意味を込めたのではないかと考えます。

【34番】藤原興風《ふじわらのおきかぜ》

三十六歌仙

知音《ちいん》のいない不遇を嘆く歌人の鎮魂

誰《たれ》をかも　知《し》る人《ひと》にせむ　高砂《たかさご》の
松《まつ》も昔《むかし》の　友《とも》ならなくに

通釈

知己《ちき》が次々と亡くなり、年をとった私は誰を親しい友とすればよいのでしょう。長寿で名高い高砂の松だけは私を知っていますが、昔からの友ではないのですから。

作者伝

生没年不詳。藤原道成《みちなり》〈相模掾《さがみのじょう》〉の子で、おもに地方官を歴任。三十六歌仙のひとり。身分は低かったが、和歌や管弦にすぐれ、宇多天皇の時代に活躍。曾祖父の藤原浜成《はまなり》は、現存する日本最古の歌学書『歌経標式《かきょうひょうしき》』を著している。

藤原興風は卑官とはいえませんが、下級官僚で終わりました。和歌の実力者として知られ、琴の名手でもあったといいます。

私がこの歌からふっと思いだした言葉は「知音《ちいん》」でした。道家《どうか》の思想書『列子《れっし》』に載っている故事で、「中国の春秋時代、琴の名手である伯牙《はくが》は、親友の鍾子《しょうし》期《き》が亡くなると、『自分の琴の音を知る者は、もう誰もいない』と言って、愛用の琴の糸を切って二度と弾

不遇な先輩撰者や歌人への鎮魂

知音のいない不遇を嘆く歌人の鎮魂

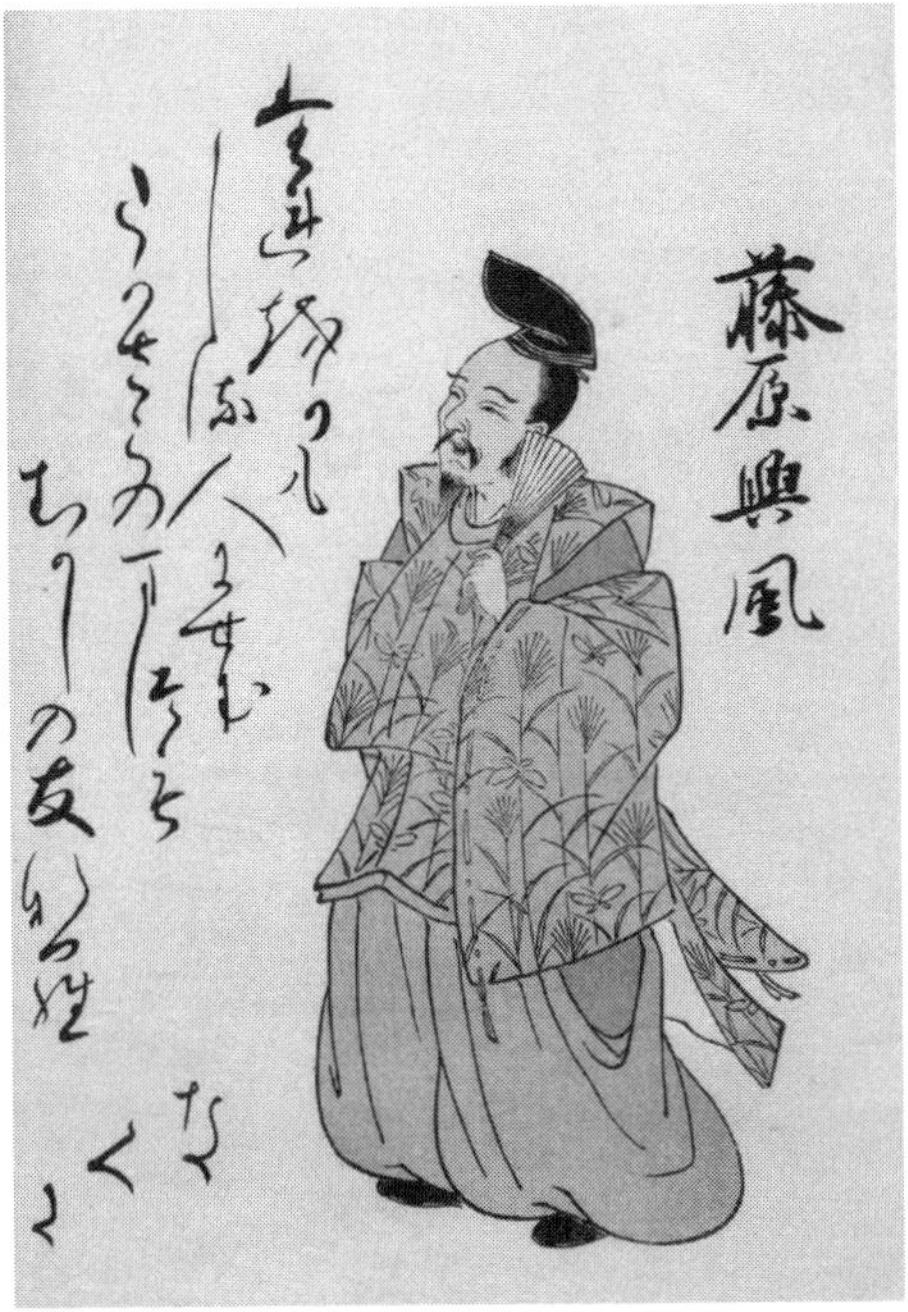

藤原興風

くことはなかった」とのことです。この故事から「知音（親友のこと）」「伯牙絶弦《はくがぜつげん》（親しい人との死別や慣れ親しんだものとの決別）」という言葉が生まれました。

琴の名手であった興風は、当然この故事を知っていたはずで、この歌はそれをコンセプトとして反映させたのだろうと推理します。なぜなら、「知音」の〝知〟という言葉をことさら上の句に使用しているからです。この歌は、自分を評価してくれる「知音」もなく、出世もしないまま年老いてしまった不遇を嘆く歌だと考えます。

当然ながら、定家も「知音」の故事について知っていたでしょう。定家が百人一首にこの歌を選んだ理由は、不遇を嘆く歌人の鎮魂にほかなりません。それと同時に、後鳥羽院に対して「あなたのことをいちばん理解している『知音』は私ですよ！　お慕いしています」というメッセージを送りたかったことから、あえてこの歌を選んだのではないでしょうか。

【35番】紀貫之《きのつらゆき》

三十六歌仙

後鳥羽院の心情に寄り添う

人《ひと》はいさ　心《こころ》も知《し》らず　ふるさとは
花《はな》ぞ昔《むかし》の　香《か》ににほひける

通釈

あなたのお気持ちは、さあどうかわかりませんが、この古都である奈良の地で梅の花が昔のままの香りで匂っているように、私の心は変わっていません。

作者伝

?～945年ごろ。紀望行《もちゆき》の子で、紀友則【33番】の従弟。三十六歌仙のひとり。『古今和歌集』の撰者の中心的人物であり、「仮名序」において本格的な歌論を展開。平仮名で記した『土佐日記』の作者としても知られる。

紀貫之はそれまで〝漢詩〟の下に置かれていた〝和歌〟を、天皇の下命による「勅撰和歌集（勅撰集）」として権威づけた人物です。内容的にも「春夏秋冬」「恋」「旅」といった〝型〟をつくるなど体系づけを行い、その後の勅撰集や現代の宮中歌会にまでにつながる和歌興隆の礎《いしずえ》を築きました。筆頭格として編纂した『古今和歌集』では、漢文の「真名序」は付け足し程度に扱い、「仮名序」において本格的な歌論を展開

不遇な先輩撰者や歌人への鎮魂

後鳥羽院の心情に寄り添う

紀貫之

しています。高校の古典の教科書にも載っているので、目にした人も多いことでしょう。

また、貫之は『土佐日記』の作者とされています。『土佐日記』は貫之が国司として赴任していた土佐国(高知県)から京へ帰るときの旅のようすを、平仮名で書いた日記文学です。冒頭に「男もすなる日記といふものを、女もしてみむとてするなり」とあり、自らを女性に仮託して書いていることでも知られます。

このように貫之は歌や文学の世界では高名ですが、出世には恵まれませんでした。最晩年にようやく殿上人(従五位以上)の末席の地位を得ますが、当代随一の能力がありながら、官位には評価されない状況に鬱々《うつうつ》とした日々を過ごしたことでしょう。

明治37年(１９０４)、貫之は「従二位」の追贈を受けています。これは、なんと9階級の特進でした。この時期の前後に同じように不遇だった歴史上の人物たちの追贈が行われていますが、そのなかでも貫之は不遇をかこった筆頭のひとりであると、宮内省(当時)が判断したということです。

浮世絵に描かれた紀貫之の歌(『百人一首絵抄 紀貫之』三代目歌川豊国・画)

浮世絵に描かれた紀貫之の歌(『潤色三十六花撰 紀貫之』豊原国周・画)

百人一首に選ばれたこの歌は、『古今和歌集』の詞書に「初瀬にまうづるごとに宿りける人の家に久しく宿らで、程へて後に至れりければ、かの家のあるじ、かくさだかになむ宿りはあると、言ひいだして侍りければ、そこに立てりける梅の花を折りてよめる」とあります。要するに、「貫之が久しぶりに長谷寺《はせでら》へ行くと、宿の主人から『あなたの定宿は昔から変わらずあるのに、ずいぶんとお久しぶりですね』と軽く憎まれ口をたたかれたので、すかさず梅の花を手折って返した歌」ということです。貫之は日本刀のような切れ味で宿の主人の軽口を一刀両断にしており、鼻白んだ主人の顔が目に浮かびます。

定家がこの歌を選んだ理由は、「不遇な勅撰集撰者の先輩への鎮魂」と「歌人の最高峰への敬意」を込めたからだと考えます。それと同時に、後鳥羽院へのメッセージとして、「ほかの人はどうだかわかりませんが、私だけは昔と変わらないまま咲いている梅の花のように、あなたをお待ちしております」という意味を含ませた選歌だったのではないでしょうか。

【36番】清原深養父《きよはらのふかやぶ》

後鳥羽院への恋慕

夏《なつ》の夜《よ》は　まだ宵《よひ》ながら　明《あ》けぬるを
雲《くも》のいづこに　月宿《つきやど》るらむ

通釈

夏の夜は短くて、まだ宵のうちと思っているあいだに明けてしまいました。あまりにも短かい夜のため西の山に沈みきれなかった月は、いったい雲のどのあたりに宿を借りているのでしょうか。

作者伝

生没年不詳。清原房則《ふさのり》〈豊前介《ぶぜんのすけ》〉の子。清原元輔【42番】の祖父で、清少納言【62番】の曾祖父。清原氏は舎人《とねり》親王〈天武天皇の皇子〉の子孫といわれる。晩年は洛北〈京都市左京区〉に山荘を建てて住み、やがてその山荘が補陀洛寺（小町寺）になったと伝わる。

清少納言の曾祖父として知られる清原深養父は、歌人としての才能はありながら、下級役人に終わりました。晩年は洛北の北岩倉に山荘を建てて住み、のちにその山荘は補陀洛寺になったそうです。小野小町【9番】の項で前述したとおり、補陀洛寺は小町の終焉の地と伝わり、「小町寺」とも呼ばれています。

この歌は、『古今和歌集』の詞書に「月のおもしろか

不遇な先輩撰者や歌人への鎮魂

後鳥羽院への恋慕

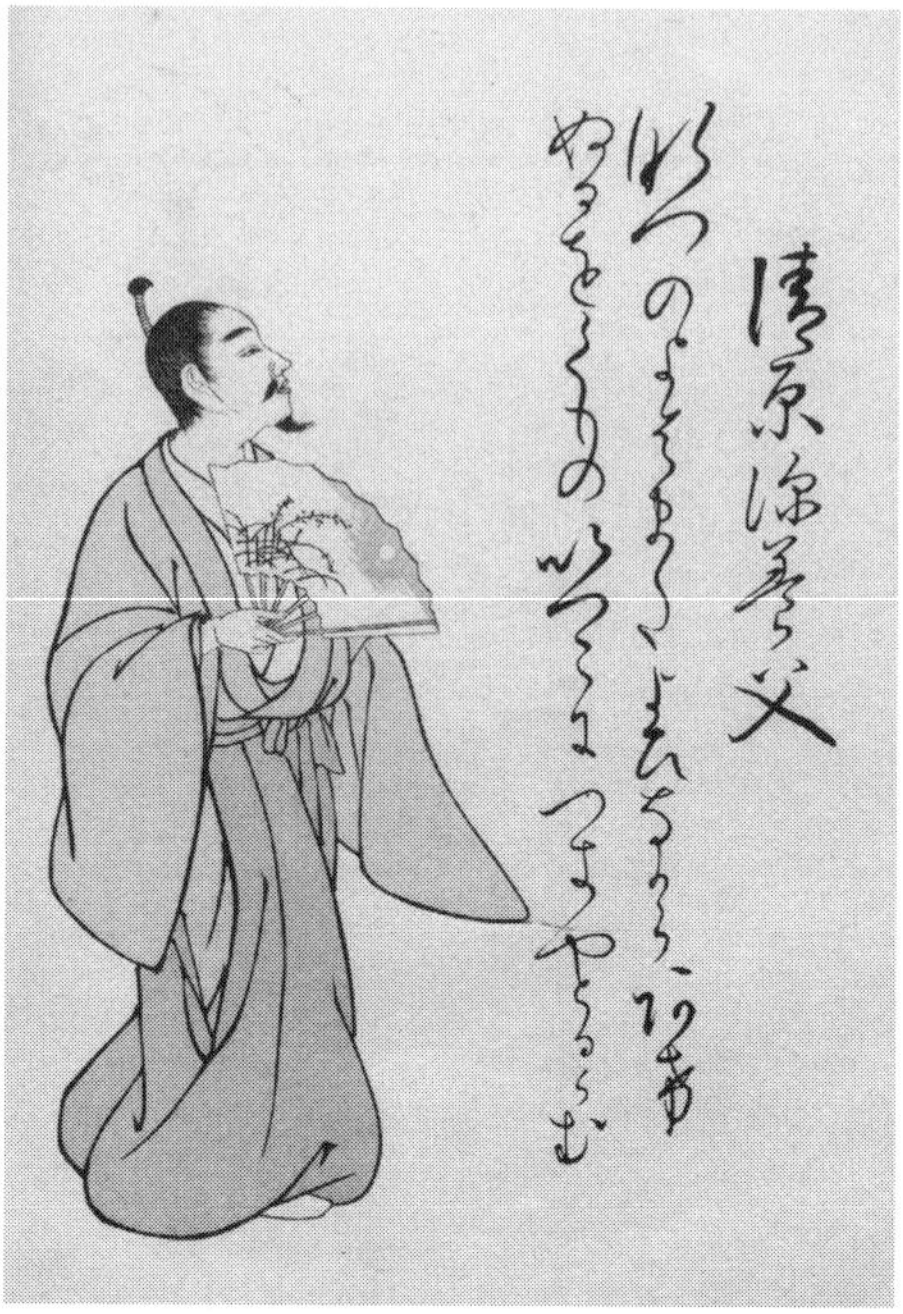

清原深養父

りける夜、あかつきがたによめる」とあるように、月を愛でながら楽しい夜を過ごしていた状況がよくわかります。涼やかな作風に評価が高く、この派生歌として定家が4首、後鳥羽院が3首、順徳院が1首詠んでいます。定家のみならず、両院までもがお気に入りの歌だったようです。

ちなみに、夜を表す言葉は、時間帯によって変わります。夕べ（夕方）→宵（夜に入ってすぐ）→夜半《よわ》（夜中）→暁（夜明け前のまだ暗いころ）→あけぼの（少し明るくなったころ）→朝ぼらけ（日の出のころ）→有明（明け方）→つとめて（早朝）の順に推移します。なお、男性が女性のもとを訪れるのは夕べで、帰るのはまだ暗い暁のころでした。

定家が百人一首にこの歌を選んだのは、まず「不遇な歌人の鎮魂」を企図したからにほかなりません。それと同時に、後鳥羽院を月になぞらえて「あなたは、あの雲のいずこに宿っておられるのでしょうか？　逢いたいです」というメッセージを含ませているのではないでしょうか。

【37番】文屋朝康《ふんやのあさやす》

名歌として評価

白露《しらつゆ》に　風《かぜ》の吹《ふ》きしく　秋《あき》の野《の》は
つらぬきとめぬ　玉《たま》ぞ散《ち》りける

通釈

葉っぱの上の白露に風がしきりに吹きつける秋の野は、まるで糸で貫き通していない玉（真珠）が散りこぼれているようです。

作者伝

生没年不詳。文屋康秀【22番】の子だが、和歌が勅撰集にわずか3首しか伝わっていない。文屋氏は天武天皇の孫が臣籍降下した一族で、天皇の血統が称徳《しょうとく》天皇〈聖武天皇の娘〉を最後に、天武天皇から天智天皇【1番】の系統へ移ったため没落した。

文屋朝康は六歌仙のひとりである文屋康秀の子ですが、現在に伝わっている歌が3首しかありません。詳しい経歴などはよくわかっておらず、おそらく宇多・醍醐天皇の時代に活躍した卑官の専門歌人と考えられています。

この歌は『後撰和歌集』に入集したもので、まるでディズニー映画『白雪姫』に出てきそうなワンシーンを連想させせます。絵や写真ではなく、あくまでも動画のワンシーンがイメージできるのです。

また、朝康は白露が輝く風景が好きだったと見え

不遇な先輩撰者や歌人への鎮魂

名歌として評価

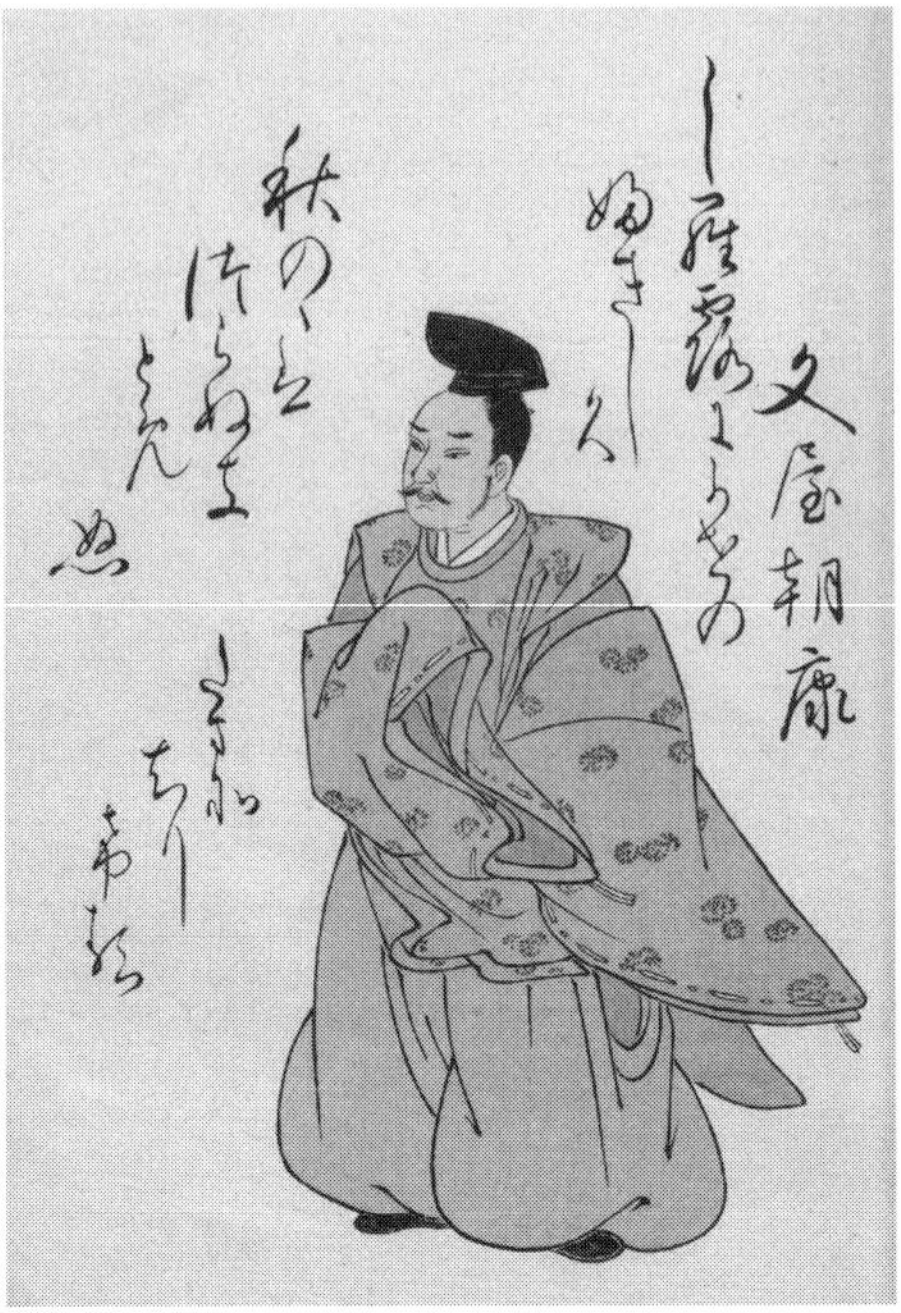

文屋朝康

て、「秋の野に 置く白露は 玉なれや つらぬきかくる 蜘蛛の糸筋」という歌も詠んでいます。こちらも蜘蛛の糸を真珠をつなぐ糸に見立てた美しい歌です。

　現存する朝康の作品は勅撰集にたった3首しか残されていませんが、百人一首のこの歌は六歌仙である康秀の子として恥じない珠玉の作品だと言えましょう。「この歌がいちばん好き」「なんて美しい歌だ」などと思っている人も多いのではないでしょうか。

　定家が百人一首にこの歌を選んだのは、当然ながら「不遇な歌人の鎮魂」を企図したからでしょう。それと同時に、文句なしに歌の美しさを評価したからだと考えます。なぜなら、派生歌として定家が2首、順徳院が1首詠んでいるからです。

　とくに順徳院は「川なみに 風のふきしく 白露や つらぬきとめぬ 玉のをやなぎ」と詠んでいます。これは、順徳院の現状の危うさにも通じる歌です。定家の百人一首を入手したあとに詠んだ歌かもしれませんが、もしそうだとしたら、なおさら順徳院のやるせなさが伝わってきます。

⑧ 和歌の道を冒瀆《ぼうとく》する者への懲罰

右近【38番】から藤原朝忠【44番】までの7首は、和歌の道を冒瀆する者への懲罰の意味を込めた構成になっています。

和歌を冒瀆した男は、藤原敦忠【43番】です。右近と深い仲でしたが、やがて足が遠のきました。右近が「来てほしいわ」とラブコールの歌を贈ったところ、敦忠は歌の代わりに鳥の「雉《きじ》（＝来じ）」を贈ったと伝わっています。それに怒った右近は適切な歌を返しましたが、腹の虫が治まらなかった結果、敦忠にたたきつけた歌が百人一首に選ばれた作品でした。

源等【39番】は敦忠の岳父《がくふ》（妻の父）であり、ことさら平凡な歌を配置しています。しかし、その次には平兼盛【40番】と壬生忠見【41番】の「天徳内裏歌合《てんとくだいりうたあわせ》」の名勝負を配置し、敦忠の岳父との力量の差が一目瞭然《いちもくりょうぜん》となる構成になっています。

清原元輔【42番】もまた「天徳内裏歌合」の関係者で、敦忠に対する戒《いまし》めの意味を込めた歌を配置しています。そして、その次が問題の敦忠になります。敦忠は右近や歌の神様に対して失礼な行為をはたらいたので、右近から恨まれ、歌の神様にも見放されて早逝してしまいます。

敦忠のあとに朝忠を配置したのは、上手な別れ方の見本を示しているからだと考えます。また、藤原伊尹【45番】以降ともリンクするのですが、それは後述することにします。

【38番】右近《うこん》

失礼な男に神罰が下れと願う歌

忘《わす》らるる　身《み》をば思《おも》はず　誓《ちか》ひてし
人《ひと》の命《いのち》の　惜《を》しくもあるかな

通釈

あなたに忘れられてしまった私の身なんてどうでもいいのです。ただ、私との愛を神様に誓ったのに、それを裏切ったことで神罰がおよび、あなたの命が失われたらお気の毒なことです。

作者伝

生没年不詳。藤原季縄《すえただ》〈右近衛少将〉の娘。穏子《おんし》〈醍醐天皇の中宮〉に女房として出仕。恋多き女性で、元良親王【20番】・藤原敦忠【43番】・藤原師輔《もろすけ》・藤原朝忠【44番】・源順《したごう》など多くの男性と恋愛関係にあったといわれる。

醍醐天皇の中宮である穏子に仕えた右近は、恋愛遍歴の多い女性でした。元良親王・藤原敦忠・藤原朝忠・源順などとのロマンスが伝わっています。

百人一首に選ばれたこの歌は、相手の身を気づかうというよりも、このときの相手・敦忠に対する恨み骨髄に徹した内容です。『大和物語』には、次のような右近と敦忠との恋愛譚《たん》が語られています。

右近が穏子の出仕を辞めて里住まいをしていると

和歌の道を冒瀆する者への懲罰

失礼な男に神罰が下れと願う歌

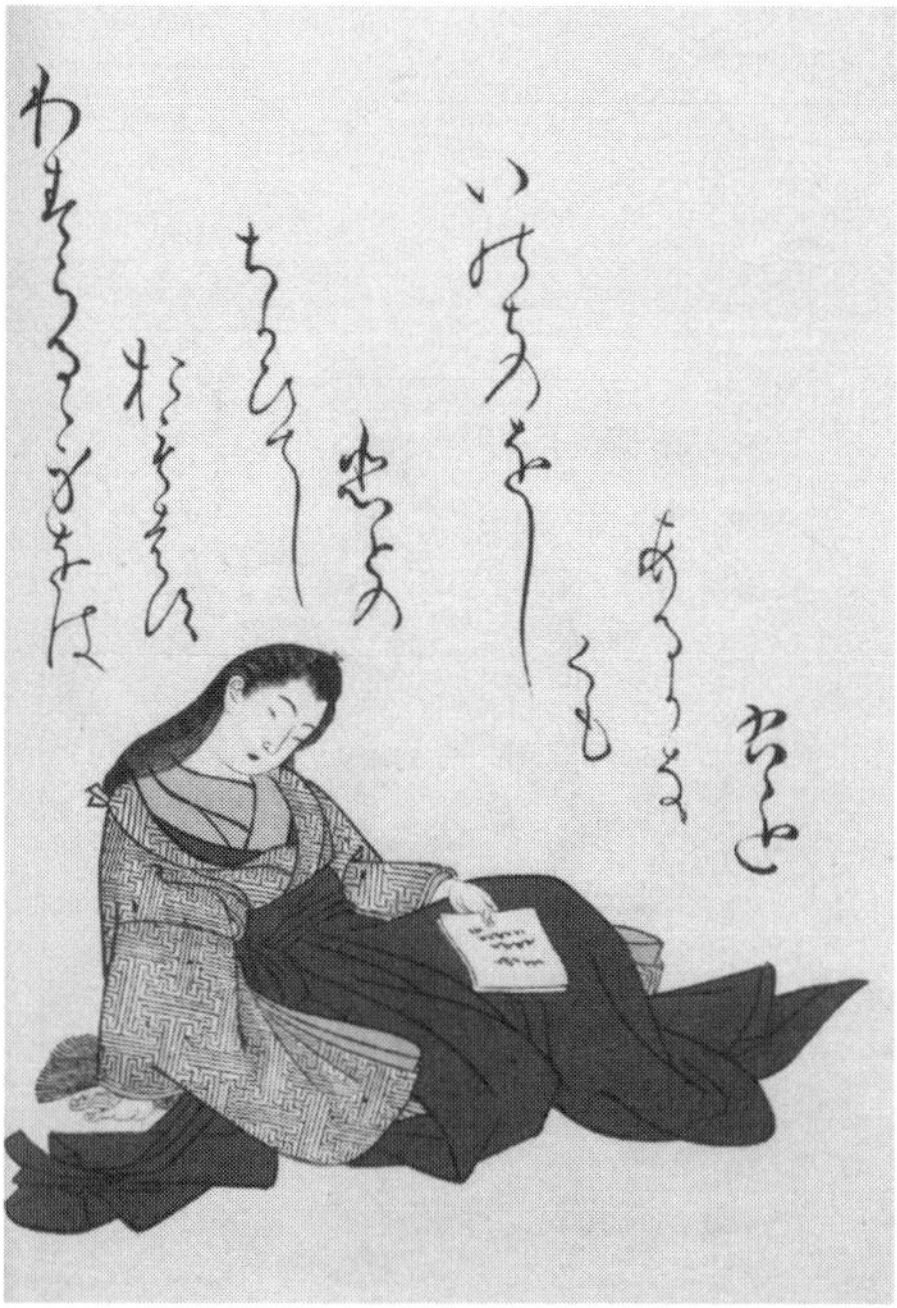
右近

き、敦忠の心変わりを責める歌「忘れじと 頼めし人は ありと聞く いひし言の葉 いづちいにけむ（「忘れない」と言って頼みに思わせたあなたは息災であると聞きますが、それなら「忘れない」と言った約束はどこに行ってしまったのでしょうか？」）を贈りました。これに対し、敦忠は返歌の代わりに鳥の〝雉《きじ》〟を1羽贈ったとあります。〝来じ〟の意味でしょう。平安時代は和歌には和歌で返すのが作法だったので、これに立腹した右近は「栗駒の 山に朝たつ 雉よりも かりにはあはじと 思ひしものを（栗駒山の雉が朝に狩りにあうのを恐れる以上に、私はあなたに逢うのを用心していたのに、なんというつれない仕打ちなの！）」という歌を送り返したそうです。

　それでも腹の虫が治まらなかった右近が、憎き敦忠に「神罰が下ればお気の毒！」と贈ったのがこの歌でした。定家が百人一首にこの歌を選んだのも、「和歌の道を冒瀆した敦忠に対し、言霊で懲罰を与える」という意味を込めたからでしょう。〝敦忠退治〟の導入部として、ここの箇所に配置されたと考えます。

【39番】参議等《さんぎひとし》（源等《みなもとのひとし》）

元恋人の前に岳父をさらして制裁

浅茅生《あさぢふ》の　小野《をの》の篠原《しのはら》　しのぶれど
あまりてなどか　人《ひと》の恋《こひ》しき

通釈

丈が低い茅《ちがや》に覆われた野原に群生する丈の高い篠竹《しのだけ》が、茅の原に隠れようがないように、どんなに忍んでも私の思いは余ってしまい、どうしてこんなにもあなたが恋しいのでしょうか。

作者伝

880年～951年。嵯峨天皇の曾孫《そうそん》。源希《まれ》〈中納言〉の子で、娘が藤原敦忠【43番】の正妻となった。地方官などを歴任したあと、参議に任官されて公卿に列した。和歌は『後撰和歌集』に採録された4首しか知られていない。

源等は参議に就任したことから、百人一首では「参議等」と呼ばれます。娘が藤原敦忠の正妻となった関係で、等は敦忠の岳父（妻の父）にあたります。

この歌は、『古今和歌集』の詠み人知らずの歌「浅茅生の 小野のしの原 しのぶとも 人知るらめや いふ人なしに」を〝本歌取り〟という技法で詠んだものです。一見すると、等の歌は百人一首のほかの歌と遜色ない

和歌の道を冒瀆する者への懲罰

元恋人の前に岳父をさらして制裁

参議等（源等）

ように見えますが、その大半は詠み人知らずの歌と共通の言葉であり、内容もほぼ同じなのです。

定家がこの歌をここに配置した理由は2つあると考えます。ひとつは、右近【38番】を辱《はずかし》めた憎き敦忠の岳父が、この歌の詠み手だからです。この配置は、敦忠を恨む元恋人の前に岳父をさらし、当てこすって制裁しているのです。

もうひとつの理由は、陳腐《ちんぷ》な歌と真剣な歌とを比較するためだと考えます。等と平兼盛【40番】と壬生忠見【41番】の歌の内容は、共通して「顕在化した忍ぶ恋」です。そんなテーマのなか、等の歌は単なるパクリにすぎません。それに対し、兼盛と忠見の歌は「天徳内裏歌合」という真剣勝負の舞台にふさわしい秀逸な作品です。

これらを踏まえると、等のパクリの歌は、敦忠を懲《こ》らしめるための見せしめの第一歩としての配置ではないかと考えます。

【40番】平兼盛《たいらのかねもり》

歌合の真剣勝負の見本

三十六歌仙

しのぶれど 色《いろ》に出《い》でにけり わが恋《こひ》は
ものや思《おも》ふと 人《ひと》の問《と》ふまで

通釈

他人に知られないように隠していたが、私の恋心は表情や態度に出てしまったらしい。「恋に思い悩んでいるのでは？」と、人から尋ねられるまでになってしまったことよ。

作者伝

?～990年。光孝天皇の玄孫《やしゃご》で、初めは「兼盛王」と名乗っていたが、平姓を賜与されて臣籍降下した。三十六歌仙のひとり。「天徳内裏歌合」における壬生忠見【41番】との勝負は有名。赤染衛門【59番】の実父だという説もある。

平兼盛は、光孝天皇の玄孫でありながら、任官には恵まれませんでした。なんらかのわだかまりを持って亡くなったからこそ、三十六歌仙という栄誉を与えて〝言祝ぎ〟をすることにより、怨霊化を封じた可能性が高いのではないでしょうか。

また、平安時代後期に藤原清輔【84番】が著した歌論書『袋草紙《ふくろぞうし》』によると、兼盛が離婚した際、元妻はすでに妊娠しており、身ごもったまま赤染時用《あかぞめときもち》と再婚

和歌の道を冒瀆する者への懲罰

歌合の真剣勝負の見本

平兼盛

したそうです。このとき産まれたのが赤染衛門でした。兼盛は娘の親権を主張して引き取りたいと裁判で争いましたが、兼盛の元妻が時用と密通をしていた事実を告白したことで、兼盛の訴えは破れました。この話の真偽は定かでありませんが、当時「赤染衛門の実父は平兼盛」と信じる人々は多かったとされ、赤染衛門自身も実父は兼盛だと知っていたともいわれています。

この歌は、歌合史上で最も名高い「天徳内裏歌合」において、壬生忠見との対決で勝利した作品です。この歌合における20番目の歌で、「恋」のお題で詠みました。源等【39番】の歌と比較すると、言おうとする内容はほぼ同じですが、歌の手法や内容の差が歴然としていて、かなり秀逸な歌であることがわかります。

定家がこの歌を百人一首に選んでここに配置したのは、和歌の道を冒瀆した敦忠に対して、「歌の真剣勝負とはどういうものか」「歌の道とはどういうものか」という見本を示すためだと考えられます。

【41番】壬生忠見《みぶのただみ》

三十六歌仙

歌合の真剣勝負の見本

恋《こひ》すてふ　わが名《な》はまだき　立《た》ちにけり
人知《ひとし》れずこそ　思《おも》ひそめしか

通釈

恋をしているという私の噂が早くも立ってしまった。他人には知られないように、あの人をこっそり思いはじめたばかりなのに。

作者伝

生没年不詳。壬生忠岑【30番】の子。三十六歌仙のひとり。役人としては不遇をかこった。出世をかけて「天徳内裏歌合」に臨んだが、平兼盛【40番】との勝負に敗れ、悲観のあまり食事が喉《のど》を通らなくなって悶《もん》死《し》したと伝わる。

壬生忠見は、父の壬生忠岑とともに親子で三十六歌仙に選ばれました。また、親子ともども卑官に終わり、不遇の人生を送ったことも共通していますす。三十六歌仙という栄誉を与えて〝言祝ぎ〟をしているのは、怨霊化を封じている可能性が高いからでしょう。

この歌は、「天徳内裏歌合」において、平兼盛との対決で詠んだものです。忠見と兼盛の歴史に残る名勝

和歌の道を冒瀆する者への懲罰

歌合の真剣勝負の見本

壬生忠見

負は甲乙つけがたく、判者（勝敗を決める役）の藤原実頼《さねより》は引き分けにしようとしました。しかし、村上天皇が勝敗を決めよと命じたため、実頼が困っていると、補佐の源高明《たかあきら》が「しのぶれど……」と口ずさんでいる天皇の声を聞きつけ、実頼に伝えます。これが決め手となって、兼盛が勝利したそうです。卑官だった忠見は、出世をかけて詠んだ歌が接戦のすえに負けたことを悲観して食べ物を受けつけなくなり、そのまま死んだという逸話も残っています。

定家は、負けた悔しさのあまり拒食症で亡くなったと伝わる忠見の真剣さを賞賛し、歌人の鑑《かがみ》としてここに配置したものと考えます。それと比較すると、藤原敦忠【43番】の歌に対する態度は不真面目きわまりなく、「逢ってほしい」とする右近の歌に対して返歌すらせず、鳥の「雉（＝来じ）」だけを送るという無礼な態度は絶対に許せないと思ったのではないでしょうか。

【42番】清原元輔《きよはらのもとすけ》

三十六歌仙

藤原敦忠への戒め

契《ちぎ》りきな　かたみに袖《そで》を　しぼりつつ
末《すゑ》の松山《まつやま》　浪《なみ》こさじとは

通釈

お互いに涙で濡れた袖を絞りながら約束したはずではないか。末の松山を波が越すことがないのと同じように、私たちも決して心変わりしないいと。

作者伝

908年～990年。清原春光《はるみつ》〈下総守《しもうさのかみ》〉の子。清原深養父【36番】の孫で、娘に清少納言【62番】がいる。三十六歌仙のひとり。「梨壺の五人」のひとりとして、大中臣能宣【49番】らと『万葉集』の訓読作業や『後撰和歌集』の編纂にあたった。

清原元輔は祖父の清原深養父と同様に、歌人としての才能がありながら出世には恵まれませんでした。最終的には肥後国《ひごのくに》(熊本県)の国司となり、任地で亡くなっています。

この歌は、第4代勅撰集『後拾遺和歌集』の詞書に「心変わりて侍りける女に、人に代わりて」とあり、心変わりをした女性に対して、恨みを持つ男性に代わって元輔が詠んだ代作歌《だいさくか》です。男女を逆転させ、右

和歌の道を冒瀆する者への懲罰

藤原敦忠への戒め

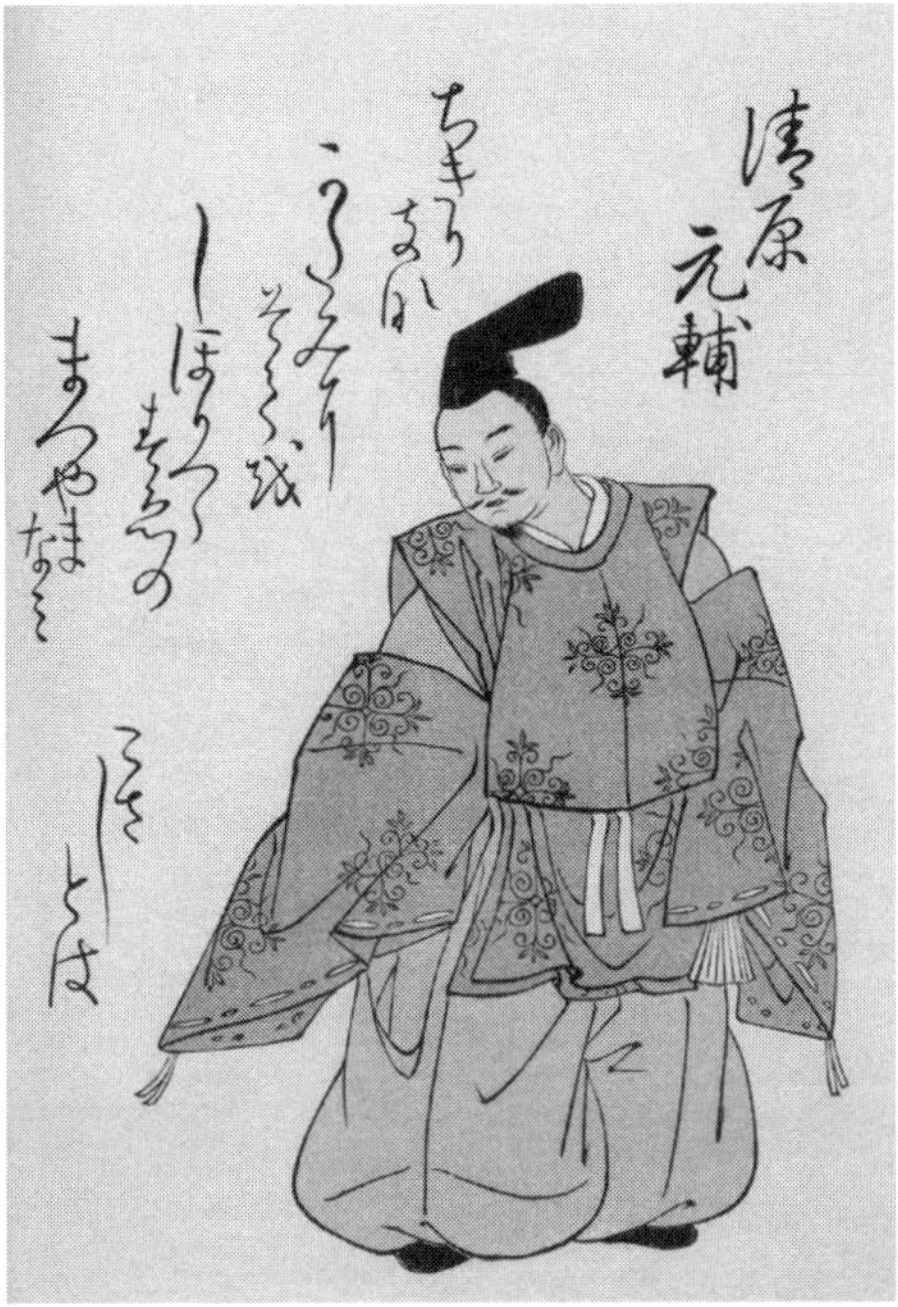

清原元輔

近【38番】との誓いを破った藤原敦忠【43番】に対する戒めの歌として定家が選び、敦忠の歌の前に配置した可能性が高いと考えます。

ちなみに、歌枕（和歌に多く詠み込まれる名所）の「末の松山」は、宮城県多賀城市に現存する宝国寺《ほうこくじ》の小高い丘にある松山です。平安時代前期に成立した勅撰の正史『日本三代実録』には、貞観《じょうがん》11年（869）に起きた「貞観地震」による大津波でさえ、末の松山を越えることがなかったと記されています。なお、平成23年（2011）の東日本大震災によって大津波が発生したときも、その周辺が大きな被害を受けているにもかかわらず、末の松山に波がかぶることはありませんでした。

定家が百人一首にこの歌を選んだ理由は、「末の松山を越す波がないのと同じように、決して心変わりしない」という誓いを破った者に対する戒めしかないでしょう。それをわざわざ敦忠の歌の直前に配置したものと推理します。

【43番】権中納言《ごんちゅうなごん》敦忠《あつただ》（藤原敦忠《ふじわらのあつただ》）

三十六歌仙

右近に恨まれ早逝した者への糾弾

逢《あ》ひ見《み》ての　のちの心《こころ》に　くらぶれば
昔《むかし》はものを　思《おも》はざりけり

通釈

あなたとの逢瀬を遂げたあとの、こんなにもやるせない心に比べれば、あなたとお逢いする以前の物思いなんて無きに等しいものでした。

作者伝

906年～943年。菅原道真【24番】を失脚させた藤原時平の子。三十六歌仙のひとり。和歌や管弦にすぐれ、エリートの色男として浮名を流したが、恋愛の作法には思慮分別がなかった。道真の怨霊か、時平が39歳の若さで没したように、38歳で早逝した。

エリートの家に生まれた藤原敦忠は、恋愛の作法には思慮分別がありませんでした。色恋沙汰はタブーとされた伊勢神宮の斎宮である雅子《がし》内親王〈醍醐天皇の皇女〉と交際したり、右近【38番】の「逢いたい」という歌に対して、返歌を詠まずに鳥の「雉（＝来じ）」を送るといった非礼な仕打ちをしたりしています。

右近に恨まれた敦忠は38歳で早逝していますが、

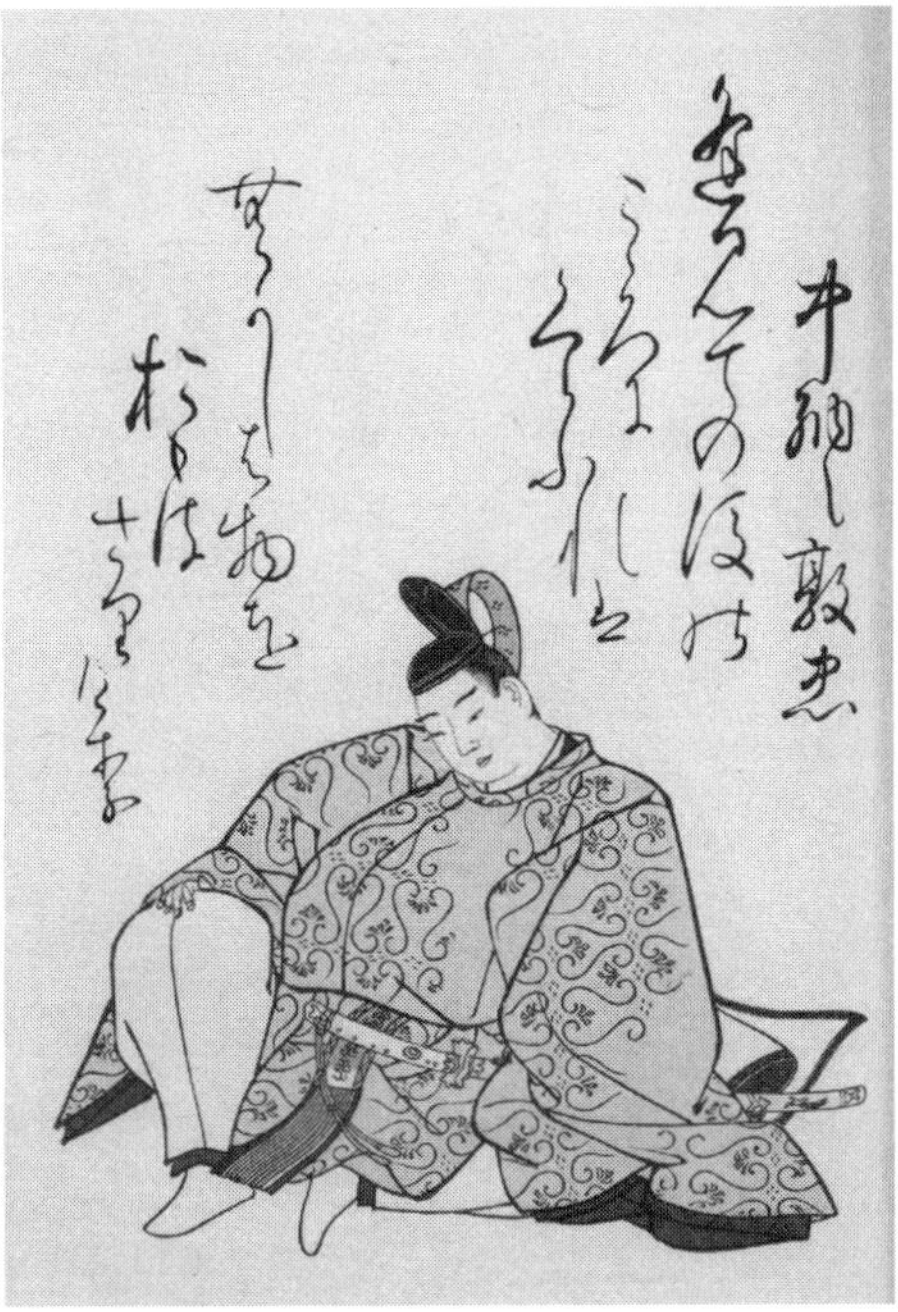

権中納言敦忠（藤原敦忠）

和歌の道を冒瀆する者への懲罰

右近に恨まれ早逝した者への糾弾

奇しくも右近の百人一首での配置が38番目です。また、敦忠は43番目であり、これは「黄泉《よみ》（死者が行く地下の世界）」につながります。百人一首にはこのような定家が仕掛けた〝からくり〟が随所に見られ、敦忠の配置についても偶然というよりは定家の意図が感じられると言えましょう。

また、定家は深い因縁のある右近と敦忠を直接には並べず、両者のあいだに4人もの人物を挟《はさ》む工夫をしました。そのため、一見するとふたりは関係なさそうな配置になります。ところが、各歌人の項で述べたとおり「和歌の道にそぐわない者への戒め」や「和歌の心を冒瀆した者に対する懲罰」という観点から見てみると、じつに考え抜かれた選歌や配置であることが浮かびあがってくるのです。

この歌は、内容から恋愛の歌を選んだように見えますが、「昔はものを思はざりけり」の言葉に注目すれば、敦忠の思慮分別のなさに重点を置いた選歌ではないかと考えます。ちなみに、次の藤原朝忠【44番】の歌の配置は、この「右近・敦忠問題」の〝締め〟になります。

【44番】中納言朝忠《ちゅうなごんあさただ》（藤原朝忠《ふじわらのあさただ》）

三十六歌仙

上手な別れ方の見本

逢《あ》ふことの　絶《た》えてしなくは　なかなかに
人《ひと》をも身《み》をも　恨《うら》みざらまし

通釈

逢うことが不可能ならば、かえって私はすべてあきらめるでしょう。そうすれば、あなたのつれなさも自分のつらさも恨まないですむのですから。

作者伝

910年～966年。藤原定方【25番】の子。三十六歌仙のひとり。近衛府の武官を歴任した超エリートのプレイボーイで、笙《しょう》や笛の名手としても知られる。娘の穆子《ぼくし》が源雅信《まさのぶ》〈左大臣〉の正妻となり、倫子《りんし》〈藤原道長の正妻〉らを出産した。

孫の倫子が藤原道長の正妻となった藤原朝忠は、藤原頼通《よりみち》〈関白〉の曾祖父（3代前）、後一条・後朱雀の両天皇の高祖父（4代前）にあたります。超エリートのプレイボーイで、右近【38番】・小弐命婦《しょうにのみょうぶ》・大《たい》輔《ふ》・本院侍従《ほんいんのじじゅう》などと恋愛の贈答歌を交わしました。

この歌は、「天徳内裏歌合」で詠んだものです。朝忠は19番目に藤原元真《もとざね》と対決して、この歌で勝利しています。しかも、20番目の対決が平兼盛【40番】と壬

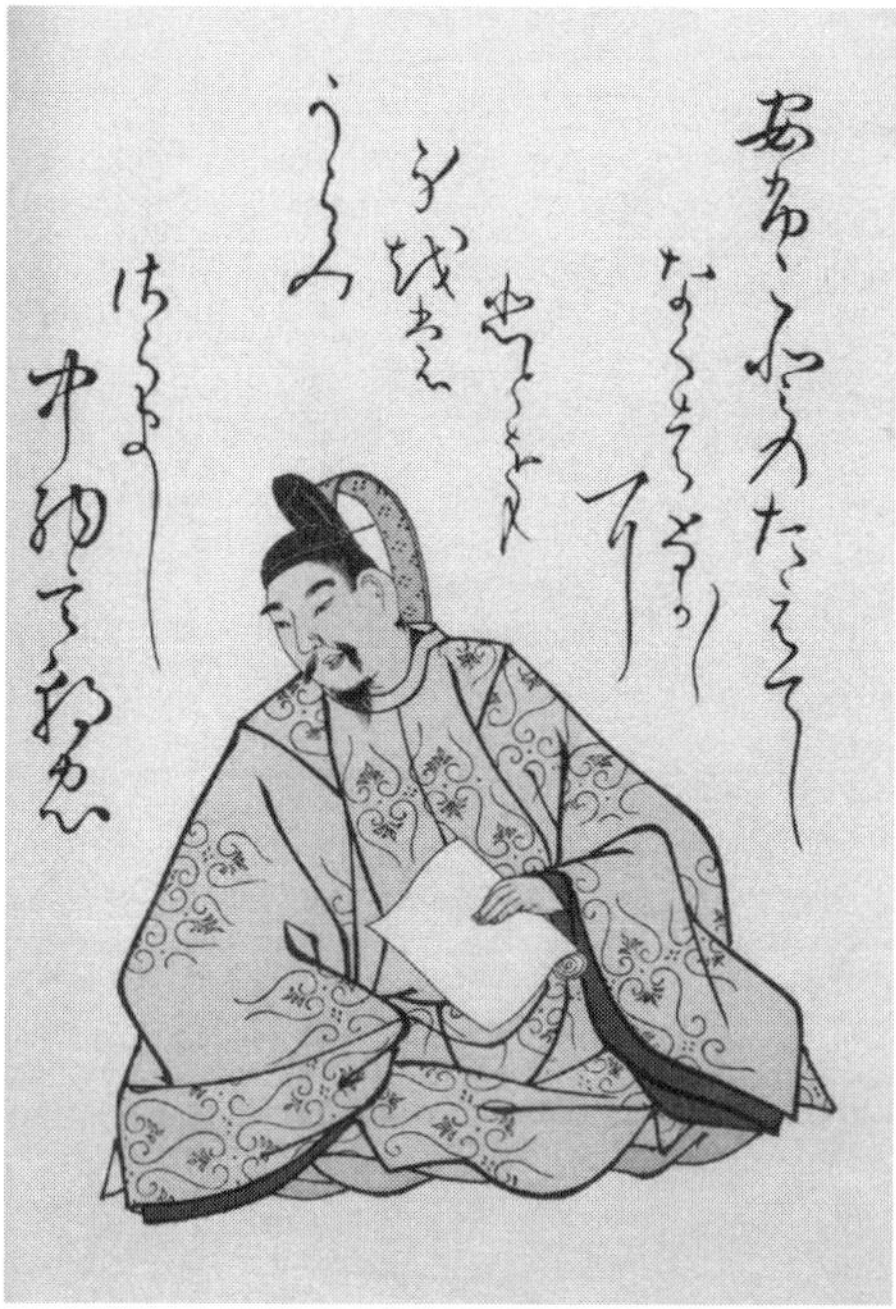

中納言朝忠（藤原朝忠）

生忠見【41番】の歴史に残る歌競《うたくらべ》でした。つまり、この歌は「兼盛・忠見の名勝負」の直前の歌であり、【40番】【41番】【44番】は不可分の構成であることを暗示しています。

百人一首に選ばれたこの歌は、表面上は失恋を詠んでいます。定家はこれを「別れの歌の見本」と考えたのではないでしょうか。

じつは朝忠は、もっとふさわしい別れの歌を詠んでいます。朝忠が深い仲になった小弐命婦と別れるときに贈った、「時しもあれ 花のさかりに つらければ 思はぬ山に 入りやしなまし」と詠んだ歌です。意訳すると「よりによって花盛りのこんなときに、あなたの心がつれないので、思いもしなかった山に入ろうかとも思います」となります。

朝忠は、本心では「自分のほうから元カノと別れ、今カノの山に入りたい」と思っています。しかし、表面上は「あなたがつれなかったから、こうなったんですヨ！」と相手のせいにすることによって、別れやすくする条件を整備し、同時に後戻りできない現状を強引に認めさせる歌を詠んで贈っているわけです。

小式命婦の返歌は、「わがために 思はぬ山の 音にのみ 花さかりゆく 春をうらみん」でした。これは「私のせいにして、思いもしなかった花盛りの春の山にあなたは入っていくのね。そんな便りだけくれて、離れていくあなたと春を恨みます」という歌意です。

本来だったら、定家は朝忠のこちらの歌のほうを選んだと思われます。ただ、あまりにも直接的すぎて生々しかったことと、朝忠の歌が「右近・敦忠問題」だけでなく、「兼盛・忠見の名勝負」とも関連することを暗示させるために、万人が知るこの透明な歌を選び、ここに配置したものと考えます。

このように百人一首における朝忠の歌は、「右近・敦忠問題」の〝締め〟として、また同じ「右近」と関係のあった公卿の上手な別れ方の〝見本〟として、意図的に配置されたと言えましょう。なお、44番目に締めの歌を配置したのは、陰・偶数の「四（＝死）」が2つ並ぶ不吉な数字ですが、「敦忠【43番】の死（四）を締（四）めくくる数字」として、ここに配置したのではないでしょうか。蛇足《だそく》ですが、敦忠の死は菅原道真【24番】の祟りだとする噂が宮中で流れたという話も残っています。

このように百人一首のなかには、後鳥羽院だけにしか解読できない複雑な〝からくり〟が隠されています。後鳥羽院は百人一首が自分へのラブレターだということを熟知したうえで、1首ずつ「なるほど、こうきたか！」と、謎解きを楽しみながら解読した可能性が高いと考えます。

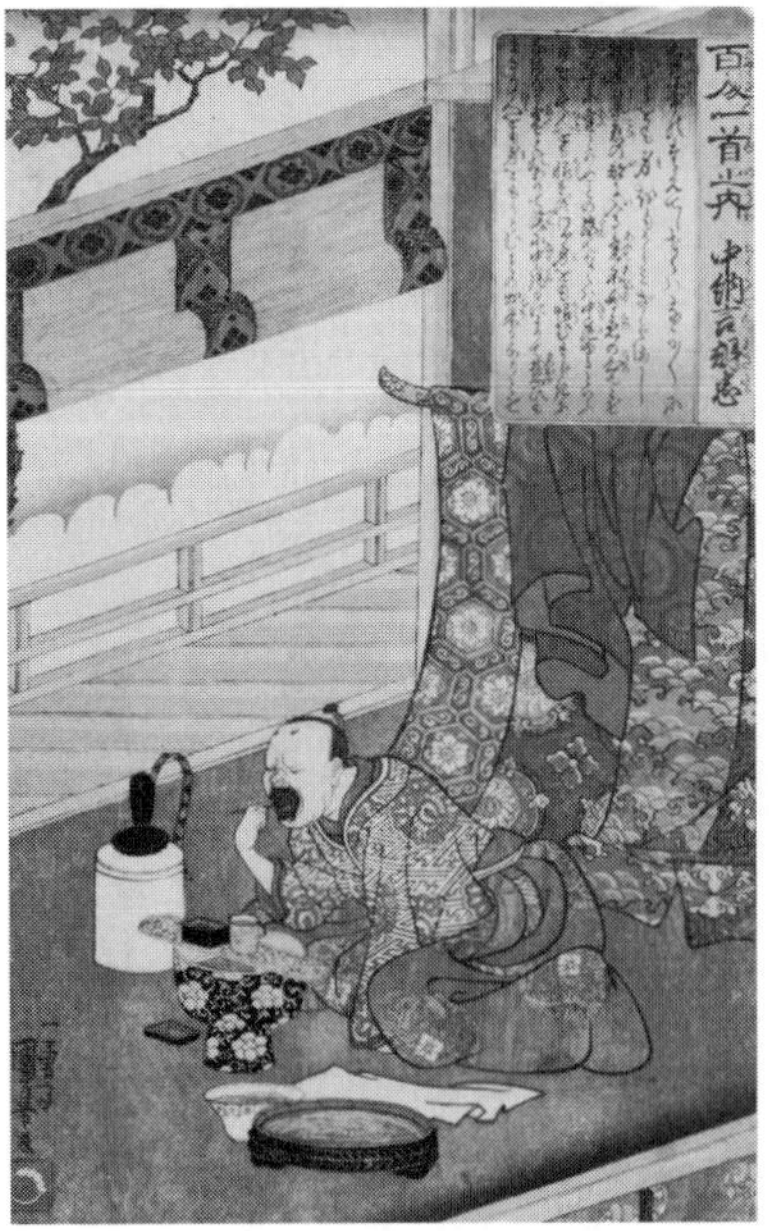

浮世絵に描かれた菅原道真の歌（『百人一首之内 菅家』歌川国芳・画）

⑨ 不遇な歌人の鎮魂と定家流の歌道の本質

藤原伊尹【45番】から藤原公任【55番】までは、「不幸な歌人の鎮魂」が形式上のコンセプトとなっています。そのなかに挟むようなかたちで配置してある曾禰好忠【46番】から大中臣能宣【49番】までは、「円融院《えんゆういん》歌会騒動」をめぐる人たちを配置して、定家が信じる「和歌の道の本質とはなにか」を内容的に考えさせる構成になっています。また、藤原義孝【50番】から藤原道綱母【53番】までは、後朝《きぬぎぬ》（男女が共寝《ともね》をした翌朝）の歌を中心に「男女の愛の葛藤の歌」を配置しています。

浮世絵に描かれた藤原義孝の歌（『百人一首之内 藤原義孝』歌川国芳・画）

浮世絵に描かれた藤原道綱母の歌（『百人一首之内 右大将道綱母』歌川国芳・画）

浮世絵に描かれた藤原公任の歌（『百人一首之内 大納言公任』歌川国芳・画）

【45番】謙徳公《けんとくこう》（藤原伊尹《ふじわらのこれただ》）

他氏・同族から恨まれた代表格

あはれとも　言《い》ふべき人《ひと》は　思《おも》ほえで
身《み》のいたづらに　なりぬべきかな

通釈

私のことを「かわいそうに」と慰めてくれそうな人はあなた以外に誰も思いあたらないので、このままひとり空しく死んでしまいそうです。

作者伝

924年～972年。藤原師輔の子で、忠平【26番】の孫。兼家《かねいえ》〈道長の父〉は弟にあたる。謙徳公とは、死後につけられた諡。子に義孝【50番】や義懐《よしちか》らがいる。『後撰和歌集』の和歌所の別当を務め、清原元輔【42番】ら「梨壺の五人」を統括した。

藤原伊尹は、村上天皇期の右大臣だった師輔の長男です。妹の安子《あんし》〈村上天皇の中宮〉が産んだ冷《れい》泉《ぜい》・円融天皇が即位すると栄達し、摂政・太政大臣にまで上り詰めました。ところが、その翌年に49歳で急逝し、「謙徳公」という漢風諡号を贈られています。その2年後には、伊尹の子である挙賢《たかかた》と義孝が20代前半にして天然痘で亡くなりました。伊尹の死後、権勢は弟の兼家の家系が優勢になったのです。

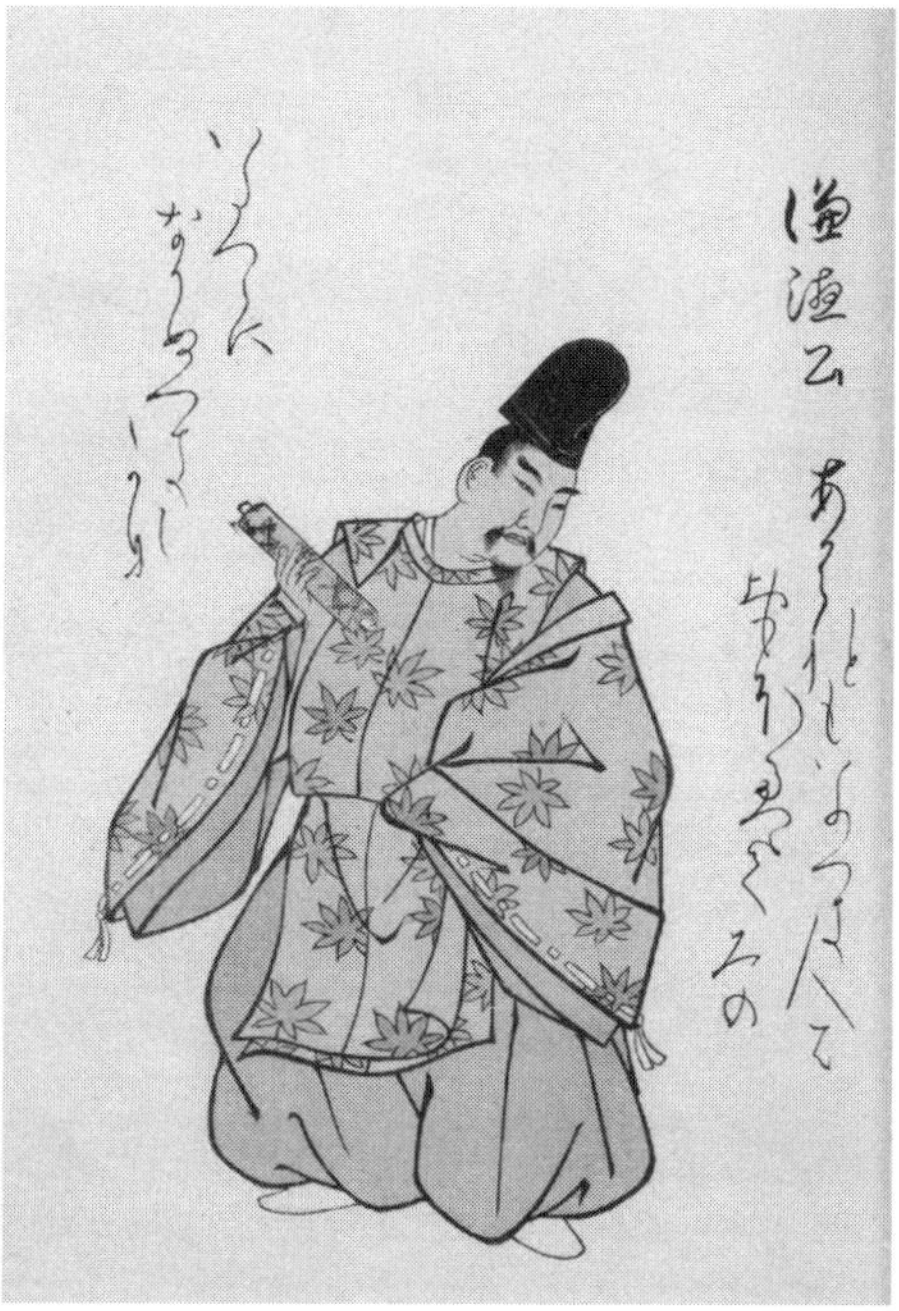

謙徳公（藤原伊尹）

不遇な歌人の鎮魂と定家流の歌道の本質

他氏・同族から恨まれた代表格

平安時代後期に成立した歴史物語『大鏡』によれば、「これらの非業《ひごう》の死はいずれも、伊尹が若いころに年長の藤原朝成《あさひら》を差し置いて〝騙《だま》し討ち〟のかたちで蔵人頭《くろうどのとう》〈天皇の側近の最上位〉の地位を射止めたため、それを恨んだ朝成の祟り」としています。

また、安和《あんな》2年（969）、摂関体制を盤石なものにしたい藤原氏は、「安和の変」という他氏排斥の疑獄事件を起こしました。これは左大臣の源高明〈醍醐天皇の皇子〉を失脚させる目的で、右大臣の藤原師尹《もろただ》〈伊尹の叔父〉が仕組んだ冤罪事件です。その結果、高明は大宰府に左遷され、摂政や関白が常置されて藤原氏による摂関政治は全盛時代に入りました。

百人一首に選ばれたこの歌は、第3代勅撰集『拾遺和歌集』の詞書に「物いひ侍りける女の、後につれなく侍りて、さらに逢はず侍りければ」とあります。要するに、女にフラれた男が「このままでは死んじゃうよ～」と嘆いている情けない歌なのです。ただし、同時代の女流歌人である中務《なかつかさ》が「いたづらに たびゝゞ死ぬと 言ふめれば 逢ふには何を かへむとすらん」

八百屋お七になぞらえた藤原伊尹の歌（『小倉擬百人一首 謙徳公』歌川広重・画）

浮世絵に描かれた藤原伊尹の歌（『百人一首絵抄 謙徳公』三代目歌川豊国・画）

と贈った歌に、恋仲にある源信明《さねあきら》が「死ぬゝゝと 聞くゝゝだにも 逢ひ見ねば 命を何時の 世にか残さむ」と返すなど、この時代は「恋しくて死ぬ」という言葉はあいさつ代わりに使われている状況でもありました。

いずれにせよ、定家が伊尹のこの歌を百人一首に選び、ここに配置した理由は、「伊尹が藤原氏による他氏排斥運動の首謀者のひとりだったこと」や「若いころに同族との出世争いで恨まれた結果、伊尹が頂点に立ってすぐ急逝したうえ、息子たちも早逝したこと」などが挙げられます。つまり、定家は「他氏からだけでなく、同族からも恨まれた代表格」として伊尹に着目したのです。あえて軟弱と思われる歌をチョイスしたのは、「私のことを『かわいそう』と言ってくれる人は誰もおらず、このままひとり空しく死んでいくのだ」と、伊尹が恨まれて天涯孤独の身になったとも解釈できる内容だからだと考えます。

【46番】曾禰好忠《そねのよしただ》

曾禰好忠と源重之との時代不同歌合の実施

由良《ゆら》の門《と》を　渡《わた》る舟人《ふなびと》　梶緒《かぢを》絶《た》え
ゆくへも知《し》らぬ　恋《こひ》の道《みち》かな

通釈

由良の門を漕いで渡る船頭が、櫂《かい》を結ぶ綱が切れてどこへ行くかもわからず漂っているように、私の恋の行方もこれからどうしていいのかわかりません。

作者伝

生没年不詳。出自はよくわかっておらず、長く丹後《たんごの》掾《じょう》を務めたことから「曾丹《そたん》後《ご》」「曾丹《そたん》」と呼ばれた。奔放な歌で知られ、新風歌人として活躍。招かれていない歌会にみすぼらしい格好で顔を出すなど、変わり者としての逸話が伝わる。

曾禰好忠は生没年や官歴などは不詳で、丹後掾という卑官だったことくらいしか伝わっていません。官職から「曾丹後」または「曾丹」と呼ばれましたが、これは卑官の好忠に対する殿上人からの蔑称《べっしょう》で、本人はそう呼ばれるのを嫌がっていたようです。

平安時代後期に成立した説話集『今昔物語集』には、「円融院が京の紫野《むらさきの》で開催した〝円融院の歌会〟の末席に、怪しげな狩衣《かりぎぬ》をつけた翁《おきな》（＝好忠）が鎮座し

不遇な歌人の鎮魂と定家流の歌道の本質

曾禰好忠と源重之との時代不同歌合の実施

曾禰好忠

ていたが、招かれざる客として引き倒され、殿上人たちから踏まれながら追いだされた」とあり、好忠は変わり者として描かれています。一説によると、正式に招かれた可能性も指摘され、その場合は好忠をからかってやろうと考えた参加者が、わざと「正装ではなく、狩衣を着てくるように」と指示して、円融院を含む衆人の面前で恥をかかせたことになります。しかも、好忠は足蹴《あしげ》にされて追放という酷《ひど》いイジメを受けたことになるのです。

円融院の歌会に闖入《ちんにゅう》した翌日、好忠は「与謝の海のうちとの浜のうらさびて世をうきわたる天の橋立と名を高砂の松なれど身はうしまどによする白波のたづきありせばすべらぎの大宮人となりもしなましの心にかなふ身なりせば何をかねたる命とかしる」という長い歌を朝廷に提出しています。これには「❶与謝の海の うちとの浜の うらさびて 世をうきわたる 天の橋立」「❷橋立と 名を高砂の 松なれど 身はうしまどに よする白波」「❸白波の たづきありせば すべらぎの 大宮人と なりもしなまし」「❹死なましの 心に

かなふ 身なりせば 何をかねたる 命とかしる」の4つの歌が、鎖《くさり》につながれた形式で隠されています。

これらは、明らかに殿上人（大宮人）への抗議の歌です。好忠は「死んでもいい！」と思って献上したのでしょう。屈折した心の底まで見えるような壮絶な歌を見ると、やはり好忠は殿上人にハメられ、笑い者にされた可能性が高いと考えざるを得ません。

さらに好忠は、次のような歌も詠んでいます。「秋風は 吹なやぶりそ わが宿の あばら隠せる 蜘蛛《くも》の巣がきを」という貧乏ぶりを自嘲《じちょう》する歌です。豊かな殿上人たちに対する反感は、それほどまでに屈折したものでした。視点を変えてみると、このように屈折した性格であったがゆえに、文化人たちのサロンに加えてもらえなかったのかもしれません。

定家が百人一首に好忠を選んだのは、「不遇な歌人に対する鎮魂」はもちろん、円融院の歌会での椿事《ちんじ》を念頭に、「和歌の道に対する定家の考えを表現しようとしたから」ではないかと考えます。というのも、この歌会に招かれていた有名な歌人は、大中臣能宣【49番】・平兼盛【40番】・清原元輔【42番】・源重之【48番】・紀時文〈紀貫之【35番】の子〉の5人でした。ほとんどが百人一首に選ばれている錚々《そうそう》たるメンバーです。

「天徳内裏歌合」で壬生忠見【41番】と真剣勝負をした兼盛がメンバーの一員ということは、「円融院の歌会」と「天徳内裏歌合」がリンクしていることを意味しています。つまり、定家の「和歌に対する姿勢や思いを百人一首で表現するため」に、基本的には右近【38番】から大中臣能宣【49番】を配置しているのではないでしょうか。

百人一首に選ばれた好忠の歌は、自分では制御不能な恋の行方を嘆く作品で、心情の激しさとともに無常観も感じられます。定家は円融院の歌会で追いだされた好忠のこの歌と、その歌会に残った源重之の歌を対決させる「歌合」を、百人一首のなかで実施しようとしたのではないかと推理します。このことは、重之【48番】の項で後述することにします。

【47番】恵《え》慶《ぎょう》法《ほう》師《し》

時代不同歌合の判者

八重葎《やへむぐら》　茂《しげ》れる宿《やど》の　さびしきに
人《ひと》こそ見《み》えね　秋《あき》は来《き》にけり

通釈

幾重にも葎（雑草）が生い茂ったさびしい荒れ屋敷には、人は誰も訪ねてこないけれども、秋だけはやってきたことだなぁ。

作者伝

生没年不詳。播磨国《はりまのくに》（兵庫県）の国分寺の講師《こうじ》を務めたとされるが、詳しい出自や経歴は不明。花山院《かざんいん》の熊野行幸に供奉《ぐぶ》した記録がある。大中臣能宣【49番】や清原元輔【42番】など中級の公家歌人と交流していたという。

恵慶法師は、源融【14番】の豪邸だった「河原院」に集う歌人のサロンの中心人物です。さまざまな歌会に参加して、大中臣能宣・清原元輔・源重之【48番】・平兼盛【40番】ら多くの歌人と交流を持ちました。

河原院は融が贅《ぜい》を尽くして造営しましたが、その死後は火災などによって荒廃し、融の幽霊や物の怪《もののけ》が出ると噂されていました。恵慶の時代は雑草の生い茂る荒れ屋敷に変わり果てていて、融の曾孫である安法《あんぽう》法師が住んでいたようです。この河原院に、安法の歌友である恵慶をはじめ、廃園を愛する風流人

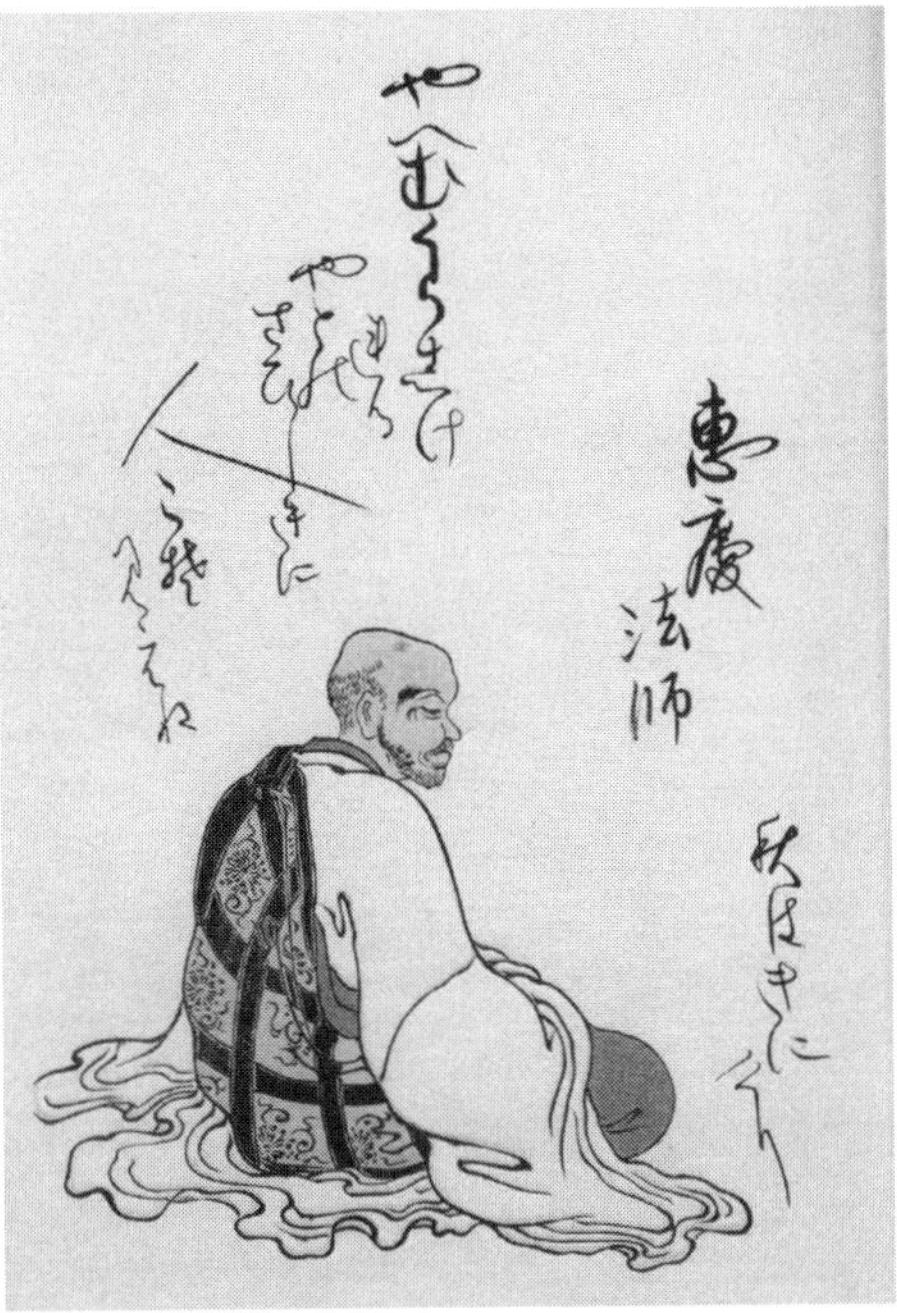

恵慶法師

たちが集まってサロンを形成したことで、再び脚光を浴びるようになりました。ちなみに、河原院の庭園の名残を現在にとどめているのが、東本願寺が管理する「渉成園《しょうせいえん》（枳《き》殻邸《こくてい》）」だとされます。

この歌は、『拾遺和歌集』の詞書に「河原院にて、荒れたる宿に秋来たるといふ心を人々よみ侍りけるに」とあります。荒廃した河原院にたたずみながら、昔の繁栄と今の没落とを照らしあわせて詠んだのでしょう。定家が百人一首にこの歌を選んだのは、「恨みを持って死んだ融の怨霊への慰め」の意味があったと考えます。

また恵慶は、曾禰好忠【46番】と同時代の歌人であり、好忠が闖入した「円融院の歌会」の参加者である大中臣能宣・清原元輔・源重之・平兼盛らは友人たちです。そのため定家は、「恨みを持った好忠の怨霊を慰める」という意図を込めて、好忠の歌の直後に配置したのではないでしょうか。もちろん、「京の邸宅をあとにして、隠岐島で同じ秋を偲んでいる後鳥羽院への鎮魂」の意味も込めている可能性が高いと思われます。

【48番】源重之《みなもとのしげゆき》

三十六歌仙

曾禰好忠と源重之との時代不同歌合の実施

風《かぜ》をいたみ　岩《いは》うつ波《なみ》の　おのれのみ
くだけてものを　思《おも》ふころかな

通釈

風が激しいので、岩に対して打ちつける波だけが砕け散るように、岩のように動じないあなたに対して私だけが恋の物思いに心を砕いている今日このごろです。

作者伝

?～1000年ごろ。源兼信《かねのぶ》〈三河守《みかわのかみ》〉の子で、清和天皇の曾孫。三十六歌仙のひとり。地方官を歴任し、北は東北地方から南は九州地方まで下向したため、旅の歌を多く詠んでいる。同じ地方官の曾禰好忠【46番】らと交流があった。

源重之は、父の兼信が陸奥国安達郡（福島県）に土着したため、伯父である兼忠《かねただ》〈参議〉の養子となりました。地方の官職を転々とするなど出世には恵まれず、陸奥守となった藤原実方《さねかた》【51番】に随行して下向し、陸奥国で没したとされます。

重之は、曾禰好忠が「円融院の歌会」に闖入したときの参加者のひとりで、好忠のライバルでもありました。奇しくも百人一首に選ばれたふたりの歌は、ど

不遇な歌人の鎮魂と定家流の歌道の本質

曾禰好忠と源重之との時代不同歌合の実施

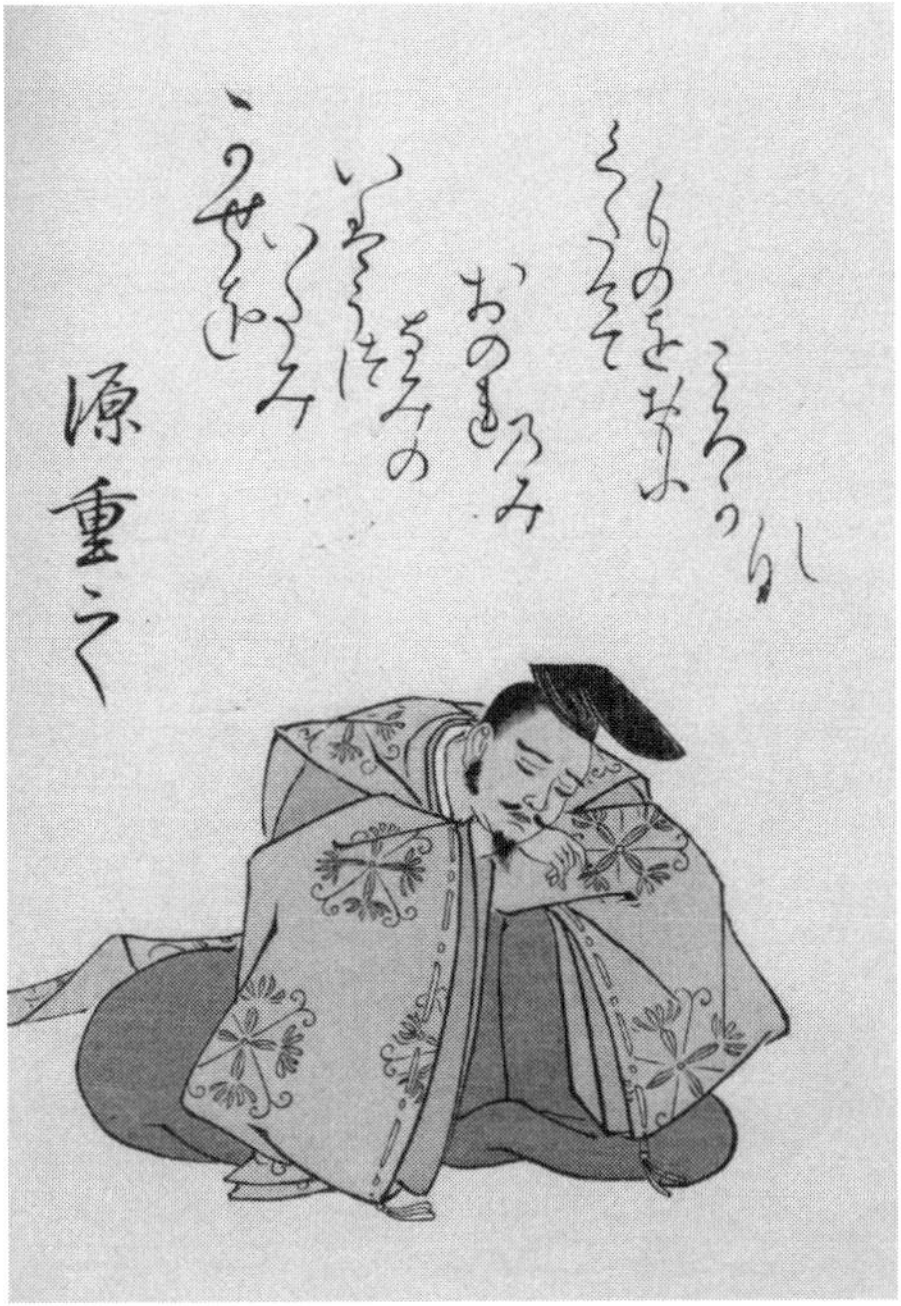
源重之

ちらも「激しい恋」を詠んでいて、定家が重之のこの歌を選んだ理由は、好忠の歌と比較するためだと考えます。

　ちなみに、好忠は自身の家集『好忠集(曾丹集)』で「山賊《やまがつ》の はてに刈り干す 麦の穂の くだけて物を 思ふころかな」と詠んでいます。重之は好忠のこの歌を〝本歌取り〟にして、「風をいたみ……」の歌を詠んだと考えられています。重之は好忠の歌を高く評価したからこそ、本歌取りをしたのではないでしょうか。その結果、心情が映像として眼前に迫ってくるほど激しい失恋を詠んだ秀逸な歌に仕上がったと言えましょう。

　定家が好忠と重之の歌を【46番】【48番】に配置したのは、「円融院の歌会」で果たせなかったふたりの「歌合」を、百人一首のなかで実現しようとしたからではないかと考えます。ふたりの歌のあいだには恵慶法師【47番】の歌があり、定家はふたりの直接対決は避けています。その理由は、「一見ではふたりの『歌合』だとわからないように仕組んだから」「ふたりとも交

皿を割るお菊さんになぞらえた源重之の歌(『小倉擬百人一首 源重之』歌川広重・画)

浮世絵に描かれた源重之の歌(『百人一首之内 源重之』歌川国芳・画)

流があった同時代の恵慶法師に『判者(歌の審判)』としての役割を担ってもらおうとしたから」ではないかと推理します。

じつは、後鳥羽院は隠岐島で『時代不同歌合《じだいふどううたあわせ》』を編纂しています。これは『三代集(古今和歌集・後撰和歌集・拾遺和歌集)』以前の時代の作者を〝左方〟に、『後拾遺和歌集』以後の時代の作者を〝右方〟に配し、150番の「歌合」に仕立てた歌集です。そのなかには好忠と重之の歌も選ばれていて、判者による判定はありません。つまり定家は、後鳥羽院だけにわかるような形式で好忠と重之の「歌合」を百人一首のなかで実施することによって、「隠岐島にいるあなたに寄り添っていますよ」という鎮魂のメッセージを込めたのではないでしょうか。

このように百人一首の歌は、基本的には「後鳥羽院へのラブレター」「後鳥羽院への鎮魂のメッセージ」と考えますが、それと同時に「和歌の神髄についての定家の歌論を展開させるメッセージ」としての役割も持たせているのではないかと推理します。

【49番】大中臣《おおなかとみの》能宣《よしのぶ》朝臣《あそん》

三十六歌仙

歌の発想への賞賛と後鳥羽院の鎮魂

御垣守《みかきもり》　衛士《ゑじ》のたく火《ひ》の　夜《よる》は燃《も》え
昼《ひる》は消《き》えつつ　ものをこそ思《おも》へ

通釈

宮中の御門《みかど》を守る衛士の焚くかがり火が、夜は燃えて昼は消えるように、私のあなたへの思いも夜は心が燃え、昼は心が消え入るほど切なくなっています。

作者伝

921年〜991年。大中臣頼基《よりもと》の子。大中臣氏は伊勢神宮の祭主を代々務める名家。伊勢大輔【61番】は孫にあたる。三十六歌仙のひとり。「梨壺の五人」のひとりとして、清原元輔【42番】らと『万葉集』の訓読作業や『後撰和歌集』の編纂にあたった。

大中臣能宣は、家職を継いで伊勢神宮に奉仕し、各神祇官《じんぎかん》を経て伊勢神宮の祭主となりました。能宣は、『万葉集』の訓釈や『後撰和歌集』の撰進に携わった「梨壺の五人」の筆頭としても知られます。

この歌は、〝心の陰と陽が昼夜で反転する〟という不思議な効果を持つ印象的な作品です。ところが、能宣の歌ではない可能性があるともいわれています。なぜなら、平安時代中期に成立した私撰集『古今和歌《こきんわか》

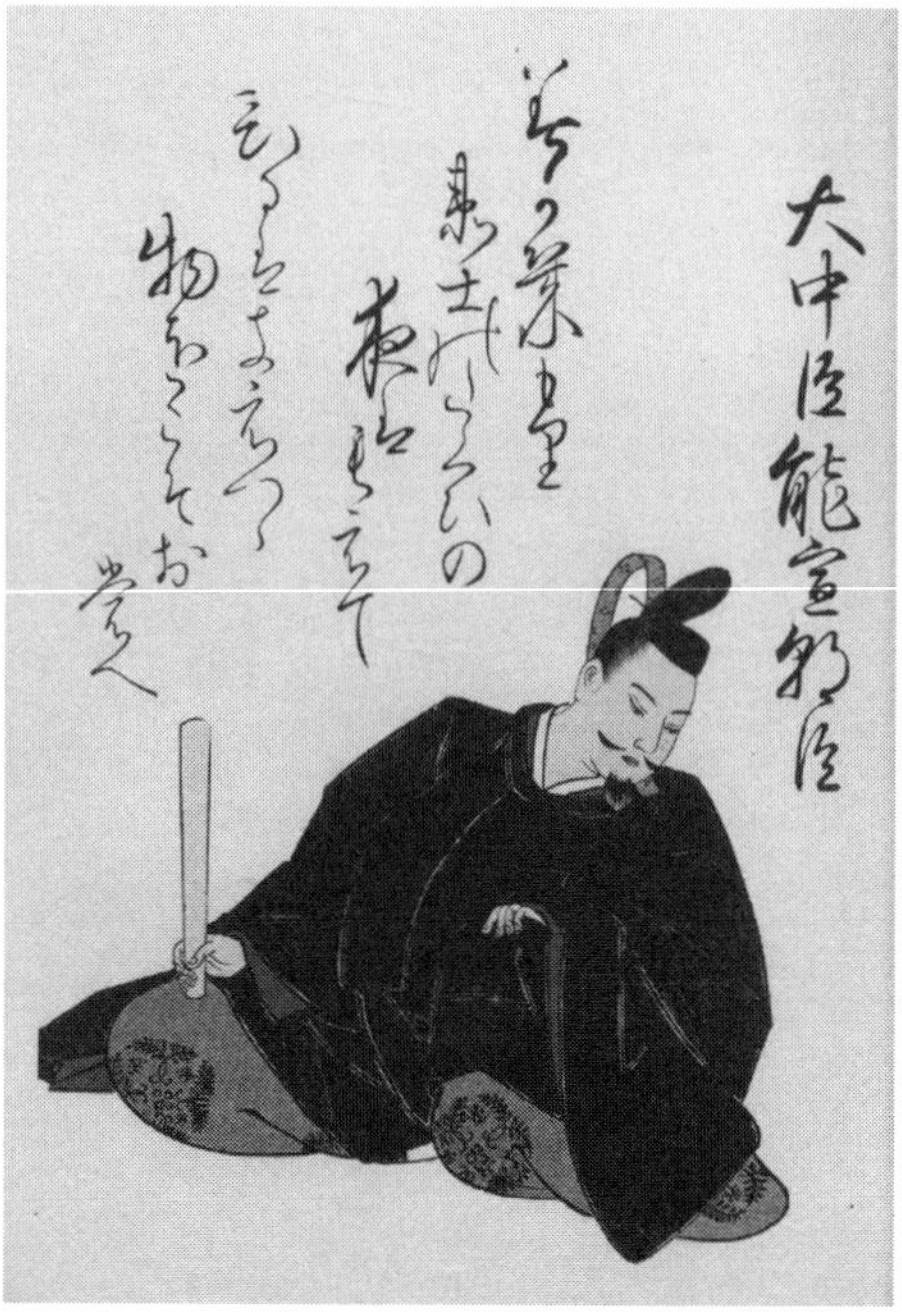

大中臣能宣朝臣

六帖《ろくじょう》』には「君が守《も》る　衛士のたく火の　昼はたえ　夜は燃えつつ　物をこそ思へ」という歌が作者不詳で所収されていますが、自身の家集『能宣集』には存在しないからです。

ただし能宣は、本書の第2章の「②『梨壺の五人』とはなにか?」で述べたとおり、「梨壺の五人」として秘密の使命を帯びていた可能性が高いわけです。もしかしたら自分で詠んだにもかかわらず、自作とは言えない理由があったのかもしれません。

ちなみに衛士とは、諸国から集められ、都の衛門府・左右衛士府に配属された兵士です。夜はかがり火を焚いて、宮門を警護しました。任期は1年でしたが、朝廷が期限を守らないことも多く、逃亡する者が続出したそうです。軍事力の中心的役割を果たしましたが、逃亡によって弱体化が進み、軍事力の主体は地方豪族出身者に移っていきました。

定家が、この作者不詳の歌を能宣の作品として百人一首に選んだのは、「和歌の道に対する考え」を表現した内容の作品を配置するにあたって、曾禰好忠

お岩さんの夫になぞらえた大中臣能宣の歌(『小倉擬百人一首 大中臣能宣朝臣』歌川国芳・画)

浮世絵に描かれた大中臣能宣の歌(『百人一首之内 大中臣能宣朝臣』歌川国芳・画)

【46番】の「円融院歌会騒動」に関連する人物をこのあたりに置く必要があったからではないかと考えます。定家が「歌の心の神髄とはなんなのか?」を語るときに、「天徳内裏歌合」や「円融院歌会騒動」は格好の題材だったからです。

また、定家は「後鳥羽院に対する鎮魂」の意味を込めた作品として、この歌が必要だと思ったからこそ百人一首に選んだとも言えましょう。御所を守る衛士が焚く火は〝後鳥羽院の華やかだったころの象徴〟であり、昼に消える火は〝不遇の身に落ちた現在の後鳥羽院の象徴〟でもあるわけです。昼夜の逆転によって、焚く火の明暗(=陰と陽)も反転するようすを詠んだこの歌は発想がみごとであり、定家は後鳥羽院に捧げる歌としても秀逸であったからこそ、あえて能宣の作品として百人一首に選んだのではないでしょうか。

能宣の歌を49番目(=四苦)に配置した理由は、「梨壺の五人」の筆頭で伊勢神宮の祭主という重責を担う人物に、後鳥羽院の四苦(=生老病死)も担ってもらうための配置と考えます。

【50番】藤原義孝《ふじわらのよしたか》

早逝した歌人の鎮魂

君《きみ》がため　惜《を》しからざりし　命《いのち》さへ
長《なが》くもがなと　思《おも》ひけるかな

通釈

あなたに逢うためなら死んでも惜しくないと思っていた私の命でしたが、あなたと結ばれた今では、長く生きていたいと思うようになりました。

作者伝

954年〜974年。藤原伊尹【45番】の子。「三蹟」のひとりである藤原行成《ゆきなり》の父。眉目秀麗《びもくしゅうれい》の貴公子だったが真面目で知られ、プレイボーイではなかったという。当時流行していた疱瘡《ほうそう》（天然痘）に罹患《りかん》し、21歳の若さで他界した。

藤原義孝はエリート街道を歩んでいましたが、天然痘によって21歳で早逝しました。義孝が亡くなった日の朝には、兄の挙賢も同じ病で命を落としていきます。ただし、義孝の場合は、醜い顔になったのを嘆いての自殺で、怨霊になったともいわれます。

この歌は、『後拾遺和歌集』の詞書に「女のもとより帰りてつかはしける」とあります。要するに、後朝《きぬぎぬ》（男女が共寝をした翌朝）の歌です。当時は帰宅後に男性

不遇な歌人の鎮魂と定家流の歌道の本質

早逝した歌人の鎮魂

藤原義孝

が女性に文を送るのが慣わしで、その手紙を「後朝の文《ふみ》」、添えられた歌を「後朝の歌」と呼びました。

一方、平安時代後期に成立した説話集『今昔物語集』には、若くして亡くなった義孝が、法師・妹・母の夢に現れて歌を詠むという説話が記されています。法師の夢に現れて歌を詠む場面では、義孝が気持ちよさそうに口笛を吹いているので、それを見た法師が「母親が悲しんでいるのに、どうして楽しそうなのか?」と問いかけたところ、「時雨《しぐれ》には　千草の花ぞ　ちりまがふなにふるさとの　袖濡らすらむ」と詠んだそうです。意訳すると、「私がいる極楽では、多くの草花が散りこぼれ、時雨と見違えるほどです。こんなに心が満ち足りているのに、どうしてふるさとの人たちが泣いて袖を濡らす必要があるのでしょうか」となります。

早逝して怨霊になっただけでなく、近親者の夢のなかで和歌まで詠んだとの伝説がある義孝を、定家は意図的に百人一首のひとりとして選んだと考えます。そこには、「〝和歌の道の鑑〟ともいえる歌人への鎮魂」の意味が込められていたに違いありません。

【51番】藤原《ふじわらの》実方《さねかた》朝臣《あそん》

定家の後鳥羽院への恋慕

かくとだに　えやはいぶきの　さしも草《ぐさ》
さしも知《し》らじな　燃《も》ゆる思《おも》ひを

通釈

これほどあなたを思っていることを、どうしても言えません。伊吹山《いぶきやま》の「さしも草（ヨモギ）」でつくった艾《もぐさ》のようにじりじりと燃えている私の恋心を、あなたはご存じないでしょうね。

作者伝

?～998年。藤原定《さだ》時《とき》の子で、忠平【26番】の曾孫。一条天皇の面前で和歌について藤原行成〈義孝【50番】の子〉と口論になり、行成の冠を投げ捨てるという事件を起こして陸奥国（東北地方の太平洋側）へ左遷。任地で事故死した。

藤原実方は左近衛中将《さこんえのちゅうじょう》に出世しましたが、一条天皇の面前で歌論に関して藤原行成と口論になったとき、興奮して行成の冠を投げ捨てるという事件を起こしてしまいました。これに怒った天皇から、「歌枕を見てまいれ」と陸奥国への左遷を命じられたそうです。現在の佐倍乃《さえの》神社（宮城県名取市）あたりを通っていたとき、乗っていた馬が突然倒れ、下敷きになったことが原因で亡くなったといわれます。

藤原実方朝臣

この歌は、『後拾遺和歌集』の詞書に「女にはじめてつかはしける」とあるように、初恋の女性に贈ったものです。定家が百人一首に選んだ理由は、「歌論をめぐって気の毒な事件を起こし、左遷された地で不幸な死に方をした歌人の怨霊を鎮魂する」という意味を込めたからではないかと考えます。

とくに、実方の歌の直前に〝左遷の原因となった因縁の行成の父親である義孝【50番】〟を配置しているのがポイントです。この意図は、早逝して怨霊にまでなった義孝の強力な怨霊パワーで、その子である行成に実方の怨霊が祟らないようにした「怨霊による怨霊封じ」だったのではないでしょうか。

定家は、この歌の派生歌として4首詠んでいます。定家の父親である俊成【83番】は、「さしも草　さしもしのびぬ　中ならば　思ひありとも　言はましものを」と返歌とも思える作品を詠んでいます。いずれも「好きです！」と言えないもどかしさを表現した内容で、定家は後鳥羽院へのそのようなメッセージとしてこの歌を選んだと言えましょう。

【52番】藤原道信朝臣《ふじわらのみちのぶあそん》

後鳥羽院の鎮魂

明《あ》けぬれば　暮《く》るるものとは　知《し》りながら
なほ恨《うら》めしき　朝《あさ》ぼらけかな

通釈

夜が明けると、やがてまた日が暮れ、再びあなたに逢えるとわかってはいますが、やはり恨めしい明け方です。

作者伝

９７２年～９９４年。藤原為光《ためみつ》〈太政大臣〉の子で、母は伊尹【45番】の娘。「一条朝の四納言《しなごん》」のひとりとして知られる斉信《ただのぶ》は兄にあたる。藤原実方【51番】や藤原公任【55番】は親友。当時流行していた疱瘡（天然痘）に罹患し、23歳の若さで他界した。

藤原道信は為光の子で、伯父にあたる兼家〈道長たちの父〉の養子になりました。左近衛中将に出世しましたが、流行していた天然痘によって23歳で早逝しています。

親友だった藤原実方は、道信の死をとても悲しみ、「見むといひし　人ははかなく　消えにしを　ひとり露けき　秋の花かな（一緒に紅葉を見にいこうと約束した人は、儚《はかな》く消えてしまったので、私はひとりで露に濡れた秋の花のように泣いていることです）」という歌を詠んでいます。実方とは本当に仲が良かったら

藤原道信朝臣

しく、かつて一緒に宿直をした翌朝、道信は「妹と寝て おきゆく朝の 道よりも なかなか物の 思はしきかな(彼女と夜を共寝して別れる朝よりも、今朝のほうが名残惜しくて、かえって物思いは深いことですよ)」という歌を贈っているほどです。

百人一首に選ばれたこの歌は、『後拾遺和歌集』の詞書に「女のもとより雪降り侍りける日帰りてつかはしける」とあるように、いわゆる「後朝の歌」です。夜に逢瀬を楽しんだ男女が、翌朝の別れを惜しんでいる心境がよく表れています。

定家がこの歌を選んだ理由は、「早逝した歌人への鎮魂」の意味を込めたからではないでしょうか。この歌の派生歌として定家が2首、後鳥羽院が1首詠んでいます。後鳥羽院は「待ちかぬる さ夜のねざめの 床にさへ なほうらめしき 風の音かな」と詠んでいて、派生歌といいながら、「後朝の歌」の感じはほとんど見受けられません。どちらかというと、隠岐島にいる後鳥羽院が、行在所に吹きさらす風を恨めしく思う心情が連想されるのです。

【53番】右大将道綱母《うだいしょうみちつなのはは》（藤原道綱母《ふじわらのみちつなのはは》）

長い夜を過ごす後鳥羽院の鎮魂

なげきつつ　ひとり寝《ぬ》る夜《よ》の　あくるまは
いかに久《ひさ》しき　ものとかは知《し》る

通釈

嘆きながらひとりで寝る夜の明けるまでの時間が、どれほど長いものか、あなたはご存じないでしょうね。

作者伝

936年ごろ〜995年。藤原倫寧《ともやす》〈伊勢守〉の娘。藤原兼家の妾《しょう》となり、道綱を出産。兼家との結婚生活のようすなどを『蜻蛉日記《かげろう》』につづった。「本朝三美人《ほんちょうさんびじん》」のひとりとされる。『更級日記《さらしな》』を書いた菅原孝標女《すがわらのたかすえのむすめ》は姪《めい》にあたる。

藤原道綱母は、藤原兼家の妻のひとりとなって道綱をもうけました。兼家との結婚生活のようすなどを『蜻蛉日記』に書きつづっています。晩年は摂政になった夫に気にかけられることも少なくなり、さびしい生活を送ったようです。この歌も、夫が来ない夜のさびしさを詠んだ恨みの歌になります。一夫多妻制が当然の時代でも、断固として夫に抗議する道綱母のプライドの高さがうかがえます。

この歌は、『蜻蛉日記』によると、兼家が浮気相手である「町の小路《こうじ》の女」のもとへ通っているのを調べさ

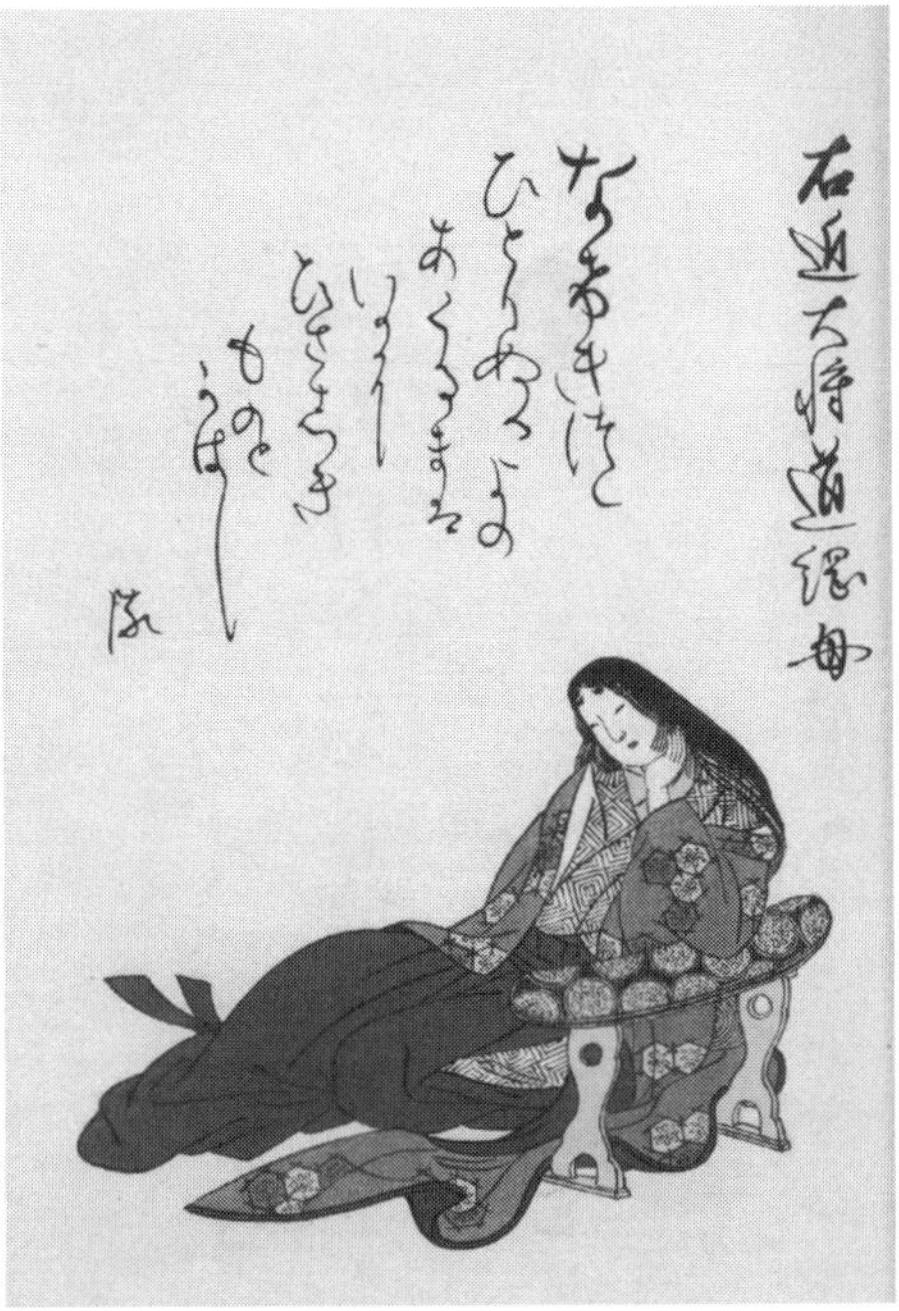

右大将道綱母（藤原道綱母）

せた道綱母が、それから数日後に自分のもとへ訪れた兼家に対し、門を開けずに追い返したあと、愛情の衰えを暗示する「うつろいたる（色褪せた）菊」に添えて兼家に贈ったとされるものです。これに対して兼家は、「げにやげに　冬の夜ならぬ　まきの戸も　おそくあくるは　わびしかりけり（いかにも、冬の夜でなくとも戸をなかなか開けてもらえないのは、やりきれないことでしたよ）」と返歌をしています。

ちなみに、この歌は『拾遺和歌集』の詞書に「入道摂政まかりたりけるに、かどをおそくあけければ、たちわづらひぬといひいれて侍りければ」とあります。こちらでは『蜻蛉日記』の記述とは異なり、最後には兼家を迎え入れたことになっているのです。

定家は、夫の栄華とは裏腹に、不幸な晩年を過ごした女流歌人の「夫への恨みのこもった歌」を百人一首に選歌することによって、そこに鎮魂の意味を込めたのではないかと考えます。また藤原道信【52番】の歌は「短い夜」を、道綱母の歌は「長い夜」をそれぞれ詠んでおり、対比関係になっています。

【54番】儀同三司母《ぎどうさんしのはは》（高階貴子《たかしなのきし》）

不幸な晩年を送った歌人の鎮魂

忘《わす》れじの　行末《ゆくすゑ》までは　かたければ
今日《けふ》をかぎりの　命《いのち》ともがな

通釈

あなたは「いつまでもおまえを忘れはしない」と言いますが、将来のことはあてにしがたいので、いっそのことこんなに幸せな今日を私の命の最後にしたいものです。

作者伝

?～996年。高階成《なり》忠《ただ》〈式部大輔《しきぶのたいふ》〉の娘。円融天皇に内侍《ないし》（秘書役）として仕え、「高内侍《こうのないし》」と呼ばれた。藤原道隆《みちたか》の正妻となり、伊周《これちか》や定子《ていし》〈一条天皇の中宮〉らを出産。儀同三司とは、伊周の官職「准大臣《じゅんだいじん》」の唐名のこと。

儀同三司母は、高階成忠の娘である貴子のことです。女官名の「高内侍」と通称される貴子は、藤原道隆〈道長の兄〉に嫁ぎ、伊周や定子〈一条天皇の中宮〉らをもうけました。儀同三司とは伊周の官職「准大臣」の唐名で、〝儀礼の格式が三司〈太政大臣・左大臣・右大臣〉と同じ〟という意味です。

夫の道隆が関白や摂政になり、子どもたちも順調に出世を果たして絶頂期を迎えた貴子ですが、夫が

不遇な歌人の鎮魂と定家流の歌道の本質

不幸な晩年を送った歌人の鎮魂

儀同三司母（高階貴子）

病死すると状況が一変しました。愛息の伊周が、道長との政争に敗れたからです。伊周は女性問題から花山院の牛車に矢を射かけるという「長徳《ちょうとく》の変」を起こし、大宰府へ左遷されます。貴子は伊周への同行を願いでましたが許されず、その後まもなく病死しました。

この歌は、『新古今和歌集』の詞書に「中関白《なかのかんぱく》通ひそめ侍りけるころ」とあるように、夫の道隆〈中関白〉が通いはじめたころの歌です。幸福の絶頂にある今を永遠とするために、いっそのこと死んでしまいたいという逆説的な女心をみごとに詠んでいます。定家が百人一首にこの歌を選んだ理由は、一時は栄華を極めたにもかかわらず、晩年は愛息が道長に追い落とされて不幸な日々を送るなど「落差の激しい人生だった女流歌人に対しての鎮魂」という意味を込めたからだと考えます。

定家自身も道長の来孫《らいそん》（5代後の子孫）であることから、二重の意味での鎮魂歌と言えるのではないでしょうか。

【55番】大納言公任《だいなごんきんとう》（藤原公任《ふじわらのきんとう》）

不幸な歌人全体の鎮魂と名声の賞賛

滝《たき》の音《おと》は　絶《た》えて久《ひさ》しく　なりぬれど
名《な》こそ流《なが》れて　なほ聞《き》こえけれ

通釈

滝の流れ落ちる水音は、涸《か》れて途絶えてしまってから長い年月が経ちますが、その評判は今も世間に流れ伝わり、名声が知れ渡っています。

作者伝

966年～1041年。藤原頼忠《よりただ》〈関白〉の子で、定頼【64番】の父。「一条朝の四納言」のひとりで、有職《ゆうそく》故実《こじつ》にも造詣《ぞうけい》が深い。漢詩・和歌・管弦にすぐれ、「三舟《さんしゅう》の才《さい》」の逸話で知られる。『和漢朗詠集《わかんろうえいしゅう》』の撰者としても名高い。

藤原公任は関白だった頼忠の子で、姉妹には円融天皇の皇后や花山天皇の女御などがいます。名門の出身で順調に出世をしましたが、父の頼忠が藤原兼家〈道長の父〉との政争に敗れると、昇進が停滞しました。権力を握った道長に追従して、最終的には権大納言になりますが、名門の出身としてはやや不遇の官位でした。

公任といえば、「三舟（三船）の才」のエピソードでも

不遇な歌人の鎮魂と定家流の歌道の本質

不幸な歌人全体の鎮魂と名声の賞賛

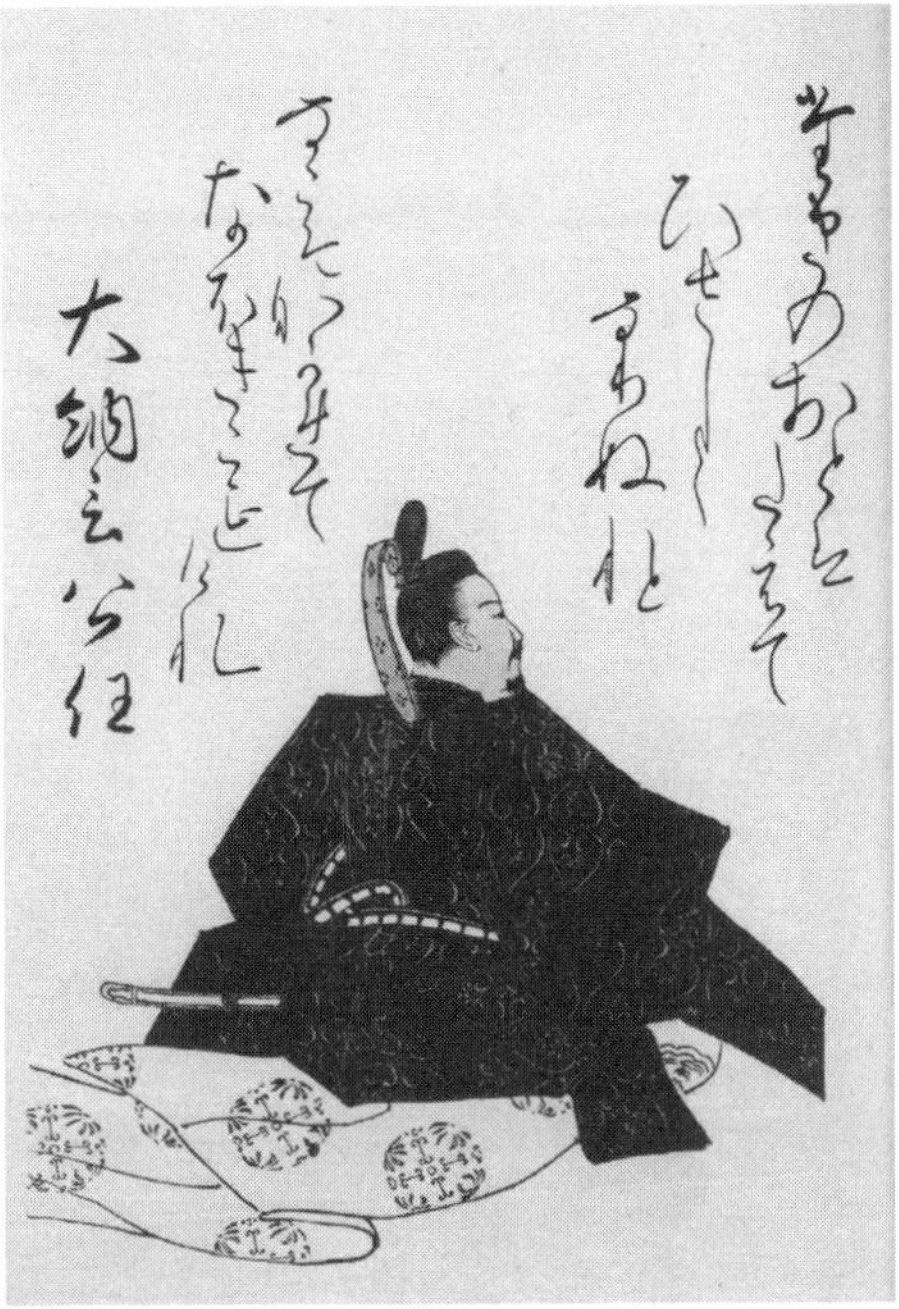

大納言公任（藤原公任）

知られます。道長が大堰川で舟遊びをしたとき、「漢詩の舟」「管弦の舟」「和歌の舟」を用意してそれぞれにその道の名人を乗せたそうです。道長から「どの舟に乗ろうと思うのか？」と尋ねられるほど、公任は3つの分野で認められていたのです。和歌の舟を選んだ公任は、「小倉山 嵐の風の 寒ければ もみぢの錦 きぬ人ぞなき」と詠んで賞賛されました。

定家がこの歌を百人一首に選んだ理由は、藤原伊尹【45番】から公任【55番】までは「不幸な歌人の鎮魂」というカテゴリーにしたかったからではないでしょうか。定家は公任のこの歌を、「滝の音はなくなっても、歌人の名声は永遠だ！」という不幸な歌人たちへの鎮魂の〝締め〟にしたのだと考えます。

ちなみに、この歌に詠まれている滝は嵯峨天皇の離宮「嵯峨院」の庭園に設けられた人工のもので、平安時代中期にはすでに水は涸れていたそうです。公任の歌で有名になって「名古曽《なこそ》の滝」と呼ばれるようになり、現在は大覚寺（京都市右京区）の大沢池の北方に滝跡が残っています。

⑩ 親子関係の重要性や女流歌人・後鳥羽院の鎮魂

和泉式部【56番】から清少納言【62番】までの7首は、すべて女流歌人の歌です。恋の歌を中心に詠んであり、華やかな王朝絵巻を彩っています。

そのなかでも、和泉式部からその娘である小式部内侍【60番】までを、もうひとつの括《くく》りと考えます。このなかには、和泉式部母娘【56番・60番】と紫式部母娘【57番・58番】と赤染衛門【59番】が含まれます。

百人一首の大きなテーマは、「親の恨みを子どもが慰める」と考えられます。スタートが天智天皇父娘【1番・2番】、フィニッシュが後鳥羽院父子【99番・100番】だからです。そして、百人一首の配置の中盤に、和泉式部母娘と紫式部母娘という2組が登場するわけです。赤染衛門は夫を通じて和泉式部と縁戚関係にあり、この括りに入れることは可能と考えます。

定家が百人一首のなかで和泉式部母娘を離して配置したのは、仕掛けた〝からくり〟の意図を一見では悟られないようにするためではないでしょうか。そして「逢いたいけれど逢えないつらさ」という内容の親子の歌を、ひと括りにする必要があったからだと思われます。

また、和泉式部は紫式部とともに彰子《しょうし》〈一条天皇の中宮〉に仕えていたうえ、紫式部は『紫式部日記』のなかで和泉式部の歌の力量を高く評価する記述があり、これらの5人をひと括りにすることはなんら問題がないと考えます。5人の歌の内容と配置順は、「❶大事な人にもう一度逢いたい（和泉式部）」「❷懐かしい人に逢ってすぐに別れてしまった（紫式部）」「❸あなたのことを忘れない（紫式部の娘）」「❹あなたのことを待ちくたびれた（赤染衛門）」「❺遠すぎて逢うこともないし手紙もない（和泉式部の娘）」となっています。

これらの歌を定家が百人一首に選んでここに配置したのは、大きなテーマ「親の恨みを子どもが慰める」に則して、「親子の情の深さ」「逢いたくても逢えないつらさ」「後鳥羽院を忘れない」というメッセージを込めたからではないでしょうか。

じつは、百人一首のなかには16組33人の親子関係が存在します。そのうち1組だけは、源経信【71番】・源俊頼【74番】・俊恵法師【85番】と「親・子・孫」の3代にわたって入首しています。百人一首の歌全体の約3分の1が親子関係となっていて、とりわけスタートの2首もフィニッシュの2首も親子であることから、定家が「親子関係」を重視して選歌していたのは間違いありません。

定家がさりげなく「後鳥羽院の怨霊封じ」を仕掛けている百人一首は、100首それぞれになんらかの「恨み」がちりばめられています。その中盤を華やかに彩る和泉式部から清少納言までの女流歌人たちの7首は、前半・後半を分ける区切りとして、また定家の本心である「後鳥羽院の怨霊封じ」を隠すカムフラージュとしての配置と考えられます。

【56番】和泉式部《いずみしきぶ》

もう一度逢いたいというメッセージ

あらざらむ　この世《よ》のほかの　思《おも》ひ出《で》に
今《いま》ひとたびの　逢《あ》ふこともがな

通釈

私はもうすぐ死んで、この世からいなくなってしまうでしょう。あの世に持っていく思い出として、もう一度だけあなたにお逢いしたいものです。

作者伝

976年ごろ～？。大江《おおえの》雅致《まさむね》〈式部丞《しきぶのじょう》〉の娘。橘道貞《たちばなのみちさだ》〈和泉守《いずみのかみ》〉の妻となり、小式部内侍【60番】をもうけた。彰子〈一条天皇の中宮〉に出仕。奔放な恋愛遍歴で知られ、冷泉天皇の皇子である為尊《ためたか》親王や敦道《あつみち》親王との恋愛は朝廷スキャンダルに発展した。

和泉式部は、夫の官名から「和泉」を、父の官名から「式部」をそれぞれ取って呼ばれた女房名《にょうぼうな》です。母が仕えていた昌子《しょうし》内親王〈のちの冷泉天皇の皇后〉の宮で育ち、橘道貞と結婚して小式部内侍をもうけました。やがて道貞から離れ、為尊親王〈冷泉天皇の皇子〉と関係を結びますが、親王は26歳で早逝してしまいます。すると今度は為尊親王の同母弟である敦道親王〈冷泉天皇の皇子〉と恋に落ち、世間を揺る

親子関係の重要性や女流歌人・後鳥羽院の鎮魂

もう一度逢いたいというメッセージ

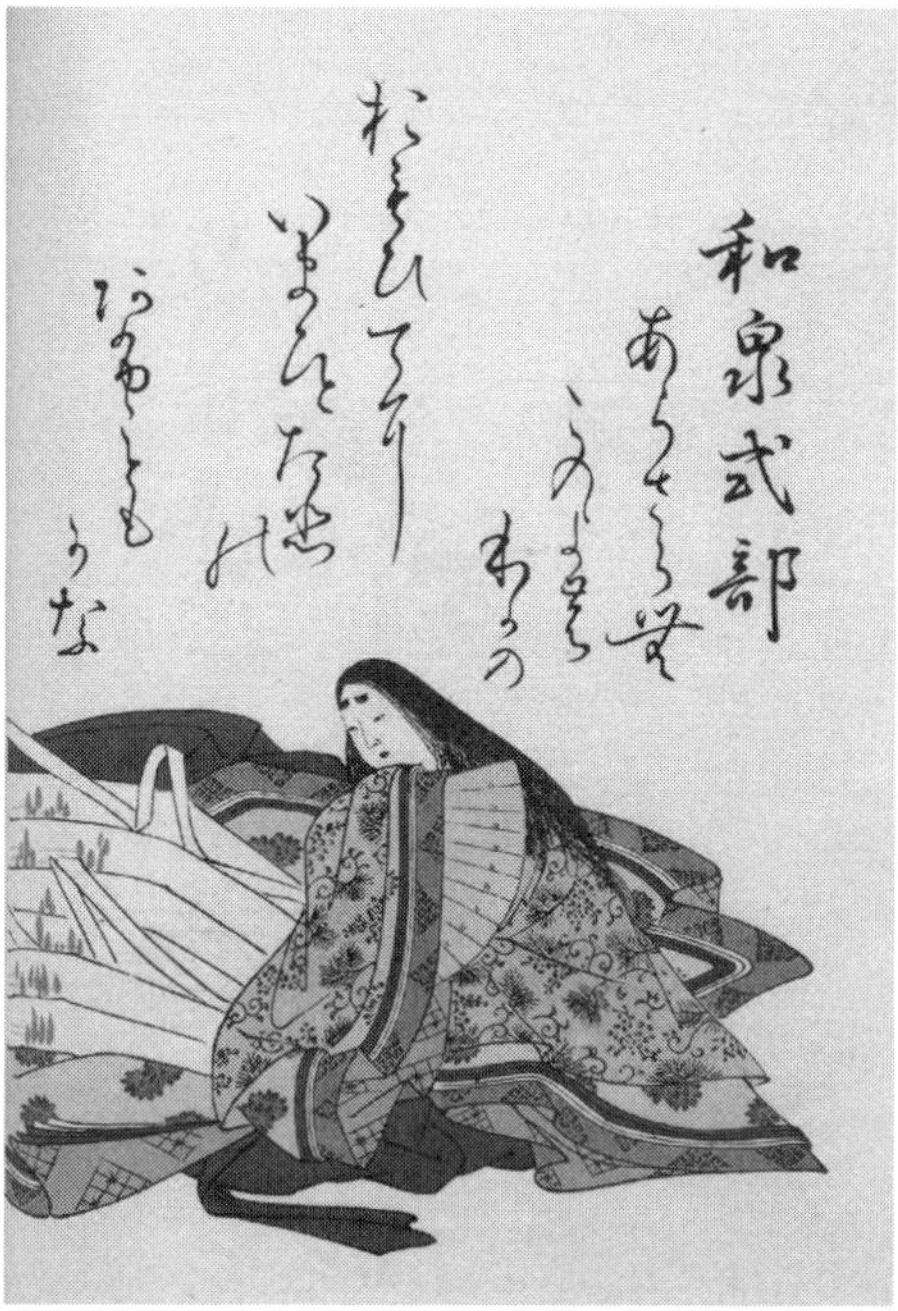

和泉式部

がす朝廷スキャンダルに発展しました。

敦道親王が27歳の若さで亡くなると、和泉式部は彰子〈一条天皇の中宮〉のもとに出仕します。このころの彰子のサロンには、紫式部【57番】・伊勢大輔【61番】・赤染衛門【59番】など錚々たるメンバーがそろっていました。その後、藤原保昌《やすまさ》〈道長の家司《けいし》〉と再婚した和泉式部は、丹後守となった夫とともに任国へ下向しています。娘である小式部内侍の歌壇へのデビューは、ちょうどこの時期でした。

百人一首に選ばれたこの歌は、病床で死期を悟った和泉式部が、死ぬ前に恋人にもう一度逢いたいと願って詠んだものです。定家がこの歌を選んだ意図は、「逢いたいけれど逢えないつらさ」を訴えるという内容が、後鳥羽院への鎮魂の意味を内包しているからではないでしょうか。

定家がこの歌を【56番】に並べたのは、娘である小式部内侍【60番】とのあいだに「和泉式部と関わりのある女流歌人たちが詠んだ同様の内容の歌を挟むような配置」にしようと企図したからだと考えます。

【57番】紫式部《むらさきしきぶ》

会者定離の理《ことわり》を表したメッセージ

めぐり逢《あ》ひて 見《み》しやそれとも わかぬまに
雲隠《くもがく》れにし 夜半《よは》の月《つき》かな

通釈

久々に幼友達と再会したのに、面影をはっきり見極められないほどの短時間で、まるで夜半の月がたちまち雲に隠れてしまうように、あなたは慌《あわ》ただしく帰ってしまいました。

作者伝

970年ごろ～?。藤原為時〈式部丞〉の娘。藤原宣孝《のぶたか》〈山城守〉と結婚し、大弐三位【58番】をもうけた。夫の死後、藤原道長の娘である彰子〈一条天皇の中宮〉に仕え、道長の支援のもと『源氏物語』や『紫式部日記』などを著した。

彰子〈一条天皇の中宮〉のもとに出仕した紫式部は、『源氏物語』に登場する紫の上〈光源氏の妻〉から「紫」を、父の官名から「式部」をそれぞれ取って呼ばれた女房名というのが通説です。藤原宣孝の妻となって賢子〈大弐三位〉をもうけますが、その2年後に夫と死別しました。一説によると、夫を失った悲しみを紛らわすために『源氏物語』の執筆に着手したともいわれます。また、源融【14番】は『源氏物語』の主

親子関係の重要性や女流歌人・後鳥羽院の鎮魂

会者定離の理を表したメッセージ

紫式部

人公である光源氏のモデルのひとりだとされ、その執筆は融の怨霊鎮魂が目的のひとつだったという説もあります。

百人一首には『源氏物語』との関連が見られる歌がいくつかあります。たとえば、紫式部の歌は巻名のひとつ「雲隠《くもがくれ》」を連想させますし、元良親王【20番】の歌は「澪標《みおつくし》」「藤袴《ふじばかま》」の巻に、凡河内躬恒【29番】の歌は「夕《ゆう》顔《がお》」の巻にそれぞれ引用されています。

この歌は、幼なじみの女性と久しぶりに再会したものの、月と競うようにして帰ってしまったと残念がって詠んだものです。『紫式部日記』の記述では、幼なじみと再会したのは7月10日ごろで、その友は九月末には京を離れたとあります。

定家がこの歌を百人一首に選んだ意図は、「懐かしい人に逢っても、すぐ別れてしまう無常」を残念がる内容が、後鳥羽院への鎮魂の意味を内包しているからだと考えます。つまり定家は、「会者定離の理」を表現する歌を紫式部の作品のなかからあえて選び、ここに配置したのではないでしょうか。

【58番】大弐三位《だいにのさんみ》（藤原賢子《ふじわらのけんし》）

絶対に忘れないというメッセージ

有馬山《ありまやま》　猪名《ゐな》の笹原《ささはら》　風吹《かぜふ》けば
いでそよ人《ひと》を　忘《わす》れやはする

通釈

有馬山（神戸市）から猪名（尼崎市付近）の笹原へ風が吹き下ろせば、笹の葉がそよそよと音を立てます。そのように便りがあれば心はなびくもので、あなたのことを忘れたりするものですか。

作者伝

999年ごろ～1082年ごろ。藤原宣孝と紫式部【57番】の娘。藤原道兼《みちかね》〈関白〉の子である兼隆《かねたか》〈中納言〉と結婚し、後冷泉天皇の乳母《めのと》を務めた。高階成章《たかしなのなりあき》〈大宰大弐《だざいのだいに》〉と再婚し、為家《ためいえ》を出産。後冷泉天皇の即位の際に従三位に昇叙した。

大弐三位は紫式部の娘で、名前を賢子といいます。後夫《ごふ》の官名から「大弐」を、自身の位階から「三位」をそれぞれ取って呼ばれた女房名です。母のあとを継いで、彰子〈一条天皇の中宮〉のもとに出仕し、藤原頼宗《よりむね》・藤原定頼【64番】・源朝任《あさとう》らと交際しました。歌や実生活から、母の紫式部と比べて恋愛の駆け引きが上手だったと考えられています。

百人一首に選ばれたこの歌は、『後拾遺和歌集』の

親子関係の重要性や女流歌人・後鳥羽院の鎮魂

絶対に忘れないというメッセージ

大弐三位（藤原賢子）

詞書に「かれがれになる男の、おぼつかなくなど言ひたりけるによめる」とあります。縁遠くなった男が、自分の不誠実さを棚にあげて「あなたの心がわからず不安で」などと賢子の心変わりを責めたことに対して、とっさに詠んだ強烈なしっぺ返しの歌でした。母親譲りの頭の良さが、突き抜けるようにわかる歌です。

定家がこの歌を選んだ意図は、百人一首の大きなテーマである「親の恨みを子どもが慰める」という形式にしたかったからではないかと考えます。要するに、母親である紫式部が詠んだ「逢ってもすぐに別れる無常」という恨みの歌を、娘の賢子が「あなたのことは忘れません。だからお便りをお待ちしています」とすぐさま打ち消すことで、鎮魂を企図したのではないでしょうか。

それと同時に、定家は後鳥羽院に対して、「〝会者定離〟とあきらめてしまうのではなく、あなたのことは絶対に忘れません！」という強いメッセージを込めたのではないかと推理します。

【59番】赤染衛門《あかぞめえもん》

逢いたくても逢えないというメッセージ

やすらはで　寝《ね》なましものを　小夜《さよ》ふけて
かたぶくまでの　月《つき》を見《み》しかな

通釈

あなたが来るかどうかぐずぐずと迷ったりせず、さっさと寝てしまえばよかった。あなたの言葉を信じたばかりに、夜が更けて沈もうとするまで月を見てしまいましたよ。

作者伝

956年ごろ〜1041年ごろ。赤染時用〈大隅守《おおすみのかみ》〉の娘。母の前夫である平兼盛【40番】が実父とも。大江匡衡《まさひら》〈式部大輔〉と結婚し、仲睦《なかむつ》まじいおしどり夫婦として知られ、大江挙周《たかちか》や江侍従《ごうのじじゅう》などをもうけた。『栄花《えいが》物語』正編の作者といわれる。

赤染衛門は、右衛門志《うえもんのさかん》や右衛門尉《じょう》を務めた赤染時用の娘で、父の姓から「赤染」を、父の官名から「衛門」をそれぞれ取って呼ばれた女房名です。ただ、平兼盛の項で前述したとおり、母親が前夫の子どもを宿した状態で時用と再婚して赤染衛門を出産したと記されていて、実父は兼盛といわれます。

夫の大江匡衡とは、「匡衡衛門」と呼ばれる仲睦まじいおしどり夫婦として知られ、夫に先立たれたと

親子関係の重要性や女流歌人・後鳥羽院の鎮魂

逢いたくても逢えないというメッセージ

赤染衛門

き多くの哀傷歌を詠みました。また、子の挙周が大病を患《わずら》ったとき、住吉神社（大阪市住吉区）に願掛けをして、「代わらむと 祈る命は をしからで さてもわかれん ことぞ悲しき（息子の身代わりになれるのならば、命は惜しくありません。息子と死別することがとても悲しいのです）」という歌を奉納しています。そのご利益か、まもなくして挙周の病気は治ったそうです。このように赤染衛門は良妻賢母の人物像で語られることが多いと言えましょう。

この歌は、『後拾遺和歌集』の詞書によると、赤染衛門がはらから（同母姉妹）に代わって藤原道隆〈道長の兄〉に贈ったとする代詠《だいえい》の歌だそうです。ちなみに、道隆の正妻は儀同三司母（高階貴子）【54番】で、結果的に道隆は約束を守らずに訪問してこなかったので、赤染衛門の姉妹は恋の争奪戦において儀同三司母に敗北したと言えるのかもしれません。

定家がこの歌を百人一首に選んだ意図は、後鳥羽院に対して「あなたに逢いたくて一晩中でも待っています」というメッセージを託したからだと考えます。

【60番】小式部内侍《こしきぶのないし》

便りがほしいというメッセージ

大江山《おほえやま》 いく野《の》の道《みち》の 遠《とほ》ければ
まだふみも見《み》ず 天《あま》の橋立《はしだて》

通釈

母が住む丹後国（京都府北部）までは、大江山を越えて生野を通っていく道のりがあまりにも遠いので、まだ天の橋立を踏んだこともありませんし、母からの手紙も見ていません。

作者伝

999年ごろ～1025年。橘道貞と和泉式部【56番】の娘。母とともに彰子〈一条天皇の中宮〉に出仕して内侍に昇進。母と区別するために「小式部」と呼ばれた。母に似たのか、多くの男性と交際し、20代の若さで母より先に他界した。

小式部内侍は橘道貞と和泉式部の娘で、母と区別するために「小式部」を、自身の官名から「内侍」をそれぞれ取って呼ばれた女房名です。母親と同様に恋多き女性で、はじめ藤原頼宗〈道長の子〉の愛人だったらしく、やがて教通《のりみち》〈頼宗の弟〉の妾となって静《じょう》円《えん》〈行尊【66番】の師〉をもうけました。そのほか藤原範永《のりなが》や藤原定頼【64番】らとも交際があったようです。

この歌は、小式部内侍が歌合に呼ばれたときに、か

親子関係の重要性や女流歌人・後鳥羽院の鎮魂

便りがほしいというメッセージ

小式部内侍

らかってきた定頼に対して即興で詠んだものです。当時、小式部内侍の歌は母である和泉式部が代作しているという噂がありました。ちょうど和泉式部が夫の任国である丹後国へ下向したばかりだったので、定頼は「母上のもとからまだ使者は来ませんか？ さぞ心細いでしょう」とイジってきたのです。それに対して、すかさず小式部内侍が詠んだのがこの歌でした。あまりにみごとな当意即妙《とういそくみょう》の歌だったので、定頼は即座に返歌が詠めず、つかまれた袖を振り払って逃げてしまったという逸話が伝わっています。

定家がこの歌を百人一首に選んだのは、「行く野・生野」「文・踏み」の巧みな掛詞を使用した才気煥発《さいきかんぱつ》の受け答えを高く評価したからだと考えます。母の歌との配置関係は、和泉式部の項で前述したとおりです。また、後鳥羽院に対しては、「大江山のさらに先にある隠岐島へはあまりにも遠すぎて、まだ天橋立にさえ行っていませんし、あなたからの手紙もいただいていません」というメッセージを送っているのではないかと推理します。

【61番】伊勢大輔《いせのたいふ》

後鳥羽院の還京を願うメッセージ

いにしへの　奈良《なら》の都《みやこ》の　八重桜《やへざくら》
けふ九重《ここのへ》に　にほひぬるかな

通釈

古都である奈良の都（平城京）の八重桜が、献上された今日、ここ平安京の宮中（九重）で美しく咲き誇っています。

作者伝

生没年不詳。大中臣輔親《おおなかとみのすけちか》〈伊勢神宮の祭主〉の娘で、能宣【49番】は祖父にあたる。彰子〈一条天皇の中宮〉に出仕。高階成順《たかしなのなりのぶ》〈筑前守〉と結婚し、康資王母《やすすけおうのはは》や源兼《みなもとのかね》俊母《としのはは》らをもうけた。晩年は白河天皇の傅育《ふいく》の任務にあたった。

伊勢大輔は彰子〈一条天皇の中宮〉に女房として仕えたことから、同僚である紫式部【57番】や和泉式部【56番】らと親交を深めました。とくに新参の女房だったときに、紫式部から目をかけてもらったそうです。

この歌は、新参の女房だった伊勢大輔が、奈良から献上された八重桜を受け取る役目を紫式部から譲られ、そのことを聞いた藤原道長から歌も詠むように命じられて満座注視のなかで詠んだものです。「なら（7）」「八重（8）」「九重（9）」という数字の並びの語

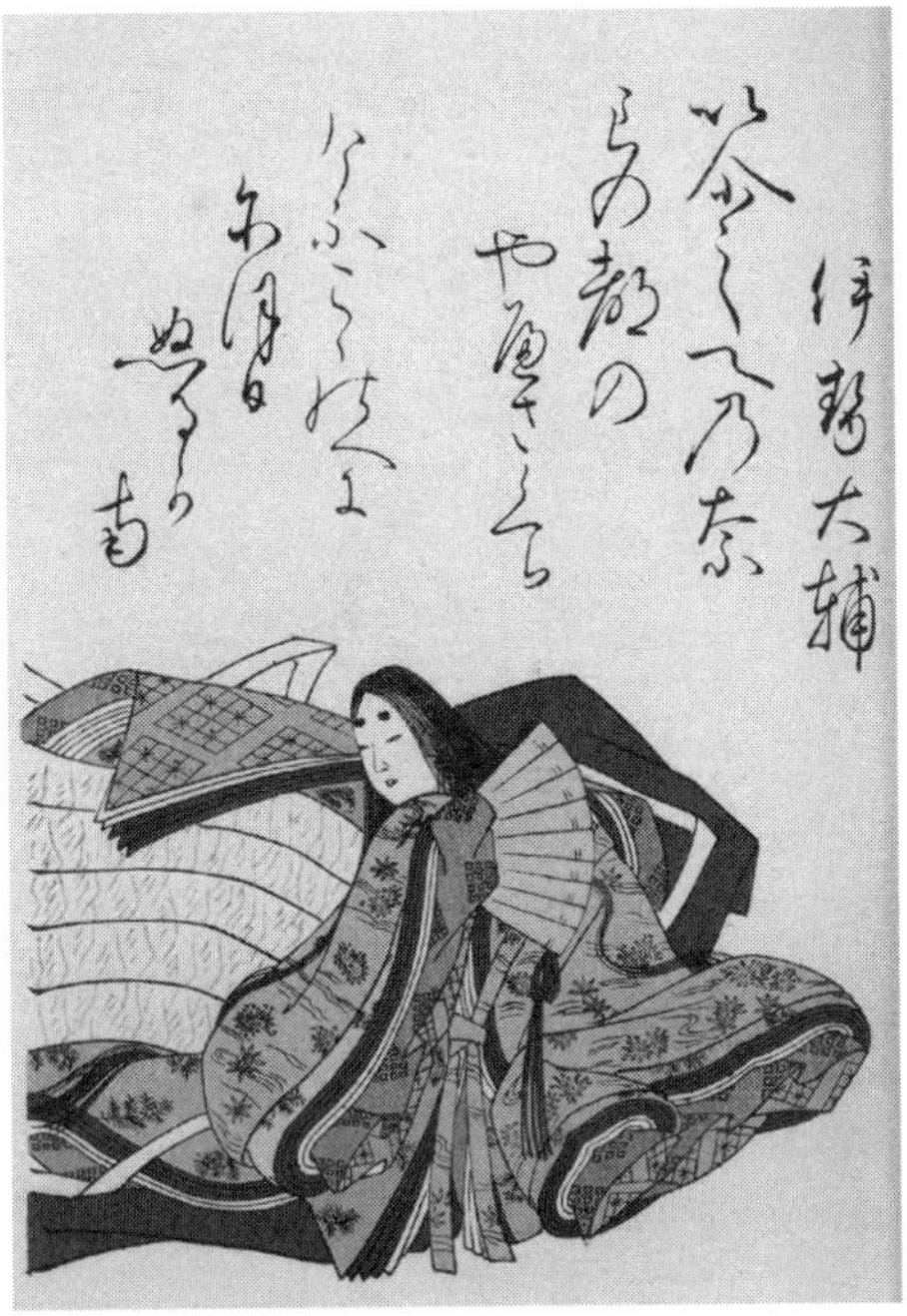
伊勢大輔

親子関係の重要性や女流歌人・後鳥羽院の鎮魂

後鳥羽院の還京を願うメッセージ

調が良く、「今日・京」といった掛詞なども巧みで、新参の女房が詠んだ当意即妙の歌としては「出来過ぎ」の感もあります。おそらく背後にいた紫式部が知恵を貸した可能性が高いのではないでしょうか。

この歌に感激した彰子は、「九重に　匂ふをみれば　桜がり　重ねてきたる　春かとぞ思ふ」という返歌を贈りました。ただ、定家はこの歌をあまり評価していないように思われます。定家好みの深みのある歌ではないうえ、定家自身もこの派生歌をつくっていないからです。

では、なぜ定家は百人一首にこの歌を選んだのでしょうか？　それは、百人一首のこの場所に配置する内容として最適だったからと考えます。というのも、この歌は後鳥羽院が奈良の都へ、そして宮中がある平安京に帰還してほしいと心から願う「後鳥羽院への〝言祝ぎ〟の歌」になるからです。それと同時に、後鳥羽院の還京を願う定家からのメッセージにもなっています。

【62番】清少納言《せいしょうなごん》

逢うことが許されないというメッセージ

夜《よ》をこめて　鳥《とり》のそら音《ね》は　はかるとも
よに逢坂《あふさか》の　関《せき》はゆるさじ

通釈

まだ夜が深いうちに鶏《にわとり》の鳴き声を真似て騙そうと思っても、函《かん》谷関《こくかん》ならばともかく、逢坂の関は決して通ることを許さないでしょうし、私も騙されてあなたと逢ったりしませんよ。

作者伝

966年ごろ～1025年ごろ。清原元輔【42番】の娘で、深養父【36番】は曾祖父にあたる。橘則光《たちばなのりみつ》〈藤原斉信の家司〉と結婚するが、まもなく離婚し、のちに藤原棟世《むねよ》〈摂津守〉と再婚。定子〈一条天皇の中宮〉に仕えて、『枕草子《まくらのそうし》』を執筆した。

清少納言は、清原という姓から「清」を、親族の官名から「少納言」をそれぞれ取って呼ばれた女房名だといわれます。定子〈一条天皇の中宮〉のもとに女房として仕え、随筆『枕草子』を執筆しました。結婚を2度したほか、藤原実方【51番】・斉信・行成・公任【55番】らとも恋愛遍歴を重ねましたが、晩年は荒れ屋敷に住むなど不遇だったようです。

百人一首に選ばれたこの歌は、中国の歴史書『史

親子関係の重要性や女流歌人・後鳥羽院の鎮魂

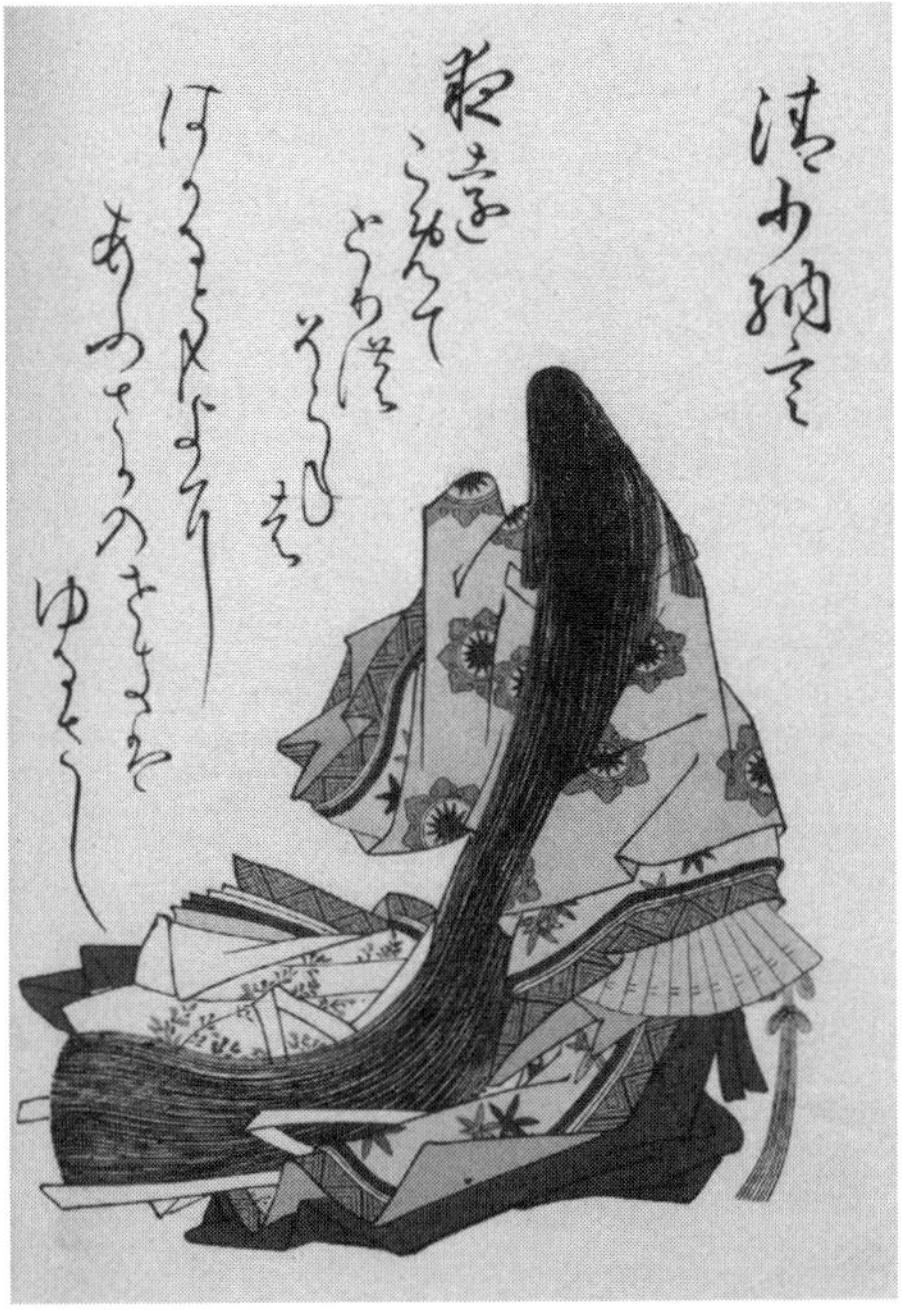

清少納言

逢うことが許されないというメッセージ

記』の「孟嘗君《もうしょうくん》伝」に出てくる「函谷関の鶏鳴」の故事に基づいています。これは孟嘗君が招かれた秦《しん》の国で殺されそうになったとき、夜中に国外逃亡をはかって国境の関所「函谷関」までたどり着きましたが、門は朝になるまで開かないというので、ものまね名人の食客が鶏の声を真似ると関守が夜明けだと勘違いして開門し、孟嘗君たちは間一髪で追っ手から逃れて無事に関所を通過できたというエピソードです。

　清少納言と夜更けまで雑談していた藤原行成が、急用があるとして帰っていきました。翌朝、行成が「昨夜は鶏の声にせきたてられて慌ただしく帰ってしまいました」と戯《ざ》れ言《ごと》を口にしたので、清少納言が「（偽の鳴きまねで騙した）函谷関の鶏の声でしょうか？」と皮肉を言うと、行成は「（恋人たちの逢い引きにちなむ）逢坂の関ですよ」と返答したそうです。それに対して、清少納言が詠んだのが、この歌になります。

　定家がこの歌を百人一首に選んだのは、「逢いたくても許されません」というメッセージを後鳥羽院に送りたかったからではないでしょうか。

【63番】左京大夫道雅《さきょうのだいぶみちまさ》（藤原道雅《ふじわらのみちまさ》）

直接お逢いしたいというメッセージ

今はただ　思《おも》ひ絶《た》えなむ　とばかりを
人《ひと》づてならで　言《い》ふよしもがな

通釈

今となっては「もう、あきらめます」というひと言だけでも、人《ひと》伝《づて》でなく、なんとか直接あなたに言う方法があったらいいのにと思います。

作者伝

９９２年～１０５４年。藤原伊周〈内大臣〉の子。長徳の変で父が失脚したため、アウトロー的な人生を歩む。伊勢神宮の斎宮を退《たい》下《げ》した直後の当子《とうし》内親王と密通し、彼女の父である三条院【68番】の怒りを買って左遷。素行の悪さから「荒三《あらさん》位《み》」「悪三《あくさん》位《み》」と呼ばれた。

藤原道雅は、儀同三司と呼ばれた伊周〈道長の甥《おい》〉の子です。父が長徳の変（花山院闘乱事件）で失脚したことで実家が没落し、生涯にわたって不遇だったとされます。そのため心がすさんだ道雅は、賭場で乱闘騒ぎを起こすなど乱行の噂が絶えず、「荒三位」「悪三位」と呼ばれました。

道雅は、伊勢神宮の斎宮を退下して京へ戻った当子内親王〈三条天皇の皇女〉と恋に落ちます。斎宮は

親子関係の重要性や女流歌人・後鳥羽院の鎮魂

直接お逢いしたいというメッセージ

左京大夫道雅（藤原道雅）

一生清浄であるべきなどさまざまな制約があり、とくに恋愛はタブーでした。当然ながら当子内親王の父である三条院は激怒し、ふたりの仲は引き裂かれました。

百人一首に選ばれたこの歌は、当子内親王に逢うことができなくなった道雅が、別れの決意を込めて詠んだものです。宮中の奥でガードされている当子内親王に直接逢えないもどかしさや、禁断の恋に懊悩《おうのう》しているようすが表現されています。

定家がこの歌を選んだ理由は、もちろん「不遇な歌人への鎮魂」の意味があったと思われます。ただ、道雅のアウトロー的な人生とは対照的な「禁断の恋を昇華した歌」に、純度の高い蒸留酒の酔いを感じて選歌したのではないでしょうか。

後鳥羽院に対するメッセージとしては、「禁断の場所に流されたあなたに直接逢えなくて、もどかしいです」という意味が込められていると考えます。この歌も定家から後鳥羽院への鎮魂歌であり、ラブレターでもあると言えましょう。

【64番】権中納言定頼《ごんちゅうなごんさだより》（藤原定頼《ふじわらのさだより》）

秀逸な作品として選歌

朝《あさ》ぼらけ　宇治《うぢ》の川霧《かはぎり》　たえだえに
あらはれわたる　瀬々《せぜ》の網代木《あじろぎ》

通釈

夜が白々と明けるころ、宇治川に立ちこめていた霧がとぎれとぎれになり、その絶え間からしだいに現れてくる浅瀬に仕掛けられた網代木よ。

作者伝

995年～1045年。藤原公任【55番】の子。父に似て和歌や書にすぐれ、美男の貴公子だったという。小式部内侍【60番】に和歌でやりこめられた逸話は有名。相模【65番】や大弐三位【58番】など多くの女性と恋愛関係にあったとされる。

藤原定頼は公任の子で、最終官位は権中納言でした。小式部内侍〈和泉式部【56番】の娘〉をからかった際に「大江山……」の歌を詠まれ、そのみごとさに返歌ができずに立ち去ったというエピソードでも有名な人物です。小式部内侍のほか、相模〈源頼光《よりみつ》の養女〉や大弐三位〈紫式部【57番】の娘〉らとも親交がありました。

この歌は、映画のワンシーンに出てきそうな風景

親子関係の重要性や女流歌人・後鳥羽院の鎮魂

秀逸な作品として選歌

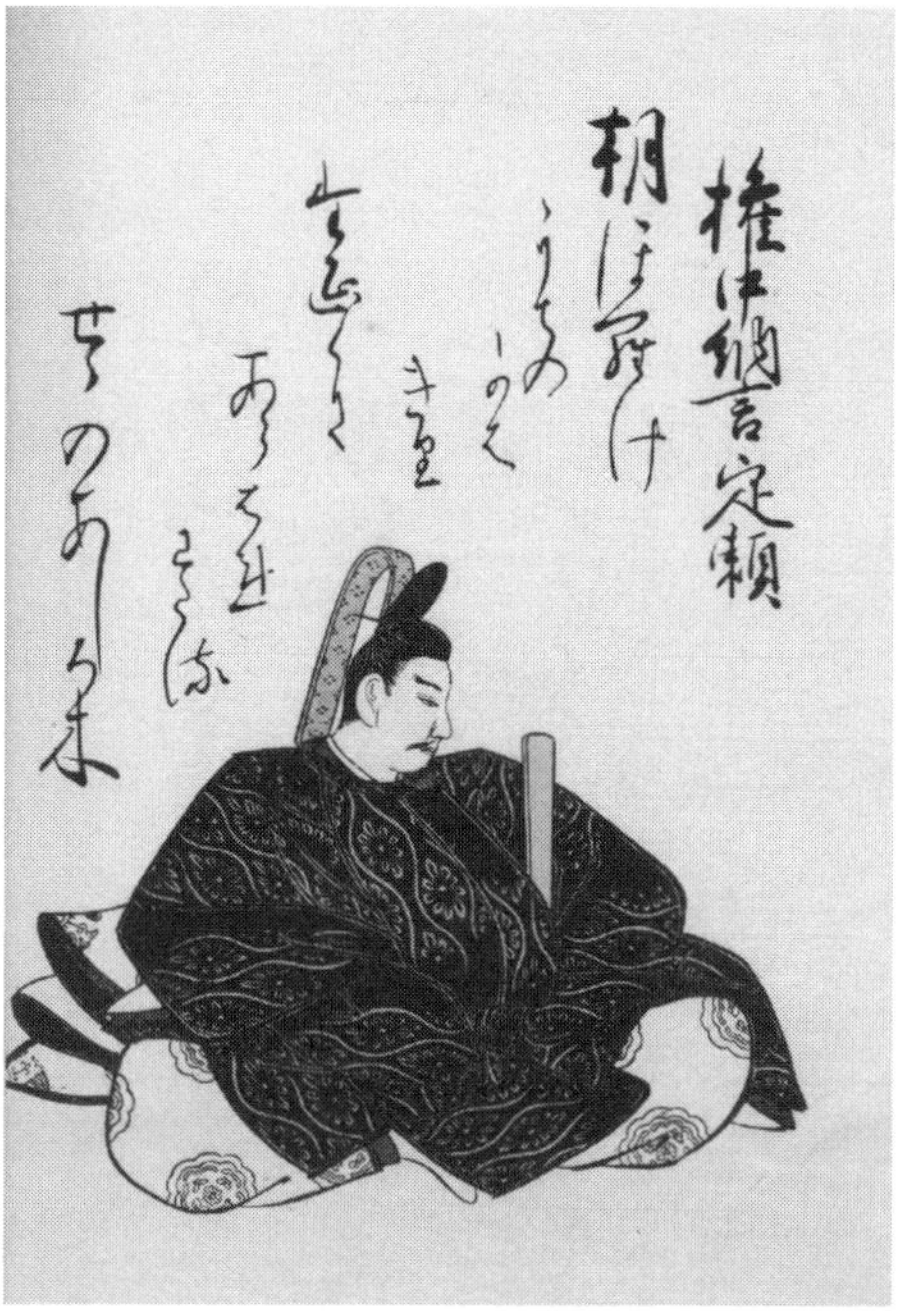

権中納言定頼（藤原定頼）

をみごとに詠んでいます。『万葉集』にある柿本人麻呂【3番】の歌「もののふの 八十《や そ》氏河《うじがわ》の 網代木に いざよふ波の 行く方知らずも」を〝本歌取り〟にしているともいわれます。ただ、人麻呂の歌は無常観があとを引く歌なのに対し、定頼の歌は美しい絵画の世界であり、まったく別物に昇華させた作品といえるのではないでしょうか。

ちなみに網代とは、冬に氷魚《ひお》（鮎の稚魚）を獲る仕掛けのことで、川の浅瀬に杭（網代木）をV字型に打ち、その端に簀《す》をあてて魚を獲る漁法です。平安時代は宇治川の風物詩でした。

定家は百人一首に定頼という恋多き歌人の〝恋の歌〟は選ばず、あえてこの歌を選び、2首の派生歌を詠んでいます。「夜をこめて 朝たつ霧の ひまひまに たえだえ見ゆる 瀬田の長橋」「霧はるる 浜名の橋の たえだえに あらはれわたる 松のしき浪」の2首です。

選歌の理由は、文句なしにすばらしく、定家の好みだったからでしょう。定家は心から100首のなかの1首としたいと思って選んだのだと推理します。

【65番】相模《さがみ》

後鳥羽院の名を惜しむ鎮魂歌

恨《うら》みわび　ほさぬ袖《そで》だに　あるものを
恋《こひ》に朽《く》ちなむ　名《な》こそ惜《を》しけれ

通釈

あなたを恨むことに疲れ、涙で乾く暇もないほど常に濡れそぼっている私の袖が朽ちていくことさえ口惜しいのに、ましてや恋のために私の評判が朽ちるのは口惜しくてなりません。

作者伝

998年ごろ～1061年ごろ。実父は不詳で、源頼光〈摂津源氏〉の養女。妍子《けんし》〈三条天皇【68番】の中宮〉に仕え、藤原定頼【64番】と恋仲になるが、大江公資《きんより》〈相模守〉に強引に妻にされたという。相模国〈神奈川県〉から京へ戻ると、離婚して宮廷に出仕した。

相模は、酒呑童子《しゅてんどうじ》討伐や土蜘蛛《つちぐも》退治の説話で知られる源頼光の養女です。10代のころに橘則長《のりなが》〈清少納言【62番】の子〉と結婚しますが、まもなく離別し、妍子〈三条天皇の中宮〉に仕えました。後夫となった大江公資が相模守だったことから、「相模」の女房名で呼ばれます。藤原定頼と恋仲でしたが、公資が強引に妻にしたといわれ、相模国〈神奈川県〉へ随行したものの結婚生活は破綻《はたん》し、京へ戻ると離婚し

親子関係の重要性や女流歌人・後鳥羽院の鎮魂

後鳥羽院の名を惜しむ鎮魂歌

相模

ました。その後、脩子《しゅうし》内親王〈一条天皇の皇女〉のもとへ出仕しています。

百人一首に選ばれたこの歌は、永承《えいしょう》6年(1051)の内裏歌合において、「恋」のお題で詠んだものです。終わりゆく恋に未練を持つ女心が伝わってくるような内容であり、相模はこの歌で対戦相手の源経俊《つねとし》〈右近少将〉に勝利しています。

じつは、相模と周防内侍【67番】の歌は、「名こそ惜しけれ(名が汚されたり、あらぬ噂が立ったりすることが悔しい)」でつながっています。また、恋仲だった定頼に関しては、その父親である公任【55番】の歌の「名こそ」で間接的につながっているのです。

このようなことから、定家が相模および周防内侍の歌を選んだのは、「後鳥羽院の名を惜しむ」という意味を内包しているためだと考えます。そして、前述のように公任の歌の「名こそ(の滝)」を「名古曽の関」と関連づけるなら、「逢いたくても逢えない」という結界があることを悔しく思い、後鳥羽院へのラブレターとして選歌したのではないでしょうか。

【66番】前大僧正行尊《さきのだいそうじょうぎょうそん》

後鳥羽院の孤独に寄り添う鎮魂歌

もろともに　あはれと思《おも》へ　山桜《やまざくら》
花《はな》よりほかに　知《し》る人《ひと》もなし

通釈

山桜よ、私がおまえを愛《いとお》しく思うように、おまえも私を愛しく思っておくれ。こんな山奥では、おまえのような花以外に私の気持ちをわかってくれる相手もいないのだから。

作者伝

1055年～1135年。源基平《もとひら》〈参議〉の子で、三条天皇【68番】の曾孫にあたる。園城寺《おんじょうじ》(三井寺《みいでら》)の長吏《ちょうり》を経て、天台座主《てんだいざす》や大僧正を歴任。白河天皇・鳥羽天皇・崇徳天皇【77番】のもと、加持祈禱《かじきとう》で病や物の怪などを除く護持僧《ごじそう》として活躍した。

三条天皇の曾孫にあたる行尊は、12歳で園城寺(三井寺)に出家して密教を学びました。17歳のときに園城寺を出て、大峰山《おおみねさん》・葛城山《かつらぎさん》・熊野など各地の霊場で修行して修験道《しゅげんどう》を体得します。のちに園城寺の長吏、天台座主、法務大僧正、平等院大僧正などを歴任しました。また、鳥羽天皇の護持僧となり、白河院〈鳥羽天皇の祖父〉や待賢門院《たいけんもんいん》〈鳥羽天皇の中宮〉の病気平癒・物の怪調伏《ちょうぶく》などで功績を上げ、験力無双

親子関係の重要性や女流歌人・後鳥羽院の鎮魂

後鳥羽院の孤独に寄り添う鎮魂歌

前大僧正行尊

の高僧として朝廷の尊崇を受けたのです。

ちなみに護持僧とは、天皇や皇族を病・物の怪などから護るために、内裏の清涼殿に勤めた僧侶のことです。桓武天皇の時代に設けられ、延暦寺・東寺・園城寺の高僧から選ばれました。護持僧が神仏に加護を求めて祈る加持祈禱は、平安時代に天皇や貴族が盛んに実施したようです。たとえば、彰子〈一条天皇の中宮〉の出産の際には、五大明王《ごだいみょうおう》を本尊とした物の怪調伏の加持祈禱が行われています。

百人一首に選ばれたこの歌は、第5代勅撰集『金葉《きんよう》和歌集』の詞書に「大峯《おほみね》にて思ひがけず桜の花の咲きたりけるを見てよめる」とあります。つまり、大峰山(奈良県)での修行中に詠んだ歌です。

定家がこの歌を選んだ理由は、霊験あらたかな当代随一の験力を持つ大僧正に「後鳥羽院の帰還に関してご利益がありますように」と願ったからだと考えます。それと同時に、隠岐島にいる後鳥羽院に対して「愛しく寄り添っていますヨ！」とアピールすることで、その孤独を慰めたのではないでしょうか。

【67番】周防内侍《すおうのないし》（平仲子《たいらのちゅうし》）

後鳥羽院の名を惜しむ鎮魂歌

春《はる》の夜《よ》の　夢《ゆめ》ばかりなる　手枕《たまくら》に
かひなく立《た》たむ　名《な》こそ惜《を》しけれ

通釈

あなたが戯れに差しだした短い春の夜の夢みたいな一時ばかりの手枕のせいで、つまらない浮き名が立ってしまうことが口惜しいのです。

作者伝

1037年ごろ～1110年ごろ。平棟仲《むねなか》〈周防守《すおうのかみ》〉の娘。後冷泉天皇の内侍として出仕し、後三条・白河・堀河の計4天皇に仕えた。多くの歌人たちと交流し、歌会などでも活躍。『栄花物語』続編の作者のひとりと考えられている。

周防内侍は、父の官名から「周防」を、自身の官名から「内侍」をそれぞれ取って呼ばれた女房名です。後冷泉・後三条・白河・堀河の計4天皇に女官として仕えました。歴史物語『栄花物語』続編の作者のひとりと想定されます。ちなみに、『栄花物語』正編の作者と考えられているのは赤染衛門【59番】です。

この歌は第7代勅撰集『千載《せんざい》和歌集』の詞書によれば、次のような状況で詠まれたそうです。旧暦2月

親子関係の重要性や女流歌人・後鳥羽院の鎮魂

後鳥羽院の名を惜しむ鎮魂歌

周防内侍（平仲子）

の月夜に二条院に人が集まっておしゃべりをしていたとき、かたわらで寄《よ》り臥《ふ》していた周防内侍が「枕があったらいいのに」とつぶやきました。すると、すかさず藤原忠家《ただいえ》〈道長の孫〉が「これを枕に」と自分の腕《かいな》を御簾《みす》の下から差しだしてきたので、周防内侍はとっさにこの歌を詠んでお断りをしたということです。

定家がこの歌を選んだ理由は、基本的には相模【65番】の歌と同じく、「後鳥羽院の名を惜しむ歌」という意味を内包しているからだと考えます。また、小式部内侍【60番】の「大江山……」の歌と同様に当意即妙の秀逸な歌として、定家が歌論の観点から高く評価したからではないでしょうか。その証拠として、定家は「こぞもさぞ ただうたた寝の 手枕に はかなくかへる 春の夜の夢」という派生歌を詠んでいます。

さらに、藤原公任【55番】の歌の「名こそ（の滝）」を「名古曽の関」と関連づけるならば、定家は「逢いたくても逢えない」という結界があることに悔しさを感じて、後鳥羽院へのラブレターとしてこの歌を選んだ可能性も考えられるでしょう。

【68番】三条院《さんじょういん》（三条天皇《さんじょうてんのう》）

退位を強要された三条院の鎮魂

心《こころ》にも　あらで憂《う》き世《よ》に　ながらへば
恋《こひ》しかるべき　夜半《よは》の月《つき》かな

通釈

私の意に反して、このつらい世に生きながらえるのならば、そのときはさぞかし恋しく思いだすに違いありません、今宵《こよい》の月の美しさを。

作者伝

976年～1017年。第67代天皇。冷泉天皇の皇子で、母は藤原超子《ちょうし》〈道長の姉〉。25年間も皇太子を務め、ようやく36歳で即位。外孫の早期即位をもくろむ道長に退位を迫られて、わずか5年で後一条天皇〈一条天皇と彰子の子〉に譲位した。

三条天皇は、藤原道長の甥にあたります。一条天皇の時代の東宮（皇太子）を25年間も務め、36歳のときに念願の即位を果たしました。ところが、自分の外孫を早く天皇にしたい道長によって退位を迫られます。眼病が悪化したこともあって、三条天皇は不本意ながらわずか5年で道長の外孫にあたる後一条天皇に譲位し、その翌年に失意のうちに崩御しました。

この歌は、『後拾遺和歌集』の詞書に「例ならずおは

親子関係の重要性や女流歌人・後鳥羽院の鎮魂

退位を強要された三条院の鎮魂

三条院（三条天皇）

しまして、位など去らんとおぼしめしける頃、月の明かりけるを御覧じて」とあります。つまり、この歌は心ならずも退位を考えている際に詠んだのです。

定家が百人一首にこの歌を選んだ理由は、「三条院の怨霊鎮魂」を企図したからだと考えます。というのも、三条天皇は藤原氏の理不尽な要求によって退位させられた恨みがあるうえ、院になってすぐに憤怒《ふんぬ》のなかで崩御したので、怨霊化する可能性が非常に高かったからです。いわば、藤原氏の摂関政策の犠牲となった天皇で、藤原基経によって廃位させられた陽成院【13番】と似た境遇だったと言えましょう。

当然ながら、「心ならずも隠岐島に流されたことで怨霊化が予想される後鳥羽院の鎮魂」という目的もあったのではないでしょうか。

この歌の派生歌として、定家は「明けぬとも なほ面影に たつた山 恋しかるべき 夜半の空かな」を、後鳥羽院は「秋もいなば 恋しかるべき 今夜かな たのめかおきし 有明の月」をそれぞれ詠んでいます。両者ともに、気になる1首だったことがわかります。

【69番】能因法師《のういんほうし》

後鳥羽院の帰還を願う鎮魂歌

嵐《あらし》吹《ふ》く　三室《みむろ》の山《やま》の　もみぢ葉《ば》は
龍田《たつた》の川《かは》の　錦《にしき》なりけり

通釈

嵐が吹き散らした三室山の紅葉の葉が、龍田川の川面を鮮やかに埋め尽くしている光景は、まるで美しい錦織物のようでありました。

作者伝

988年～1050年ごろ。橘忠望《ただもち》〈近江守〉の子で、俗名は橘永愷《ながやす》。文章生（大学寮で漢詩文や史書を学ぶ学生）だったが、26歳で出家。藤原長能《ながとう》〈藤原道綱母【53番】の弟〉に師事して歌道を追究し、全国を行脚して多くの旅の歌を詠んだ。

能因法師は、俗名を橘永愷といいます。摂津国古《こ》曾部《そべ》（大阪府高槻市）に住んだので、「古曾部入道」と呼ばれました。全国を行脚して詠歌に励みながら、宮中の歌会にも多く参加し、藤原公任【55番】・大江嘉言《よしとき》・相模【65番】・源道済《みちなり》らと交流しています。

この歌に登場する三室山は、奈良県生駒郡斑鳩町にある標高約82メートルの小高い山です。その山頂には、能因法師の供養塔とされる五輪塔があります。

親子関係の重要性や女流歌人・後鳥羽院の鎮魂

後鳥羽院の帰還を願う鎮魂歌

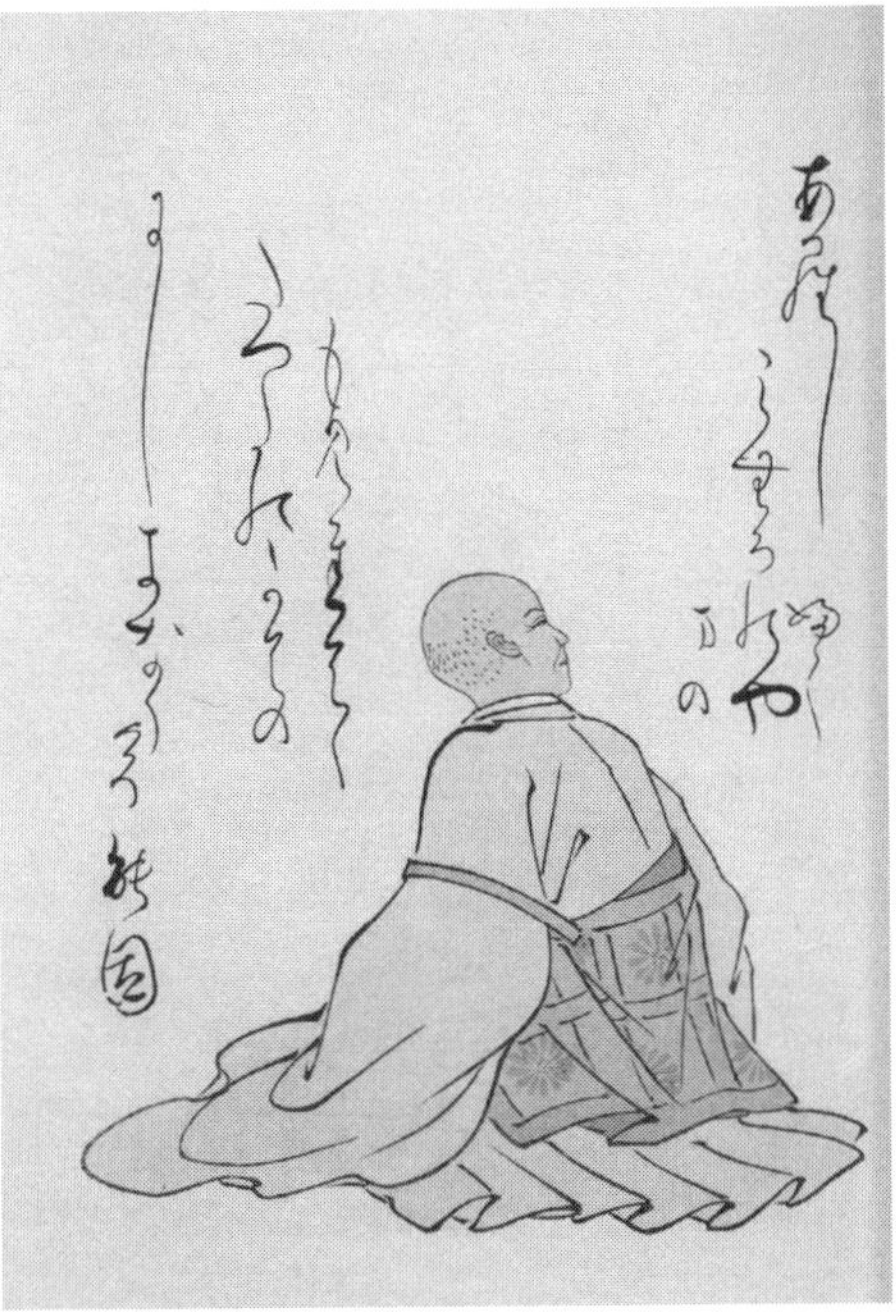

能因法師

この歌は鮮やかな秋の風景が目に浮かびますが、じつは歌合で詠まれたもので、実景を眺めながら詠んだものではありません。そもそも地理的に、三室山の紅葉が龍田川に浮かぶことは考えにくいといわれます。ただ、歌合の場においては、フィクションであるからこその究極の華やかさがウケたのではないでしょうか。

百人一首にはこの歌に類似する作品として、在原業平【17番】の「ちはやぶる……」と、菅原道真【24番】の「このたびは……」の2首があります。能因法師の歌は、業平が詠んだ場所とほぼ同じ地域の秋の風景を表現しています。いわゆる、後鳥羽院の都落ちのスタート地点です。

定家がこの歌を百人一首に選んだのは、業平や道真の歌と同様に「後鳥羽院がこの地に帰還してほしい」と願ったからだと考えます。定家はやはりこの歌にも、後鳥羽院への鎮魂を仕掛けたのではないでしょうか。もちろんそれと同時に、定家から後鳥羽院へのラブレターという意味合いも込めたと思われます。

【70番】良暹法師《りょうぜんほうし》

寂寥《せきりょう》の美から後鳥羽院を鎮魂

さびしさに　宿《やど》を立《た》ち出《い》でて　ながむれば
いづこも同《おな》じ　秋《あき》の夕暮《ゆふぐ》れ

通釈

さびしさのあまり、たまらず庵を出てあたりを見渡してみると、どこも同じようなさびしい秋の夕暮れであることよ。

作者伝

?〜1064年ごろ。出自・経歴・俗名など不明な点が多い比叡山延暦寺の僧侶。当時は天台宗の末寺だった祇園社《ぎおんしゃ》(八坂神社)の別当(長官)を務め、のちに大原(京都市左京区)に隠棲。晩年は雲林院(京都市北区)に住んだといわれる。

良暹法師は、天台宗の祇園社(祇園感神院《かんしんいん》)の別当でした。祇園社は、祇園祭(祇園御霊会《ごりょうえ》)で有名な現在の八坂神社(京都市東山区)のことです。

良暹法師は、晩年は大原に庵を構えて隠棲していたようです。第6代勅撰集『詞花《しか》和歌集』の詞書に「大原に住みはじめる頃、俊綱《としつな》朝臣のもとへいひつかはしける」とあり、「大原や　まだすみがまも　ならはねば　わが宿のみぞ　けぶりたえたる」という歌を詠んでいます。炭焼きで有名な大原にあってもまだ炭窯《すみがま》がなく、自分の家からだけ煙が出ないほど窮乏している状況

親子関係の重要性や女流歌人・後鳥羽院の鎮魂

寂寥の美から後鳥羽院を鎮魂

良暹法師

を訴えているのでしょう。なお、俊綱朝臣とは、藤原頼通〈道長の子〉の次男である橘俊綱のことです。

　百人一首に選ばれたこの歌は、秋の夕暮れにおける「寂寥の美」をみごとに詠んだ名歌で、後世において〝三夕《さんせき》の歌〟の先駆けをなすような1首といわれます。ちなみに〝三夕の歌〟は、寂蓮《じゃくれん》法師【87番】の「さびしさは その色としも なかりけり 槇立つ山の 秋の夕暮れ」、西行法師【86番】の「心なき 身にもあはれは 知られけり 鴫《しぎ》立つ沢の 秋の夕暮れ」、定家【97番】の「見渡せば 花も紅葉も なかりけり 浦の苫屋《とまや》の 秋の夕暮れ」の3首です。

　定家がこの歌を選んだ理由は、当然ながら歌の秀逸さを評価したからだと考えます。それと同時に、「隠岐島にいる後鳥羽院も行在所を出て、同じ秋の夕暮れを見ておられるのでしょうね」という鎮魂の意味合いを持たせたのではないでしょうか。加えて、「あなたに寄り添っていますよ」というメッセージを込めた後鳥羽院へのラブレターとしての側面も強いのではないかと思われます。

【71番】大納言《だいなごん》経信《つねのぶ》（源経信《みなもとのつねのぶ》）

天智天皇と後鳥羽院の鎮魂

夕《ゆふ》されば　門田《かどた》の稲葉《いなば》　おとづれて
葦《あし》のまろやに　秋風《あきかぜ》ぞ吹《ふ》く

通釈

夕方になると、家の門前に広がる田んぼの稲葉がそよそよと音を立てはじめ、その秋風が葦でつくった仮小屋の内部まで吹いてきます。

作者伝

1016年〜1097年。源道方《みちかた》〈権中納言〉の子。源俊頼【74番】の父で、俊恵法師【85番】の祖父。別荘を桂《かつら》（京都市西京区）に構えたことから「桂大納言」とも。和歌・漢詩・管弦にすぐれ、「三舟の才」の持ち主として藤原公任【55番】と並び称された。

源経信は詩歌・管弦・蹴鞠・香道などに秀でた人物で、琵琶は「桂流《かつらりゅう》」の祖とされます。月の名勝地である桂に居を構えたことから、「桂大納言」とも呼ばれました。大納言を経て、79歳にして大宰権帥《だざいのごんのそち》（大宰府の長官代理）に任官され、赴任先で亡くなっています。

この歌は、源師賢《もろかた》〈経信の親戚〉の梅津（京都市右京区）の山荘に親しい仲間が集まって歌会を開いたと

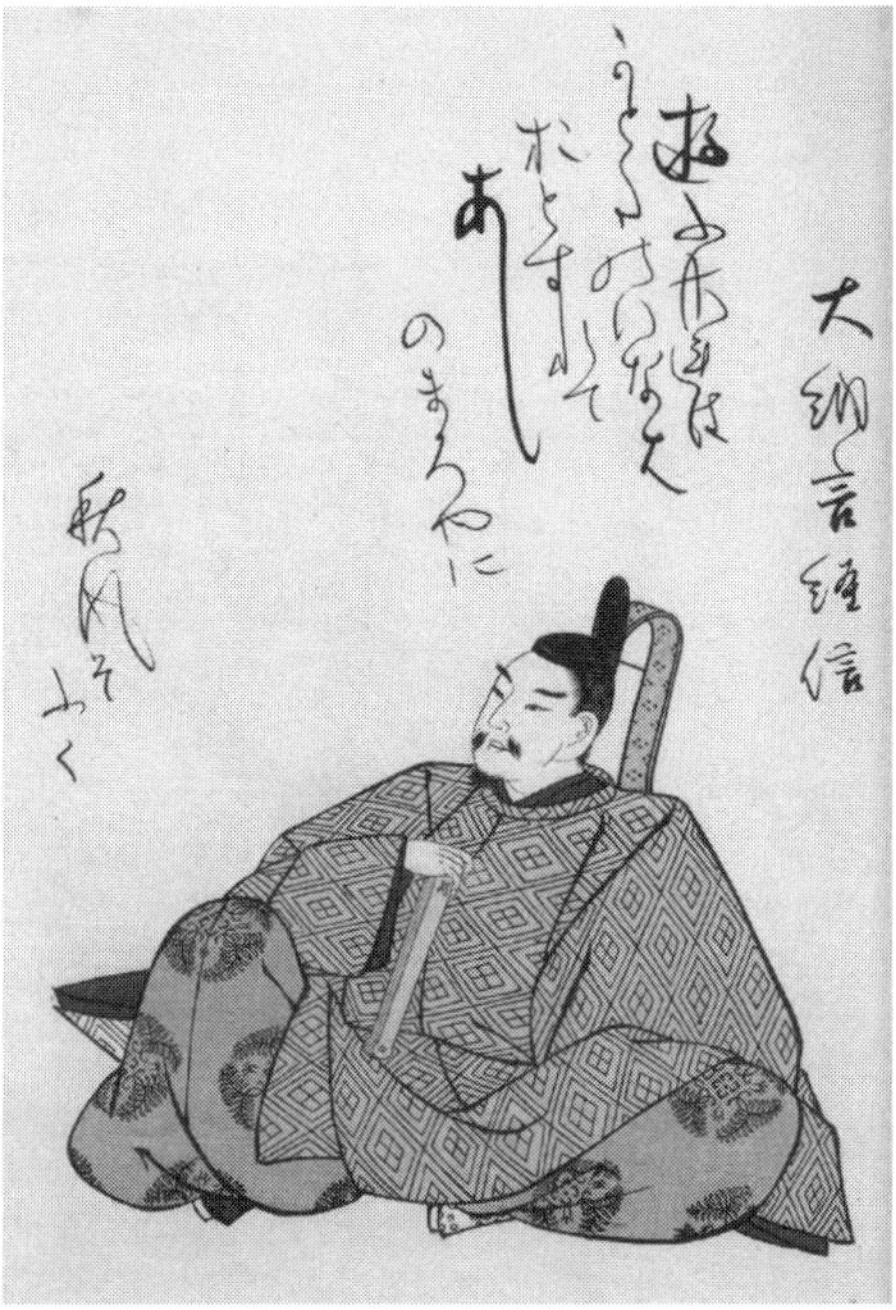

大納言経信（源経信）

きに、経信が「田家《でんか》の秋風（田舎の家に吹く秋風）」というお題で詠んだものです。風の音や流れがありありとイメージされる光景のなかには、秋の夕暮れにつきものの寂寥感はほとんどありません。そういう意味では、新しい視点を持った歌といっても過言ではないでしょう。

定家が百人一首にこの歌を選んだ理由は、もちろん「秀逸な秋の歌」だからでしょうが、それと同時に「天智天皇【1番】の怨霊鎮魂」という側面もあると考えます。なぜなら、風通しの良過ぎる仮小屋の秋の情景を詠んだこの歌は、天智天皇の歌「秋の田の……」との類似性があるからです。定家は、百人一首の1首目に「天智天皇の怨霊鎮魂」を願う歌を掲げており、それに呼応する歌なのではないかと推理しています。

当然ながら、隠岐島にいる後鳥羽院の〝仮廬《かりほ》の庵《いほ》〟も想定して「後鳥羽院の怨霊鎮魂」の意味合いも内包しているはずです。定家は「後鳥羽院に寄り添っています」という思いを伝えるメッセージも兼ねて、この歌を選んだ可能性が高いのではないでしょうか。

【72番】祐子内親王家紀伊《ゆうしないしんのうけのきい》

天智天皇と後鳥羽院の鎮魂

音に聞《き》く　高師《たかし》の浜《はま》の　あだ波《なみ》は
かけじや袖《そで》の　濡《ぬ》れもこそすれ

通釈

有名な高師の浜(大阪府堺市・高石市)にいたずらに立つ波のように、浮気者で名高いあなたの言葉など、心にかけるつもりはありません。うっかりしたら、私の袖が波で濡れるように、涙で濡れてしまいますから。

作者伝

生没年不詳。平経方《つねかた》〈民部大輔〉の娘といわれ、藤原重経《しげつね》〈紀伊守《きいのかみ》〉の妻または妹とされる。一宮紀伊《いちのみやのきい》、紀伊君《きいぎみ》とも。母の小弁《こべん》が祐子内親王〈後朱雀天皇の皇女〉に仕えた関係で、娘も同家に出仕したが、それ以外のことはよくわかっていない。

祐子内親王家紀伊は、出仕した家名から「祐子内親王家」を、親族の官名から「紀伊」をそれぞれ取って呼ばれた女房名です。祐子内親王は後朱雀天皇の皇女で、歌合を盛んに催すなど一大サロンを形成し、紀伊のほか小弁(祐子内親王家小弁)〈紀伊の母親〉や菅原孝標女〈『更級日記』の作者〉らが仕えたことでも知られます。つまり、小弁と紀伊は母娘で祐子内親王家に出仕していたということです。

親子関係の重要性や女流歌人・後鳥羽院の鎮魂

天智天皇と後鳥羽院の鎮魂

祐子内親王家紀伊

この歌は、『金葉和歌集』の詞書に「堀川院の御時の艶書合《けさうぶみあはせ》に読める」とあります。艶書合とは「恋歌の優劣を競う試合」のことで、そのときの対戦相手が藤原俊忠《としただ》〈道長の曾孫〉でした。俊忠が詠んだのが「人しれぬ 思ひありその 浦風に 波のよるこそ 言はまほしけれ、（人知れずあなたへの恋心があることを、荒磯の浦風で波が打ち寄せるように、夜にあなたに打ち明けたいものです）」という歌です。これと勝負をしたのが、紀伊のこの歌でした。鮮やかな切り返しで、紀伊の歌のほうが一枚も二枚も上をいっています。

定家がこの歌を選んだ理由は、基本的には歌合における名歌の見本として賞賛したからでしょう。ただ、裏の意図としては、「袖の濡れもこそすれ」を直前に配置された源経信【71番】の「葦のまろや」と関連させて、天智天皇【1番】の「わが衣手は露にぬれつつ」へと誘導し、〝天智天皇の怨霊鎮魂〟を仕掛けているものと考えます。それと同時に、後鳥羽院が仮住まいしている隠岐島の浜に「あだ波」が立たないことを祈願する意味も込めたのではないでしょうか。

【73番】前中納言匡房《さきのちゅうなごんまさふさ》（大江匡房《おおえのまさふさ》）

遠方にいる後鳥羽院の鎮魂

高砂《たかさご》の　尾《お》の上《へ》の桜《さくら》　咲《さ》きにけり
外山《とやま》の霞《かすみ》　たたずもあらなむ

通釈

高い山の峰の桜が咲いたなぁ。その桜が見えなくなっては残念なので、里山の霞よ、どうか立たないでおくれ。

作者伝

1041年～1111年。大江成衡《なりひら》〈大学頭《だいがくのかみ》〉の子で、匡衡と赤染衛門【59番】の曾孫。幼いころから神童の誉れ高く、その学才は菅原道真【24番】と並び称される。後三条天皇の皇太子時代に学問を教え、即位後はブレーンとして重用された。

学問の家に生まれた大江匡房は、幼いころから神童の誉れ高く、4歳で書を読み、8歳で漢詩に通じ、11歳で詩を詠んだといわれます。後三条・白河・堀河の3天皇が皇太子時代に学問を教えていたことで信頼を得て、中流階級の家柄としては異例の出世を遂げました。とくに藤原氏を外戚に持たない後三条天皇が、天皇中心の親政「延久《えんきゅう》の善政」を遂行するにあたってブレーンとして重用したのが匡房です。

この歌は、『後拾遺和歌集』の詞書に「内のおほいまうちぎみの家にて、人々酒たうべて歌よみ侍りける

前中納言匡房（大江匡房）

に、遥かに山桜を望むといふ心をよめる」とあります。要するに、酒宴の席で遠方の桜を想像して詠んだ歌だということです。

想像上なので臨場感がなく、内容的にも秀逸とは言い難《がた》いのですが、視点の置き方に工夫を凝らした歌だと言えましょう。通常ならば近景から遠景へ視点が移動しますが、この歌ではまず遠景の桜を認識させ、その桜が見えるように近景の山に霞がかからないことを願う構成になっています。

定家がこの歌を百人一首に選んだ理由は、こうした視点の斬新さと構成の意外性を評価したからではないでしょうか。それと同時に、隠岐島にいる後鳥羽院に対しても、まず「遠方にいる後鳥羽院」に焦点をあてていることをアピールし、「桜が咲くという吉報（京への帰還）」を想像して、そのあいだにある近景の山に「霞が立たないように（暗雲が漂わないように）」と願う意味を込めたのかもしれません。この歌も「後鳥羽院の怨霊鎮魂」のために、定家があえて選んだと考えます。

【74番】源俊頼朝臣《みなもとのとしよりあそん》

隠岐の好天祈願

憂《う》かりける　人《ひと》を初瀬《はつせ》の　山《やま》おろしよ
はげしかれとは　祈《いの》らぬものを

通釈

つれないあの人が私になびくように初瀬の観音さまに祈りましたが、初瀬山の山おろしよ、こんなに激しく吹けとは祈っていませんよ。あの人は山おろしのように、ますます私に冷たくあたるばかりではないですか。

作者伝

1055年～1129年。源経信【71番】の子。俊恵法嗣【85番】の父にあたる。白河院の勅命により『金葉和歌集』を撰集。藤原基俊【75番】とともに当代歌壇の権威となった。保守派の基俊に対し、革新的な歌を詠むことで知られた。

源俊頼は、堀河院の近習《きんじゅ》の楽人《がくにん》となり、藤原俊成【83番】・藤原公実《きんざね》・源国信《くにざね》らのメンバーで構成された「堀河院歌壇」の中心歌人として活躍しました。白河院の勅命で『金葉和歌集』を編纂し、多くの歌合で判者を務めましたが、最終官位は木工頭《もくのかみ》であり、大納言に至った父の経信と比べると不遇でした。

この歌は、『千載和歌集』の詞書に「権中納言・俊忠家に恋十首歌よみ侍りける時、祈れども逢はざる恋

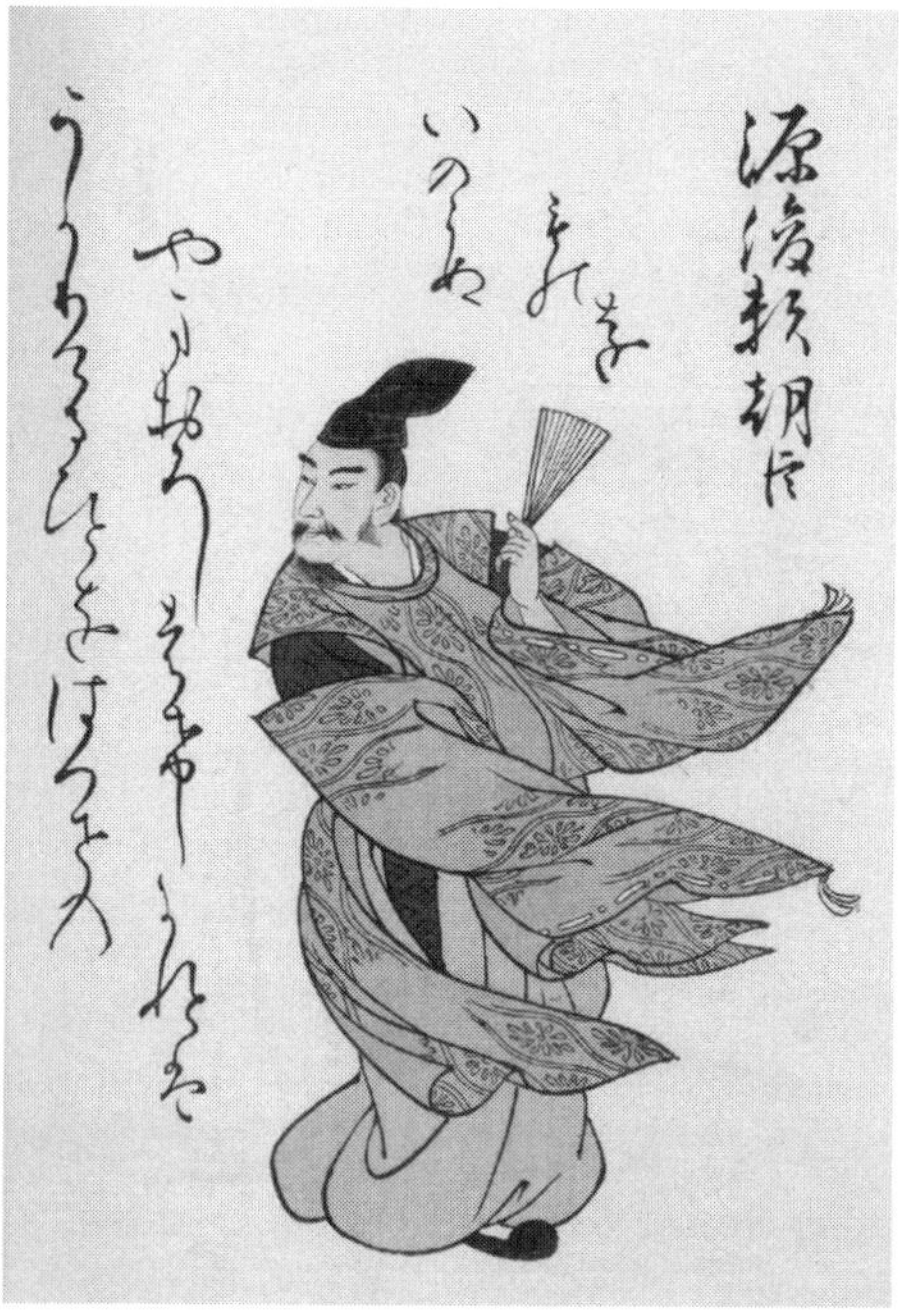

源俊頼朝臣

といへる心をよめる」とあります。要するに、藤原俊忠〈道長の曾孫〉の家で恋歌を10首つくった際に、「神仏に祈ったけれども、叶わなかった恋」というお題で詠んだということです。

定家がこの歌を百人一首に選んだ表向きの理由は、歌合における当意即妙の秀作だったからでしょう。この歌に登場する「初瀬」とは、現在の奈良県桜井市初瀬《はせ》にある長谷寺のことです。平安時代は長谷寺を参詣することを「初瀬詣《はつせもう》で」といい、本尊の十一面観音に恋の成就を祈願する風習が広まりました。

それと同時に、定家は裏の意図として、俊頼が高名な歌人であったにもかかわらず、官位に恵まれなかったことから、「俊頼への怨霊鎮魂」の意味を込めたと考えます。その証拠に、定家は「けふこそは　秋のはつせの　山颪《やまおろし》に　すずしくひびく　鐘の音かな」という鎮魂の意味がこもった派生歌を詠んでいます。

そして後鳥羽院に対しては、「隠岐島においても、激しい山おろしが吹かないことを祈っています」という親愛のメッセージを込めたのではないでしょうか。

【75番】藤原基俊《ふじわらのもととし》

猟官運動の言い訳

契《ちぎ》りおきし　させもが露《つゆ》を　命《いのち》にて
あはれ今年《ことし》の　秋《あき》もいぬめり

通釈

あなたが約束してくれた「させも草（ヨモギ）＝頼りにしなさい」という露のような儚いお言葉を命綱としてあてにしていましたが、結局は息子の任官はなく、むなしく今年の秋も過ぎ去っていくようです。

作者伝

1060年〜1142年。藤原俊家《としいえ》〈右大臣〉の子で、道長の曾孫。名門の生まれだったが、出世には恵まれなかった。当代歌壇を牽引する保守派の代表的な歌人で、革新派の源俊頼【74番】は良きライバル。藤原俊成【83番】の歌道の師でもある。

藤原基俊は藤原氏の主流「藤原北家」の出身で、道長の曾孫にあたります。しかし、エリートにありがちな高慢さが目立ったうえ、公事にも怠惰だったため、官位には恵まれず、生涯にわたって不遇だったといわれます。

この歌は、当時の政界の最高権力者である藤原忠通【76番】への恨みと当てこすりの歌です。基俊は光覚《こうかく》〈出家した息子〉を興福寺の「維摩会《ゆいまえ》」の講師（法会《ほうえ》

親子関係の重要性や女流歌人・後鳥羽院の鎮魂

猟官運動の言い訳

藤原基俊

で経を読む役）にしてほしいと、忠通に数年来お願いし、「今年こそは私を頼りにしていなさい」と、させも草の古歌の例を引いた言葉を口にしたので、その約束をあてにしていましたが、結局は光覚の講師の任官は叶いませんでした。この歌は、基俊が落胆した親心を詠んだものなのです。

あからさまな猟官運動（官職を得ようとして、力のある人物に働きかけること）を題材にして、約束が反《ほ》故《ご》にされたことに対する恨みを詠んでいて、現代人の感覚では「こんなことを歌にしていいの？」と疑問に思うところでしょう。しかし当時は、僧侶でも官位において高位を得ることは歌にしてでも得たい目標だったのです。

定家が百人一首にこの歌を選んだ理由は、「出世できなかった多くの歌人たちに対する代表的な鎮魂の歌」として、ぜひとも採用したいと企図したからだと考えます。じつは、定家自身が自分の昇進に不満を持ち、後鳥羽院への不満を「道のべの　野原の柳　下もえぬ　あはれ嘆きの　煙くらべに（道のほとりの野原に立つ柳の下から草が芽吹いて煙るように、私の嘆きの心も燃えて煙を上げるようです）」と詠んだことがありました。当然ながら後鳥羽院の怒りを買い、定家は蟄居・謹慎を命じられたのです。

　基俊の「契りおきし……」ほどあからさまな猟官運動の歌ではありませんが、後鳥羽院の怒りを買ってしまった痛恨の歌であったことには違いありません。


思い出すたびに、「アー！」と大声をあげたい衝動に駆られたことでしょう。そういう経緯もあって、定家はこの〝あからさまな歌〟をあえて選んだ可能性が高いのではないかと推理します。それと同時に、後鳥羽院に対しては、この歌に「下々の者はこれほどまでに昇進したいのですよ！」と、あのときの言い訳を遠まわしに託したのかもしれません。

⑪ 崇徳院をメインとした鎮魂

　崇徳院【77番】は、保元《ほうげん》の乱に敗れて讃岐国（香川県）に流されました。流刑地においては仏教に帰依《きえ》し、皇室を通じて精魂込めた写経を京の寺に奉納しようとしましたが、皇室はその受け取りを拒否しました。激怒した崇徳院は「君と臣の逆転の世」を予言し、鬼の形相で崩御したといわれます。こうして崇徳院は、日本史上最大の祟り神になったのです。

　藤原忠通【76番】から待賢門院堀河【80番】までは崇徳院の関係者であり、その怨霊鎮魂を願った配置であることは明白です。また、承久の乱後に土佐国（高知県）へ流され、その後に阿波国（徳島県）移された土御門院《つちみかどいん》〈後鳥羽天皇【99番】の皇子で、順徳天皇【１００番】の兄〉に対する鎮魂歌も1首あります。

【76番】法性寺《ほっしょうじ》入道《にゅうどう》前関白《さきのかんぱく》太政大臣《だいじょうだいじん》（藤原忠通《ふじわらのただみち》）

崇徳院と後鳥羽院の鎮魂

わたの原《はら》　漕《こ》ぎ出《い》でて見《み》れば　ひさかたの
雲居《くもゐ》にまがふ　沖《おき》つ白波《しらなみ》

通釈

大海原に漕ぎだして見渡すと、はるか沖合には雲と見紛《みまが》うばかりに白波が立っています。

作者伝

1097年～1164年。藤原忠実《ただざね》〈関白〉の子。九条兼実《くじょうかねざね》〈関白〉や慈円【95番】の父。鳥羽・崇徳・近衛・後白河の4天皇の摂政や関白を務めた。保元の乱では後白河天皇方につき、父の忠実と弟の頼《より》長《なが》に勝利した。

藤原忠通は摂政・関白・太政大臣を歴任し、晩年は出家して法性寺（京都市東山区）に住んだので、「法性寺入道前関白太政大臣」と呼ばれます。白河院の怒りを買って罷免《ひめん》された忠実〈忠通の父〉の代わりに関白に就任しましたが、やがて忠実が溺愛《できあい》する頼長〈忠通の弟〉に摂政や関白の座を譲るようにと圧力をかけてきたことから、父や弟と対立しました。また、娘の聖子《せいし》〈崇徳天皇の中宮〉を差し置いて別の女房に皇子を産ませたことなどから、崇徳天皇との関係もぎくしゃくしました。そんな状況のなかで起き

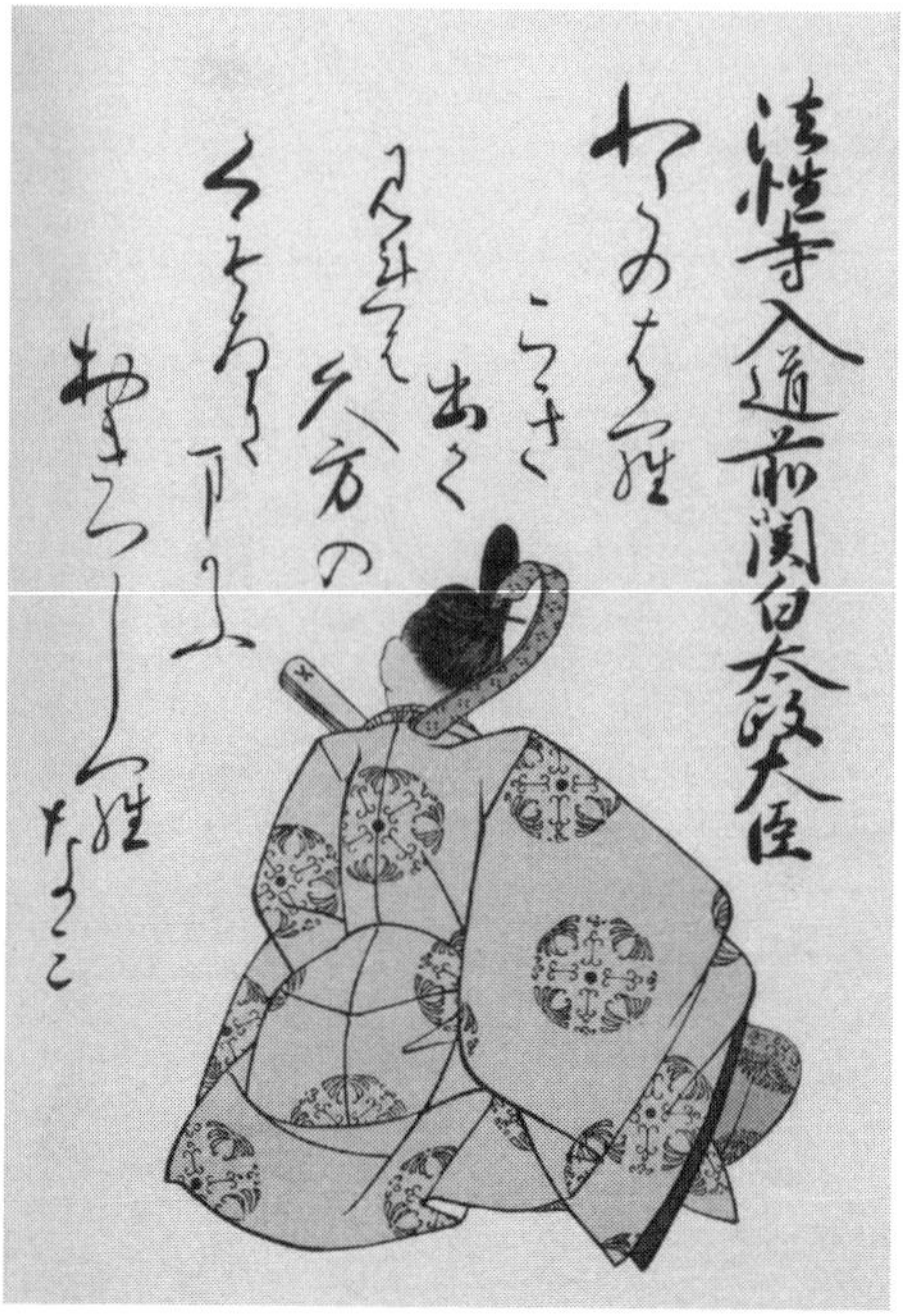

法性寺入道前関白太政大臣（藤原忠通）

た保元の乱においては、忠通は後白河天皇方に加勢し、崇徳院方についた忠実や頼長を破ったのです。

この歌は、『詞花和歌集』の詞書に「新院位におはしましし時、海上の遠望といふことをよませ給けるによめる」とあります。要するに、崇徳院が主宰する歌合において「海上の遠望」のお題で詠んだということです。ただ、これは明らかに、隠岐島に流された小野篁【11番】の歌に対応するものでしょう。また、崇徳院が乱を起こす前の歌にもかかわらず、讃岐国へ流されることを予感させるような歌です。

定家がこの歌を選んだ表向きの理由は、崇徳院から命じられて詠んだ秀作だったからだと考えます。崇徳院の歌の直前に配置したのは、もちろん「崇徳院の怨霊鎮魂」の意味を込めてのことでしょう。

その一方で、篁の歌との関連から考えれば、裏に隠された理由が見えてきます。「沖つ白波」は「隠岐つ白波」とも読み取れるからです。そういう意味では、定家が隠岐島の後鳥羽院を懐かしみ、その怨霊鎮魂までをも兼ねて、この歌を選んだと推理します。

【77番】崇徳院《すとくいん》（崇徳天皇《すとくてんのう》）

崇徳院と後鳥羽院の鎮魂

瀬《せ》を早《はや》み　岩《いわ》にせかるる　滝川《たきがわ》の
われても末《すゑ》に　逢《あ》はむとぞ思《おも》ふ

通釈

瀬の流れが速いので、立ち塞《ふさ》がる岩に当たって二手に分かれた川の水が、いずれ合流してひとつになるように、たとえあなたと別れても、またきっと逢おうと思っています。

作者伝

1119年～1164年。第75代天皇。鳥羽天皇の皇子とされるが、白河法皇と待賢門院〈鳥羽天皇の中宮〉との不倫の子とも。その疑惑から鳥羽院に冷遇され、保元の乱で弟の後白河天皇に敗れて讃岐国（香川県）へ配流。還京が叶わず、怨霊になったとされる。

崇徳天皇は鳥羽天皇の皇子とされますが、白河院〈鳥羽天皇の祖父〉と待賢門院〈鳥羽天皇の中宮〉とのあいだにできた不倫の子という噂があったようです。白河院が亡くなると、後ろ盾をなくし、鳥羽院から退位を強要されました。退位後は「新院」または「讃岐院」と呼ばれています。

やがて崇徳院と後白河天皇の権力争いや藤原摂関家の内紛などが原因で、保元の乱が起こりました。結

崇徳院をメインとした鎮魂

崇徳院と後鳥羽院の鎮魂

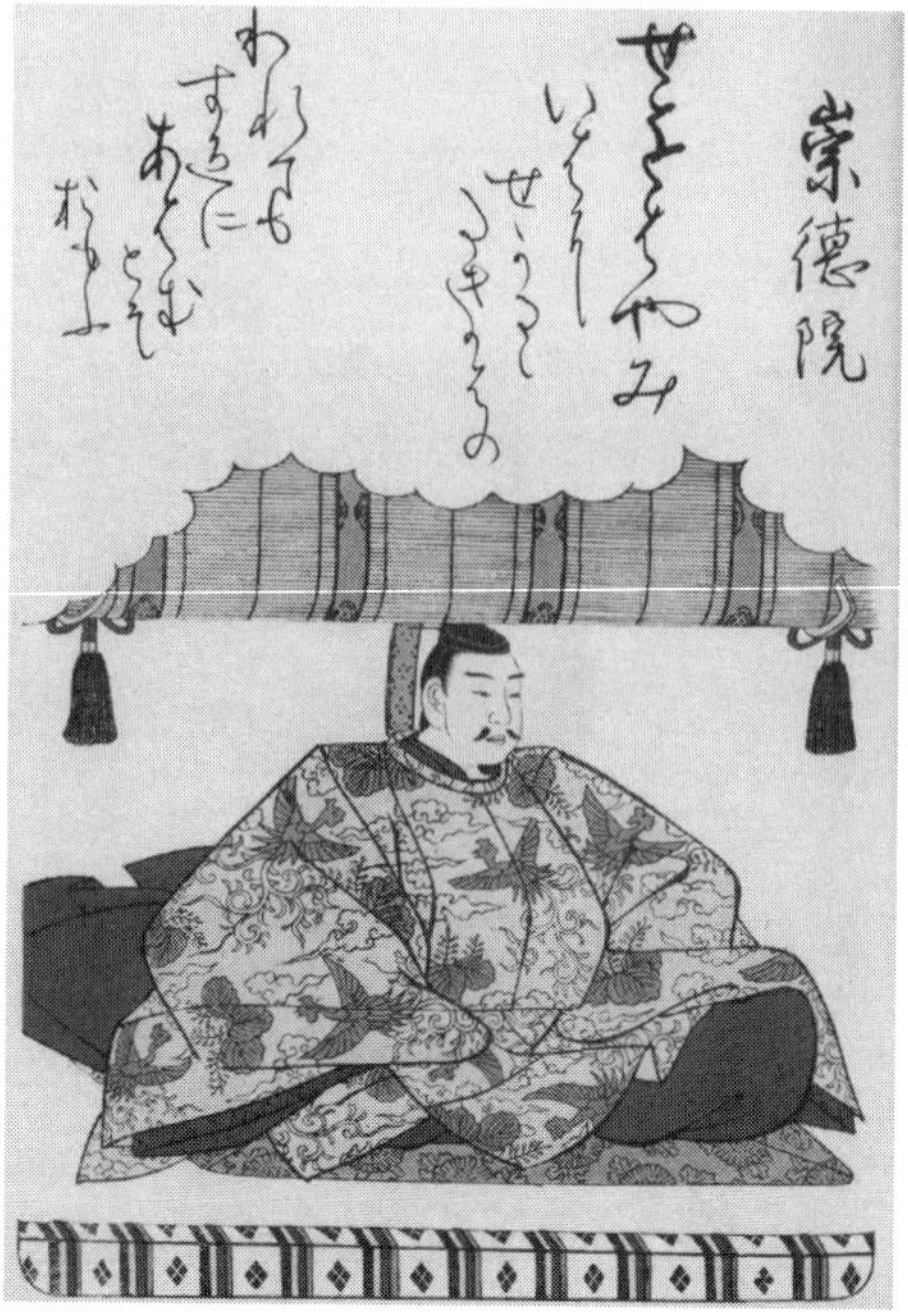

崇徳院（崇徳天皇）

果は、平清盛や源義朝らが味方した後白河天皇の陣営が勝利し、敗れた崇徳院は讃岐国へ流されます。崇徳院は戦死者の供養と反省の証《あか》しとして、皇室を通じて写経を京の寺に奉納しようとしましたが、後白河院は「呪詛が込められているのでは」と疑って拒否し、讃岐国へ送り返したそうです。これに激怒した崇徳院は自らの血で「君と臣の逆転の世」を呪詛し、爪や髪を伸ばし続けて夜叉《やしゃ》や天狗《てんぐ》のような姿になり、還京を願いながら失意のうちに崩御したといわれます。

　その死後に自然災害や戦乱が続いたため、崇徳院は「史上最大の祟り神」として恐れられました。しかも、崇徳院の呪詛のとおり、武家の天下が江戸時代まで続いたわけです。明治天皇もこの史実を意識し、約700年ぶりの王政復古にあたり、即位の前日に白《しら》峯陵《みねのみささぎ》〈崇徳院の陵墓〉（香川県坂出市）の横に建つ御影堂の「崇徳院の神像」をご神体として遷座させ、白峯神宮（京都市上京区）を創建しました。その場所は、藤原（飛鳥井《あすかい》）雅経《まさつね》【94番】の屋敷跡になります。

　ちなみに、崇道《すどう》神社・東山（五山送り火の「法」の字が刻んである)・上《かみ》御霊《ごりょう》神社・白峯神宮・晴明神社・旧御所(平安時代当初の御所)の6つの聖地が、鬼門(北東)から裏鬼門(南西)へ一直線に結ばれる結界線上に位置しています。これは天皇家の祟り神がすべてそろっている超一級の結界線なのです。京都の結界線についての詳細は、拙著『結界線で斬る日本史の謎』をご参照いただけたらと思います。また、結界線についての簡単な解説は、本書の第6章で後述します。

さて、百人一首に選ばれたこの歌は、『詞花和歌集』の恋の部に分類されており、「題知らず」として載っています。定家がこの歌を選んだ理由は、「たとえ障害があって別れても、いつの日か再会したい」という意味の裏側にある崇徳院の強い還京の思いが伝わってくるからではないでしょうか。

百人一首の藤原忠通【76番】から待賢門院堀河【80番】までは、明らかに定家が「崇徳院の怨霊鎮魂」を目的として意図的に配置していると考えます。配置順に「❶崇徳院から命じられて詠んだ歌(藤原忠通)」「❷母は待賢門院で、自身は讃岐国へ配流(崇徳院)」「❸崇徳院が流された讃岐国へとつなぐ淡路島を詠む(源兼昌)」「❹崇徳院に献じた百首歌のひとつ(藤原顕輔)」「❺待賢門院〈崇徳院の母〉とともに追放されて出家する(待賢門院堀河)」という関係でつながるからです。当然ながら、定家から後鳥羽院へのメッセージも込められているはずで、それは崇徳院を後鳥羽院に、配流地の讃岐国を隠岐島に置き換えることで見えてきます。つまり、定家は「崇徳院の怨霊鎮魂」とともに「後鳥羽院の還京祈願と怨霊鎮魂」を伝えようとしたのではないでしょうか。

浮世絵に描かれた崇徳院の歌(『百人一首之内 崇徳院』歌川国芳・画)

【78番】源兼昌《みなもとのかねまさ》

崇徳院・後鳥羽院・土御門院の鎮魂

淡路島《あはぢしま》　かよふ千鳥《ちどり》の　鳴《な》く声《こゑ》に
幾夜寝覚《いくよねざ》めぬ　須磨《すま》の関守《せきもり》

通釈

旅の途中に須磨の関の近くの宿で眠っていると、淡路島の海峡を渡ってくる千鳥の鳴く声に目を覚まされました。須磨の関守は、この声に幾晩も眠りを邪魔されたことでしょうね。

作者伝

生没年不詳。源俊輔《としすけ》〈美濃介〉の子。藤原忠通【76番】が主宰した歌合に詠出するなど、歌人として活躍したが、詳しい経歴はよくわかっていない。皇后宮《こうごうぐうの》少進《しょうじょう》になるが、官位には恵まれず、やがて出家したという。

源兼昌は宇多源氏の流れをくむ名門氏族に生まれましたが、官位には恵まれませんでした。源俊頼【74番】・藤原俊成【83番】・藤原公実・源国信らのメンバーで構成された「堀河院歌壇」のひとりとして活躍したといわれます。

この歌に詠まれた淡路島は、『古事記』の国生み神話では「日本で最初に生まれた島」であり、伊弉諾尊《いざなぎのみこと》と伊弉冉尊《いざなみのみこと》が出会った「オノコロ島」がある島だとい

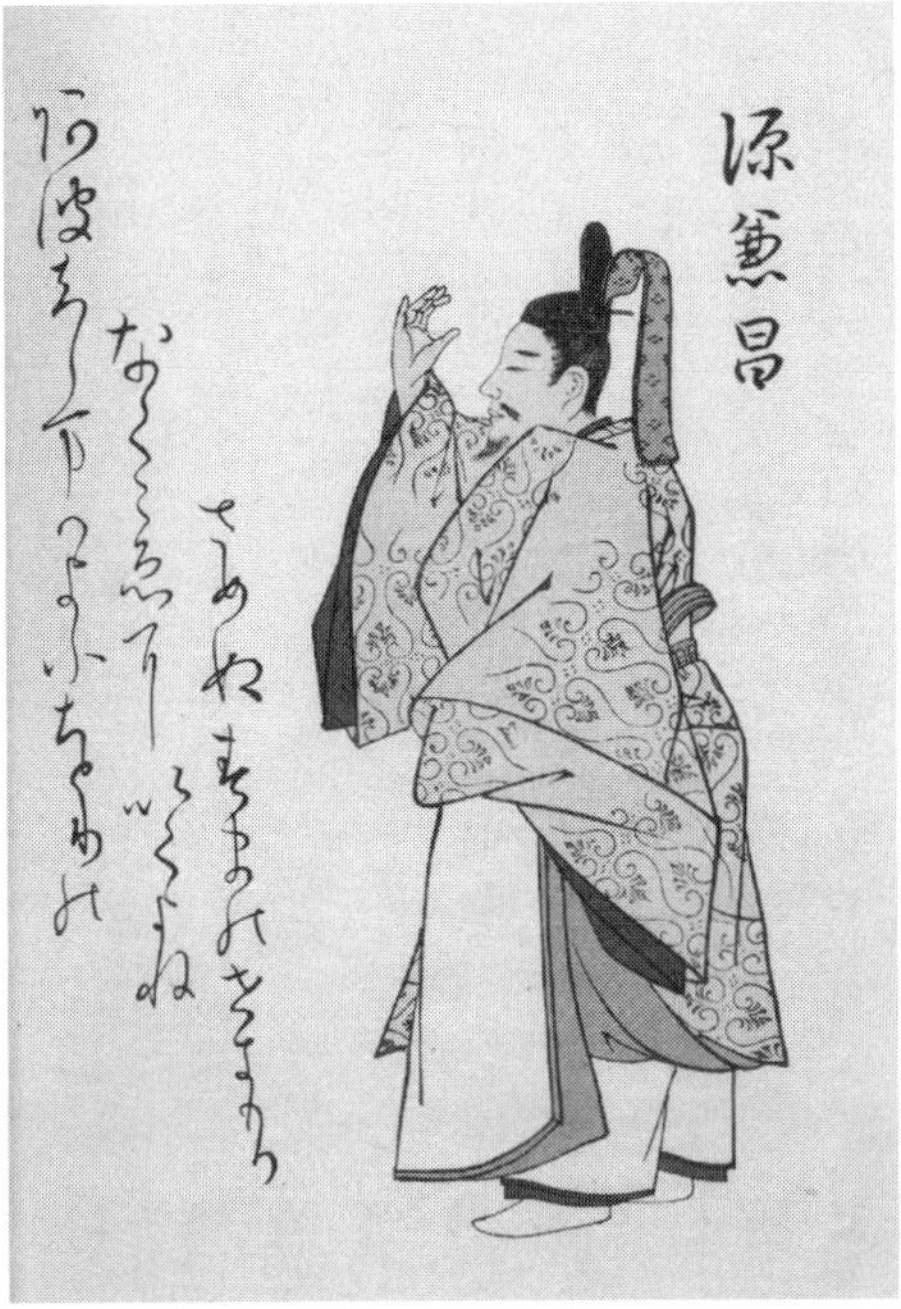

源兼昌

われます。阿波国（徳島県）の路筋にある島が語源とされ、「かよふ千島」という表現がピッタリの地勢をそなえています。

また、須磨の関は、現在の神戸市須磨区にあった関所です。平安時代の関所としては、「東（東海道）の逢坂の関」「西（山陽道）の須磨の関」といわれた重要な関所でした。

百人一首には、人の往き来を監視する「関所」を詠んだ歌が4首あります。蝉丸【10番】・藤原定方【25番】・清少納言【62番】・源兼昌の4首です。直接に関所が出てくるわけではありませんが、古代から歌枕に詠まれる「なこそ（の関）」まで加えれば、藤原公任【55番】・相模【65番】・周防内侍【67番】の計7首にもなります。これらは、いずれも「逢いたくても逢えない」という〝言霊による結界〟の役割を持たせたのだと考えます。

定家が百人一首にこの歌を選んだ表向きの理由は、秀逸な作品として高く評価していたからだと考えます。その証拠として、定家は「旅寝する　夢路は絶えぬ　須磨の関　かよふ千島の　暁の声」と「淡路島　千鳥

とわたる 声ごとに 言ふかひもなく 物ぞかなしき」という2首の派生歌を詠みました。また、後鳥羽院も「淡路島 ふきかふすまの 浦風に いくよの千鳥 声かよふらん」と「さ夜千鳥 ゆくへをとへば 須磨のうら関守さます 暁のこゑ」という2首の派生歌を詠んでいます。このように、当代随一の歌の巨人ふたりが高く評価するほど、この歌は傑作なのです。

それと同時に、定家は後鳥羽院が隠岐島に到着して詠んだ歌「我こそは 新島守よ 隠岐の海の 荒き波風 心して吹け」を意識したのだと考えます。定家は「関守」の悲しさに同調し、後鳥羽院の「新島守」の悲しさに対応した歌として百人一首に選んだのではないでしょうか。

当然ながら、この歌の直前に配置されている「崇徳院【77番】の怨霊鎮魂」の意味も込められているはずです。それに加えて、後鳥羽院とともに自ら流罪となることを志願して土佐国(高知県)へ流され、のちに阿波国へ移された「土御門院の鎮魂」まで意図した選歌だったと推理します。なぜなら、淡路島の先には阿波国があるからです。「かよふ千鳥」の言葉は、阿波国にいて都に通うことができない土御門院への鎮魂の意味が込められていると思われます。そして阿波国は、崇徳院が流された讃岐国(香川県)にも陸路でつながっているのです。

定家は、一見すると崇徳院と直接は関係がなさそうな人物の歌をこの次の【79番】と【80番】に配置しています。これは、定家が仕掛けた「選歌や配置のからくり」を意図的に隠すためのカムフラージュであると言えましょう。

浮世絵に描かれた源兼昌の歌(『百人一首之内 源兼昌』歌川国芳・画)

【79番】左京大夫顕輔《さきょうのだいぶあきすけ》（藤原顕輔《ふじわらのあきすけ》）

かつて献上した歌で崇徳院を鎮魂

秋風《あきかぜ》に　たなびく雲《くも》の　絶《た》え間《ま》より
もれ出《い》づる月《つき》の　影《かげ》のさやけさ

通釈

秋風にたなびく雲の切れ間から漏れてくる月の光の、なんと明るく澄みきっていることよ。

作者伝

1090年～1155年。藤原顕季《あきすえ》の子で、清輔【84番】の父。顕季を祖とする歌道家「六条藤家《ろくじょうとうけ》」の2代目。六条藤家は、藤原俊成【83番】や定家【97番】らの「御子左家《みこひだりけ》」と歌壇を二分する大家。第6代勅撰集『詞花和歌集』の撰者としても知られる。

藤原顕輔は、清涼殿の殿上間《てんじょうのま》に昇ることを許された殿上人でしたが、讒言によって白河院の怒りを買ってしまい昇殿を止められました。白河院が崩御すると、再び昇殿を許され、最終的には左京大夫（都の左半部の行政長官）に昇進しています。歌人としても数多くの歌合に参加し、崇徳院【77番】の勅命によって『詞花和歌集』を編纂しました。

この歌は、『新古今和歌集』の詞書に「崇徳院に百首歌たてまつりけるに」とあります。要するに、崇徳院に百首歌を献じたうちの1首ということです。した

崇徳院をメインとした鎮魂

かつて献上した歌で崇徳院を鎮魂

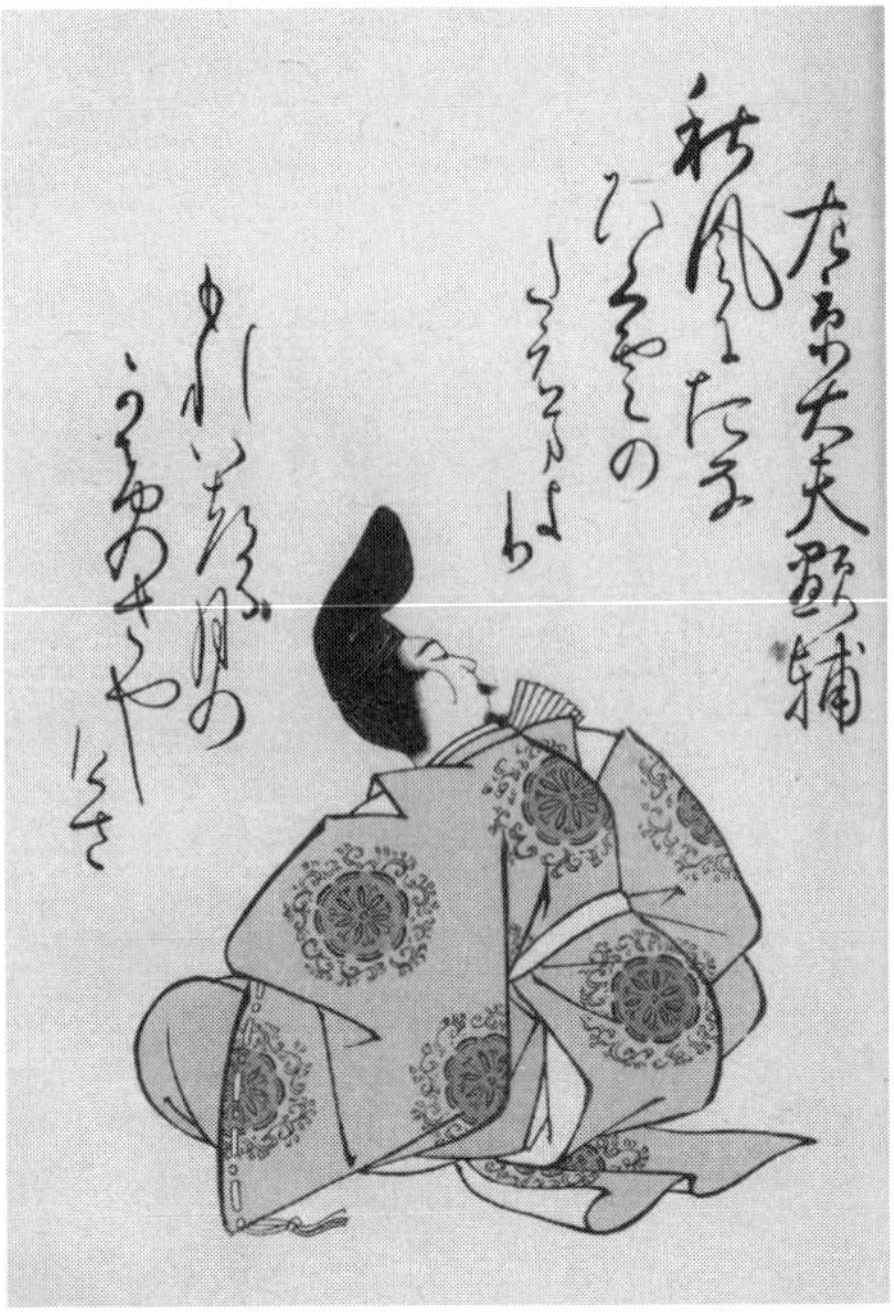

左京大夫顕輔（藤原顕輔）

がって、定家がこの歌を選んだ理由は、明らかに「崇徳院の怨霊鎮魂」であると言えましょう。

ただ、表向きの理由は、「澄みきった秋の夜空の印象的なワンシーンを切り取った絵画のような秀作だったから」としていたのではないでしょうか。というのも、この歌は定家【97番】・後鳥羽院【99番】・順徳院【100番】のそれぞれが派生歌を詠んでいるほど、3人ともに評価が高い作品だからです。

その3首とは、定家が「いとはじよ　月にたなびく　うき雲も　秋のけしきは　空に見えけり」、後鳥羽院が「うす雲の　ただよふ空の　月影は　さやけきよりも　あはれなりけり」、順徳院が「吹きはらふ　雪げの雲の　たえだえを　まちける月の　影のさやけさ」です。それぞれの派生歌を見てみると、定家は工夫を凝らす〝芸術家タイプ〟、後鳥羽院は評価を下す〝評価者タイプ〟、順徳院は素直に真似る〝学習者タイプ〟と、3人の性格がよく表れているのがわかります。

【80番】待賢門院堀河《たいけんもんいんのほりかわ》

母に仕えた女官の歌で崇徳院を鎮魂

長《なが》からむ　心《こころ》も知《し》らず　黒髪《くろかみ》の
乱《みだ》れて今朝《けさ》は　ものをこそ思《おも》へ

通釈

あなたは「私への愛は永遠に変わらない」と言いますが、その本心はわかりません。あなたが帰られた今朝、この黒髪が寝乱れているように、私の心は乱れて物思いに沈んでいます。

作者伝

生没年不詳。源顕仲《あきなかじん》〈神祇伯《ぎはく》〉の娘。斎院を退下した令子内親王《れいし》〈白河院の皇女〉に出仕し、「前斎院《さきのさいいんの》六条《ろくじょう》」と呼ばれた。のちに待賢門院〈崇徳院【77番】の母〉に仕えて「堀河」と呼ばれ、彼女の出家とともに仁和寺〈京都市右京区〉に住んだ。

待賢門院堀河は、崇徳院の生母である待賢門院〈鳥羽天皇の中宮〉に仕えて「堀河（堀川）」と呼ばれました。崇徳院の父親は鳥羽天皇とされますが、じつは白河院〈鳥羽天皇の祖父〉ではないかとも噂されます。崇徳院は白河院の後ろ盾で天皇に即位しましたが、白河院が亡くなると退位を強要され、やがて天皇呪詛事件に関連して待賢門院も追放されて出家しました。このとき堀河も一緒に出家し、白河院が

崇徳院をメインとした鎮魂

母に仕えた女官の歌で崇徳院を鎮魂

待賢門院堀河

門跡《もんぜき》を務めていた仁和寺に住むことになったようです。ちなみに堀河も、藤原顕輔【79番】と同様に、崇徳院に百首歌を献じています。

堀河は仁和寺にいるころ、西行法師【86番】と阿弥陀浄土に関する興味深い問答を歌で交わしています。堀河が「西行法師は西方浄土へ行って私たちを導く道しるべになってくれると思っていましたが、その道標となるべき月の光が空しい期待と見えます」と問うと、西行が「あなたが本当に雲間を分けて待とうとするようすがなかったので、月の光の道しるべも空しく見えたのでしょう」と返したそうです。一説によると、西行は待賢門院にひそかな恋心を抱いていたとされ、出家の理由も叶わぬ恋によるといわれます。

百人一首における堀河の歌の配置は、「崇徳院の怨霊鎮魂」の〝締め〟だと考えます。ことさら堀河の官能的な恋の歌をここに配置することによって、一見では崇徳院とはなんの関係もない歌であると錯覚させ、定家の選歌の意図をカムフラージュしようとしたのではないでしょうか。

⑫ 歌人の理想型の評価と不遇者たちの鎮魂

藤原実定【81番】から源実朝【93番】までは、歌人の理想型を評価して選歌したものが多く見受けられます。それと同時に、「不遇な歌人の鎮魂」や「後鳥羽院の鎮魂」などのからくりも併せて仕掛けられています。

【81番】後徳大寺左大臣《ごとくだいじのさだいじん》（藤原実定《ふじわらのさねさだ》）

秀作としての選歌

ほととぎす　鳴《な》きつる方《かた》を　ながむれば
ただ有明《ありあけ》の　月《つき》ぞ残《のこ》れる

通釈

ほととぎすが鳴いている方向を眺めると、そこに鳥の姿はなく、ただ有明の月だけが空に残っていました。

作者伝

1139年〜1191年。藤原公能《きんよし》〈右大臣〉の子。祖父の実能《さねよし》が徳大寺（山荘がのちの龍安寺《りょうあんじ》）を建立して祖となった「徳大寺家」の3代目。藤原定家【97番】は従弟にあたる。九条兼実〈関白〉の腹心として鎌倉幕府と朝廷との関係を取り持った。

歌人の理想型の評価と不遇者たちの鎮魂

秀作としての選歌

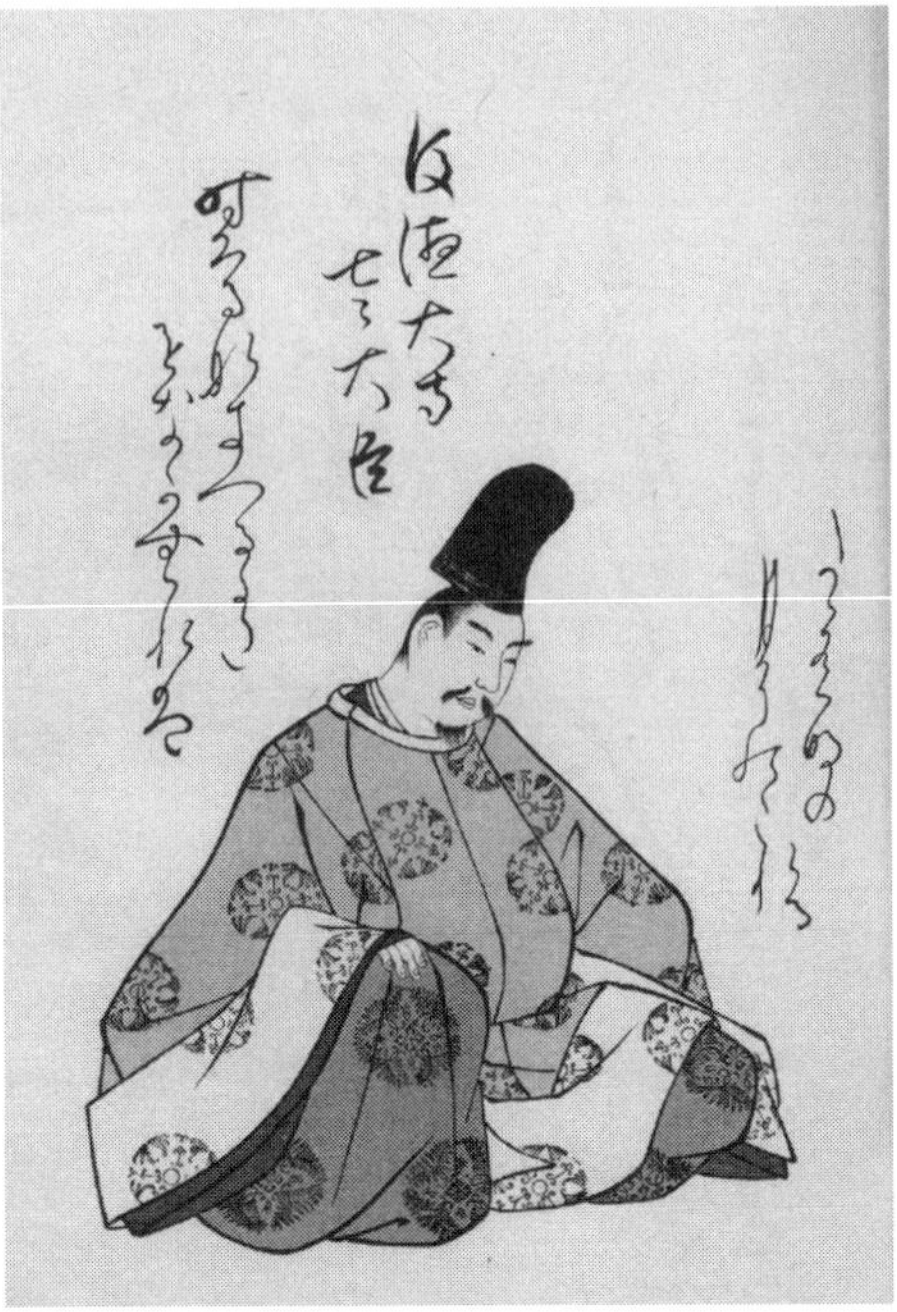

後徳大寺左大臣（藤原実定）

藤原実定は藤原（徳大寺）公能の子で、俊成【83番】の甥、定家の従兄にあたります。左大臣にまで昇進し、鎌倉幕府と朝廷とのあいだを取り持つなど九条兼実の補佐役として活躍しましたが、病気によって出家しました。徳大寺を建立した祖父の実能が「徳大寺左大臣」と呼ばれたことから、区別をつけるため「後徳大寺左大臣」と称されたそうです。

この歌は、「暁に郭公《ほととぎす》を聞く」という題で詠まれた夏の歌です。ほととぎすは夏を告げる鳥として、夜明けの第一声「初音」を聞くのがとくに風流とされ、人々は夜明けまで待ち続けました。定家がこの歌を百人一首に選んだ理由は、〝ほととぎすの鳴き声（聴覚）〟から〝有明の月（視覚）〟へとシーンが鮮やかに転換する秀作だったからと考えます。その証拠として、定家は「袖の香を　花橘に　おどろけば　空に在明の　月ぞのこれる」という派生歌を詠んでいます。これは、〝橘の香り（嗅覚）〟から〝有明の月（視覚）〟へとシーンが転換する歌です。そのことからも、定家がこの歌を選んだ理由がわかるのではないでしょうか。

【82番】道因法師《どういんほうし》

歌道に打ちこむ姿勢を評価

思《おも》ひわび　さても命《いのち》は　あるものを
憂《う》きに堪《た》へぬは　涙《なみだ》なりけり

通釈

恋に思い悩んだり嘆いたりしていても、なんとか命だけはつないでいるのに、そのつらさに耐えきれないで、涙ばかりがとめどなくこぼれて落ちています。

作者伝

1090年～1182年ごろ。藤原清孝《きよたか》〈治部少輔〉の子で、俗名は藤原敦頼《あつより》。官位に恵まれず、80歳を過ぎて出家。歌への執着が激しく、90歳になっても歌会に参加し、耳が遠いのをカバーするため講師にぴったりと寄り添っていたという。

俗名を藤原敦頼という道因法師は、最終官位は右馬助《うまのすけ》（朝廷の馬を飼育・管理をする役所の次官）で、出世には恵まれませんでした。仕事にも歌にも一途なうえ競争心が強く、ケチで有名だったそうです。

とくに出家以前から歌への執心は激しく、その上達を願って住吉神社（大阪市住吉区）に毎月のお参りを欠かさなかったと伝わります。

歌道への執着は熱心さを通り越して異常なほど

歌人の理想型の評価と不遇者たちの鎮魂

歌道に打ちこむ姿勢を評価

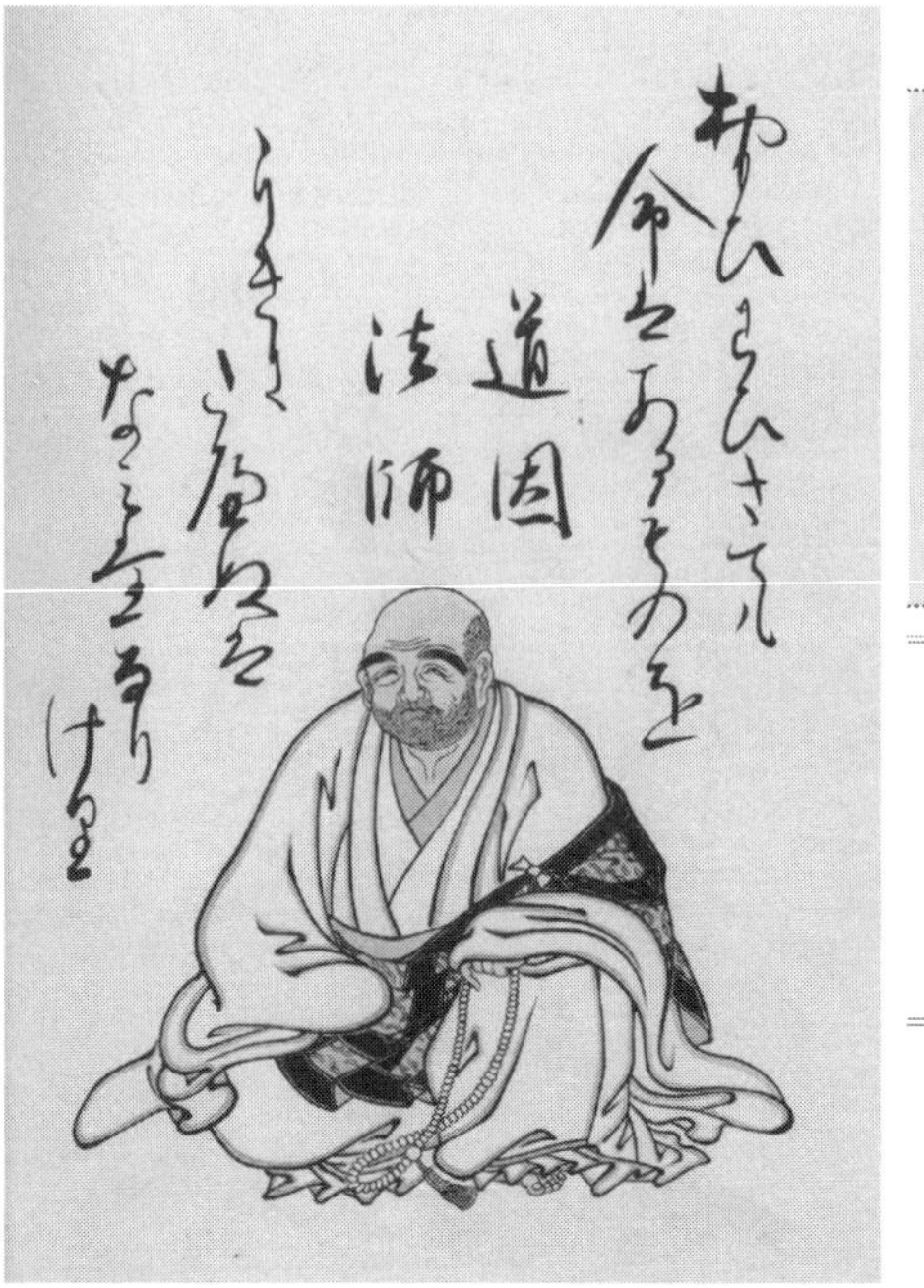

道因法師

で、人々を困らせたという多くの逸話が残っています。たとえば、歌合で惨敗したときには、判定に納得できないとして判者の藤原清輔【84番】に意見書を送りつけました。また、晩年には耳が遠くなっても歌会に出席し、歌を読みあげる講師の席まで分け入ってそばに座り、ひと言も聞き漏らすまいと熱心に傾聴していたそうです。

鎌倉時代に鴨長明が書いた『無名抄』には、「道因法師の死後、定家の父・藤原俊成が『千載和歌集』を撰進したとき、道因の熱心さを評価し、十八首の歌を入集させた。すると敦頼が夢枕に現れ、涙を流して喜んだ。それを哀れんだ俊成は、さらに二首を加えて二十首にした」とあります。

定家がこの歌を百人一首に選んだ理由は、こうした父との因縁もあったからでしょうが、それと同時に、父の夢枕に立つほど歌道に打ちこんでいた道因法師の熱意を〝歌人の鑑〟として高く評価したからだと考えます。

【83番】皇太后宮大夫俊成《こうたいごうぐうのだいぶとしなり》（藤原俊成《ふじわらのとしなり》）

幽玄の象徴と後鳥羽院の鎮魂

世《よ》の中《なか》よ　道《みち》こそなけれ　思《おも》ひ入《い》る
山《やま》の奥《おく》にも　鹿《しか》ぞ鳴《な》くなる

通釈

この乱れた憂き世には、道理にかなった道も逃れる道もないものだ。思い詰めて隠棲した山の奥でも、鹿が悲しげに鳴いているではないか。

作者伝

1114年〜1204年。藤原俊忠〈権中納言〉の子。道長の玄孫で、定家【97番】の父。歌道家「御子左家」を確立し、「六条藤家」の藤原清輔【84番】と競いながら歌壇の大御所として君臨。第7代勅撰集『千載和歌集』の撰者としても知られる。

藤原俊成は、百人一首の編者である定家の父です。名前は有職読《ゆうそくよ》みで「しゅんぜい」とも読みます。最終官位は皇太后宮大夫（皇太后の世話をする家政機関の長官）で、姪にあたる忻子《きんし》〈後白河天皇の皇后〉に仕えました。歌人としても活躍し、後白河院の勅命によって『千載和歌集』の撰者を単独で務めたり、「御子左家」という歌道の家を定家とともに確立して現代の冷泉家につないだりしています。

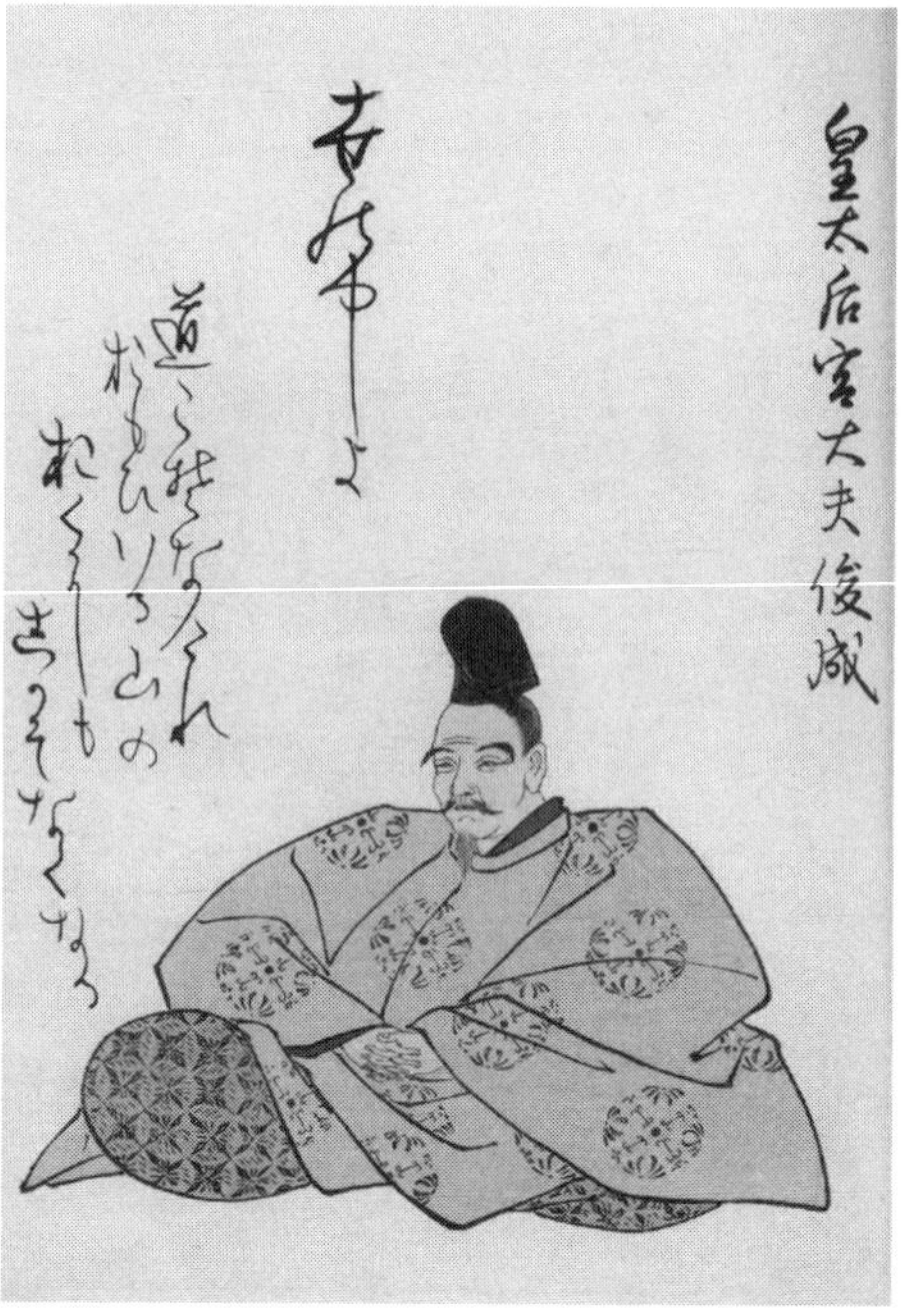

皇太后宮大夫俊成（藤原俊成）

歌人の理想型の評価と不遇者たちの鎮魂

幽玄の象徴と後鳥羽院の鎮魂

俊成は、鎌倉時代に成立した軍記物語『平家物語』にある「平忠度《ただのり》〈薩摩守《さつまのかみ》〉の都落ち」のエピソードでも有名です。俊成に師事していた忠度が一ノ谷の戦いで戦死する前に、秀作を師に託して都落ちをしていきました。忠度が勅勘《ちょっかん》をこうむった人だったので、俊成は勅撰和歌集を編纂するにあたって、1首だけ〝詠み人知らず〟として採歌したそうです。

俊成は、歌論で「幽玄」という言葉を使いました。簡単にいうと、俊成は「艶のある詞」「奥深い静寂な余情」「理深い豊かな情調」などを歌に求めたのです。したがって、定家がこの歌を百人一首に選んだのは、父の「幽玄」を表す象徴的な作品だったからだと考えます。

それと同時に、隠岐島にいる後鳥羽院へ「この世が無情であること」「道理が立たない憂き世であること」を訴えて、怨霊鎮魂を企図したのではないでしょうか。猿丸大夫【5番】の項で前述しましたが、古来「鹿」は帝王を指す隠語として使われており、「後鳥羽院に対する鎮魂歌」として定家があえてこの歌を選んだ可能性が高いのではないかと推理します。

【84番】藤原清輔朝臣《ふじわらのきよすけあそん》

不遇な歌人と後鳥羽院の鎮魂

ながらへば　またこのごろや　しのばれむ
憂《う》しと見《み》し世《よ》ぞ　今《いま》は恋《こひ》しき

通釈

もし生きながらえれば、つらいと思っている今日このごろも、懐かしく思いだされるのでしょうか。つらいと思っていた昔のことが、今となっては恋しく思われるのですから。

作者伝

1108年～1177年。藤原顕輔【79番】の子。歌道家として藤原俊成【83番】と並び称されたが、『詞花和歌集』の撰集を手伝うも父と不仲になって意見が採用されず、『続《しょく》詞《し》花《か》和歌集』を撰集するも命じた二条天皇の崩御で勅撰集にならないなど不遇だった。

藤原清輔は、父の顕輔が崇徳院【77番】より『詞花和歌集』の編纂を命じられたとき、その補助にあたりました。しかし、選歌をめぐって父と対立し、ほとんど清輔の意見は採用されなかったうえ、清輔の歌は1首も選ばれなかったそうです。その後も父に疎《うと》まれ、昇進面でも不遇をかこつなど、生涯でいくつもの〝憂し〟を味わいました。

清輔は歌学書『奥義抄《おうぎしょう》』を崇徳院に献上するなど冷

歌人の理想型の評価と不遇者たちの鎮魂

不遇な歌人と後鳥羽院の鎮魂

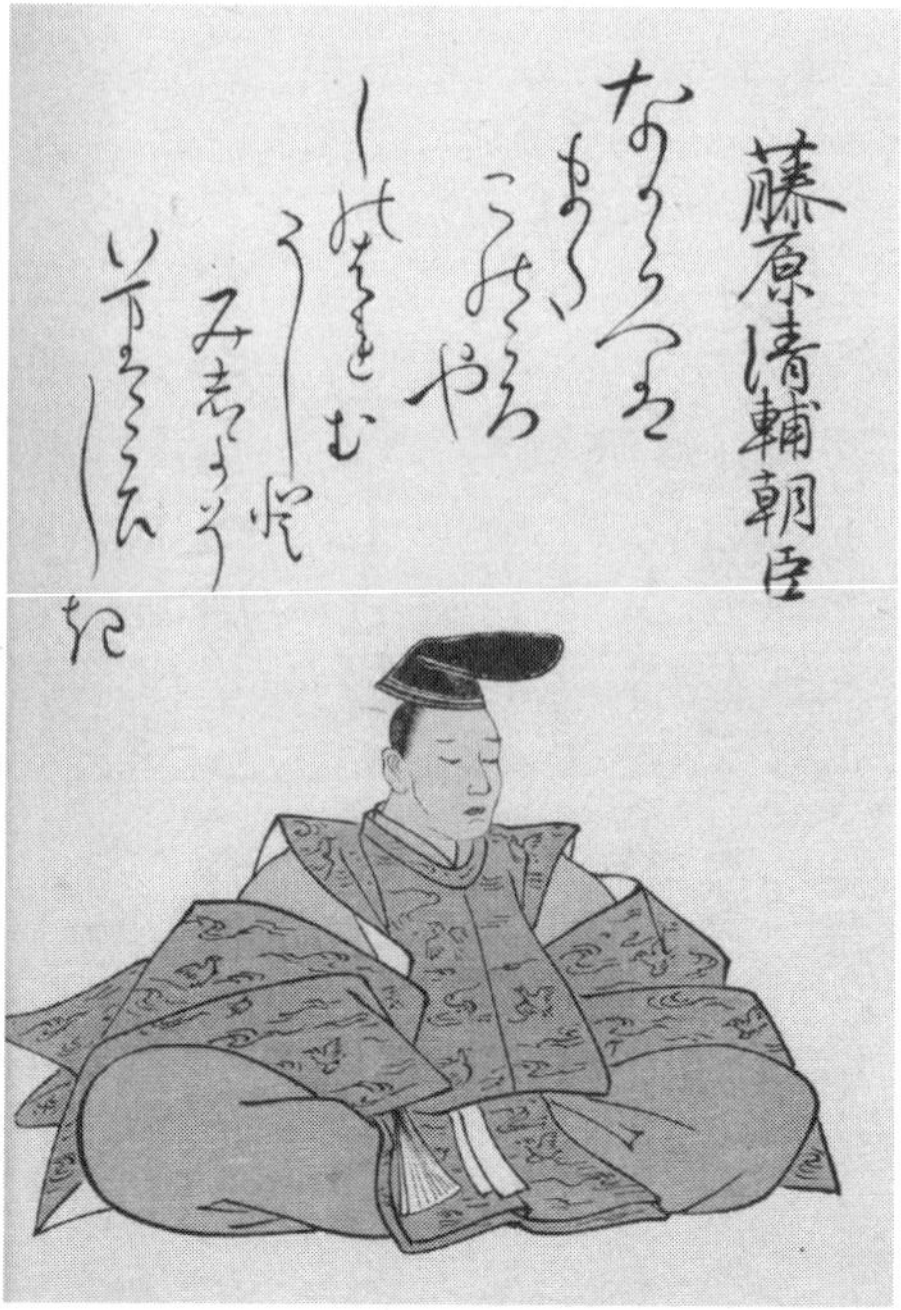

藤原清輔朝臣

遇をバネに歌道に励んだので、最後は父も清輔の歌才を認め、歌道家「六条藤家」を継ぎます。そして二条天皇に重用されて『続詞花和歌集』を撰しましたが、奏覧前に天皇が崩御したことで〝勅撰和歌集〟にはならず、〝私撰和歌集〟に終わりました。

このように清輔は才能に恵まれながらも、なにかと挫折の多い人生を送ったと言えましょう。定家がこの歌を百人一首に選んだのは、冷遇されても不運であっても「歌道に精進した歌人に敬意を表したから」だと考えます。

それと同時に、現在から過去の心情を見て、未来の心情を予想するなど、斬新な構成になっていることを高く評価したからではないでしょうか。隠岐島の後鳥羽院へは「いまはつらくても、未来には良い日も来ますから!」というメッセージを送って、怨霊鎮魂を企図したと推理します。

【85番】俊恵法師《しゅんえほうし》

不遇な歌人と後鳥羽院の鎮魂

夜もすがら　もの思《おも》ふころは　明《あ》けやらで
閨《ねや》のひまさへ　つれなかりけり

作者伝

1113年〜1191年ごろ。源俊頼【74番】の子。経信【71番】は祖父にあたり、『小倉百人一首』で唯一の親・子・孫の3代で選ばれている。東大寺の僧で、鴨長明の歌の師。京の白川の自坊を「歌林苑《かりんえん》」と名づけ、身分の関係ない歌会や歌合を数多く開いた。

通釈

一晩中あれこれ恋に思い悩んでいる今日このごろは、なかなか夜が明けきらず、あなたばかりか寝室の戸の隙間までもが、つれなく見えてしまいます。

俊恵法師は唯一、親子3代続けて『小倉百人一首』に選ばれました。17歳のときに父を亡くして東大寺の僧になってから約20年間、作歌活動から遠ざかっていましたが、京の白川（白河）の自坊「歌林苑」で藤原清輔【84番】・源頼政《よりまさ》・登蓮《とうれん》法師・道因法師【82番】・殷富門院大輔《いんぷもんいんのたいふ》【90番】ら多くの歌人を貧富の差や身分の上下に関係なく招いて歌会や歌合を開き、衰えつつあった当時の歌壇に大きな刺激をあた

歌人の理想型の評価と不遇者たちの鎮魂

不遇な歌人と後鳥羽院の鎮魂

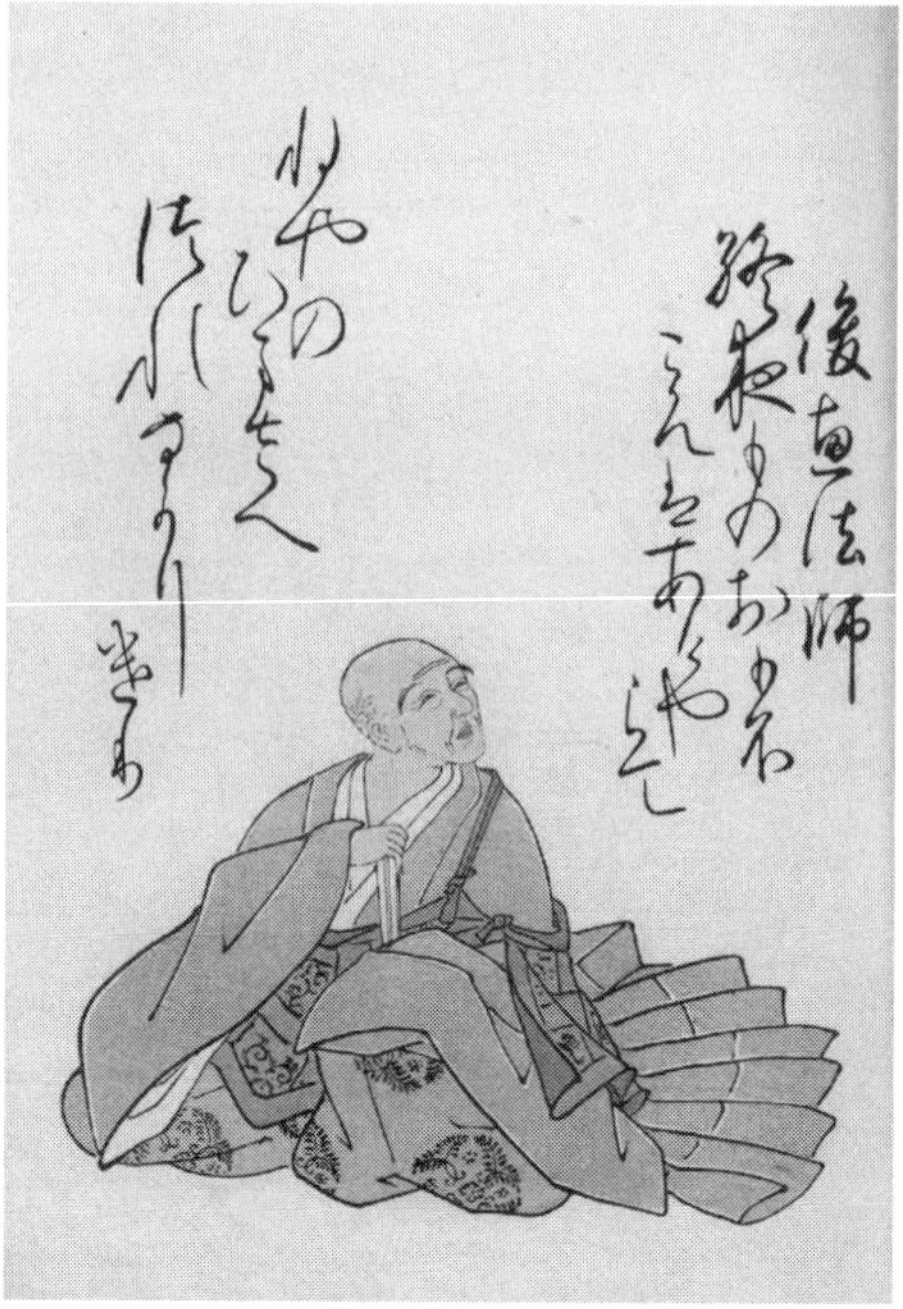

俊恵法師

えています。歌論書『無名抄』を著した鴨長明は、弟子のひとりです。

この歌は、歌林苑の歌合で引いた歌題「恋の心」を詠んだものだとされます。百人一首の古注『応永抄《おうえいしょう》』では、「ねやのひまさへつれなかりけりといへる詞心めづらしく」と記され、〝閨の隙間〟を恋心の心情を象徴するものとして巧みに利用していることを賞賛しています。

定家がこの歌を百人一首に選んだのも、『応永抄』に記されたような斬新さを感じたからではないでしょうか。それと同時に、歌の名家に生まれながらも出家せざるを得ない境遇となった「不遇の歌人の怨霊鎮魂」を企図したためと、不遇だったにもかかわらず、多くの歌人を育成するなど「歌道の興隆に大きく寄与した」ことを高く評価しての選歌だったと考えます。

隠岐島にいる後鳥羽院へのメッセージとしては、「あなたがおられず、閨の隙さえつれなく思います」という気持ちを伝えたかったのではないでしょうか。

【86番】西行法師《さいぎょうほうし》

歌人の理想型と後鳥羽院の鎮魂

なげけとて　月《つき》やはものを　思《おも》はする
かこち顔《がほ》なる　わが涙《なみだ》かな

通釈

嘆けと言って、月が私に物思いをさせるのだろうか。いやそうでなく、恋の思いが原因なのに、それを月のせいであるかのような顔をして、こぼれる私の涙であるよ。

作者伝

1118年～1190年。佐藤康清《やすきよ》〈左衛門尉《さえもんのじょう》〉の子で、俗名は佐藤義清《のりきよ》。鳥羽院の「北面の武士」だったが、23歳のとき妻子を残して突然に出家。源頼朝や藤原秀衡《ひでひら》らと面会するなど諸国を行脚し、生きることや信仰と深く関わる歌を多く詠んだ。

俗名を佐藤義清という西行法師は、鳥羽院の「北面の武士」でした。23歳のときに突如として妻子を残して出家をしますが、その動機は「失恋」や「友人の急死」など諸説あり、よくわかっていません。

出家後は和歌に打ちこみ、諸国を行脚しながら各地の歌枕などを訪ねました。良暹法師【70番】の項で前述しましたが、西行は〝三夕の歌〟のひとつ「心なき 身にもあはれは 知られけり 鴫立つ沢の 秋の夕ぐ

歌人の理想型の評価と不遇者たちの鎮魂

歌人の理想型と後鳥羽院の鎮魂

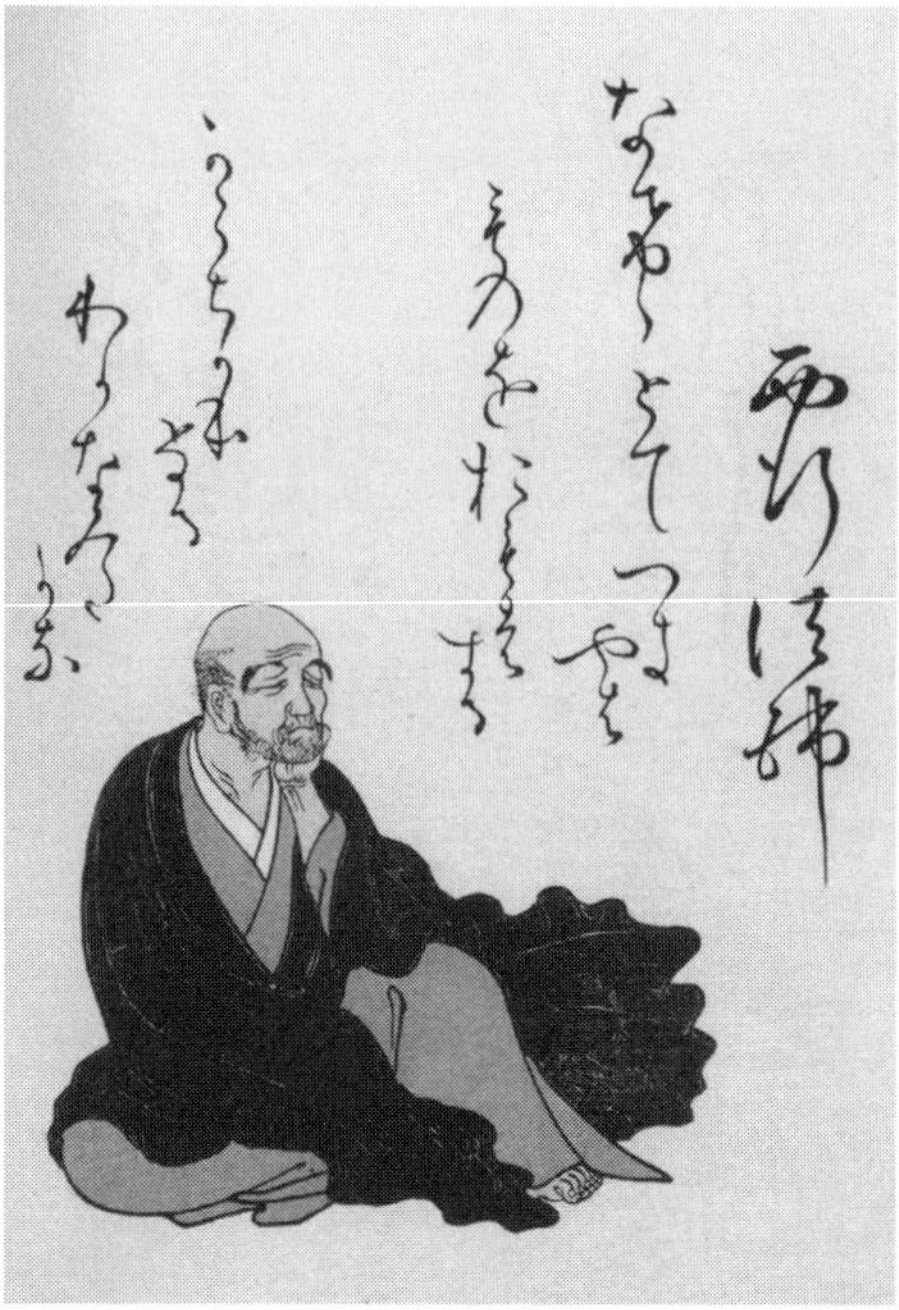

西行法師

れ」を詠んだことでも有名です。また、讃岐国では崇徳院【77番】を慰霊しています。西行は「願はくは　花の下にて　春死なん　その如月《きさらぎ》の　望月の頃」と詠んだ願望そのままに、73歳の陰暦2月16日（お釈迦《しゃか》さまの入滅日の翌日）に大往生しました。

百人一首に選ばれたこの歌は、『千載和歌集』の詞書に「月前の恋といへる心をよめる」とあり、恋の歌としての範疇《はんちゅう》で訳すべきとされます。定家は賞賛してやまない西行を「歌人の理想型」として、この歌を百人一首に選んだのではないでしょうか。それと同時に、擬人化した月の命令を否定する斬新さや、「かこち顔」と「涙」から秘めた恋の思いを連想させる奥深さなど、定家の主張する〝新古今調〟にピッタリだったことも選歌の理由と考えます。

また、隠岐島にいる後鳥羽院に対しては、「あなたへの秘めたる思いを〝かこち顔の涙〟でしか表現できないのが、もどかしいです」というメッセージを込めていると言えましょう。つまり、「後鳥羽院の怨霊鎮魂」を企図して、あえてこの歌を選んだと考えます。

【87番】寂蓮法師《じゃくれんほうし》

名歌として評価

村雨《むらさめ》の　露《つゆ》もまだ干《ひ》ぬ　槇《まき》の葉《は》に
霧立《きりた》ちのぼる　秋《あき》の夕暮《ゆふぐ》れ

通釈

にわか雨が通り過ぎていったあと、その露もまだ乾かない槇の木の葉に、霧が白く立ちのぼっていく秋の夕暮れよ。

作者伝

1139年ごろ〜1202年。僧の俊海《しゅんかい》の子。叔父である藤原俊成【83番】の養子となり、俗名は藤原定長《さだなが》。俊成に定家【97番】が誕生すると出家し、「御子左家」の中心歌人として活躍。『新古今和歌集』の撰者となるが、完成を待たずに没した。

俗名を藤原定長といった寂蓮法師は、良暹法師【70番】の項で前述したように、〝三夕の歌〟のひとつ「さびしさは　その色としも　なかりけり　槇立つ山の　秋の夕暮れ」を詠んだことでも有名です。12歳ごろ叔父にあたる俊成の養子となりますが、俊成に実子の定家が誕生したため、30歳過ぎに出家しました。出家後は歌枕を訪ねて各地を行脚し、藤原実定【81番】・小侍従《こじじゅう》・西行法師【86番】らと交流を持っています。『新古今和歌集』の撰者となりましたが、任命後まもなく病没したため撰集作業は果たせず、残念な

歌人の理想型の評価と不遇者たちの鎮魂

名歌として評価

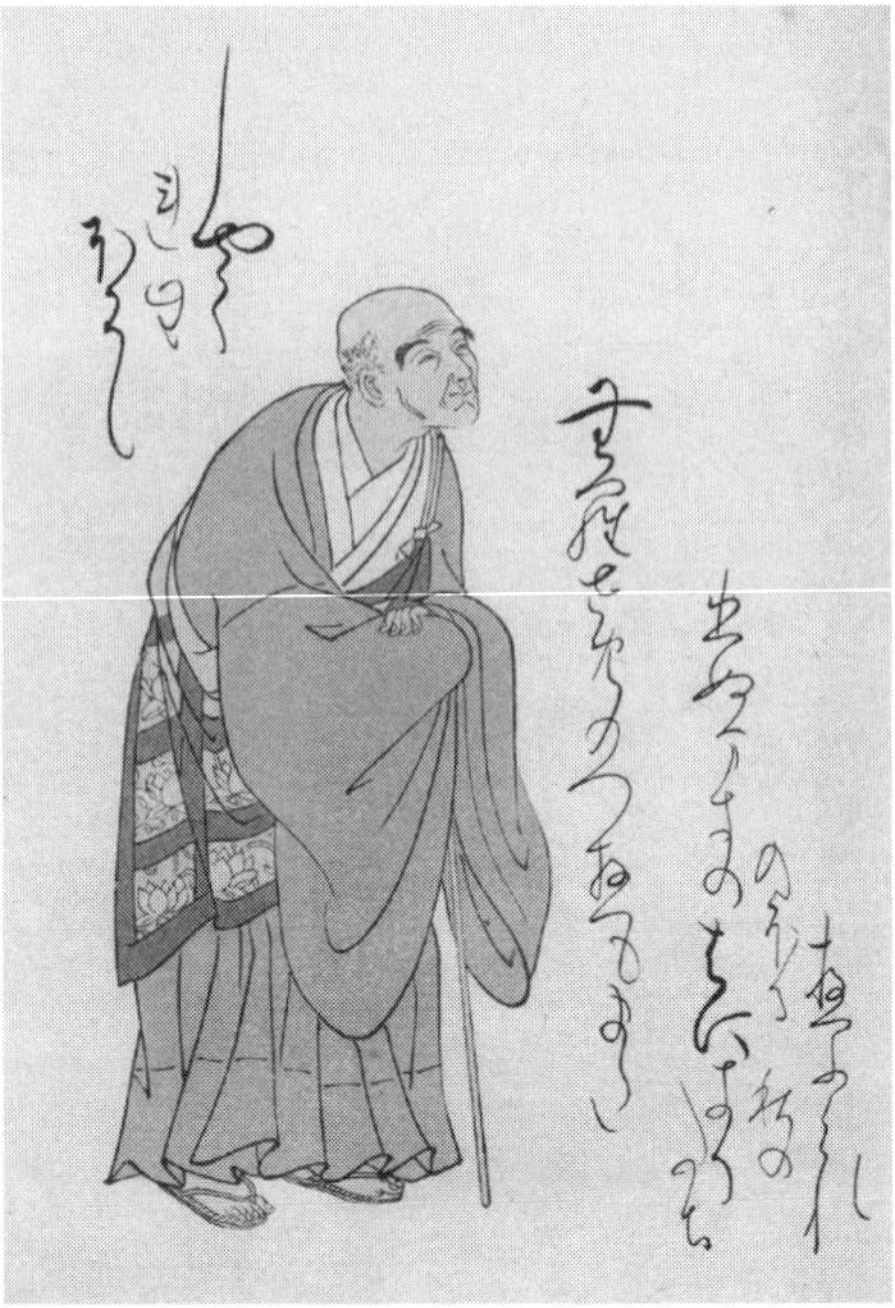
寂蓮法師

がら撰者とはされていません。

百人一首に選ばれたこの歌は、映画のワンシーンが目に浮かぶような情景です。槇（杉や檜《ひのき》など常緑樹の総称）の木立に降っていたにわか雨が止み、雲の切れ間から太陽光線の柱が放射状に槇の葉に降り注ぎ、水玉が光っています。このマクロレンズで見ていた世界を、倍率の高いズームレンズで急激に引いて森全体にズームアウトすれば、霧が立ちのぼり、秋の夕暮れが迫っています。季節・天候・時間の移り変わりが、三十一文字《みそひともじ》に凝縮されている名歌です。

定家がこの歌を選んだ理由は、まさに名歌だったからではないでしょうか。それと同時に、定家が不遇な歌人だった従兄の寂蓮法師を高く評価していたことも選歌の理由でしょう。定家は諸行無常を詠んだ美しい歌を百人一首のこのあたりに配置することで、「後鳥羽院の鎮魂」にひと役買ってもらおうとしたのではないかと考えます。

【88番】皇嘉門院別当《こうかもんいんのべっとう》

言祝ぎの配置で後鳥羽院を鎮魂

難波江《なにはえ》の　葦《あし》のかりねの　一夜《ひとよ》ゆゑ
みをつくしてや　恋《こ》ひわたるべき

通釈

難波の入り江の葦の刈り根の一節のように短い一夜のかりそめの共寝のために、舟の行方を指し示す澪標のように、生涯をつくして恋し続けることになるのでしょうか。

作者伝

生没年不詳。源俊隆《としたか》〈大宮権亮《おおみやごんのすけ》〉の娘。皇嘉門院〈崇徳天皇【77番】の中宮〉に別当(女官長)として出仕。皇嘉門院は藤原忠通【76番】の娘で、九条兼実や慈円【95番】は弟にあたるため、兼実が主宰する歌会などにしばしば詠出している。

皇嘉門院別当は源俊隆の娘で、出仕した人物から「皇嘉門院」を、自身の官名から「別当」をそれぞれ取って呼ばれた女房名です。藤原忠通の娘である聖子〈崇徳天皇の中宮〉に仕えましたが、保元の乱に敗れた崇徳院が讃岐国へ流されたことから聖子が出家すると、しばらくして皇嘉門院別当も尼になったようです。

この歌は、『千載和歌集』の詞書によれば、九条兼実

歌人の理想型の評価と不遇者たちの鎮魂

言祝ぎの配置で後鳥羽院を鎮魂

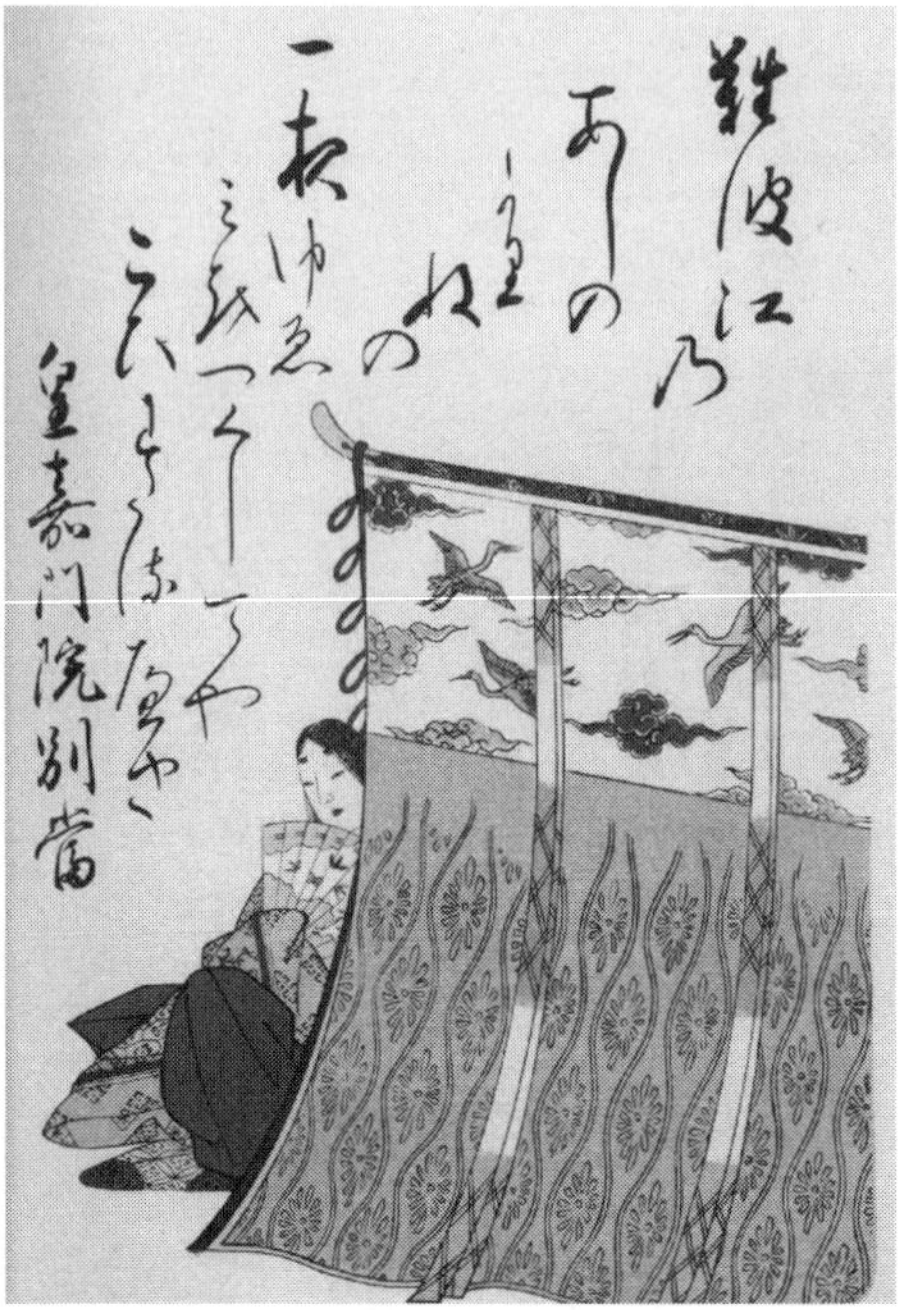

皇嘉門院別当

の家の歌合で「旅宿に逢ふ恋」について詠んだものだとされます。もちろん、伊勢【19番】の「難波潟……」の歌と元良親王【20番】の「わびぬれば……」の歌を意識したものでしょう。掛詞を巧みに使いながらも、歌合の題詠として「旅宿に逢ふ恋」をみごとに表現しており、情緒も豊かな名歌だと思います。

　定家がこの歌を百人一首に選んだのも、この歌を高く評価したからではないでしょうか。それと同時に、伊勢と元良親王の歌をひとつにまとめたような構成なので、難波潟の港から出立し、澪標をたどって都落ちをした後鳥羽院を恋しく思ってのことだと考えられます。隠岐島にいる後鳥羽院に対しては、定家が「難波江に帰ってきてほしい」と願う自分の心を映したメッセージを送っていると言えましょう。

　これらを踏まえて、定家は「後鳥羽院を鎮魂するのに最適な歌」を、百人一首の88番目というめでたいこの場所に配置したのだろうと推理します。

【89番】式子内親王《しょくしないしんのう》

定家の心の恋人の鎮魂

玉《たま》の緒《を》よ　絶《た》えなば絶《た》えね　ながらへば
忍《しの》ぶることの　弱りもぞする

通釈

恋人の魂と結びついた私の命よ、絶えてしまうなら絶えてしまいなさい。このまま生きながらえれば、奥に秘め続けていた気持ちが弱って、恋心が外に表れてしまうかもしれないから。

作者伝

1149年～1201年。後白河天皇の皇女。約10年間、斎院として賀茂神社(上賀茂神社と下鴨神社)に仕え、退下後も独身を貫いた。歌を藤原俊成【83番】に師事したことから、その子である定家【97番】との秘密の恋があったといわれる。

式子内親王は後白河院の皇女で、賀茂神社に奉仕した斎院です。姉の亮子《りょうし》内親王(殷富門院)は、伊勢神宮の斎宮でした。斎院をしていた時期はちょうど源平合戦の真っ只中で、実弟の以仁王《もちひとおう》が戦死したり、甥の安徳《あんとく》天皇が壇ノ浦《だんのうら》の戦いで亡くなったりしています。

斎院を退下したあとは、叔母にあたる八条院《はちじょういん》〈鳥羽天皇の皇女〉のもとに身を寄せますが、八条院および

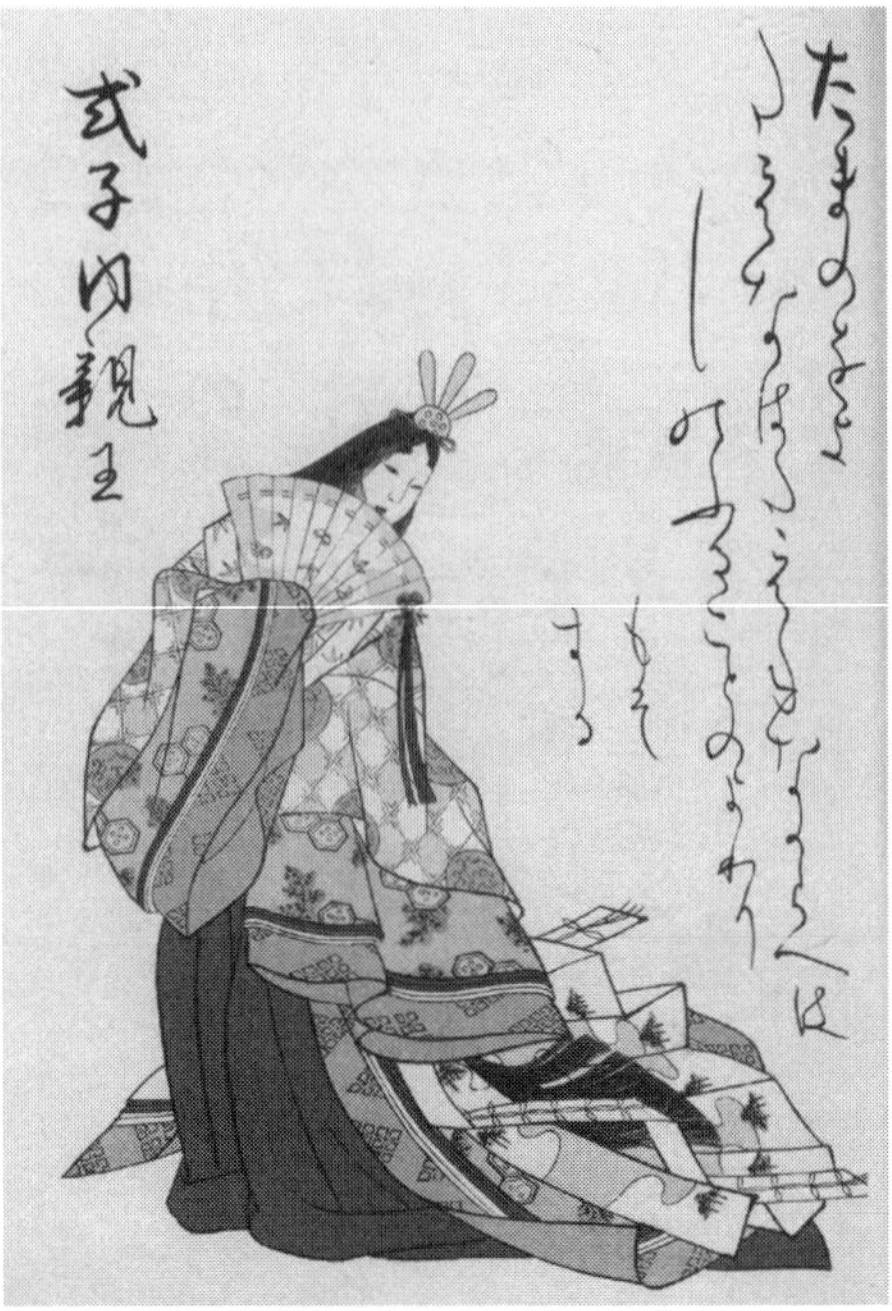

式子内親王

その養女〈以仁王の妻〉を呪詛したとの疑いをかけられ出家しました。その後、後白河院より譲られた遺領を九条兼実に横領されたり、橘兼仲《かねなか》夫婦の妖言事件に連座して洛外に追放されそうになったりするなど不遇な人生を歩み、53歳で病没するまで一生を独身で過ごしています。

式子内親王の歌の師匠は、藤原俊成です。俊成の歌論書『古来風体抄《こらいふうていしょう》』は、式子内親王に献上したものだとされます。当然ながら俊成の息子である定家とも交流があり、一説によると定家と式子内親王は恋人どうしだったともいわれます。たしかに定家は、年上の式子内親王にあこがれを抱いていたようです。その風説をベースにした謡曲『定家』では、式子内親王を定家の秘めたる恋人として描いています。

百人一首に選ばれたこの歌は、『新古今和歌集』の詞書に「忍ぶる恋」とあり、激しく慕っていく打ち明けられない恋心を詠んだ秀作だと言えましょう。ちなみに、一生を独身で過ごした式子内親王の歌には、「はかなくて　過ぎにしかたを　かぞふれば　花にもの

浮世絵に描かれた式子内親王の歌（『百人一首絵抄 式子内親王』三代目歌川豊国・画）

心中事件を起こしたお染・久松になぞらえた式子内親王の歌（『小倉擬百人一首 式子内親王』三代目歌川豊国・画）

思ふ 春ぞへにける」など〝打ち明けられない恋〟や〝叶わぬ恋〟を詠んだ作品が多数あります。

定家がこの歌を選んだ理由は、悲運の歌人であり、心の恋人でもある式子内親王への哀悼と鎮魂の意味を込めたからではないでしょうか。というのも、この歌は〝定家への秘めたる思い〟を詠んだ可能性が高いとも考えられるからです。歌の内容が「魂の絆が切れるなら切れてしまえ」というものなので、後鳥羽院との絆が切れるのは定家の本意ではなく、この歌に限っては後鳥羽院への鎮魂の意味は込められていないのではないかと推理します。

定家が純粋に「心の恋人への鎮魂」だけを仕掛けようとしたことは、この歌をあえて89番目（八苦）に配置した心理からも見て取れます。その配置には、式子内親王の人生が「八苦（生老病死の〝四苦〟および愛別《あいべつ》離苦《りく》・怨憎会苦《おんぞうえく》・求不得苦《ぐふとくく》・五陰盛苦《ごおんじょうく》」の連続だったので、心の恋人に寄り添って慰めようとする定家の強い思いが込められていると言えましょう。

【90番】殷富門院大輔《いんぷもんいんのたいふ》

隠岐島の別称で後鳥羽院を鎮魂

見《み》せばやな　雄島《をじま》の海人《あま》の　袖《そで》だにも
濡《ぬ》れにぞ濡《ぬ》れし　色《いろ》はかはらず

通釈

血の涙で真っ赤に変色してしまった私の袖を、あなたにお見せしたいものです。松島のなかにある雄島で漁をする人の袖でさえ、どんなに濡れたとしても色までは変わらないというのに。

作者伝

1130年ごろ〜1200年ごろ。藤原信成《のぶなり》の子。殷富門院〈後白河天皇の皇女〉に出仕。大輔とは八省〈中央行政組織〉の次官のこと。鴨長明が『無名抄』で、当代きっての女流歌人に挙げている。多作で知られ、「千首大輔《せんしゅたいふ》」の異名を持つ。

殷富門院大輔は、仕えた人物から「殷富門院」を、官名から「大輔」をそれぞれ取って呼ばれた女房名です。しばしば四天王寺（大阪市天王寺区）や住吉神社（大阪市住吉区）への参詣などをしていた行動派の女性で、比叡山では女人結界まで登り「これより先、女は登れないとはくやしい」と書き残しています。

また、俊恵法師【85番】が京の白川の自邸「歌林苑」で開いた歌会の有力なメンバーのひとりで、源頼政・藤

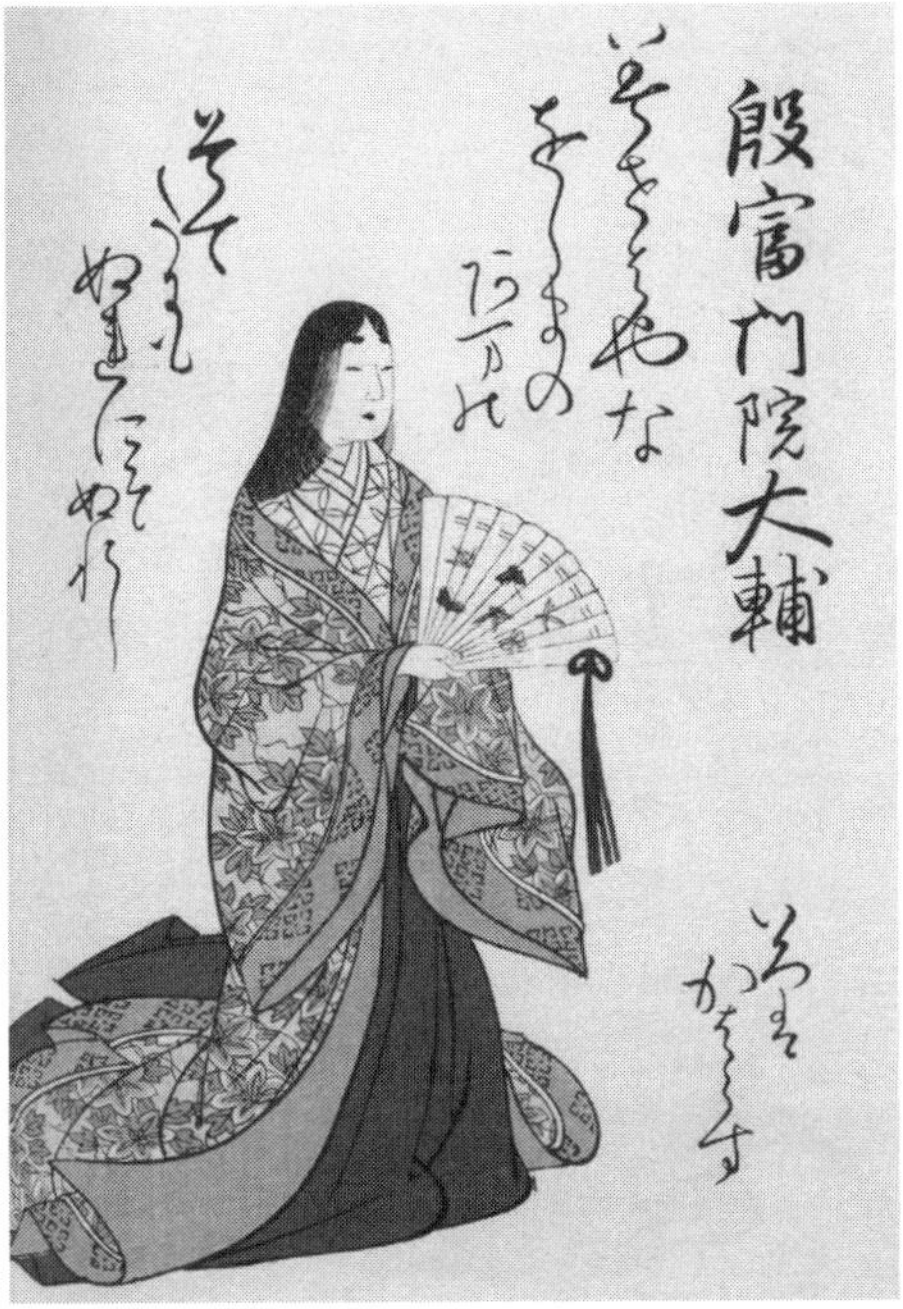

殷富門院大輔

原俊成【83番】・藤原定家【97番】・寂蓮法師【87番】・西行法師【86番】らと親交がありました。なかでも、定家ら若い歌人たちをあたたかく迎え入れる姐《あね》御《ご》肌《はだ》の女性であり、定家は彼女の歌風を「古風をねがひて又さびたるさまなり」と高く評価しています。やがて殷富門院に従って出家し、晩年は歌道と仏道に励みました。

この歌は、『千載和歌集』の詞書に「歌合し侍りける時、恋の歌とてよめる」とあります。要するに、歌合のときに「恋の歌」というお題で詠んだということです。ちなみに、雄島は宮城県の松島のなかにある島のひとつで、歌枕として多くの歌に詠まれました。

定家がこの歌を百人一首に選んだ理由は、高度な技法を駆使した自分の好みに合致している秀作だったからだと考えます。それと同時に、定家があえてこの歌を選んだのは、小野篁【11番】の項でも触れましたが、歌中の「海人」が隠岐島の「海士郡《あまのこおり》」にも通じるからではないでしょうか。つまりこの歌には、「後鳥羽院への鎮魂」の意味が仕掛けられていると考えられるのです。

【91番】後京極摂政前太政大臣《ごきょうごくせっしょうさきのだいじょうだいじん》（藤原良経《ふじわらのよしつね》）

若くして殺害された盟友の鎮魂

きりぎりす　鳴《な》くや霜夜《しもよ》の　さむしろに
衣《ころも》かたしき　ひとりかも寝《ね》む

通釈

キリギリス（現代のコオロギ）が霜の降りる寒々とした夜に、莚《むしろ》の辺りで鳴いています。私はその莚を褥《しとね》に、衣の片袖を敷いて、たったひとりでさびしく眠るのでしょうか。

作者伝

1169年～1206年。九条兼実〈関白〉の子で、九条家の第2代当主。忠通【76番】は祖父、慈円【95番】は叔父にあたる。第8代勅撰集『新古今和歌集』の「仮名序」を書くなど、当代を代表する歌人。書道や漢詩にもすぐれた教養人だった。

藤原良経は、九条兼実の子というエリートの家系で育ちました。九条家の第2代当主で、九条良経とも呼ばれます。源平の争乱のなかで、父とともに〝親・源氏派〟の公家の筆頭でした。土御門天皇の摂政を経て太政大臣にまで栄進し、その邸宅があった場所から「後京極摂政前太政大臣」と称されます。〝後〟という字がつくのは、藤原師実《もろざね》〈良経の5代前の祖先〉が京極殿を本拠として「京極摂政」と呼ばれたた

歌人の理想型の評価と不遇者たちの鎮魂

若くして殺害された盟友の鎮魂

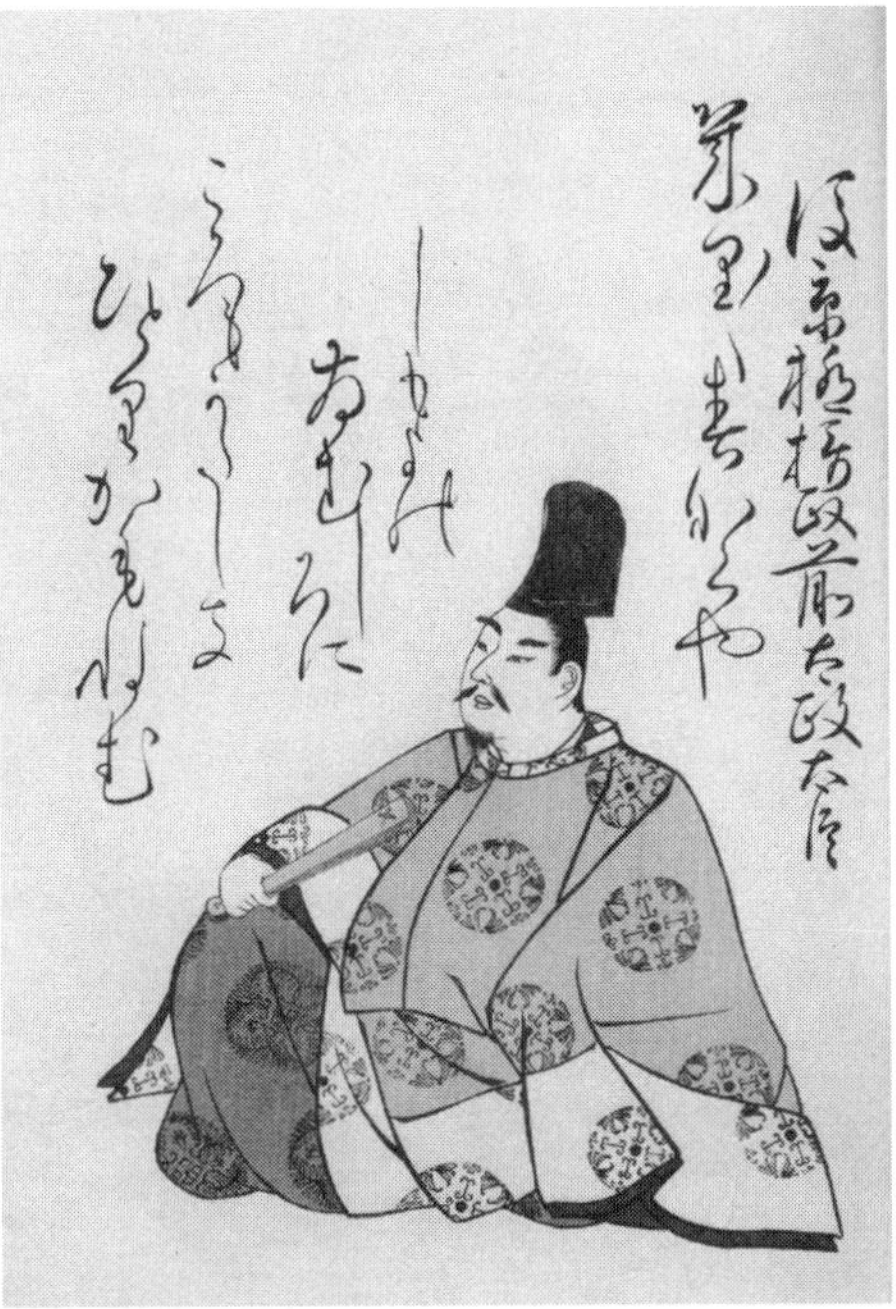

後京極摂政前太政大臣（藤原良経）

め、これと区別するためです。

良経は太政大臣になった約1年後に、38歳の若さで急死したそうです。あまりにも突然すぎる死だったため、寝込みを天井から襲われて刺殺されたという噂（『尊卑分脈』）や、後白河院の祟り（『三長記《さんちょうき》』）という風聞も流れました。〝反・九条派〟の仕業だと考えられていますが、真相は不明です。

歌壇においては、藤原俊成【83番】に師事し、その子である定家【97番】と切磋琢磨《せっさたくま》しながら、歌道家「御子左家」を盛り立てていきました。後鳥羽院【99番】の勅命で編纂された『新古今和歌集』の「仮名序」を執筆し、叔父の慈円や盟友の定家から絶賛されています。良経の急死は『新古今和歌集』の編纂中に起きた事件であり、定家が日記『明月記《めいげつき》』で深い悲嘆のようすをつづったり、慈円と後鳥羽院が良経の死を悼《いた》む歌を44首も交わしたりしています。

定家が百人一首に選んだこの歌は、柿本人麻呂【3番】の「あしびきの……」の歌と、『古今和歌集』に収められた詠み人知らずの「さむしろに　衣かたしき　今宵

松若丸と清玄尼になぞらえた藤原良経の歌（『小倉擬百人一首 後京極摂政前太政大臣』歌川国芳・画）

浮世絵に描かれた藤原良経の歌（『百人一首絵抄 後京極摂政前太政大臣』三代目歌川豊国・画）

もや　われを待つらむ　宇治の橋姫」の歌を〝本歌取り〟しています。キリギリスは現代のコオロギのことで、秋に悲しみをかきたてる声で鳴くものとして平安時代の貴族たちに愛されました。気温が下がるにつれて、あたたかい場所を求めて床下に移動する習性があるそうです。良経はこの歌を詠む少し前に妻を亡くしており、その実感が歌に表れて、さびしさをより際立たせていると言えましょう。

定家が一見すると「恋の歌」の趣《おもむき》があるこの歌を選んだ理由は明白で、「寝込みを襲われて殺害された盟友の怨霊鎮魂」を企図したからです。まだ若く、これからというときに非情にも殺害された友垣が、無念の死を遂げて褥に横たわっているようすを表した歌を、定家はあえて選んで哀悼の意を表したのです。

この歌を91番目（悔い）に配置したのは、悔いの残る人生だった盟友を思っての仕掛けではないかと考えます。また、天智天皇【1番】の歌「秋の田の……」とも共通点があり、「天智天皇の鎮魂」の意味も込められていると考えます。

【92番】二条院讃岐《にじょういんのさぬき》

不遇な歌人と後鳥羽院の鎮魂

わが袖《そで》は　潮干《しほひ》に見《み》えぬ　沖《おき》の石《いし》の
人こそ知《し》らね　乾《かわ》く間《ま》もなし

通釈

私の袖は、潮が引いても見えることのない沖の石のように、誰も知らないでしょうが、いつも恋の涙に濡れ続けて乾く暇もありません。

作者伝

生没年不詳。鵺《ぬえ》退治で有名な源頼政の娘。二条天皇の女房として仕え、父が以仁王を奉じて平家と戦って敗死したため、のちに出家した。仏門に入ったあとも歌壇で活躍し、宜秋門院《ぎしゅうもんいん》〈後鳥羽天皇【99番】の中宮〉に再出仕したともいわれる。

二条院讃岐は、仕えた人物から「二条院」を、親族の官名から「讃岐」をそれぞれ取って呼ばれた女房名だといわれます。二条天皇が亡くなると、藤原重頼《しげより》〈陸奥守〉と結婚して、重光《しげみつ》や有頼《ありより》らをもうけました。平穏な結婚生活を送っていた矢先、父の頼政が平家打倒のために以仁王を奉じて挙兵し、宇治川の戦いで仲綱《なかつな》〈二条院讃岐の兄〉とともに敗死してしまいます。その挙兵に関連して出家した二条院讃岐は、

歌人の理想型の評価と不遇者たちの鎮魂

不遇な歌人と後鳥羽院の鎮魂

二条院讃岐

やがて宜秋門院〈後鳥羽天皇の中宮〉に再び出仕したそうです。そのため、後鳥羽院や順徳院【100番】の歌壇にもよく招かれていました。

　百人一首に選ばれたこの歌は、乾かない涙を「沖の石」に比喩したことが斬新で、たちまち大評判となって、二条院讃岐は〝沖の石の讃岐〟との異名をとるようになりました。

　ちなみに、宮城県多賀城市や福井県小浜市には、二条院讃岐が詠んだ「沖の石」とされる石が伝わっています。多賀城市の市指定文化財「興井《おきのい》(沖の石)」は、江戸時代に松尾芭蕉が『おくのほそ道』の旅の途上に訪れました。近くには清原元輔【42番】が詠んだ「末の松山」もあります。

　定家がこの歌を選んだ理由は、評判どおりの秀作だったからでしょう。それと同時に、「沖」が「隠岐」につながることも選歌の理由だと考えます。隠岐(沖)にある後鳥羽院と石の環境を重ねあわせ、定家は「乾かぬ涙」のメッセージを送ることで、「後鳥羽院の鎮魂」を企図したのではないでしょうか。

【93番】鎌倉右大臣《かまくらのうだいじん》（源実朝《みなもとのさねとも》）

源実朝と後鳥羽院の怨霊封じ

世《よ》の中《なか》は　常《つね》にもがもな　渚漕《なぎさこ》ぐ
海人《あま》の小舟《をぶね》の　綱手《つなで》かなしも

通釈

世の中は、いつまでも変わらないものであってほしいものだ。渚を漕ぐ漁師の小舟が、舳先《へさき》にくくった綱で陸から引かれる風景の、なんとも切なく愛おしいことよ。

作者伝

1192年～1219年。源頼朝《よりとも》〈鎌倉幕府の初代将軍〉の子で、第3代将軍。武士として初めて右大臣に任命される。和歌を藤原定家【97番】に師事し、家集『金槐《きんかい》和歌集』を編纂。鶴岡八幡宮で甥の公暁《こうぎょう》〈源頼家《よりいえ》の子〉に暗殺された。

源実朝は頼朝の次男で、母は北条政子になります。頼朝の死後、兄の頼家《よりいえ》が家督を継いで第2代将軍になりましたが、北条氏に実権を奪われました。頼家が北条氏打倒を企てて失敗すると、実朝が第3代将軍に就任します。

政治の実権はすでに北条氏にある状態だったので、実朝の情熱は文化面に向かいました。京の宮廷文化に強くあこがれ、とくに和歌と蹴鞠を好んだよう

歌人の理想型の評価と不遇者たちの鎮魂

源実朝と後鳥羽院の怨霊封じ

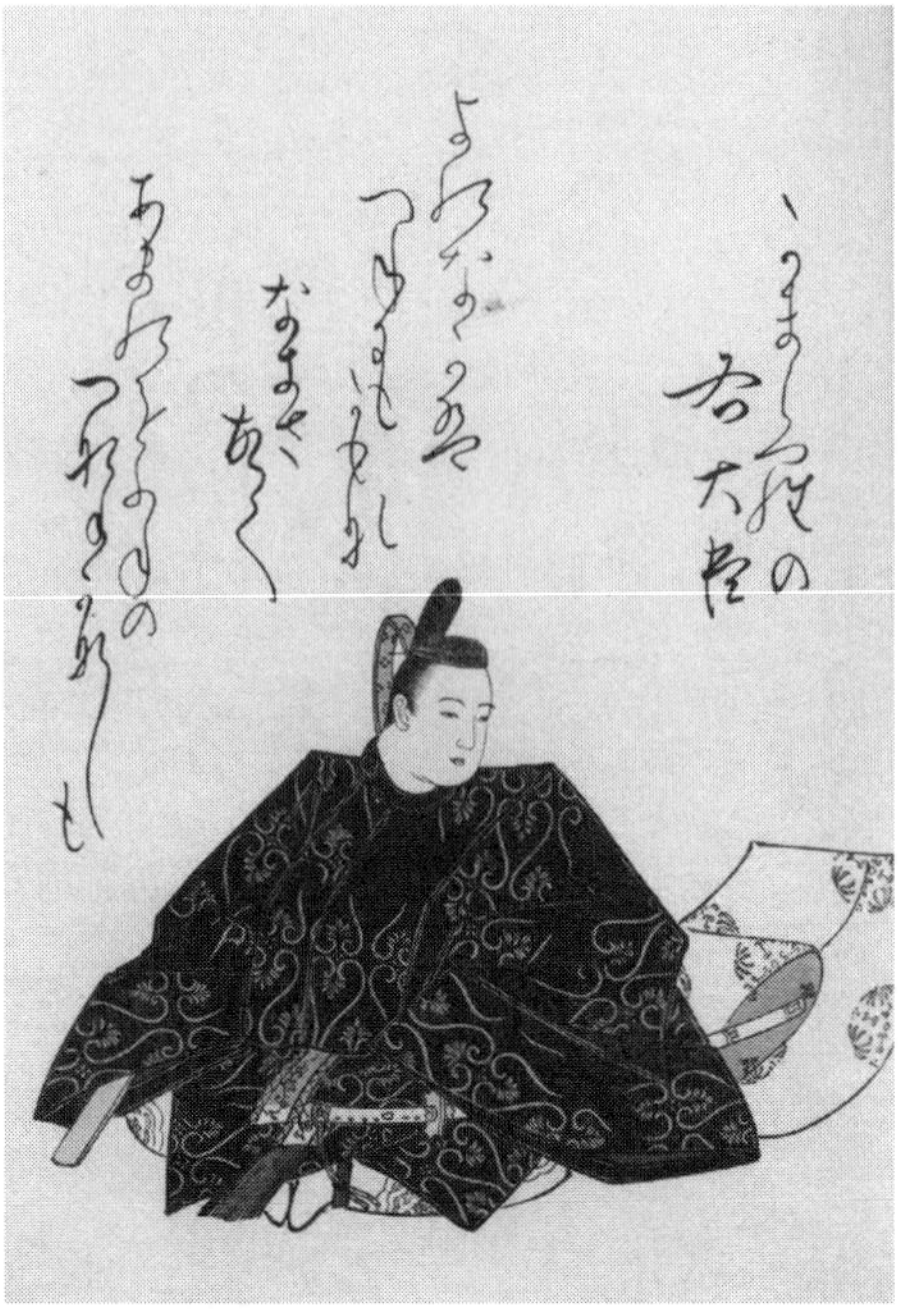

鎌倉右大臣（源実朝）

です。14歳のときに定家から『新古今和歌集』を贈られたのをきっかけに、実朝は手紙でやりとりをしながら定家より和歌の指導を受けました。また、蹴鞠の宗家とされる藤原（飛鳥井）雅経【94番】とも長らく親交を保ちます。

　実朝は、朝廷側に取りこもうと企む後鳥羽院【99番】からも、『院四十五番歌合』などを贈られます。それに乗じて、実朝も昇進を望んで京に使者を派遣し、右大臣にまで昇進しました。ところが、右大臣の拝賀式のため鶴岡八幡宮を訪れた実朝は、甥の公暁に暗殺されてしまいます。この暗殺事件は、北条氏の謀略の可能性も指摘されているようです。

　百人一首に選ばれたこの歌は、定家が編纂した『新勅撰和歌集』では「羇旅歌《きりょか》（旅情を詠んだ歌）」の部に載せられ、「題しらず」としています。一方、『金槐和歌集』の「定家所伝本」では旅の部になく、雑部の無常歌に載せられていて、題は「舟」となっているのです。

　定家の本意に反して、後鳥羽院や順徳院【100番】の歌を1首も採歌できなかった『新勅撰和歌集』

義峯とおふねになぞらえた源実朝の歌（『小倉擬百人一首 鎌倉右大臣』歌川広重・画）

浮世絵に描かれた源実朝の歌（『百人一首絵抄 鎌倉右大臣』三代目歌川豊国・画）

では、鎌倉の北条氏政権に配慮し、本音を悟られないように羈旅歌の部で「題しらず」としたのでしょう。その一方で、公式ではない『金槐和歌集』の「定家所伝本」においては無常歌に入れ、題は「舟」としました。定家の本音は、周囲の荒波に翻弄《ほんろう》された実朝の人生を「無常」ととらえ、大海に浮かぶ「小舟」に実朝をなぞらえたのではないでしょうか。

定家がこの歌を選んだ理由は、まさしく周囲の荒波に翻弄される小舟のように「無常な人生を送った実朝の怨霊鎮魂」を企図したからだと考えます。甥に暗殺されたうえ、首と胴が別々に葬られた実朝を慰めようとして、定家はあえてこの歌を選んだのかもしれません。

それと同時に、小野篁【11番】や殷富門院大輔【90番】の歌と同じく、「海人」が隠岐島の「海士郡」とリンクしている可能性が高いと言えましょう。実朝と同様に、定家は隠岐島の渚を漕ぐ海人の小舟に乗っているような「無常な人生」を送っている後鳥羽院に対して、鎮魂のからくりを仕掛けていると推理します。

⑬ 後鳥羽院から崇られる藤原公経の守護

藤原（飛鳥井）雅経【94番】から藤原家隆【98番】までは、後鳥羽院【99番】を裏切って鎌倉に承久の乱の情報をもたらした藤原公経【96番】を、後鳥羽院の怨霊から守る配置であると考えます。というのも、雅経で「砧《きぬた》を打って衣をつくり」、慈円【95番】で「法力のある墨染めの袖の衣で公経を覆い隠し」、公経自身には「ふりゆく（古りゆく）わが身と自省させ」、藤原定家【97番】で「身を焦がしながら後鳥羽院を待っていますと伝え」、家隆で「禊《みそ》ぎをさせる」という配置になっているからです。

さらに、この禊ぎのあとに後鳥羽院の恨みの歌を配置し、その息子である順徳院【100番】に「昔のことですから」と、あきらめさせる配置が仕掛けてあります。

慈円像（『國文学名家肖像集』より）

藤原（西園寺）公経像（『天子摂関御影』より）

藤原定家像（『国史大図鑑』より）

【94番】参議雅経《さんぎまさつね》（藤原雅経《ふじわらのまさつね》）

慈円の法衣《ほうえ》を砧で打って守護

み吉野《よしの》の　山《やま》の秋風《あきかぜ》　さ夜《よ》ふけて
ふるさと寒《さむ》く　衣《ころも》うつなり

通釈

吉野の山の秋風が吹きすさぶ夜更けごろになると、かつて天皇の離宮があった古都「吉野の里」では、砧で衣を打つ音が寒々と聞こえてくるようです。

作者伝

1170年～1221年。藤原頼経《よりつね》の子で、蹴鞠で有名な飛鳥井家の祖。源義経と親交のあった父が伊豆へ流されたため、鎌倉へ下向。源頼朝に和歌と蹴鞠を評価されて厚遇を受け、のちに後鳥羽院【99番】によって都へ召還。『新古今和歌集』の撰者のひとり。

藤原雅経は頼経の子で、姓を飛鳥井とも号し、最終的に参議にまで昇進しました。蹴鞠の才能にすぐれ、飛鳥井流の祖でもあります。現在、崇徳院【77番】を祀る白峯神宮（京都市上京区）は、雅経の屋敷跡に創建されました。境内には「蹴鞠の碑」などがあり、サッカーをはじめとする球技やスポーツの守護神として信仰を集めます。さらに、蹴鞠はボールを落とさない（落ちない）競技であることから、学業においても

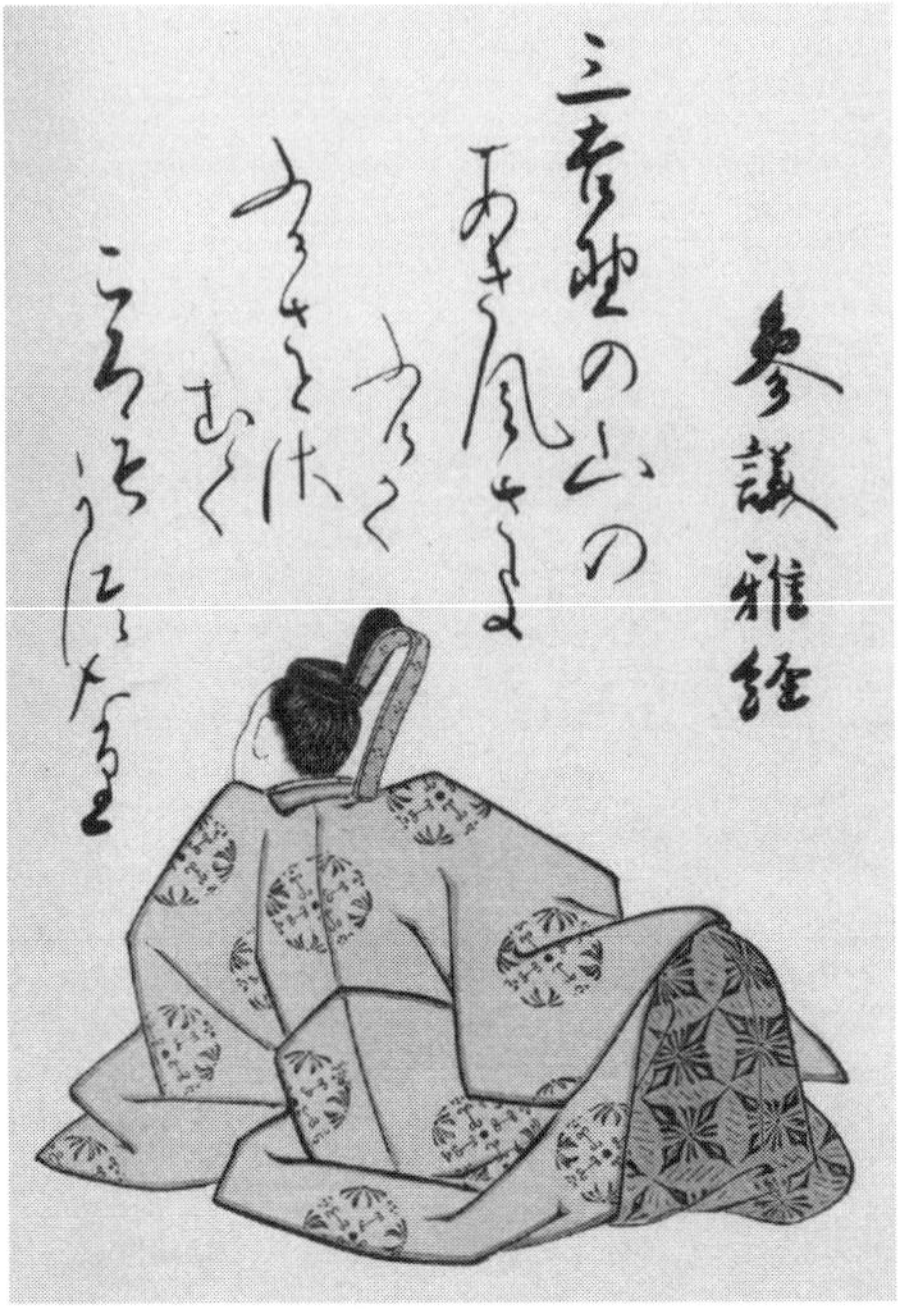

参議雅経（藤原雅経）

ご利益があるといわれているようです。

　父が源義経に助力した罪で安房国《あわのくに》（千葉県南部）などに流されたとき、年少だった雅経は鎌倉に送られました。蹴鞠と和歌の才能によって源頼朝に取り立てられた雅経は、大江広元《ひろもと》〈鎌倉幕府の政所《まんどころ》の初代別当〉の娘を妻に迎えています。やがて蹴鞠の才能を買われて京の後鳥羽院に仕え、足繁《あししげ》く京と鎌倉を往復して源実朝【93番】と親交を持ちました。定家と実朝の仲を取り持ったのも雅経だとされます。

　百人一首に選ばれたこの歌は、『新古今和歌集』の詞書に「擣衣《とうい》の心を」とあります。擣衣とは、砧（木槌）で衣を打って皺《しわ》を伸ばし、やわらかくしたり光沢を出したりする作業のことです。白居易（白楽天）の詩『聞夜砧《よるのきぬたをきく》』には「誰家思婦秋擣帛　月苦風凄砧杵悲（誰《た》が家の思婦《しふ》ぞ秋に帛《きぬ》を擣《う》ち、月苦《さ》え風凄《すさま》じく砧杵《ちんしょ》悲し）」という一節があります。意訳すると、「遠征で不在の夫を思うどこの妻なのだろうか、秋の夜なべに夫の冬服をつくるために布を砧で打ってやわらかくしているのは。月は寒々と澄み、風は激しく吹いて、

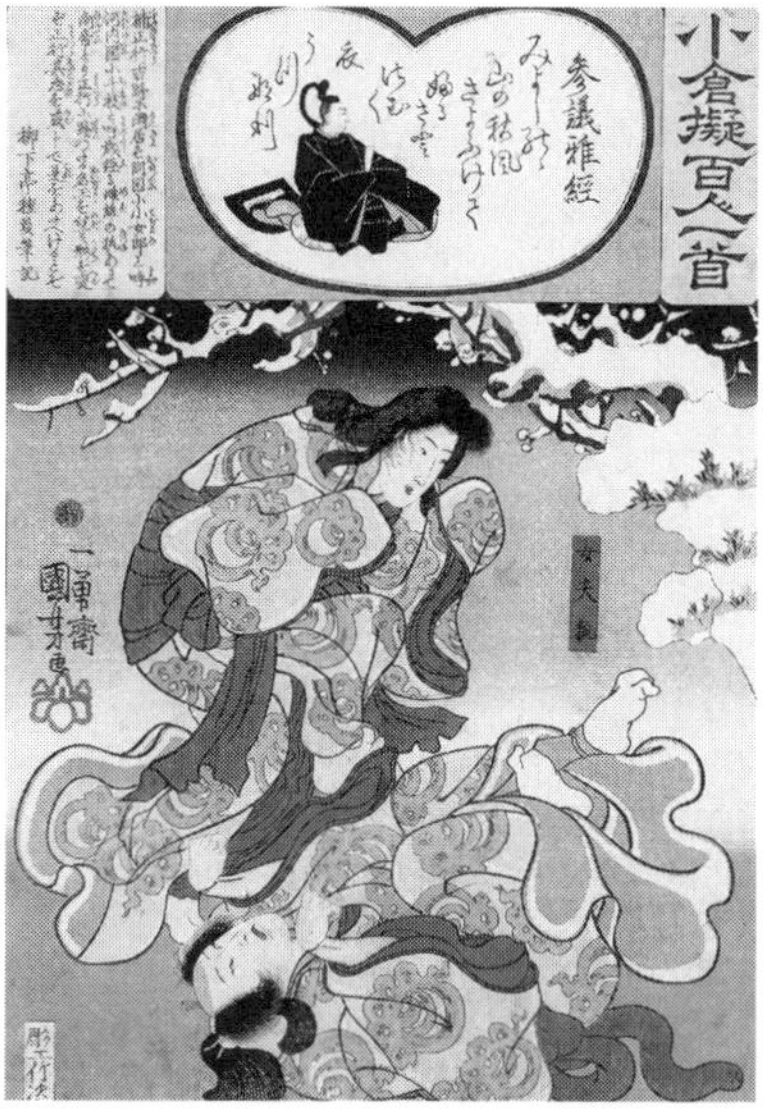

女夫狐になぞらえた藤原雅経の歌(『小倉擬百人一首 参議雅経』歌川国芳・画)

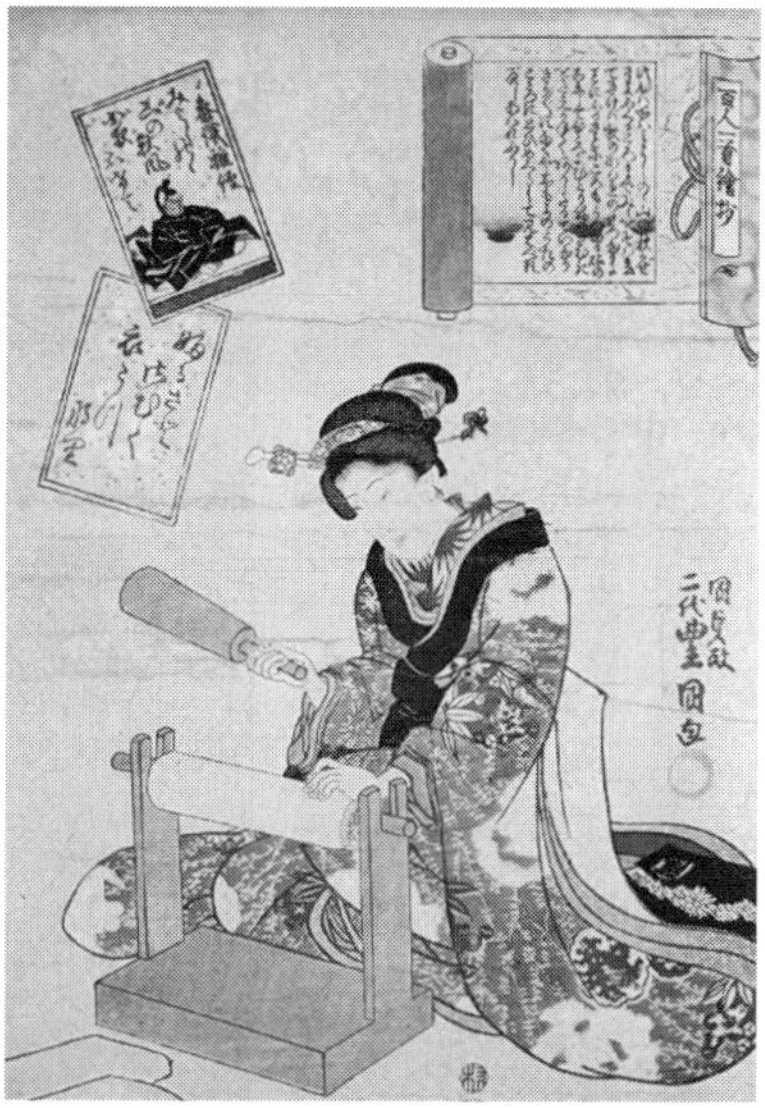

浮世絵に描かれた藤原雅経の歌(『百人一首絵抄 参議雅経』三代目歌川豊国・画)

砧の音が悲しく響いている」となります。雅経は吉野の里の夜長に砧を打つ音がする情景を思い描いて、この歌を詠んだのではないでしょうか。

定家の日記『明月記』には、『新古今和歌集』の編纂に関する記述のなかで、頻繁《ひんぱん》に後鳥羽院の指示による「切り取り・切り入れ」の作業をするようすが記されています。この歌は、『新古今和歌集』の写本には撰者名の表記がないため、〝後鳥羽院によって切り入れられた歌〟だといわれます。

定家がこの歌を選んだ表向きの理由は、後鳥羽院が『新古今和歌集』に切り入れるほどお気に入りであり、思い出深い作品だったからでしょう。それと同時に、鎌倉に承久の乱の情報をもたらすというスパイ的な行為によって「後鳥羽院から祟られるおそれのある藤原公経【96番】を守る」ため、定家は歌の配置でからくりを仕掛けました。公経の守護を目的として、「慈円【95番】の歌で墨染めの法衣をつくる」にあたって、「その布を砧で打つ作業を雅経の歌で実施しようとした」のです。

【95番】前大僧正慈円《さきのだいそうじょうじえん》

公経を法衣で覆って守護

おほけなく　憂《う》き世《よ》の民《たみ》に　おほふかな
わが立《た》つ杣《そま》に　墨染《すみぞ》めの袖《そで》

通釈

身のほどをわきまえず、このつらい世を生きる人々の上に、仏のご加護があるようにと私の法衣の袖を覆いかけてあげよう。伝教《でんぎょう》大師《だいし》(最澄《さいちょう》)が「わが立つ杣」と詠んだ比叡山に、住みはじめたばかりの私の墨染めの袖ではあるが。

作者伝

1155年〜1225年。藤原忠通【76番】の子。九条兼実の弟で、良経【91番】は甥にあたる。幼くして比叡山に入り、生涯で4度も天台座主となった。鎌倉幕府と朝廷との緊張が高まったとき、〝公武融和〟を説いた史論書『愚管抄《ぐかんしょう》』を著している。

慈円は名門の家に生まれたにもかかわらず、10代前半で出家しています。その理由は、幼少期に両親を亡くしたことによって、世の中の無常を知ってしまったからだといわれます。最終的に天台座主（比叡山延暦寺の住職）や大僧正（僧官の最高位）となりますが、生涯で4度も天台座主の辞任と還補《げんぷ》を繰り

後鳥羽院から祟られる藤原公経の守護

公経を法衣で覆って守護

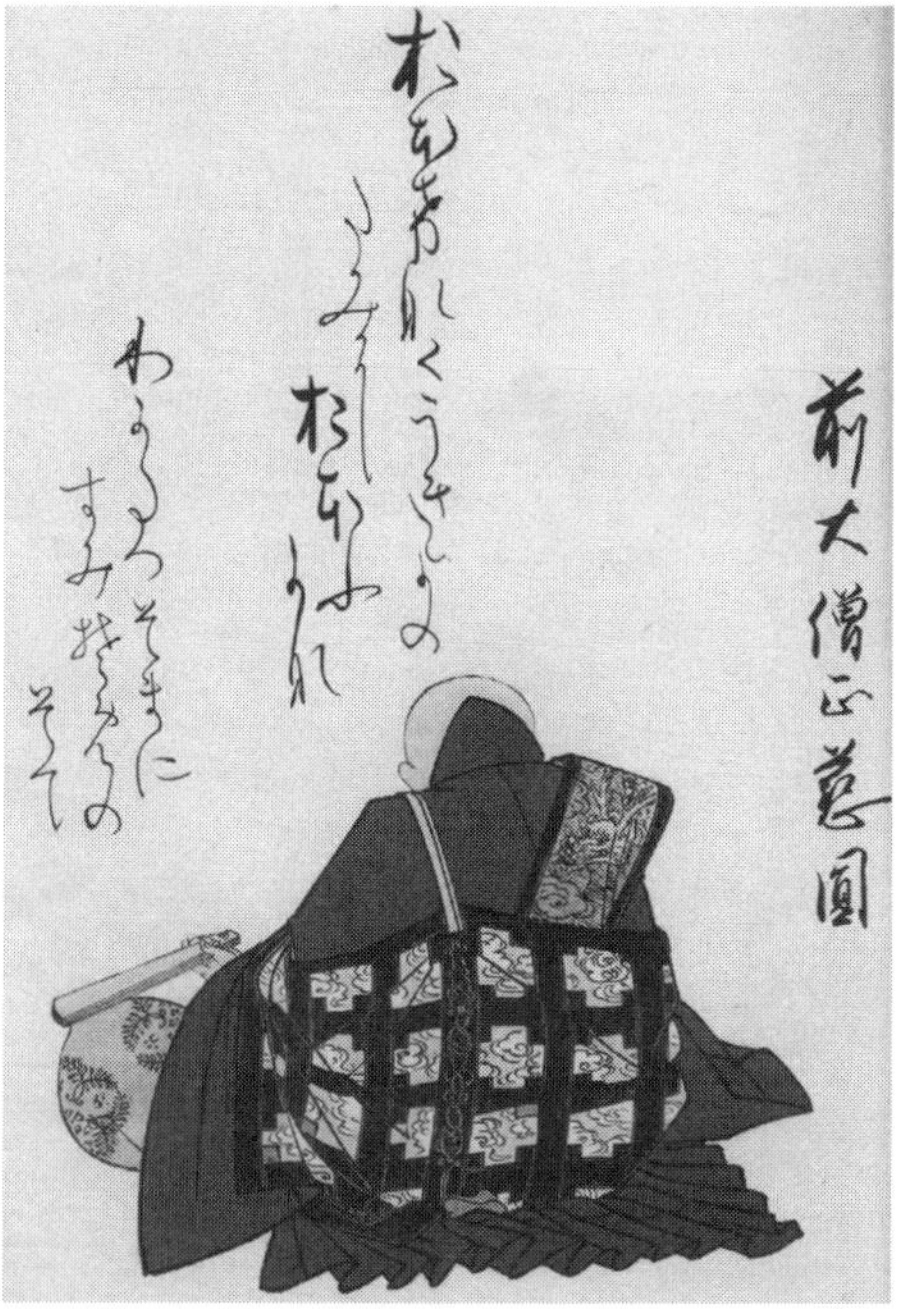

前大僧正慈円

返しました。

慈円は法然《ほうねん》や親鸞《しんらん》の庇護者で、政治的には朝廷と鎌倉幕府との〝公武融和〟を願いました。譲位後の後鳥羽院【99番】との関係は密接で、護持僧としてだけでなく、歌壇の中心人物としても深く関わりました。しかし、源実朝【93番】が暗殺されると、後鳥羽院が倒幕計画を進めたため、〝公武融和〟を政治的理想とした慈円とのあいだに亀裂が生じました。ただ、後鳥羽院が承久の乱に敗れて隠岐島に流されたあとは、慈円は後鳥羽院の還京を念願して祈禱をしています。

百人一首に選ばれたこの歌は、慈円が初めて天台座主になる以前に詠んだものです。平安時代末期は争乱・疫病・天災などによって世の中が混迷していたため、慈円は謙遜しながらも、「鎮護国家」の思想に基づいて人民を導いていこうという抱負を歌に込めました。ただ、定家好みの技巧に富んだ歌でもなく、背後に深みのあるものでもなく、なにより慈円の最高傑作と呼べる作品でもありません。派生歌もほとんどないくらいです。それにもかかわらず、定家が数多

大伴黒主と小町桜霊になぞらえた慈円の歌（『小倉擬百人一首 前大僧正慈円』三代目歌川豊国・画）

浮世絵に描かれた慈円の歌（『百人一首絵抄 前大僧正慈円』三代目歌川豊国・画）

くの慈円の歌のなかからわざわざこの歌を選び、ここに配置した理由はなんなのでしょうか？

定家が選歌した理由としてまず考えられるのが、「慈円の法力のある言葉で、後鳥羽院の怨霊を封じてほしい」ということです。そのため「墨染めの法衣で憂き世の民を覆って守護する」という歌の内容が、定家の企図する怨霊封じにピッタリだったのではないでしょうか。

それと同時に、この歌の内容ならば、定家の義弟である藤原（西園寺）公経【96番】を後鳥羽院の怨霊から守れるとも思ったことでしょう。なぜなら、公経の歌の直前に配置することで、墨染めの法衣で公経を覆わせて守護することが可能だからです。

また、この歌は「憂き世の民に自分の墨染めの袖を覆いかぶせ、仏の慈悲がおよぶこと」を願っています。それを踏まえて、「世を思うがゆえに人を憂し・恨めし」と思う後鳥羽院にも、定家は「出家した本来の墨染めの袖の境地（＝仏の慈悲の境地）」になってほしいと願ったのではないでしょうか。

【96番】入道前太政大臣《にゅうどうさきのだいじょうだいじん》（藤原公経《ふじわらのきんつね》）

後鳥羽院の祟りを自省により沈静化

花《はな》さそふ　嵐《あらし》の庭《には》の　雪《ゆき》ならで
ふりゆくものは　わが身《み》なりけり

通釈

落花を誘うように嵐が吹く庭には、まるで雪のように桜の花びらが降っているが、本当に古りゆく（老いていく）ものは、私自身のほうではないか。

作者伝

1171年～1244年。藤原実宗《さねむね》の子で、西園寺家の第4代当主。姉の夫である藤原定家は義兄にあたる。源頼朝の姪を妻に迎えたため鎌倉幕府との結びつきが強く、外孫の藤原（九条）頼経が第4代将軍に就任。承久の乱では後鳥羽院【99番】に幽閉された。

藤原公経は西園寺家の実質的な祖とされ、西園寺公経とも呼ばれます。太政大臣を辞任したあとに出家したことから「入道前太政大臣」と称します。

公経は後鳥羽院の寵臣《ちょうしん》でしたが、源頼朝の姪を妻に迎えたことから、鎌倉幕府とも密接な関係となりました。第3代将軍の源実朝【93番】が暗殺されたときも、幕府の要望に応え、外孫の三寅《みとら》〈のちの藤原頼経〉を後継将軍として鎌倉に下向させています。

入道前太政大臣（藤原公経）

後鳥羽院から祟られる藤原公経の守護

後鳥羽院の祟りを自省により沈静化

承久の乱の際には、後鳥羽院の倒幕計画を知って反対したため、鎌倉方のスパイだとみなされて幽閉されました。しかし、拘禁《こうきん》される直前に挙兵の情報などを鎌倉幕府に通報したことで、鎌倉方に勝利をもたらしています。その功績で、乱後は太政大臣にまで昇進して朝廷の実権を握り、孫娘を後嵯峨天皇の中宮にして皇室の外戚になるなど、栄華を極めました。

このように、公経は承久の乱後に最も得をした人物です。「世の奸臣《かんしん》」とまでいわれ、後鳥羽院の怨霊から祟られる第1候補の人物なのです。

この歌は、『新勅撰和歌集』の詞書に「落花をよみ侍りける」とあります。定家がこの歌を選んでここに配置した理由は、慈円【95番】の法力と墨染めの法衣で「公経を後鳥羽院の怨霊から守ろうとした」のではないかと考えます。守るための手段として、「ふりゆくものは　わが身なりけり」と公経に自省させる歌を選んだのでしょう。それと同時に、定家は自身の歌を公経の直後に配置しています。これは「定家が盾となって公経を守る」という布陣です。

【97番】権《ごん》中《ちゅう》納《な》言《ごん》定《てい》家《か》（藤原定家《ふじわらのていか》）

後鳥羽院の帰還を身を焦がして待つ

来《こ》ぬ人《ひと》を　まつほの浦《うら》の　夕《ゆふ》なぎに
焼《や》くや藻塩《もしほ》の　身《み》も焦《こ》がれつつ

通釈

来ない人を待つ松帆《まつほ》の浦《うら》（淡路島）の夕凪《ゆうなぎ》のなかで、藻塩を焼く煙が真っ直ぐ上がっています。その焼かれる藻と同じように、私は来ない人への思いで身も心も焦がされています。

作者伝

1162年～1241年。藤原俊成【83番】の子。後鳥羽院【99番】に重用され、第8代勅撰集『新古今和歌集』の撰者のひとりに選任。第9代勅撰集『新勅撰和歌集』の単独撰者であり、『小倉百人一首』の撰者としても知られる。

藤原定家は俊成の子で、名前は「さだいえ」とも読みます。藤原季能《すえよし》の娘と結婚しますが、まもなく離婚し、藤原（西園寺）公経【96番】の姉と再婚しました。そのため、公経は義弟にあたります。

歌道家「御子左家」の後継者として父から和歌を学んだ定家は、後鳥羽院の愛顧を受けて『新古今和歌集』の撰者に任命されています。しかし、藤原基俊【75番】の項で述べたように、定家は昇進面で不満を持っ

後鳥羽院から祟られる藤原公経の守護

後鳥羽院の帰還を身を焦がして待つ

権中納言定家（藤原定家）

ていたらしく、それをにおわせた歌を内裏歌合に提出したところ、後鳥羽院の逆鱗《げきりん》に触れて蟄居を命じられ、和歌の世界での公的活動を封じられてしまいました。ただ、このことが逆に定家に幸いし、翌年の後鳥羽院を中心とする鎌倉幕府の転覆計画、世にいう「承久の乱」に巻きこまれなかったのは〝歴史の皮肉〟と言えましょう。

乱後、定家は義弟である公経の後援を受けて、権中納言にまで昇進しました。そして後堀河天皇から歌集撰進の勅命を受けると、官職を辞して選歌に専念し、ひとりで『新勅撰和歌集』を完成させたのです。このときは、ちょうど後鳥羽院と順徳院【100番】の還京運動が最終段階でもあったことから、鎌倉幕府に配慮して、両院のすべての歌を切り捨てています。

その直後、定家は宇都宮頼綱（蓮生）の求めによって小倉山荘の襖に貼る色紙形を書きます。これが『小倉百人一首』の原形になったとされるものです。後鳥羽院と順徳院の還京運動が幕府によって完全に拒否された年に、百人一首は完成しています。百人一首の編纂は、『新勅撰和歌集』から後鳥羽院と順徳院のすべての歌を切り捨ててしまったことに対する、定家の「心からのお詫び」を示した歌集だと結論づけてもいいかと考えます。百人一首が完成した4年後、後鳥羽院が隠岐島で崩御し、その2年後には定家も薨去しました。

定家が百人一首に自選したこの歌は、建保《けんぽう》4年(1216)の内裏歌合での作品です。このときの判者は定家でした。判者は自分の作品を勝ちとはしない決まりですが、順徳天皇の御製として「あえて自分の歌を勝ちと判定した」とされる歌です。奇しくも百人一首の〝締め〟が順徳院であり、自分の歌をその御製としたのは、この歌に対するひとかたならぬ思いと自信があったからでしょう。

定家がこの歌を自選したのは、「来ぬ人」が後鳥羽院を指し、「身も心も焦がれる思い」をメッセージとして込めたからではないかと考えます。それと同時に、「『新勅撰和歌集』から後鳥羽院の歌を切り捨ててしまったことへのお詫びと怨霊鎮魂」を企図したのではないでしょうか。

松帆の浦は、後鳥羽院が都落ちをした〝難波潟〟の先にある「淡路島の最北端」に位置しています。定家は後鳥羽院の帰還を身も心も焦がして待ち続ける場所としても最適だと考えてこの歌を選び、ここに配置したものと推理します。そしてこの歌は、「定家が身も心も焦がして後鳥羽院を思う熱烈なラブレター」でもあると言えましょう。

浮世絵に描かれた藤原定家の歌(『百人一首之内 権中納言定家』歌川国芳・画)

【98番】従《じゅ》二《に》位《い》家《いえ》隆《たか》（藤原家隆《ふじわらのいえたか》）

後鳥羽院の恨みを禊《みそ》ぎで浄化

風《かぜ》そよぐ　ならの小川《をがは》の　夕暮《ゆふぐ》れは
みそぎぞ夏《なつ》の　しるしなりける

通釈

風がそよそよと楢《なら》の木の葉にそよいでいる「ならの小川（上賀茂神社の御手洗川《みたらしがわ》）」の夕暮れは、もう秋のように涼しいですが、水無月祓《みなづきばらえ》の禊ぎが行われていることで、まだ夏であることがわかります。

作者伝

1158年～1237年。藤原光隆《みつたか》〈権中納言〉の子。藤原俊成【83番】に師事し、定家【97番】のライバルと評された。第8代勅撰集『新古今和歌集』の撰者のひとり。後鳥羽院【99番】とは最後まで親密で、京から隠岐島への音信を絶やさなかった。

藤原家隆は壬生《みぶ》（京都市中京区）のあたりに住んで、従二位まで位階が昇進したことから「壬生《みぶの》二品《にほん》」とも呼ばれました。和歌に関しては藤原俊成に師事し、その子である定家とはお互いの歌を認めあうよきライバルとして、終生変わらぬ友人だったようです。後鳥羽院の信任が厚く、『新古今和歌集』の撰者のひとりになりました。

家隆は承久の乱のあとも隠岐島へ流罪となった後

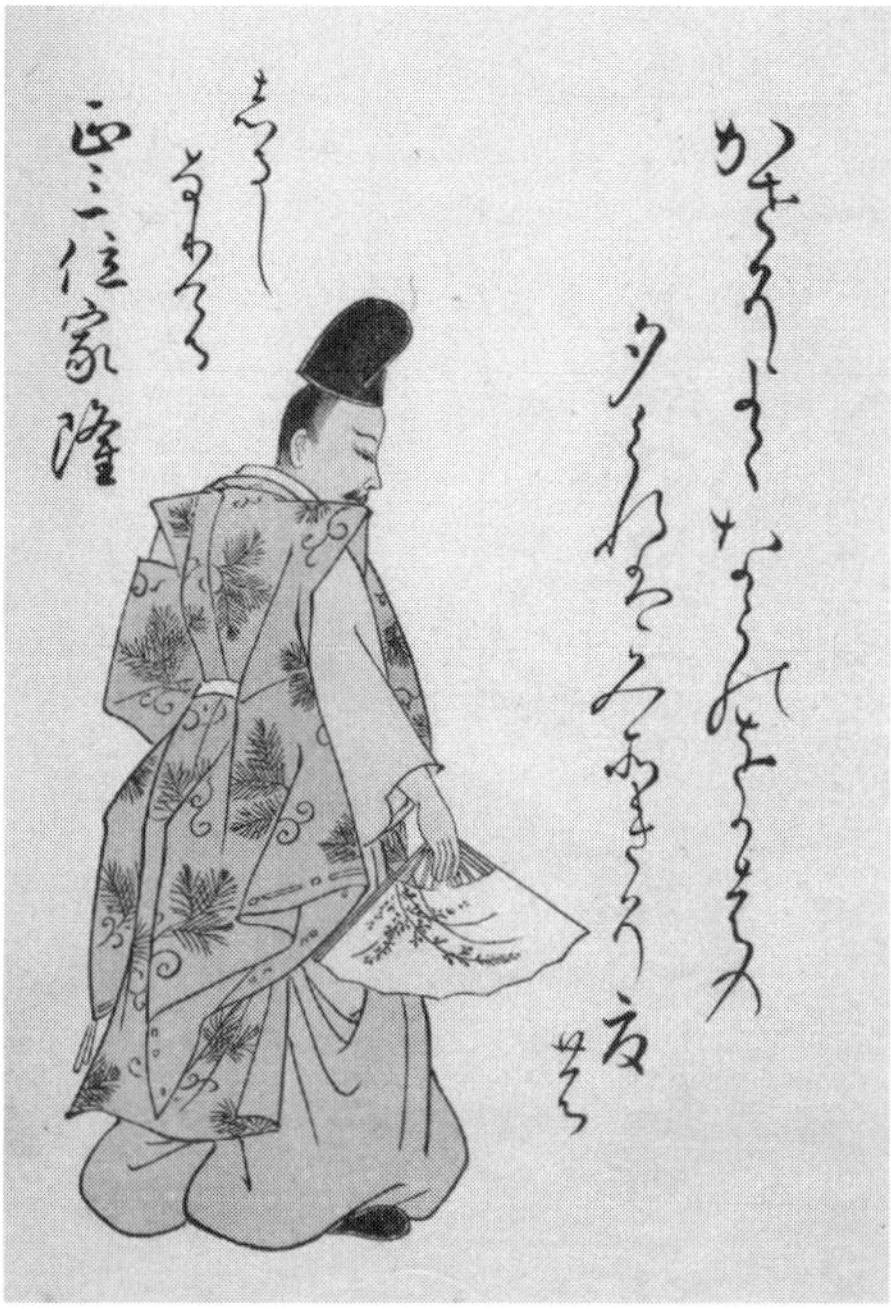

従二位家隆（藤原家隆）

鳥羽院への音信を絶やさず、以前と変わらない親交を続けたとされる実直な人物です。多くの者たちは幕府をはばかって後鳥羽院から遠ざかっていっただけに、家隆の愚直なばかりの実直さと勇気は特筆されるべきでしょう。定家も家隆を高く評価しており、定家が単独で撰した『新勅撰和歌集』においては、家隆の歌を43首も選歌しています。これは自身の父である俊成をしのぐ数であり、個人の入集数では最多でした。

百人一首に選ばれたこの歌は、『新勅撰和歌集』の詞書に「寛喜《かんき》元年女御《にょうご》入内《じゅだい》屏風《びょうぶ》」とあります。要するに、九条道家〈良経【91番】の子〉の娘である竴子《しゅんし》が後堀河天皇に女御として入内する際に用意した1月から12月までの年中行事を描いた「月次屏風」のなかの、「水無月祓」の絵に添えられた歌だということです。水無月祓とは、6月30日に行われる「夏越《なごし》の祓《はらえ》」のことで、新年から半年分の穢《けが》れを落とし、残りの半年の無病息災を祈願する年中行事です。人形《ひとがた》で人間の体を撫《な》でて穢れを移してから水に流したり、茅《ち》の輪《わ》をくぐって穢れを祓ったりしました。

定家がこの歌を選んでここに配置した理由は、「後鳥羽院と最後まで親交を続けるほど最も信任が厚かった家隆に、〝怨霊鎮魂の最後の盾〟になってもらいたかったから」ではないでしょうか。それと同時に、〝後鳥羽院の恨みのこもった歌〟の直前に〝禊ぎの歌〟を配置し、「後鳥羽院の穢れた言霊を、清浄な言霊で清める必要があったから」だと考えます。

さらに、定家は家隆に対して、『新勅撰和歌集』では最も多く選歌して最高の評価をし、百人一首では後鳥羽院の直前に配置するという「栄誉」まで与えました。その理由は、家隆に最後の盾になってもらうだけでなく、怜悧《れいり》な定家が家隆に別の使命も委ねたからではないでしょうか。

多大な栄誉をもらった家隆は感動して、定家に深く感謝したに違いありません。そして実直すぎるほど実直で、隠岐島の後鳥羽院と太いパイプを持っていた家隆が、喜び勇んで百人一首を後鳥羽院や順徳院に献上することまで計算したのではないでしょうか。おそらく定家は、両院への献上用の百人一首を家隆に託していたのではないかと推理します。

⑭ 父親の恨みを息子が慰める鎮魂

百人一首の最初の2首は、父親〈天智天皇【1番】〉の恨みを娘〈持統天皇【2番】〉が慰める内容と配置になっていましたが、最後の2首も父親〈後鳥羽院【99番】〉の恨みを息子〈順徳院【100番】〉が慰める内容と配置になっています。その理由は、百人一首の本質が「後鳥羽院の怨霊封じ」であると考えられるからです。

【99番】後《ご》鳥《と》羽《ば》院《いん》（後《ご》鳥《と》羽《ば》天《てん》皇《のう》）

裏切った者たちへの後鳥羽院の恨歌

人《ひと》もをし　人《ひと》も恨《うら》めし　あぢきなく
世《よ》を思《おも》ふ故《ゆゑ》に　もの思《おも》ふ身《み》は

通釈

人というものが愛おしくもあり、また恨めしくも思われる。おもしろくない世の中だと思ってしまい、あれこれと物思いの絶えない私にとっては。

作者伝

1180年～1239年。第82代天皇。承久の乱を起こして敗れ、配流先の隠岐島で崩御。帰京が叶わなかったことから、怨霊になったともいわれる。第8代勅撰集『新古今和歌集』の編纂を指揮し、藤原定家【97番】らを撰者に任命した。

後鳥羽院は、源平の争乱が続いていた激動の時代に生まれました。平家が安徳天皇〈後鳥羽院の兄〉を奉じて西国へ都落ちしたため、三種の神器（八《や》咫鏡《たのかがみ》・天叢雲剣《あめのむらくものつるぎ》・八尺瓊勾玉《やさかにのまがたま》）がないまま即位していきます。19歳のときに土御門天皇に譲位して院政を行いましたが、ちょうど貴族の時代から武士の時代へと変わろうとしていた転換期で、後鳥羽院は朝廷の復権を模索し続けました。

父親の恨みを息子が慰める鎮魂

裏切った者たちへの後鳥羽院の恨歌

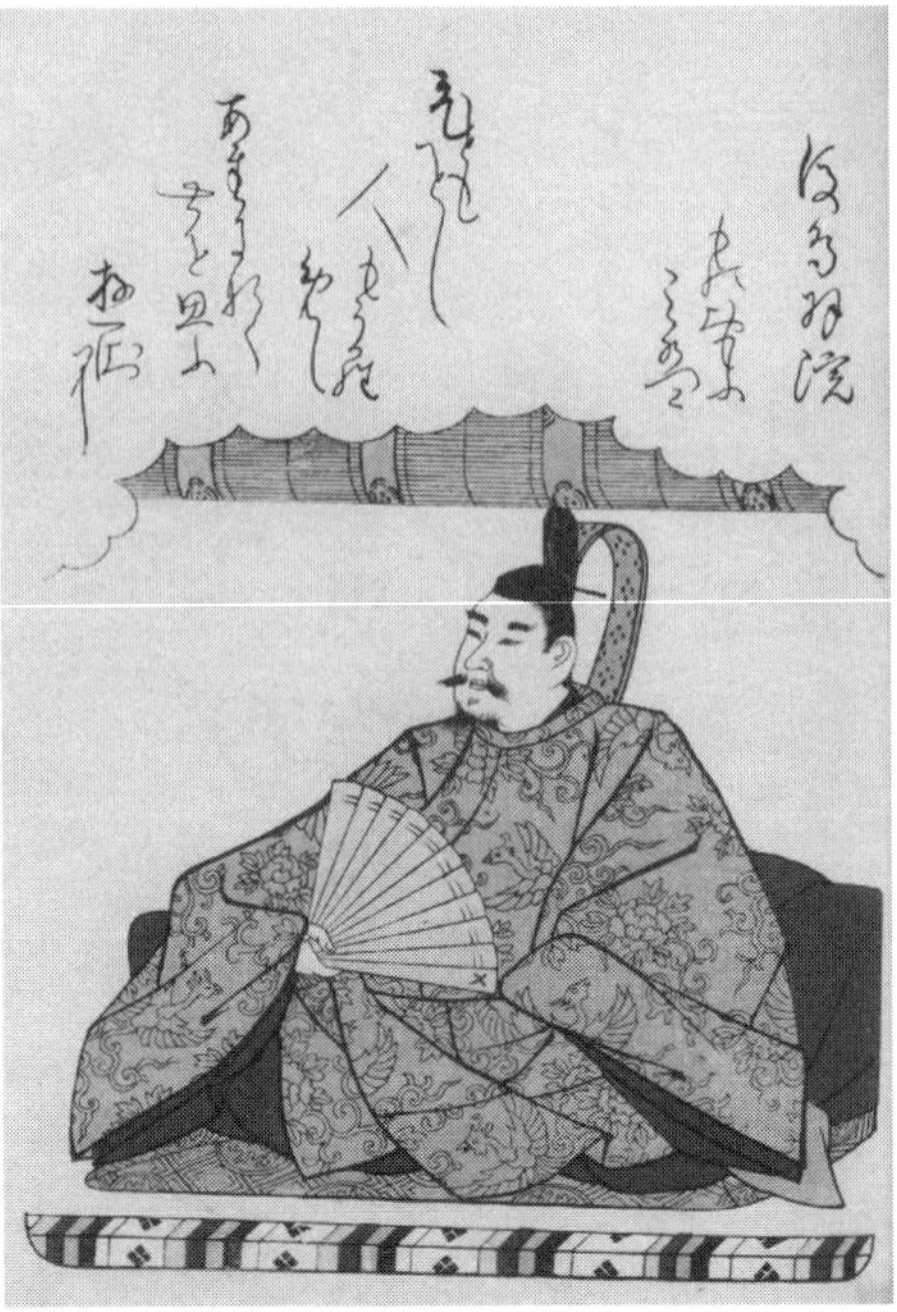

後鳥羽院（後鳥羽天皇）

後鳥羽院は鎌倉幕府との平和を願って源実朝【93番】に血縁の娘を嫁がせましたが、実朝の暗殺から幕府との関係は悪化するばかりでした。そして、ついに倒幕を掲げて挙兵します。世にいう「承久の乱」です。

幕府軍に敗北した後鳥羽院は、出家して隠岐島へ流されました。以後、京へ帰還することを許されず、崩御までの19年間を隠岐島で過ごします。遺骨の一部は、近習の藤原能茂《よしもち》が出家して京に持ち帰り、大原（京都市左京区）の法華堂に安置しました。当初は「顕《けん》徳院《とくいん》」の諡号《しごう》が贈られましたが、朝廷で不幸な出来事が続いたことから「院の祟りでは」と噂され、「後鳥羽院」に改められています。

百人一首に選ばれたこの歌は、後鳥羽院が33歳のときに詠んだものです。ちょうど鎌倉幕府に圧迫されて、朝廷の衰微を感じていた時期で、この9年後に承久の乱を起こします。では、定家がことさらこの歌を選び、99番目に配置した理由はなんなのでしょうか？

百人一首の〝本質〟が「後鳥羽院の怨霊封じ」である

とすれば、当然ながら「現時点における後鳥羽院の心情を表現した最もふさわしい歌」としてわざわざ選んだのだと考えます。とくに「愛おしく思う者もいれば、恨めしく思う者もいる」という冒頭の表現は、具体的な人物を想定してのものではないでしょうか。前者は隠岐島へ配流後も従前と変わらない忠誠ぶりだった藤原家隆【98番】であり、後者は裏切りから「世の奸臣」とまでいわれた藤原(西園寺)公経【96番】だと推理します。

さらに、「あぢきなく(おもしろくない)」は、武士が台頭して〝君〟と〝臣〟が逆転してしまったこの世に対し、まさに後鳥羽院の心情に合致する内容です。だからこそ「あれこれと物思いの絶えない」とする隠岐島にいる後鳥羽院の心情は、「恨めし・あぢきなく」と思う者たちへの強い憤りを込めた表現としても受け取れましょう。そう思ってこの歌を味わってみると、「幕府や朝廷の実力者への〝恨み辛み〟を生々しく述べた歌」に見えてくるから不思議です。

このように定家がこの内容の歌を選んだのは、「現在の心情を最も適切に表した後鳥羽院自身が詠んだものだったから」に違いありません。なぜなら、百人一首の最大のテーマが「親の恨みを子どもが慰めて封印すること」だからです。そのためには、最初の2首である天智天皇【1番】の恨みの歌を、娘の持統天皇【2番】が慰めるパターンを引き継いで、最後の2首も後鳥羽院【99番】の恨みの歌を、息子の順徳院【100番】が慰めるパターンにする必要があったのではないでしょうか。

後鳥羽上皇行在所跡の石碑(島根県隠岐郡海士町)

後鳥羽天皇御火葬塚(島根県隠岐郡海士町)

【100番】順徳院《じゅんとくいん》（順徳天皇《じゅんとくてんのう》）

息子の立場から後鳥羽院を鎮魂

百敷《ももしき》や　古《ふる》き軒端《のきば》の　しのぶにも
なほあまりある　昔《むかし》なりけり

通釈

宮中の古く荒れた軒端に生えている忍ぶ草（ノキシノブ）を見るにつけ、いくら偲んでも偲びきれない昔の良き御代《みよ》であることよ。

作者伝

1197年〜1242年。第84代天皇。藤原定家【97番】に師事して歌才を磨いた。父の後鳥羽院【99番】とともに承久の乱を起こし、敗れて佐渡島へ配流。京へ帰れないと悟ると、絶食して焼け石を顔にあて、自殺のようなかたちで崩御したと伝わる。

順徳院は後鳥羽天皇の皇子で、兄である土御門天皇の譲位によって即位しました。兄とは対照的に才気があり、激しい気性で活発だったといわれています。父とともに宮廷の儀礼の復興に努め、内裏での歌会や歌合を盛んに催しました。

25歳のときに息子の仲恭《ちゅうきょう》天皇に譲位し、後鳥羽院とともに倒幕をめざして承久の変を起こしますが、幕府軍に敗れて佐渡島へ配流されました。還京を願

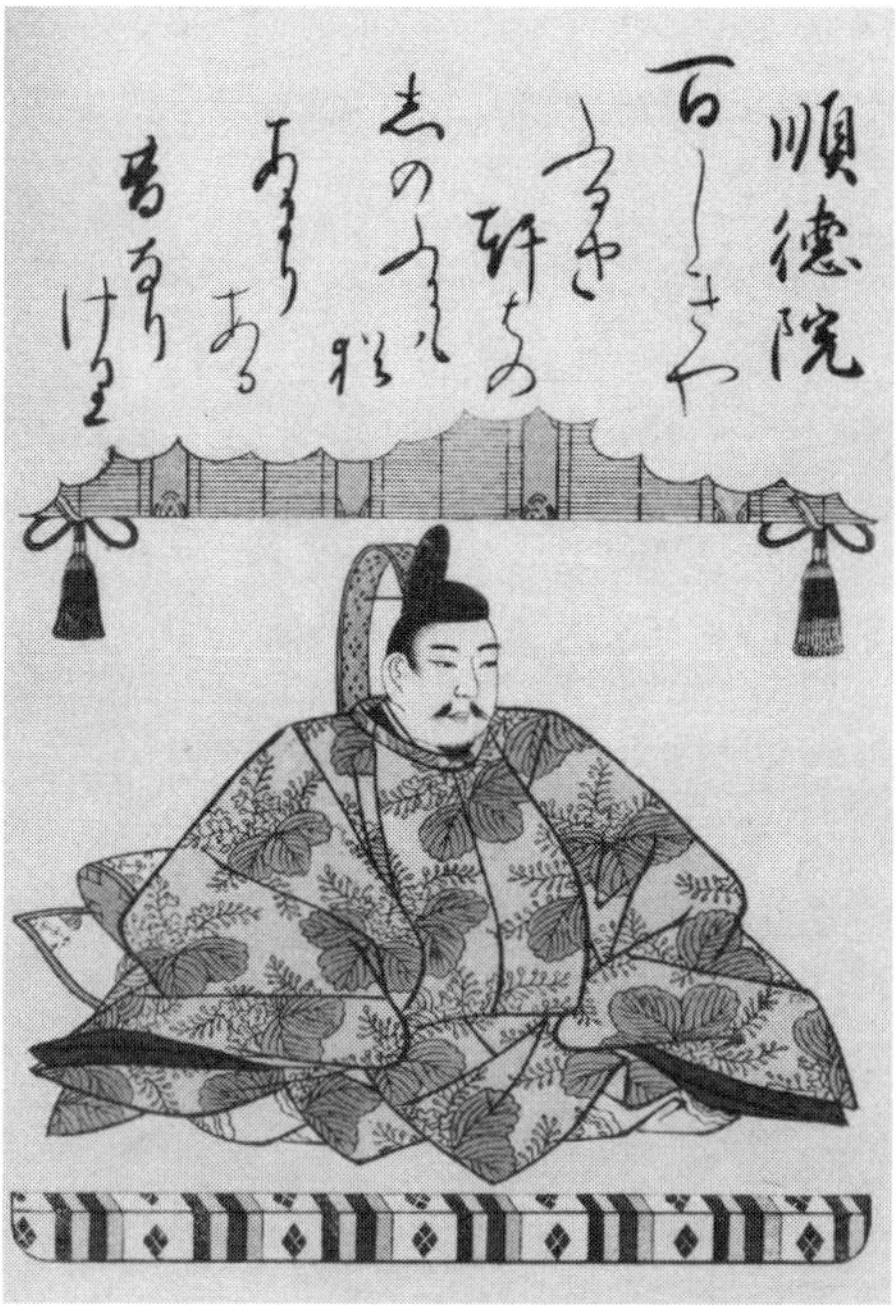

順徳院（順徳天皇）

父親の恨みを息子が慰める鎮魂

息子の立場から後鳥羽院を鎮魂

いながらも21年間島に住み、46歳で崩御しています。それは、後鳥羽院が隠岐島で亡くなってから3年後のことでした。

父の死後、順徳院は自分も死んで怨霊になることを願い、宮中のめでたい行事が行われる9月9日の「重陽《ちょうよう》の節句」に死のうとして絶食したそうです。しかし、目標の日に死ぬことは叶わず、失意のまま自分の顔に焼け石をあてて壮絶に命を散らしたと伝わっています。佐渡島の真野御陵《まのごりょう》に葬られましたが、翌年に遺骨の一部が京に持ち帰られ、後鳥羽院の大原（京都市左京区）の法華堂のそばに安置されました。

歌に関しては、幼少期より定家を師とし、在位中に歌会や歌合をたびたび主宰したことはもちろん、配流後も歌作に励んで100首を詠み、京にいる定家や隠岐島に流された後鳥羽院に添削を頼んでいます。その5年後、定家がこの100首に論評を添えてまとめたのが『順徳院御百首《おんひゃくしゅ》』です。

百人一首に選ばれたこの歌は、第10代勅撰集『続後《しょくご》撰《せん》和歌集』から採歌されたものですが、その原典は建

新潟県佐渡市にある順徳院御配所跡（黒木御所跡）

新潟県佐渡市にある真野御陵（順徳天皇御火葬塚）

新潟県佐渡市の真野宮に建つ「百敷や……」の歌碑

保4年（1216）ごろの『二百首和歌』にあります。これは承久の乱の5年前に編纂されたものであり、順徳院が在位中の心穏やかだったころに詠んだ歌です。

定家が百人一首の最後を飾る〝締め〟の歌としてこの歌を選んだ理由は、後鳥羽院の項で述べたとおり、なにがなんでも「親の恨みを子どもが慰める」というパターンにする必要があったからでしょう。内容的にも「いくら昔の宮中での生活が良かったと偲んでみても、昔のことですから、いまとなってはしかたありませんね」と、父の恨みを慰めるには申し分ない息子の歌となっています。

それと同時に、後鳥羽院の歌が大トリ（最後）ではなく99番目に配置された謎も、定家があえて「親の恨みを子どもが慰める」というパターンを仕掛ける必要があったからだと考えれば、すっきりと解決するのです。さらに、この歌が100番目の歌にふさわしく「百」という語からはじまるのも意味深長であり、そういう視点からでも定家が意図的に歌を配列していることがうかがえるのではないでしょうか。

第5章

人物一覧表から見る百人一首

恨みや鎮魂に関する人物一覧表から百人一首を検証

百人一首が後鳥羽院を筆頭とする「鎮魂の歌集」であることを検証するため、作者を「恨み」および「鎮魂」という観点から一覧表にまとめてみました。この「百人一首の恨みや鎮魂に関する人物一覧表」をもとに、百人一首の全体像を分析してみたいと思います。

百人一首の謎については、『絢爛《けんらん》たる暗号　百人一首の謎を解く』織田正吉・著（集英社文庫）のなかで問題提起がなされ、歌の相互関係がひもとかれています。それをきっかけに、さまざまな謎解き論争が巻き起こったと言えましょう。

そこで私は「恨み」と「鎮魂」という切り口で100首に迫ってみました。すると、「恨み」に関する歌は66首、「鎮魂」に関する歌はなんと89首にのぼったのです。

まずは、「百人一首の恨みや鎮魂に関する人物一覧表」をご覧ください。「恨み」や「鎮魂」に込められた強弱によって、「◎（激しい）」「○（一般的）」「△（多少）」としてあります。また、六歌仙に「★」を、三十六歌仙に「★」をそれぞれつけています。おまけとして、初句や掲載ページ（頁）なども付記しましたので、本書で歌を調べる際にお役立ていただければ幸いです。

百人一首の恨みや鎮魂に関する人物一覧表

首順	詠み人	初　句	掲載頁	恨み	鎮魂	歌仙	備　考
1	天智天皇	秋の田の	32	◎			不幸死、藤原氏への強い恨み
2	持統天皇	春過ぎて	36		◎		娘の立場で父の恨みを鎮魂
3	柿本人麻呂	あしびきの	38	○	○	★	不幸死、天智天皇の鎮魂
4	山部赤人	田子の浦に	41	△	○	★	視覚による天智天皇らの鎮魂
5	猿丸大夫	奥山に	43	△	○	★	聴覚による天智天皇らの鎮魂
6	中納言家持 （大伴家持）	かささぎの	45	◎	○	★	不幸死、藤原氏への強い恨み
7	阿部仲麻呂	天の原	48	○	○		帰郷できず、後鳥羽院の鎮魂
8	喜撰法師	わが庵は	50		◎	★	宇治陵の墓守、天智天皇の鎮魂
9	小野小町	花の色は	53	○	○	★★	不幸な晩年、諸行無常で鎮魂
10	蝉丸	これやこの	56	○	○		不幸な晩年、会者定離で鎮魂
11	参議篁（小野篁）	わたの原	58	○	◎		隠岐島に流刑、後鳥羽院の鎮魂
12	僧正遍昭	天つ風	60	△	◎	★★	出家、陽成院への慰めと鎮魂
13	陽成院 （陽成天皇）	筑波嶺の	62	○	◎		藤原氏に退位させられた恨み
14	河原左大臣 （源融）	陸奥の	64	○	○		藤原氏に皇位継承を邪魔された恨み
15	光孝天皇	君がため	66		○		天智天皇・陽成院の鎮魂
16	中納言行平 （在原行平）	たち別れ	69	○	○		流刑、後鳥羽院の還京祈願
17	在原業平朝臣	ちはやぶる	71	○	○	★★	不遇、後鳥羽院の都落ちの言祝ぎ
18	藤原敏行朝臣	住の江の	73	○	○	★	不幸死、都落ちの後鳥羽院の思慕
19	伊勢	難波潟	75		○	★	都落ちの後鳥羽院の思慕
20	元良親王	わびぬれば	77	◎	○		頓死、都落ちの後鳥羽院の思慕
21	素性法師	今来むと	79	○	○	★	出家、後鳥羽院の還京祈願

首順	詠み人	初　句	掲載頁	恨み	鎮魂	歌仙	備　考
22	文屋康秀	吹くからに	81	○	△	★	卑官、季節の移り変わりの挿入歌
23	大江千里	月見れば	83	△	○		後鳥羽院への哀歌と鎮魂
24	菅家（菅原道真）	このたびは	85	◎	◎		不幸死、雷神と後鳥羽院の鎮魂
25	三条右大臣（藤原定方）	名にし負はば	88		○		後鳥羽院に逢う方法の希求と鎮魂
26	貞信公（藤原忠平）	小倉山	90		○		道真の鎮魂、後鳥羽院の還京祈願
27	中納言兼輔（藤原兼輔）	みかの原	92		△	★	古都を舞台にした後鳥羽院の鎮魂
28	源宗于朝臣	山里は	94	○	○	★	不遇、後鳥羽院と順徳院の鎮魂
29	凡河内躬恒	心あてに	96	○	○	★	不遇な先輩撰者、後鳥羽院の鎮魂
30	壬生忠岑	有明の	98	○	○	★	後鳥羽院への恋慕
31	坂上是則	朝ぼらけ	100	○	○	★	後鳥羽院の歌との対比の妙
32	春道列樹	山川に	102	○	○		後鳥羽院の心情に寄り添う
33	紀友則	ひさかたの	104	○	○	★	後鳥羽院の心情に寄り添う
34	藤原興風	誰をかも	106	○	○	★	知音のいない不遇な歌人の鎮魂
35	紀貫之	人はいさ	108	○	○	★	後鳥羽院の心情に寄り添う
36	清原深養父	夏の夜は	111	○	○		後鳥羽院への恋慕
37	文屋朝康	白露に	113	○	○		名歌として評価
38	右近	忘らるる	116	◎			失礼な男に神罰が下れと祈願
39	参議等（源等）	浅茅生の	118				元恋人の前に岳父をさらして制裁
40	平兼盛	しのぶれど	120	○	○	★	不遇、歌合の真剣勝負の見本
41	壬生忠見	恋すてふ	122	○	◎	★	不幸死、歌合の真剣勝負の見本
42	清原元輔	契りきな	124		○	★	藤原敦忠への戒め

首順	詠み人	初　句	掲載頁	恨み	鎮魂	歌仙	備　考
43	権中納言敦忠（藤原敦忠）	逢ひ見ての	126	◎		★	右近に恨まれ早逝した者への糾弾
44	中納言朝忠（藤原朝忠）	逢ふことの	128			★	上手な別れ方の見本
45	謙徳公（藤原伊尹）	あはれとも	132	◎			他氏・同族から恨まれた代表格
46	曾禰好忠	由良の門を	135	◎	○		曾禰好忠と源重之との時代不同歌合の実施
47	恵慶法師	八重葎	138		◎		時代不同歌合の判者
48	源重之	風をいたみ	140	○	○	★	曾禰好忠と源重之との時代不同歌合の実施
49	大中臣能宣朝臣	御垣守	143	○	○	★	歌の発想への賞賛、後鳥羽院の鎮魂
50	藤原義孝	君がため	146	○	○		早逝した歌人の鎮魂
51	藤原実方朝臣	かくとだに	148	○	○		定家の後鳥羽院への恋慕
52	藤原道信朝臣	明けぬれば	150	○	○		後鳥羽院の鎮魂
53	右大将道綱母（藤原道綱母）	なげきつつ	152	○	○		長い夜を過ごす後鳥羽院の鎮魂
54	儀同三司母（高階貴子）	忘れじの	154	○	○		不幸な晩年を送った歌人の鎮魂
55	大納言公任（藤原公任）	滝の音は	156		○		不幸な歌人全体の鎮魂と名声の賞賛
56	和泉式部	あらざらむ	160		○		もう一度逢いたいと後鳥羽院を鎮魂
57	紫式部	めぐり逢ひて	162		○		会者定離の理で後鳥羽院を鎮魂
58	大弐三位（藤原賢子）	有馬山	164		○		絶対に忘れないと後鳥羽院を鎮魂
59	赤染衛門	やすらはで	166		○		逢えない切なさで後鳥羽院を鎮魂
60	小式部内侍	大江山	168		○		当意即妙さを賞賛、後鳥羽院の鎮魂
61	伊勢大輔	いにしへの	170		○		当意即妙さを賞賛、後鳥羽院の鎮魂

首順	詠み人	初 句	掲載頁	恨み	鎮魂	歌仙	備 考
62	清少納言	夜をこめて	172	○	○		不遇、逢えないと後鳥羽院を鎮魂
63	左京大夫道雅（藤原道雅）	今はただ	174	○	○		不遇、逢いたいと後鳥羽院を鎮魂
64	権中納言定頼（藤原定頼）	朝ぼらけ	176				秀逸な作品として選歌
65	相模	恨みわび	178		○		後鳥羽院の名を惜しんで鎮魂
66	前大僧正行尊	もろともに	180		○		後鳥羽院の孤独に寄り添って鎮魂
67	周防内侍（平仲子）	春の夜の	182		○		後鳥羽院の名を惜しんで鎮魂
68	三条院（三条天皇）	心にも	184	◎	○		退位を強要された三条院の鎮魂
69	能因法師	嵐吹く	186		○		後鳥羽院の帰還を願って鎮魂
70	良暹法師	さびしさに	188		○		寂寥の美から後鳥羽院を鎮魂
71	大納言経信（源経信）	夕されば	190		○		天智天皇・後鳥羽院の鎮魂
72	祐子内親王家紀伊	音に聞く	192		○		天智天皇・後鳥羽院の鎮魂
73	前中納言匡房（大江匡房）	高砂の	194		○		遠方にいる後鳥羽院の鎮魂
74	源俊頼朝臣	憂かりける	196		○		隠岐の好天祈願
75	藤原基俊	契りおきし	198	○	○		猟官運動の言い訳
76	法性寺入道前関白太政大臣（藤原忠通）	わたの原	201	△	○		崇徳院・後鳥羽院の鎮魂
77	崇徳院（崇徳天皇）	瀬を早み	203	◎	○		不幸死、崇徳院・後鳥羽院の鎮魂
78	源兼昌	淡路島	206	△	○		崇徳院・後鳥羽院・土御門院の鎮魂
79	左京大夫顕輔（藤原顕輔）	秋風に	209		○		かつて献上した歌で崇徳院を鎮魂
80	待賢門院堀河	長からむ	211	○	○		母に仕えた女官の歌で崇徳院を鎮魂

首順	詠み人	初　句	掲載頁	恨み	鎮魂	歌仙	備　考
81	後徳大寺左大臣（藤原実定）	ほととぎす	213	○			病気で出家、秀作としての選歌
82	道因法師	思ひわび	215	△			出世できずに出家、歌人の鑑と評価
83	皇太后宮大夫俊成（藤原俊成）	世の中よ	217		○		幽玄の象徴、後鳥羽院の鎮魂
84	藤原清輔朝臣	ながらへば	219	○	○		不遇な歌人と後鳥羽院の鎮魂
85	俊恵法師	夜もすがら	221	○	○		不遇な歌人と後鳥羽院の鎮魂
86	西行法師	なげけとて	223	△	○		歌人の理想型、後鳥羽院の鎮魂
87	寂蓮法師	村雨の	225	○	○		名歌として評価
88	皇嘉門院別当	難波江の	227		○		言祝ぎの配置で後鳥羽院を鎮魂
89	式子内親王	玉の緒よ	229	○	○		不遇、定家の心の恋人の鎮魂
90	殷富門院大輔	見せばやな	232	○	○		隠岐の別称で後鳥羽院を鎮魂
91	後京極摂政前太政大臣（藤原良経）	きりぎりす	234	◎	○		若くして殺害された盟友の鎮魂
92	二条院讃岐	わが袖は	237	○	○		不遇な歌人と後鳥羽院の鎮魂
93	鎌倉右大臣（源実朝）	世の中は	239	◎	◎		不幸死、源実朝・後鳥羽院の鎮魂
94	参議雅経（藤原雅経）	み吉野の	243		◎		お気に入りの作品で後鳥羽院を鎮魂
95	前大僧正慈円	おほけなく	246		◎		藤原公経を法衣で覆って守護
96	入道前太政大臣（藤原公経）	花さそふ	249	◎			後鳥羽院の祟りを自省により沈静化
97	権中納言定家（藤原定家）	来ぬ人を	251	○	◎		後鳥羽院の帰還を身を焦がして待つ
98	従二位家隆（藤原家隆）	風そよぐ	254		◎		後鳥羽院の恨みを禊ぎで浄化
99	後鳥羽院（後鳥羽天皇）	人もをし	257	◎			裏切った者たちへの後鳥羽院の恨歌
100	順徳院（順徳天皇）	百敷や	260	◎	◎		息子の立場で父の恨みを鎮魂

この「百人一首の恨みや鎮魂に関する人物一覧表」から読み取れることは、おもに次の8つです。

❶ １００首中、「恨み」の歌は66首、「鎮魂」の歌は89首もあり、ほぼすべてが「恨み」や「鎮魂」に関連するものでした。「恨み」や「鎮魂」に分類できない歌はわずかに3首しかありません。そのうちの2首（【39番】【44番】）は定家の歌論を展開するうえで比較するために配置した歌であり、残りの1首（【64番】）は定家が純粋に秀歌として評価したものと思われます。

❷ 百人一首に採用された六歌仙および三十六歌仙のほぼ全員が不遇な人生でした。「6や36」という数字は怨霊鎮魂に関連する数字だと考えます。

❸ 最初の25首（【1番】〜【25番】）には、不幸な死に方をしたり不遇な晩年を送ったりした歌人が多く存在します。

❹ 次の25首（【26番】〜【50番】）には、不遇だった者が多く、定家は「歌合」の例を引きながら、歌人としてのあり方を提示しています。

❺ 次の25首（【51番】〜【75番】）には、後鳥羽院たちの怨霊を鎮魂する内容の歌が多くあります。

❻ 最後の25首（【76番】〜【１００番】）には、崇徳院・後鳥羽院・順徳院の怨霊封じのための内容の歌が、計算された場所に配置されています。

❼ 裏切ったことで後鳥羽院から最も祟られる可能性が高い藤原（西園寺）公経【96番】を守る仕掛けが施してあります。

❽ 最初の2首も最後の2首も「親の恨みを子どもが慰める」というパターンになっており、100首中16組33人の親子関係が認められ、親子関係を重視した選歌になっています。

以上のことから、百人一首は「後鳥羽院の怨霊を言霊によって封印すること」を最大のテーマとしながらも、藤原氏の裏切りによって恨みを抱きながら死んでいった歌人たちや、不遇な人生や晩年を送った歌人たちまでをも含めた〝鎮魂の歌集〟であると考えます。

それを踏まえて、あらためて百人一首の歌を「言霊による怨霊の鎮魂」という観点から見てみると、ほとんどが「自分ではどうにもならないもどかしさ」を歌う内容であることがわかります。恋の歌ですら、まったく異なった景色が見えてくるのです。

たとえば、天智天皇【1番】が殺されて粗末な殯宮《もがりのみや》に横たわり、夜露に濡れている恨みの歌「秋の田の……」に対し、その娘である持統天皇【2番】がすぐに「春過ぎて……」の歌で応じ、季節を移ろわせて天智天皇の濡れた衣を乾かしてしまいます。また、後鳥羽院【99番】が「人もをし……」の歌で裏切った者たちへの恨み辛みをダイレクトに表すと、その息子である順徳院が「百敷や……」の歌で「昔のことですから」とあきらめさせてしまうのです。このように、最初の2首も最後の2首も「親の恨みを子どもが慰める」という構造を持った百人一首は、まさしく〝鎮魂の歌集〟と言えましょう。

先述のとおり、百人一首には16組33人の親子関係が存在します。そのうち1組は、親・子・孫の3代（【71番】【74

番】【85番】）にわたって入首しています。じつに、100人中の約3分の1が親子関係となっているわけです。このことは、定家が親子関係を重視して選歌したことを示しているのではないでしょうか。定家は「親子の絆を頼りに怨霊を封印し、成仏してほしい」という言外のメッセージを込めたのではないかと考えます。

分析して確信したことは、やはり定家が百人一首に仕掛けた〝からくり〟の本質は、「言霊による後鳥羽院の怨霊封じ」だということです。後鳥羽院の都落ちへの鎮魂を表す箇所もありました。また、「沖、置き」は「隠岐」を表し、「海人《あま》」は「海士郡《あまのこおり》（隠岐島）」にいる後鳥羽院を慰める言葉としてつながっていました。そのほか、「藤原氏に恨みを持つ者への鎮魂」「不遇な先輩撰者や歌人たちへの鎮魂」「和歌の道を冒瀆する者への懲罰」「定家が信じる和歌の道の本質などを表す歌」などを、100首のなかに注意深く配置してあることがわかったのです。

私は本書をまとめ直すにあたって、隠岐島の現地、さらには佐渡島の現地を訪れました。後鳥羽院と順徳院の最期となった場所の空気を感じ、当時の両院の思いにわずかながらも寄り添うことができたような気がしています。

とくに、隠岐島からの帰りのフェリーのデッキで、4メートルの波が岩礁に打ちあたって砕け散る光景に接し、思い出したのが「旅寝する　あまの苫屋の　とまをあらみ　寒き嵐に　千鳥さへなく」という後鳥羽院が隠岐島で詠んだ歌でした。すると定家が百人一首に自選した「来ぬ人を……」が頭をよぎり、帰ってくる望みがなくなった「来ぬ人（後鳥羽院と順徳院）」を、「身も焦がれつつ待っています」と定家が歌でお詫びしている状況が浮かびあがってきたのです。

第6章

鎌倉幕府が引いた怨霊封じの結界線

① 後鳥羽院に張った結界線

後鳥羽院と順徳院の怨霊封じに関しては、定家が仕掛けた「百人一首」によるものだけでなく、鎌倉幕府が計画的に引いた「結界線」でも手を打っています。結界線とは、聖地どうしをつないだラインのことで、私の造語になります。後鳥羽院が流された隠岐島や順徳院が流された佐渡島の行在所《あんざいしょ》や死後に葬られた火葬塚は、聖地を連続的に重ねた結界線の交点で封印するというスタイルが取られていて、二重・三重の結界が張ってあります。

まずは、隠岐島の後鳥羽院について見てみましょう。

後鳥羽院が葬られた「後鳥羽院火葬塚」は、黄泉《よみ》の国をつかさどる大国主命《おおくにぬしのみこと》を祀った「出雲大社」と、出雲における黄泉の国の入り口とされる「猪目洞窟《いのめどうくつ》」とを結ぶラインの延長線上にピンポイントで乗っています。これが第1の結界線です。

ちなみに猪目洞窟は、358本の銅剣や銅鐸《どうたく》・銅矛《どうほこ》がまとめて見つかった「神庭《かんば》荒神谷《こうじんだに》遺跡」と、わが国最多の39個の銅鐸が一挙に見つかった「加茂《かも》岩倉《いわくら》遺跡」とも一直線につなが

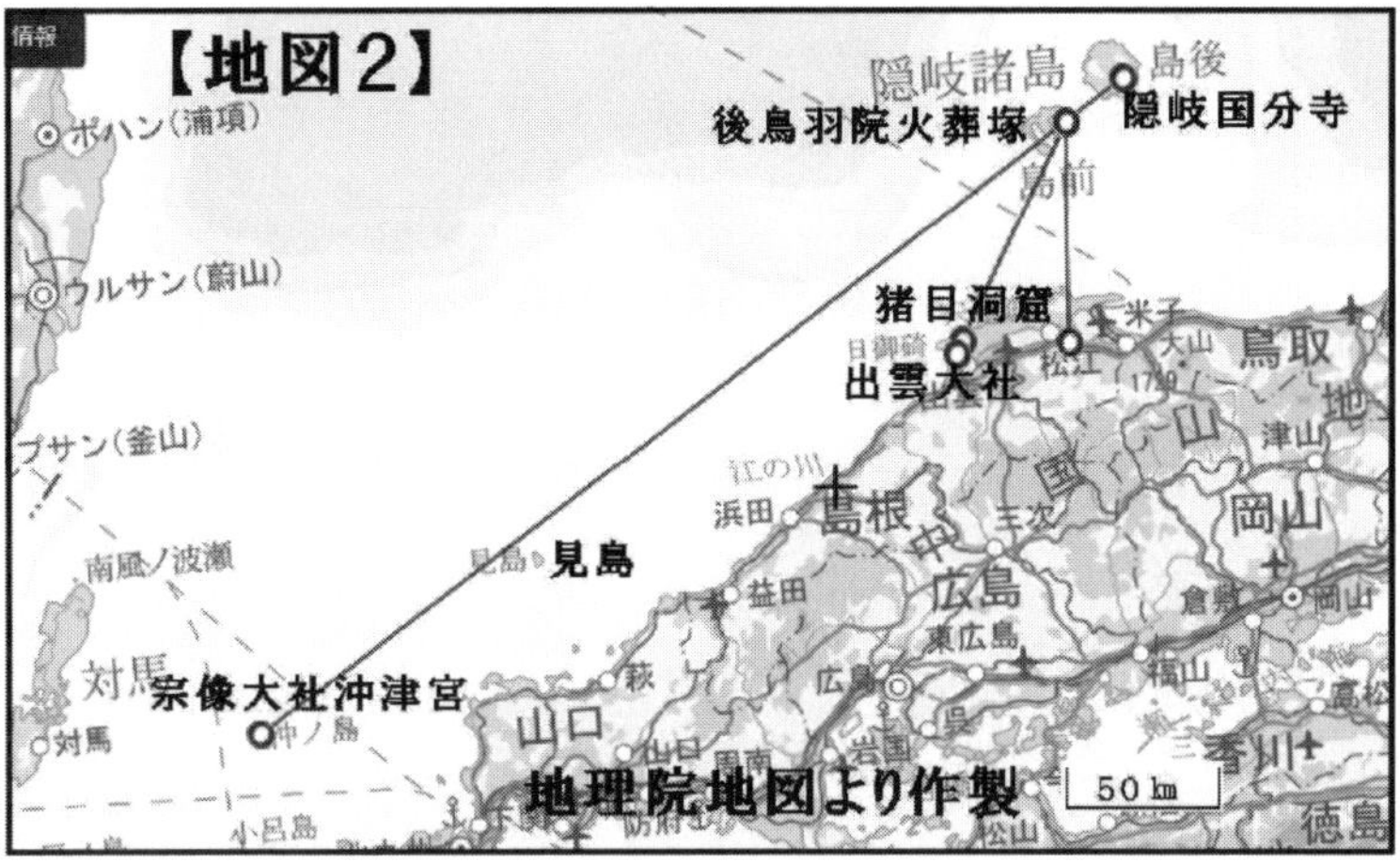

る結界線を形成しているほどの、出雲国の強力な聖地のひとつです。つまり、「出雲大社」と「猪目洞窟」を結んだ延長線上に祀りあげることで、後鳥羽院の怨霊を黄泉の世界へ誘《いざな》おうとしたのではないでしょうか。「出雲大社」も「猪目洞窟」も、黄泉の国にゆかりのある強力なパワーを持っていることから、後鳥羽院を封印する重要な結界線として期待されたものと考えます。

そもそも隠岐諸島自体が「根の国（出雲国）」のさらに「沖」にある〝隠《かく》された岐《えだみち》（境界）〟の意味を持ち、結界が張ってある日本海の荒海のなかに位置する孤島、すなわち「強力な結界上にある封印の地」という認識でした。そのため、後鳥羽院の流刑の地として選ばれたものと考えられます。時代を遡《さかのぼ》れば、長岡京遷都時代の大伴家持【6番】の息子「大伴永主《ながぬし》」や平安時代の「小野篁【11番】」が配流され、時代を下って鎌倉時代後期には「後醍醐《ごだいご》天皇」が流された因縁の島なのです。

第2の結界線は、「後鳥羽院火葬塚」と「出雲国分寺」とを結ぶラインです。どちらも東経133度6分に位置するので、火葬塚は出雲国分寺の真北にあるということになります。すなわち、出雲国分寺における毎日の読経が後鳥羽院の

怨霊を慰めることにつながるわけです。この南北一直線のラインも、後鳥羽院の怨霊封じにつながる重要な結界線であることがわかります。

第3の結界線は、最も重要な「鬼門（北東）・裏鬼門（南西）」を封じるラインです。「後鳥羽院火葬塚」の鬼門には「隠岐国分寺」があり、国分寺による〝鬼門封じ〟がされています。つまり「後鳥羽院火葬塚」は、出雲国と隠岐国の2つの国分寺で二重の結界を張っていることが証明できたのです。また、隠岐国分寺と火葬塚を結んだ延長線上には、玄界灘《げんかいなだ》に浮かぶ沖ノ島にある「宗像大社沖津宮《むなかたたいしゃおきつぐう》」がピンポイントで乗っています。要するに、「海の正倉院」といわれる沖ノ島の宗像大社沖津宮によって、〝裏鬼門封じ〟もされているということです。読みが同じ2つの「オキノシマ」が、このようなかたちで結びついていることにも驚かされます。

じつは、天皇家の怨霊となる可能性の高い貴人の陵墓の鬼門に国分寺を配し、裏鬼門に天皇家ゆかりの聖地を配置して怨霊封じをする伝統は、昔からよくありました。たとえば、藤原氏の陰謀によって命を落とした長屋王《ながやおう》は、紀伊国分寺（鬼門）と日向国《ひゅうがのくに》の宮崎神宮（裏鬼門）の結界線で挟みこむように遺骨を安置され、そのあと東大寺大仏殿（鬼門）と信貴山奥之院《しぎさんおくのいん》（裏鬼門）の境界線で挾みこんだ場所に陵墓がつくられています。

隠岐島の海士町《あまちょう》の公式ＨＰ（ホームページ）によれば、後鳥羽院の火葬塚に関して「遺骨の大部分は今の御火葬塚に納められましたが、明治６年（１８７３）、明治天皇の思し召しにより、大阪の水無瀬《みなせ》神宮に合祀されました。翌７年、祠殿は取り壊され、山陵はその後、第82代後鳥羽天皇御火葬塚として宮内庁で管理されています」とあります。明治天皇が後鳥羽院の怨霊を恐れて隠岐島から呼び寄せ、後鳥羽院ゆかりの地に佐渡島の順徳院の遺骨とともに祀り上げたことが、よくわかります。

ところで、「後鳥羽院火葬塚」は、伯耆国《ほうきのくに》（鳥取県西部）の霊峰「大山《だいせん》」と「隠岐神社」（海士町）を結んだラインの延長線上にも乗っています。隠岐神社は昭和時代になってから創建されているので、火葬塚とは別のコンセプトでつくられたものと当初は思っていましたが、現地に行って神社の配置や遙拝《ようはい》方向をほかの遺跡と比較してみると、はからずも鎌倉幕府のコンセプトに合致することがわかりました。

②順徳院に張った結界線

順徳院の怨霊を封じるために、佐渡島にはどのような結界が張られたのでしょうか？

そのポイントは「順徳院火葬塚」の位置にあります。じつは、「順徳院火葬塚」は鬼門の「佐渡国分寺」と裏鬼門の「氣比《けひ》神宮」に挾みこまれた結界線上に設けられているのです。これは、隠岐島の「後鳥羽院火葬塚」を「隠岐国分寺」と「宗像大社沖津宮」とで挾みこんだ地点に配置したのと同じメカニズムと言えましょう。

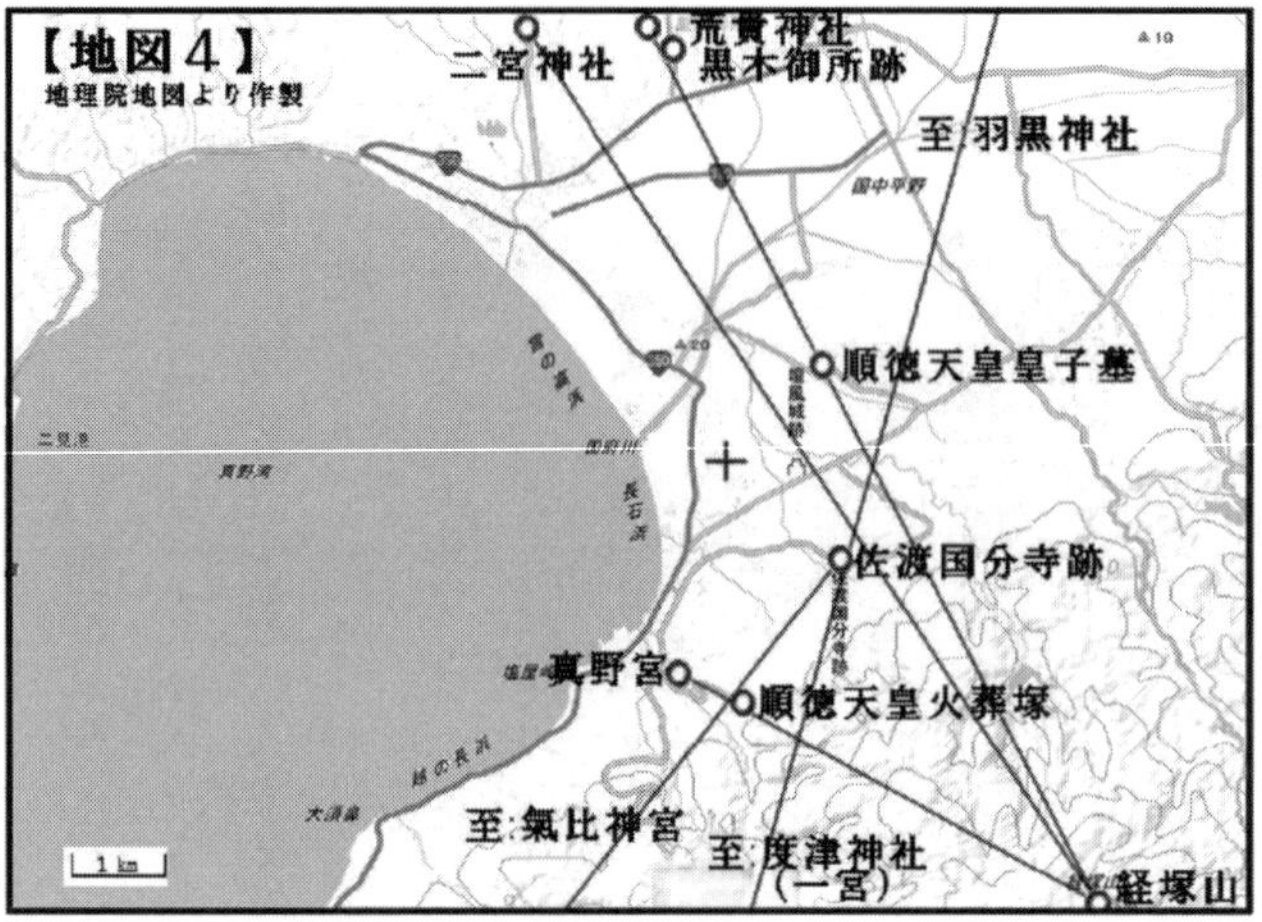

ちなみに「氣比神宮」は越前国（福井県）の一宮で、北陸道の総鎮守ともいわれる強力な聖地です。仲哀《ちゅうあい》天皇（第14代）・神功《じんぐう》皇后・応神《おうじん》天皇（第15代）ゆかりの神社でもあり、「伊勢神宮内宮《ないくう》」と伊勢国の一宮「椿大神社《つばきおおかみのやしろ》」とを結んだラインにも乗っていて、皇室とは極めて縁が深いと言えましょう。このように国分寺を鬼門とし、皇室と関係の深い有力神社を裏鬼門とするパターンは、後鳥羽院・順徳院親子が葬られたそれぞれ2つの火葬塚に共通しています。

さらに「順徳院火葬塚」は、佐渡の聖山「経塚山《きょうづかさん》」と「真輪寺《しんりんじ》阿弥陀堂跡」とに挟みこまれた場所でもあります。現在、順徳院を祀る神社「真野宮《まのぐう》」は、明治時代初期までは「真輪寺」という真言宗の寺院で、佐渡国分寺の末寺だったといわれています。また「順徳院山陵（現在の順徳院火葬塚）」の守護寺として、真輪寺阿弥陀堂には「順徳帝の木像」を安置していたそうです。

私は、鎌倉幕府や朝廷に命じられた陰陽師や真輪寺の修験者たちが、「佐渡国分寺」と「経塚山」を中心とした佐渡の聖地を基準に、越前国の「氣比神宮」を裏鬼門とする怨霊封じの結界スポットを測量した可能性があると考えます。修験

道の山伏たちが佐渡と日本アルプス（北アルプス）の山頂でいっせいに護摩《ごま》を焚《た》き、それぞれ呼応しながら順徳院の怨霊を封じこめるベストな結界ポイントを確定したのではないでしょうか。その場所こそが、「順徳院火葬塚」だったのです。

隠岐島と佐渡島の違いは、隠岐島の場合は行在所と火葬塚の場所はほぼ同じ地点でしたが、佐渡島では両者が10キロメートルほど離れていることです。その理由は、隠岐島においては、天平時代に国分寺建立の最適地を定めた際に見つけた〝島の強力な結界スポット〟を将来のためにキープしておいて、後鳥羽院のときに利用したからではないかと考えます。一方、佐渡島では「黒木御所《くろきのごしょ》」の場所がなんとも中途半端な位置にあり、とりあえず住んでもらったという感じです。その証拠に、順徳院が来島したときの最初の行在所は佐渡国分寺で、まずは安心できる結界の地「国分寺」に住んだということでしょう。

そもそも「黒木御所」とは〝仮の御所〟のことで、各地に流された皇族の仮の住まいの呼称になっています。「黒木」とは、木の皮を剝《は》いでいない原木のことをいい、皮を剝ぎ削った「白木《しらき》」に対する用語です。「黒木御所」は〝原木をそのまま

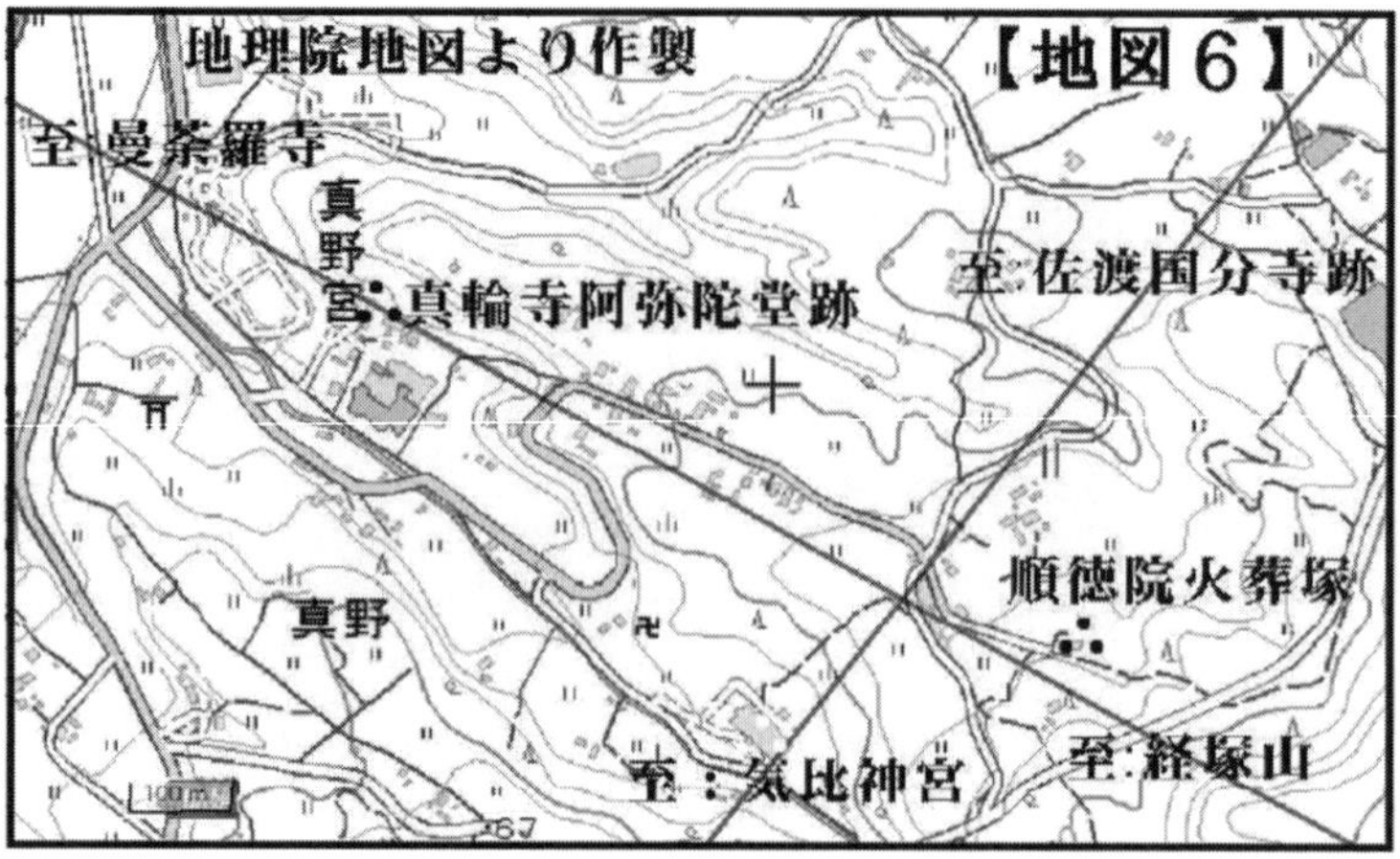

使用してつくった急ごしらえの仮の住まい〟という意味なのです。

じつは、同じ隠岐島でも、後醍醐天皇が住んだのが「黒木御所」なのに対し、後鳥羽院が暮らしたのはあくまでも「行在所」であり、「黒木御所」とは呼ばれていません。これは、後醍醐天皇の場合は仮の御所だったのに対し、後鳥羽院の場合は正式に結界を張りめぐらせた行在所だったからでしょう。したがって、佐渡島の順徳院の「黒木御所」も、正式な結界のない仮の行在所だった可能性が高いのです。

また、佐渡の聖山である「経塚山」の名前は、順徳天皇が崩御した際に、生前に読誦《どくじゅ》していたお経が後世に残って穢《けが》されるのを恐れ、山頂で焼いて灰を埋め、塚を築いたことに由来しているといわれます。そのため経塚山は、「荒貴《あらき》神社・黒木御所・順徳天皇皇子墓」を結ぶ結界線、「二宮《にくう》神社・佐渡国分寺」を結ぶ結界線、「曼荼羅寺《まんだらじ》・真輪寺阿弥陀堂跡（真野宮）・順徳天皇火葬塚」を結ぶ結界線など、さまざまな聖地のランドマークとなっています。ちなみに、荒貴神社は順徳院の殯《もがりの》宮《みや》を神祠に荒貴大明神として祀ったともいわれ、二宮神社は順徳院の皇女を祀り、曼荼羅寺は貴重な曼荼羅図を所有するなど、いずれも佐渡を代表する聖地です。

経塚山の名前の由来からは、佐渡島の人たちが「順徳院の読んだお経に穢れを感じ、それを焼却しなければならない」という心境だったことがうかがえます。それと同時に、「焼却すれば穢れが浄化できる」という考えがあったことも類推できます。つまり、火には聖なる力〝陽のパワー〟があり、異常な死に方をした順徳院が死ぬ前に呪いを込めて読んだ穢れたお経には〝陰のパワー〟がこもっていると考えていたため、結界が張られた「経塚山」でそのお経を焼却することによって、「経の昇天」を企図したのではないかと考えられるのです。

順徳院の「火葬」に関しても同様で、火の〝陽のパワー〟によって順徳院の遺体に怨霊としてこもっている〝陰のパワー〟を削減させようと企図したのでしょう。このように火葬によって遺体を焼き尽くし、4つの有力な聖地でパワフルな結界を張って、用意周到に怨霊を封印したのが「順徳院火葬塚」なのです。

③ 結界線の引き方

鎌倉幕府が計画的に引いた「結界線」による怨霊封じを簡単に述べてきましたが、それでもまだ信じられない方や自分で検証したいと思っている方のために、ネットで簡単に利用できる「国土地理院の地図」による結界線の引き方をご紹介しておきましょう。

自分で検証する場合、注意点として〝正しい方角となる「等角航路」に修正するひと手間〟が必要になります。なぜなら、古人は北極星を基準に南北

多面体図法

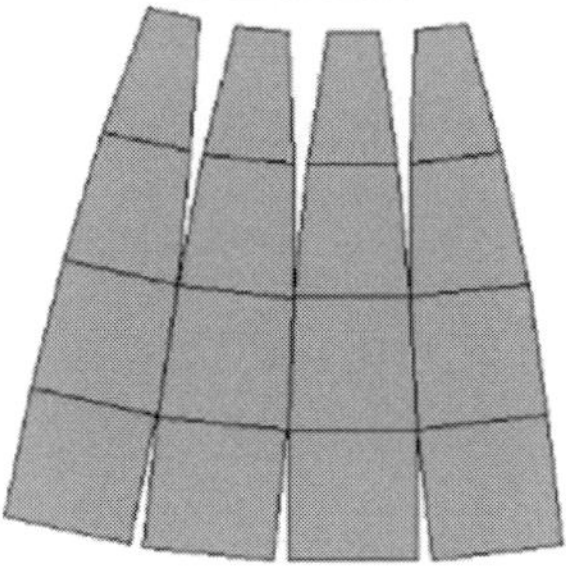

atlas.cdx.jp より

メルカトル図法とUTM（ユニバーサル横メルカトル）図法の概念図

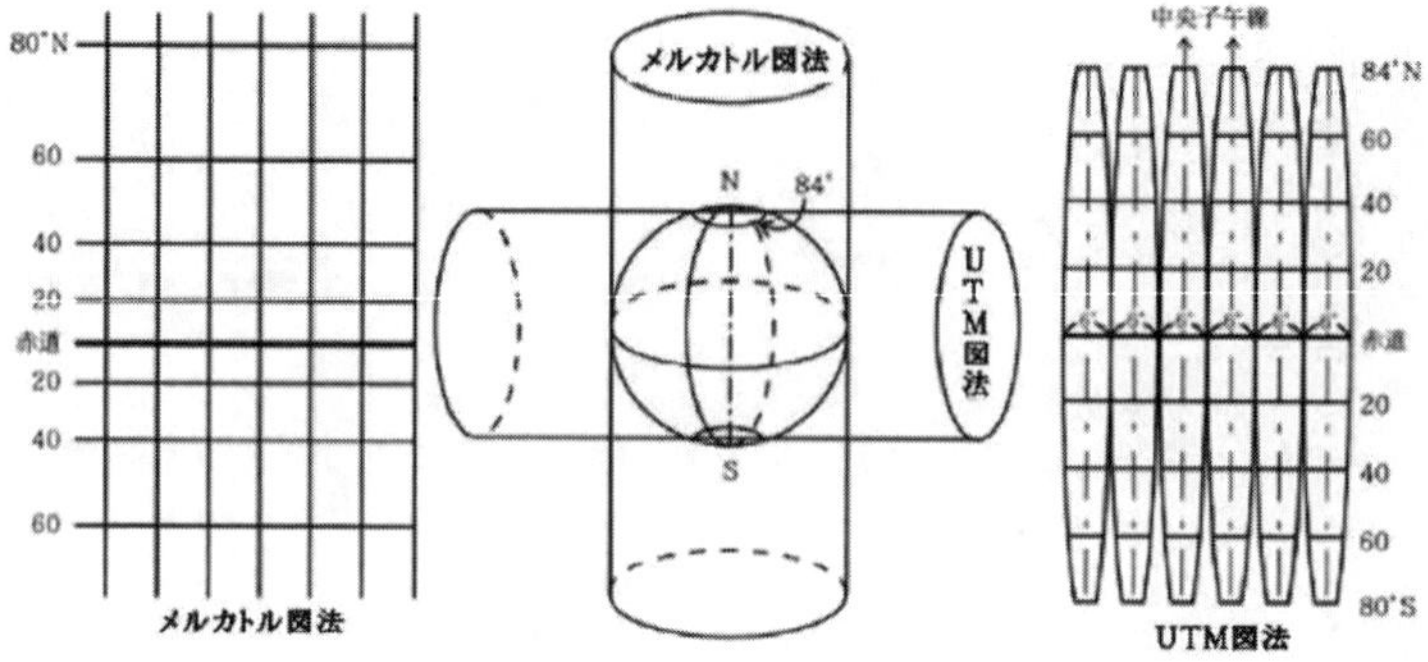

一般財団法人日本地図センターHPより

軸（経線）を定め、それと直交する東西軸（緯線）の直線を定めた「正角図法」による地図で結界線を引いていた可能性が高いからです。

正角図法は、地球上のどこにおいても角度が等しく表現される投影法で、任意の対象地点の方角が正しくなります。みなさんが馴染《なじ》みのある「メルカトル図法」と同様の図法ですが、日本という狭い地域での図法のために、結果的に現在の国土地理院が「紙媒体」で発行している「ユニバーサル横メルカトル図法」と、ほぼ同一の図法となりました。国土地理院が発行する紙媒体の地図は、昭和年間までは「多面体図法」でしたが、連続して結合すると端に隙間ができることから、連続して結合が可能なうえ方角が正しくなる「ユニバーサル横メルカトル図法」に徐々に切り替わってきた経緯があります。

平成時代にゼンリンの電子地図が発行されるようになると、国土地理院も「ユニバーサル横メルカトル図法」による電子化が進み、公開されたことから、古人が引いた結界線をゼンリンの電子地図や国土地理院の電子地図で検証することが可能になりました。私も初期のゼンリンの電子地図で結

【図①】

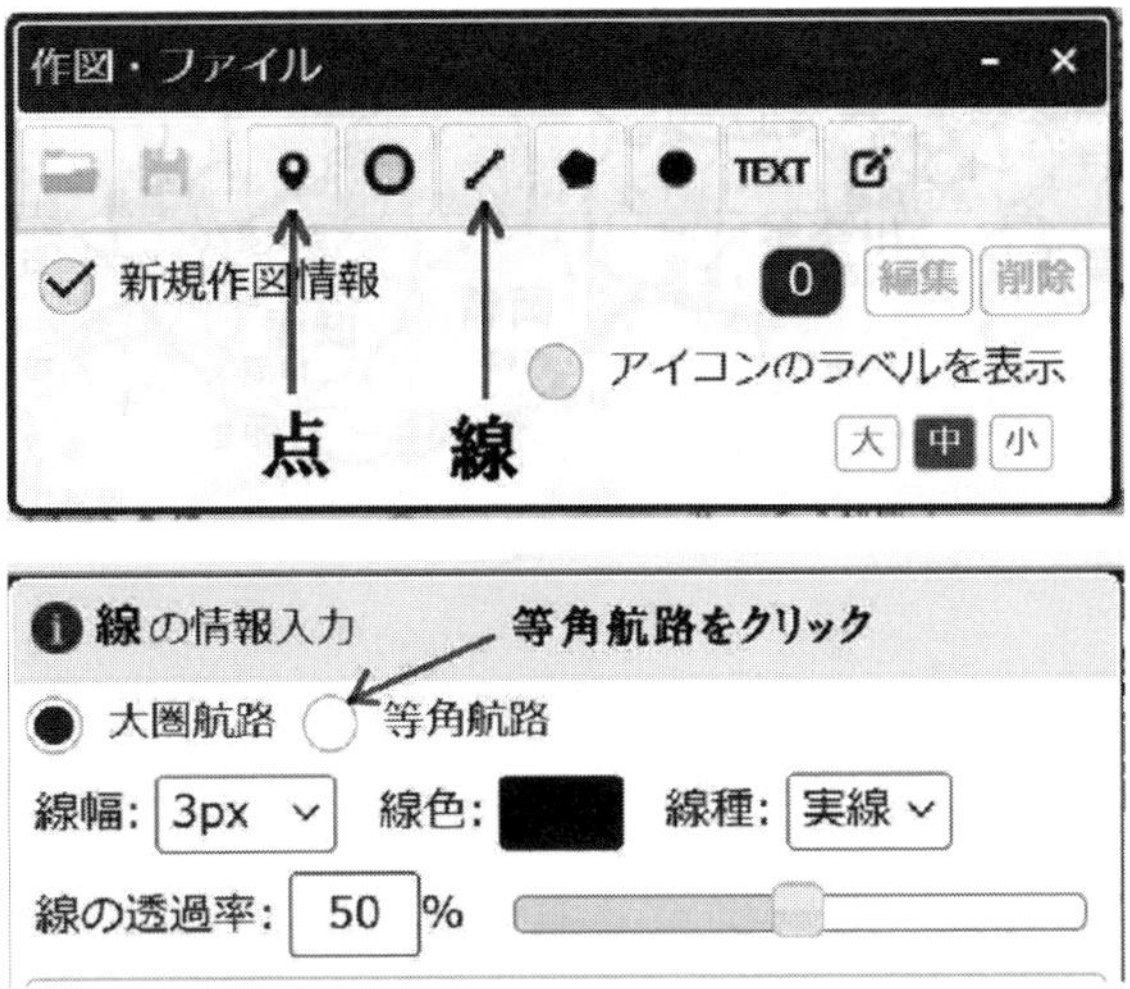

界線の研究が飛躍的に進み、のちに国土地理院のネット上の電子地図に乗り換えました。

しかし近年、ネットの国土地理院の地図は、従前の「ユニバーサル横メルカトル図法」から、Ｇｏｏｇｌｅ地図と同様に、ＧＰＳ（グローバル・ポジショニング・システム）による自動運転やドローンによる自動飛行に対応するために、「大圏航路」を優先して表示するように切り替わっています。これは、あらゆる地点で「距離」と「方位」が正確な図法で、いわば〝どこでも正距方位図法〟です。そのため、古人が北極星を基準に南北軸・東西軸を定めた「方角」が、正しい地図とは異なってしまっているという問題が生じてしまったのです。

したがって、みなさんが古人の引いた結界線を検証するためにネットの国土地理院の地図でＡ地点からＢ地点に直線を引く場合、次のことをしなければなりません。

まず、右上の表示から「ツール」→「作図ファイル」を選択して【図①】の画面にします。この図の「点」と表示しているところをクリックすれば、赤いマーカーが現れるので、Ａ地点でクリックし、「ＯＫ」→「確定」をさらにクリックすれば、Ａ地点が確定します。次に、Ｂ地点でも同様の操作を行い、Ｂ

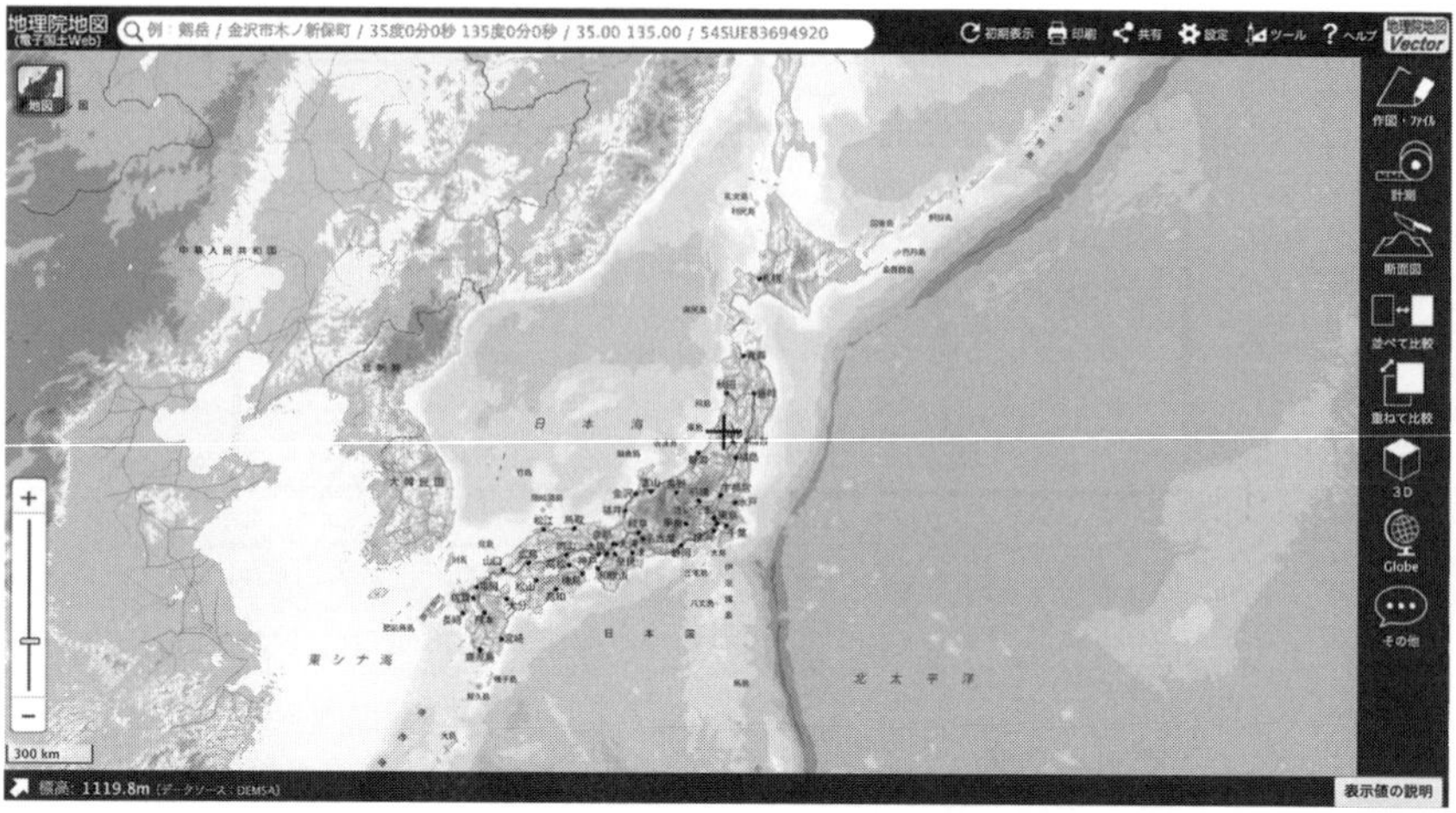

国土地理院ホームページ →「地図・空中写真・地理調査」→ 地理院地図を選択、クリックするとこのウィンドウになります。

地点を確定しましょう。

ここで方角が正しい結界線の直線を引く場合、同じ「作図・ファイル」のなかにある「線」の表示があるところをクリックすれば、「開始位置をクリック」という表示と、その地点の正確な緯度・経度が表示されます。直近のB地点でクリックし、A地点に戻ってダブルクリックすれば、「線の情報入力」という表示が出てきます。

このとき「大圏航路」を優先して黒丸マークがついているので、「等角航路」をクリックし、「ＯＫ」→「確定」をクリックすれば、従前の方角が正しい「ユニバーサル横メルカトル図法」に切り替わって、結界線が確定します。

さあ、みなさんも自身の手で検証できる「ツール」を手に入れました。まずは実際に、みなさんの手で本書に示した結界線の検証をしてみてください。きっと納得されるはずです。

しかし、本書の検証だけではもったいない！　ぜひ、みなさんが気になる聖地、あるいは身の回りの聖地には「どのような結界線が引かれているのか？」をご自身で検証してみましょう。古人の事績を現代によみがえらせることで、その新発見に感動されることと思います。

【主要参考文献】

『結界線で斬る日本史の謎』小崎良伸・著（解弢館）
『百人一首全訳注』有吉保・著（講談社学術文庫）
『百人一首の謎』織田正吉・著（講談社現代新書）
『図説和歌と歌人の歴史事典』井上辰雄・著（遊子館）
『新古今集後鳥羽院と定家の時代』田渕句美子・著（角川選書）
『コレクション日本歌人選11 藤原定家』村尾誠一・著（笠間書院）
『日本の歴史第9巻 頼朝の天下草創』山本幸司・著（講談社）
『修験道の本』増田秀光・編（学習研究社）
『山の宗教 修験道講義』五来重・著（角川書店）
『角川日本史辞典第二版』高柳光寿・編（角川書店）
『データが語る日本の歴史』安藤好昭・著（ほるぷ出版）
『日本史年表・地図』児玉幸多・編（吉川弘文館）
『詳録新日本史史料集成』坂本賞三・監修（第一学習社）
『綜合地歴新地図 世界・日本』帝国書院編集部・編（帝国書院）
『古代の方位信仰と地域計画』山田安彦・著（古今書院）
『神社配置から天皇を読む』三橋一夫・著（六興出版）
『方位読み解き事典』山田安彦・編（柏書房）
『旗振り山』柴田昭彦・著（ナカニシヤ出版）
『境界の発生』赤坂憲雄・著（講談社学術文庫）
『ツクヨミ 秘された神』戸矢学・著（河出書房新社）
『天皇はどこから来たか』長部日出雄・著（新潮社）
『出雲神話の誕生』鳥越憲三郎・著（講談社学術文庫）
『風土記』吉野裕・訳（平凡社ライブラリー）
『日本史リブレット13 出雲の国風土記と古代遺跡』勝部昭・著（山川出版社）
『風土記（一）常陸の国風土記』秋本吉徳・訳（講談社学術文庫）
『教育社歴史新書〈日本史〉21 風土記の世界』志田諄一・著（教育社）

『陰陽道の本』大森崇・編（学習研究社）
『死の国・熊野信仰・日本人の聖地』豊島修・著（講談社）
『大和の原像・知られざる古代太陽の道』小川光三・著（大和書房）
『神道の本』大森崇・編（学習研究社）
『神仏習合』逵日出典・著（六興出版）
『密教・悟りとほとけへの道』頼富本宏・著（講談社）
『真言密教の本』増田秀光・編（学習研究社）
『古代日本の山と信仰』下出積與他・著（学生社）
『道教の本』増田秀光・編（学習研究社）
『日本宗教事典』村上重良・著（講談社学術文庫）
『日本人の禁忌（タブー）』新谷尚紀・著（青春出版社）
『日本神話の考古学』森浩一・著（朝日新聞社）
『日本多神教の風土』久保田展弘・著（ＰＨＰ新書）
『日本の神々』谷川健一・著（岩波新書）
『日本の神様を知る事典』阿部正路・監修（日本文芸社）
『日本の神社を知る事典』菅田正昭・監修（日本文芸社）
『日本の神話を考える』上田正昭・著（小学館ライブラリー）
『日本の道教遺跡を歩く』福永光司他・著（朝日選書）
『跋扈する怨霊・祟りと鎮魂の日本史』山田雄司・著（吉川弘文館）
『霊の真柱』平田厚胤・著（岩波文庫）
『古事記』倉野憲司・校注（岩波書店）
『古事記（上・中・下）全注訳』次田真幸・訳（講談社学術文庫）
『口語訳古事記完全版』三浦佑之・著（文藝春秋）
『日本書紀（上・下）』宇治谷孟・編（講談社学術文庫）
『天皇の祭り』吉野裕子・著（講談社学術文庫）
『最澄と空海 日本人のふるさと』梅原猛・著（小学館）
『日本史リブレット21 武家の古都鎌倉』高橋慎一朗・著（山川出版社）
『幻の鎌倉』宇苗満・著（批評社）

おわりに

百人一首と後鳥羽院の怨霊封じの謎の考察を終えて

本書の「はじめに」で述べたように、この本は民俗学的な観点から百人一首を解析したもので、日本史や国文学の〝隙間(ニッチ)〟を掘り下げています。あくまでも〝隙間〟を掘ったものであり、従前の手法とは「見る角度」や「切り口」が異なっていることから、意外な展開に戸惑っている読者も多いのではないでしょうか。また、こうした研究の手法はまだまだ発展途上にあり、読者のみなさまとともに磨きあげ、本道に少しでも近づけることを願っています。

私の研究は「結界」という民俗学の一分野をベースに、日本史の古代から現代まで、さらには国文学の分野にまでおよんでおり、それぞれの専門家の方々にとってみれば、迷惑な闖入者《ちんにゅうしゃ》と見られるかもしれません。しかし、このような変化の時代だからこそ、諸先輩の方々には、この門外漢の闖入者をぜひ広い心で受け入れていただき、正面からのご批判・ご批評をいただければありがたいと思います。100年に1度の大変革の時代にあって、「文理融合」とともに「文文融合」を推進してみようではありませんか。

物体にはすべて1点で支える「重心」があるように、物事にもすべて1点で支え、突き崩すことのできる「本質」があると考えます。百人一首の〝からくり〟については、あくまでも私の切り口による分析であることを前提としますが、藤原定家が百人一首を編纂した「本質」は、「言霊による後鳥羽院の怨霊封じ」だったことが浮き彫りになりました。また、定家自身が祟られる可能性が高い状況にあったため、「恨み」や「鎮魂」に関する人物や歌を厳選したうえで、計画的に配置していたという〝からくり〟も思わぬ発見でした。

さらに、「歌の道を冒瀆する者への懲罰」あるいは「天徳内裏歌合」や「円融院歌会騒動」と関連の深い歌人たちの選歌や配置から、定家の歌論に触れた思いもしています。そしてなにより、『万葉集』では詠み人知らずの歌を〝天智天皇御製〟とした『後撰和歌集』について考えるなかで、『後撰和歌集』の最大の謎である撰者たちが自分の歌を入集していない謎や、「梨壺の五人」と呼ばれる撰者たちの呼称の謎についても、ひとつの仮説を掲げることができたのは僥倖《ぎょうこう》でした。この仮説をきっかけに、さまざまな謎解き論争がはじまることを期待してやみません。

本書で謎解きをした百人一首は、日本人の心の友であり、小学生から老人までが楽しむことのできる日本の文化でもあります。だからこそ、「へぇ、百人一首にはそういう切り口もあるのか！」と楽しんでもらい、さらに百人一首の奥にある日本の文化に興味をそそられ、百人一首をもっともっと好きになっていただければ望外の喜びです。

出版不況のなか、市井の研究者のこのように型破りの著作物を、リスクを取って、出版していただいた産経出版(株)社長・赤堀正卓様、歴史編集部編集長・伊澤宏樹様の格別のご厚意に、心から感謝いたします。

特に、伊澤編集長様には、自ら、プロの編集者の極意により、見違えるような仕上がりにしていただき、このように上梓できたこと、長年の夢が実現できたことを、重ね重ね御礼申し上げます。

●著者プロフィール

小崎 良伸（こざき・よしのぶ）

昭和25年（1950）、熊本県に生まれる。同志社大学法学部を卒業後、熊本県立高等学校社会科教諭、文科省研修生、県教育委員会指導主事を経て、熊本県立天草養護学校長・矢部高等学校長・湧心館高等学校長などを歴任。平成23年（2011）に退職。現在は解弢館（かいとうかん）文化教育研究所館主。2012年～2014年に東海大学非常勤講師、2013年～2019年に熊本大学非常勤講師。おもな著書に『結界線で斬る日本史の謎』『後鳥羽院の怨霊封じと百人一首の謎』『コミュニケーション入門』『百年樹人』『心の法則』『求められる教職員像』（以上すべて解弢館）、『自立をうながすコミュニケーション・ワークシート』（学事出版）、『封印された天草四郎の怨霊』（ブックウェイ）などがある。

※解弢（かいとう）とは？
清朝時代の市井の画家・華嵒（かがん）の座右の銘で、「弢（とう）〔弓の鞘（さや）〕」を「解（と）」いて、中身を明らかにすること。転じて、物事の本質を明らかにすること。

百人一首のからくり
――藤原定家が仕掛けた後鳥羽院の怨霊封じ――

令和６年10月23日　第１刷発行

著　　者　小崎良伸
発 行 者　赤堀正卓
発　　行　株式会社 産経新聞出版
〒100-8077 東京都千代田区大手町1-7-2
産経新聞社8階
TEL 03-3242-9930　FAX 03-3243-0573
発　　売　日本工業新聞社　TEL 03-3243-0571（書籍営業）
印刷・製本　株式会社光邦

ISBN978-4-8191-1444-8　C0092

ブックデザイン：ユリデザイン 中尾香